地亚没月伐哟

阅读越美丽
开卷好心情

痛觉障碍

许念念 著

江苏凤凰文艺出版社

图书在版编目（CIP）数据

痛觉障碍 / 许念念著 . -- 南京：江苏凤凰文艺出版社，2023.9
 ISBN 978-7-5594-7769-9

Ⅰ. ①痛… Ⅱ. ①许… Ⅲ. ①长篇小说 - 中国 - 当代 Ⅳ. ① I247.5

中国国家版本馆 CIP 数据核字 (2023) 第 140151 号

痛觉障碍

许念念 著

责任编辑	张 倩
出版统筹	曾英姿
选题策划	石 颖
特约编辑	张文超
封面设计	苏 茶
插画绘制	柠檬漫游
出版发行	江苏凤凰文艺出版社
	南京市中央路 165 号，邮编：210009
网　址	http://www.jswenyi.com
印　刷	湖南天闻新华印务有限公司
开　本	880mm×1230mm　1/32
印　张	9.5
字　数	283 千字
版　次	2023 年 9 月第 1 版
印　次	2023 年 9 月第 1 次印刷
书　号	ISBN 978-7-5594-7769-9
定　价	46.80 元

江苏凤凰文艺版图书凡印刷、装订错误，可向出版社调换，联系电话 025 - 83280257

目 录

CONTENTS

第一章 · 001
第二章 · 033
第三章 · 066
第四章 · 088
第五章 · 116
第六章 · 141

目 录

第七章	·163
第八章	·182
第九章	·215
第十章	·241
第十一章	·275
第十二章	·292

第一章

2019年10月1日,星期二。

"我下飞机了,你在哪儿呢?"于岢河脱下西服往肩上一搭,身着剪裁合身的白衬衫,边走边解着一侧的袖扣,露出腕骨分明的手。

此时的上海比澳洲热得多,于岢河出着细汗,抬头一看:"站那儿别动,我看到你了。"

他摘下蓝牙耳机别在领口,向一号出口走去。

"想死你了,岢河。"程鼎顾上来就是一个拥抱,"都解决了没?"

"我都回来了,能没解决吗?那点儿破事缠了我大半年,就当历练了。房子我这儿刚买好,老爷子让我在上海管几年分公司,估计是看我天天在眼前晃,嫌我碍眼了。"于岢河笑了笑,"老爷子是变着法儿支开我。"

"老爷子"是于岢河对自己父亲的爱称。

程鼎顾揶揄地说:"哟,我看你是开心还来不及呢。走吧,请你吃饭。"

"哪家?我刚回国,你得请我吃好的。"于岢河和他并肩离开。

"行啊,去壶碟。在澳洲吃得不习惯吧?"

于岢河皱眉:"壶碟不在苏州吗?这也能重名?还是……"

"当然是树老板不负众望,今年年初顺利完成心愿,把壶碟开到浦东喽。"程鼎顾拍拍他的肩膀,笑着说。

于甯河的眼里满是惊喜:"不早说,走,我叫了专车。"

一辆黑色宾利缓缓停靠在黄浦江边的壶碟旁,树老板远远地招着手,早已等候多时。再一看,壶碟门口还挂着木牌——今日休憩。

与苏州那家店的粉墙黛瓦不同,浦东的壶碟坐落在水面之上,走近就能看见黑色大理石路蜿蜒曲折,通向一座小而精致的三层洋楼。

挑高的门厅两侧散落着纯黑香木桌椅,精致的院落里欧月怒放,夏末炙热的空气尽数被隔绝在外。

门廊向南北方向舒展,两侧紫竹合围。内部纯色大理石地板锃亮,奶黄色桌椅可爱不失庄重。中西结合,内外景致相得益彰。

于甯河笑着对程鼎顾说:"到底是树老板会做生意。"

树老板远远地迎上来:"甯河啊,一年多没见,快过来让我看看。鼎顾这孩子我倒是月月能见着。"

树老板的年龄已经不小了,他笑起来时眼角会堆起层层叠叠的细纹,满眼都是对晚辈的关心和疼爱。

"看看我这装修怎么样?和苏州的比哪个好?这地段,我可是下了血本啊。"

于甯河应了一声,说道:"临江靠岸,前景开阔,广纳财源,地段极佳,装修也很有品位。我看那门前的香木得有几十个年头了,想必生意不错。"

"嗐,风水什么的我不懂,不过有一点你小子说得对,一月挣这个数。"树老板伸手比画了个数字,骄傲地跟他挤挤眼睛。

于甯河展颜一笑:"那再好不过,这顿可要树老板请。"

树老板:"那必须的啊!跟树老板客气啥?快进去坐着,我给你们做菜。"

"哟,那可替我省了笔大的。"程鼎顾在旁边笑着说,"多谢树老板了。"

于甯河和程鼎顾在顶楼找了一个临窗的座位坐下。

顶层是特地挑高了建的,黄昏时分,黄浦江冷风习习,放眼望去,霓虹万丈。再往远方看,是纸醉金迷的十里洋场。此时此刻,无数人沉醉在夜上海,越陷越深。

程鼎顾:"这里我来过好几趟了,苏州那家只卖咖啡和简餐,这里花样多些,地段也是真的好。我前几次来都需要树老板特意留位,不然还真吃不到。"

程鼎顾无奈地笑笑:"壶碟的变化真挺大的,树老板现在本邦菜做得也不错,待会儿你尝尝看,他应该会做的。"

于肖河没有说话,侧过脸看黄浦江的浪一层又一层地起起落落。街灯亮起,洁白窗棂的阴影落下,将他干净的下颌映衬得更加分明。

他的眉骨和山根很高,眼角似有似无的水光被鸦羽般细密的睫毛隐去,眉心微微蹙着。他合上眼,伸手捏了捏山根,微微泛着白的指节扫过侧脸又放回桌面。

上海的模样总是瞬息万变,他半年多不来,这里又是别样的繁华图景。

"你这大半年……过得怎么样?"于肖河开口。

"嗐,我那就是家小公司,又刚起步不久,就那样呗。不过人工智能毕竟刚好赶上时代,总体来说是越来越好了。下回我带你看看我们公司新研发的程序,你要觉得可以,考虑一下再合作。"

"跟你我最信得过。"于肖河言简意赅。

程鼎顾沉默了半晌,缓缓开口:"肖河,我觉得你和以前真的越来越不一样了。"

于肖河一怔,随后笑了一声:"有吗?我没注意。"

程鼎顾的眼神闪烁。有时候他会在心里想,于肖河是什么时候变成这样的呢?随后他发觉,是三年来的每一天,慢慢把于肖河磨成了现在的模样。

楼梯间传来树老板的脚步声:"菜来喽——"

等菜上齐,于肖河定睛一看,还是和几年前一样的菜式和品相。

松鼠鳜鱼,头昂尾翘,色泽金黄,鱼肉外酥里嫩,酸甜可口,毫无腥膻之味。

蟹粉豆腐,此时正是雌蟹当季,树老板用的是当天从苏州阳澄湖运来的螃蟹,蒸熟剔出蟹肉、蟹黄,中火慢炖出锅。

百叶烧肉,色泽红润,香而不腻;翡翠菜心,用鸡汤慢慢地煨出甜味儿;清熘虾仁,鲜明透亮,软中带脆;芝麻茶饼,用上好的大红袍入味儿,取十几粒白芝麻点缀,茶香满口。

不是他们先前猜想的本邦菜,而是清一色的苏式菜,于岢河的眸光微动。

树老板:"树老板知道你念着这味儿呢,快尝尝,看看和以前相比,树老板的厨艺有没有退步。"

于岢河:"谢谢树老板,有心了。"

可惜的是,菜还是多年前的味道,他最爱的人却不见了。于岢河看着眼前的美味佳肴,迟迟没有动筷。

树老板何其了解于岢河。他轻轻叹了口气:"岢河,其实望珊刚来过。"

"她怎么在这里?"于岢河下意识站起来,险些一个踉跄。

"岢河,你别这么激动,我和树老板也是不久前才知道。"程鼎颐也站起身。

"说是作为R大保研的研究生来F大交流学习一年,那小娘鱼特别出息,真给她家里人长脸……"树老板突然顿住,看向于岢河,"岢河,对不住啊,我……我也没什么别的意思……"

于岢河伸手止住树老板的话:"没事。"

他们吃完饭又谈了些陈年往事,于岢河和程鼎颐告别树老板,一齐向外走。

程鼎颐:"我的车就在这附近,我送你回去吧。地址告诉我。"

于岢河淡淡地说:"南隅独墅。"

程鼎颐一听就笑了:"嚯!那地段,你家老爷子的房啊?"

于岢河面色不改地说:"不是,我的。"

程鼎颐沉默许久后缓缓开口:"岢河,你真是厉害,大二创立山河,三年时间不到,公司一跃成为世界五百强。我时常觉得就算你没有老爷子那些家底,也迟早走到今天的位置。"

于岢河不置可否。山河的事情本就没多少人知道真相,现在亦无须再提。

"我多嘴问一句,岢河,你会去找她吗?"

于岢河身形一顿,随即恢复常态。他对着窗外笑了一声:"怎么可能。"

南隅独墅A区1栋101室，门口停着一辆崭新的黑色路虎。

咔嗒——

于岿河打开玄关的灯，大致看了一圈屋内的布置。

真不愧是夏成蹊帮忙装修的房子，冷淡的极简风格，还真像他，没有一点儿烟火气。

好在用的都是好东西，那单人沙发于岿河一坐就知道，没有几十万买不着。

于岿河抬起骨节分明的手，扯开黑色领带丢在床上，脱下一身西装，走进淋浴间，打开凉水。

"呼——"

冰凉的水让于岿河清醒许多，他拉开淋浴间的玻璃门走出来，下身裹着浴巾，发丝因为水汽显得越发黑亮，发尖上的水滴在卫生间的瓷砖上，映出微光。

于岿河缓步走到客厅，拉开柜门，打开一瓶酒就往嘴里灌。他烦躁地回复了秘书黎阳发来的消息，然后抛开手机，整个人瘫在床上，嘴里喃喃念着"任望珊"三个字。

三年不见，她回来了，现在和他在同一个城市，还见了同一个人。她现在好不好？在没有他的三年里有没有照顾好自己？

听树老板的口吻，她这几年过得很好，但有没有照顾好自己实在不太好说。

他把手臂横在脸上，像是怕被谁看到自己此时的表情。平日里的他成熟稳重，做事总是有条不紊，但这样的面具在他念出任望珊这个名字的时候已经破碎了。

他不说，也不想，却怎么也不能忘。

他以为时间可以抚平伤痕，可是哪怕只有一点点任望珊的气息存在，他依旧会沉默。

他们的分开是残酷的现实，任望珊依旧善良美好得让他心动，可惜他已经没有余力和勇气再去爱她。

回忆如狂风骤雨般席卷而来，侵占于岿河的所有思绪。

七年前——

2012年12月20日，星期四。

昆城一中，高一（1）班。

"文漾笙！救命啊！我英语选择题忘写了，快借我，快快！"程鼎顾一手拎着书包，一手拎个鸡蛋灌饼加里脊火腿，风风火火地闯进教室，吵醒了一堆昏昏欲睡的"熬夜星人"。

"忘个锤子啊忘，我看你就是皮痒！第一节课就是王老师的，你还敢不写英语。喏，一分钟。"文漾笙反手一扔试卷，顺道翻了个白眼。

"嘻，姐你最好了……哎哟，老于你咋还睡呢？王老师要来了啊，王老师！"程鼎顾一边儿写英语，一边儿啃着鸡蛋饼，仓促间回头一看，于岂河居然还在睡。

"没写的是你，又不是我，忙你的去。"趴在桌子上的少年懒洋洋地回答了一句。他眯着眼抬起头，看还有两分钟才开始早自习，便换了个姿势继续趴着。

从侧面看，少年的皮肤很白，尽管他闭着眼，依旧可以看出眼睛狭长的形状。墨黑的睫毛鸦羽般垂着，随着呼吸微动，在高挺的鼻梁上投下一小片细碎的阴影。

于岂河感觉整个人被窗外的冬日阳光晒得暖融融的。

"呼！爷终于又活了！"程鼎顾揉了揉发酸的手腕，一抬头只见红色的6：50显示在广播喇叭旁边的电子钟上，赶紧猛地向后一靠。

标准的杀伤式叫醒，差点儿没把于岂河震下去。

于岂河反手就往程鼎顾的肩上拍了一巴掌，没来得及说话，只听王老师的高跟鞋声踩着早课铃渐行渐近，他只好赶紧再补了一掌。

王老师，本名王羡鸢，英语老师兼班主任，是一位1985年属牛的东北大美女，有着牛气冲天的脾气。

有一段时间，体育委员程鼎顾认为英语老师不仅牛气冲天，还是个大美女，综合来看就是"有着神仙颜值的黄牛"。

神仙不神仙的王老师倒是不介意，不过这事传开以后，程鼎顾就没逃过"抄写第一单元单词二十遍放学前交"的命运。

自此以后，程鼎顾便规规矩矩地称英语老师为王老师，还约束了一帮意图给王老师起外号的不安分之徒。

"欸，对了老于，咱班要来转校生，你知道吗？保真啊。"程鼎颀转过来说，"老萧跟我说他早上来的时候见着了，挺好看的。"

"噢。"于峉河没怎么理程鼎颀。他懒懒地抬起头，刚好看见王老师带着个女孩子走进教室。

新来的女孩子逆光站着，先映入人眼帘的是一道纤瘦剪影，再近一些就可以看见她桃花眼里的茶棕色眸子浅浅发亮。

她的眉毛又弯又黑，皮肤细腻白皙，下颌微微扬起，看起来温柔自信。浅棕色披肩发，白色羊羔毛外套，黑裤子，小白鞋，整个人显得青春又明媚。

对了，她进来之后，教室里好像有好闻的柠檬味儿。

是漂亮，于峉河心想，不过跟他有什么关系？

"老于！老萧没骗人，真的是大美女啊！"程鼎颀转过头用气音讲，浮夸的声音在安静的班级里很是响亮。

耳聪目明的王老师往这边狠狠瞪了一眼："程鼎颀！你看看都几点了？你讲还是我讲？"

"啊哈哈……当然是您，王老师您讲！"

王老师也不想占用太多上课时间跟程鼎颀掰扯，对女孩儿招招手，示意她站到讲台前面，然后对大家说："这位是我们班的插班生任望珊，以后就是大家的同学了。大家欢迎一下。"

任望珊点点头："大家好，我是任望珊，大家叫我望珊就好。初来乍到，请多关照。"

她看起来好乖的样子。

长得好就是吃香，全班同学对新同学的第一印象着实不错，"颜控"更是热烈地鼓起了掌。

程鼎颀安分不下来，连忙问："王老师，那咱们望珊坐哪儿啊？"

王老师懒得理他，把马上到嘴边的那句"关你什么事"强行收了回去。她回头看了看任望珊，问道："你多高？"

任望珊乖乖回答："163厘米。"

王老师往程鼎颀那边看看，眯起眼睛，若有所思，程鼎颀被盯得起了一身鸡皮疙瘩。

事实证明，枪打出头鸟，程鼎颀被光荣请上了"诛仙台"——就是靠着讲台，距离老师最近而之前一直空着的位置。

"这样最好，任望珊同学前面是英语课代表，后面是班长，有什么不方便的也可以直接和班委沟通。至于你——我早就想把你调到这儿了，省得英语课老睡觉。"

"老师，其实体育委员也是班委的一分子……"

王老师白了他一眼："现在，立刻，给我换位子！"

程鼎顾："得嘞，遵命！"

王老师清了清嗓子："这节早自习也过去一小半了，昨天布置的作业我就不收了，等会儿第一节课前后桌互批，大家现在就自习吧。新同学慢慢收拾，不急的哈。"

说完她就踩着高跟鞋风风火火地回办公室喝奶茶去了，班里只静了几秒钟就再次吵闹起来。

文漾笙转头看看默不作声整理书包的任望珊，露出爽朗的笑容："你好！我叫文漾笙，英语课代表。你后面那个叫于崤河，是咱班班长，我跟他是发小，特别熟。

"副班长是夏成蹊，跟咱们隔得远。你看那边，第六组穿黑色大衣、戴眼镜那个就是。别看他平时话少，看着冷冰冰的，其实人很好。

"刚刚那个讲话特别不着调的是程鼎顾，体育委员，去年运动会他一个人拿了四十分呢，等会儿他肯定来找你聊天。还有我前面那个小小的女孩子，是语文课代表戚乐。"

都说班里第一个对你笑的人以后和你的关系会特别好，任望珊认真听她介绍完，轻声问："你的名字怎么写啊？"

文漾笙一愣，随即把刚从程鼎顾那里拿回来的英语卷子摊开给任望珊看。

任望珊笑着说："名字很好听，字也很好看欸。"

她的声音温温柔柔的，又带着一点儿亮色。冬日的阳光懒洋洋地洒在她身上，连她脸颊上的茸毛都照得一清二楚。

"对啦，请你吃糖吧，柠檬味儿的。"任望珊笑盈盈，脸上有浅浅的酒窝。

文漾笙觉得她好温柔啊，谁不喜欢温柔的人呢？

文漾笙的声音不大，于崤河在后边听不太清。不知她跟任望珊讲了些什么,任望珊被她逗得捂着嘴笑起来,笑声清脆又温柔。

于岿河随意地抬眼看过去,觉得新来的女同学仿佛每一根头发丝都透着张扬而骄傲的光芒。

他手里的笔在他发呆时不小心刺进了掌心,扎得还挺深,流了些血,他却毫无察觉。

于岿河叹了口气,抽了张纸巾胡乱地擦了擦,开始看数学附加题的最后一问。

那虽然是他们高二才会接触的内容,但某位班长的学习进度永远和班里其他人不太一致,老师们也见怪不怪。

文漾笙探头看了看班长的学习进度,突然想起刚刚忘了跟任望珊说,于岿河其实是荣誉榜上的常驻榜首,同时也是天天被王老师追着背英语语法的全年级第一。

喧闹的早自习很快就过去了,王老师准时在第一节课上课铃声结束时出现在班级门口:"前后桌交换卷子,我五个一报,大家相互批改,动作快。"

于岿河往左前方偏头一看,任望珊没英语卷子。他搬起凳子往过道上随意一坐,把卷子给了任望珊:"批吧。"

"啊?那我改啦?"

"嗯,愿意的话做点儿笔记,我字丑,懒得写。"于岿河漫不经心地说。

"好的。"任望珊跟着王老师的速度,认认真真地听讲,一对一地改选择题。

昆城一中是省重点,比她之前读的市重点更好一些。教学质量高意味着她最近这段时间得特别认真地听课,熟悉各科老师的讲课风格,跟上学习进度。

"字这么好看,学过?"少年感十足但略显慵懒的声音突然从左侧传来。

"啊?"任望珊一抬头,刚巧对上于岿河黑漆漆的眸子。

于岿河伸出骨节分明的手指点点她的字:"瘦金体。现在都流行练行楷吧,练这个的倒挺少的。"

任望珊有些惊讶，也有点儿开心，没想到他还懂这个，她以前的同学都不懂。

她点点头："我妈妈喜欢，我也很喜欢。"

于岿河拿过笔："对了，还没自我介绍呢，我的名字这么写。"

他认真地在试卷空着的姓名栏上写下自己的名字——于岿河，岿然不动的岿，山川河流的河。

任望珊发现于岿河写字也很好看，莞尔而笑："行楷。"

于岿河轻轻耸肩："家里长辈逼着练的。你的名字呢？怎么写？"

任望珊拿出笔记本，接过笔写了自己的名字。

其实于岿河不介意自己的试卷上出现其他人的名字，看见任望珊找本子的时候他愣了愣，没明白她要干什么。

此刻，于岿河饶有兴致地看了一眼纸上的名字——望是不负盛望的望，珊却不是姗姗来迟的姗。

"下一题，班长，跟大家说说 dare（挑战）的三种用法，我昨天刚整理过表格给你们背的，记得吧？"王老师突然点名。

"不记得。"于岿河站起来，一本正经地说。

任望珊看了眼于岿河，然后低头看向英语笔记本上密密麻麻的笔记，欲言又止。

王老师扶额："抄十遍，下课送到我办公室。程鼎顽！站起来讲！"

程鼎顽噌的一下站起来："二十遍，得嘞，下课就送到！"

王老师："……"这两个人要气死她了。

其实于岿河的英语成绩不算差，在刚刚结束的期中考试里考了95分，算是不高不低吧。可与其他几门的优异成绩一比，王老师对班长英语成绩的期望就不满足于95分了。

丁零零——

第一节课下课，全体学生下楼整队跑操。

"班长。"任望珊看着于岿河把椅子搬回原位，没忍住问了一句，"咱们学校不需要穿校服吗？"

她刚转来的时候领到一套黑白色校服和一套正装校服，可班里好像没几个人穿。

"高三之前没有穿校服的强制要求,但是每周一的升旗仪式学校有规定,要求穿那套正装校服。"于峃河回答。

任望珊点点头:"谢谢班长,我记住啦。"

跑操的时候任望珊排在文漾笙后边,她细胳膊细腿的,跑得气喘吁吁,有些跟不上。

文漾笙慢下来说:"你体育好像不行啊望珊,咱们学校体测很严格的。不过你放心,我会带你的,保过!"

任望珊点点头,咬着牙继续跑,两圈跑下来,她累得晕乎乎的。她去食堂小卖部买了三瓶橙汁,一瓶递给文漾笙,一瓶递给了班长。

程鼎顾看到后疯狂抗议:"我怎么没有啊?"

抗议换来的是文漾笙拍在他后脑勺的一巴掌:"谁叫你刚刚不来打招呼,自己买去。"

任望珊笑着说:"我的给你吧。"

程鼎顾瞬间精神百倍,拿着橙汁活蹦乱跳:"话说今天不是玛雅人预测的'世界末日'前一天吗?生命的最后一天,大家晚上要不要嗨起来!"

于峃河撑着脑袋说:"十遍我刚刚抄完了,您的二十遍呢?"

程鼎顾脚下生风,丢下一句"算您牛啊",麻利地溜了。

此时,窗外的阳光还在一寸寸地升高,窗棂上云影斑驳,柠檬味儿在冬日干燥的空气里酝酿,恰好容得下数不尽的微风和谈笑。

上课铃响,在老师进来之前,任望珊想,即便是"世界末日"前夕,这样度过好像也挺好啊。

昆城一中的班级和她想象中的有点儿不一样。

"任望珊,以后每周六下午放学记得值日。"夏成蹊走过来挥了挥手里的值日表。

"好的,副班。"

程鼎顾松了口气:"终于熬到周六了,我的游戏!我的零食!"

"吵什么吵!看看现在放学了吗?程鼎顾我大老远就听到你的声音了,延时课还没上呢就嚷嚷,这么急是赶着回去打游戏吗?"

任望珊转头去看,是教历史的钱主任在说话。

文漾笙悄悄靠过来:"望珊,你还不知道,这老钱,抓纪律,收手机,事特多……但人还是挺好的。你带手机了吗?程鼎顾偷着带手机被他收了两回了。"

任望珊原来的学校让带手机,方便他们随时联系家里人,可是她现在没什么家里人能联系了,带不带手机也就无所谓了。

正说着,老钱挺着个啤酒肚晃晃悠悠地逛过来,手里还拿着一沓卷子:"这节延时课,卷子还是能做多少做多少,不收,剩下的带回家当作业。"

大家都松了一口气,小科不愧是小科,作业不会有主课那么多。

半小时的延时课很快就过去了,老钱拍拍屁股起身走人。

放学后,不值日的同学都走了,文漾笙本来是要等任望珊一起走的,偏偏她父母催她赶紧出校门去见个亲戚。她拗不过父母,叹了口气,只好跟任望珊道别。

天空突然下起雨来,薄薄的水雾把窗棂和外面的树隔到更远的地方,面前只剩下一片辽阔的空茫。

其实雨不大,苏州这一带的冬季很少下雨,是风搞得太紧张,将千万颗玉珠连成一线。

任望珊皱眉,她没有带伞。

于肖河斜斜地靠在门口旁,得等所有值日生做完值日才能离开。这周本来轮到夏成蹊盯着,不过他今天家里有事,便把这事托给了于肖河。

任望珊放好扫把,把散下来的头发扎好,梳成马尾辫,起身欲走。

于肖河斜挎着书包往门口一挡:"同学,有伞吗?"

任望珊摇摇头。

于肖河插兜儿往外一跳:"走,我送你回去。"

任望珊抿了抿嘴唇:"不用啦,班长。"

"嘁,我又不是没名字,你看班里谁叫我班长了?"于肖河直起身,随意地笑着说。

"那我也不叫同学啊,你看班里谁叫我同学?"任望珊也不知道为什么,瞪着眼睛直接顶了回去,嘴比脑子快。

于肖河乐了,看着她无奈地叹了口气:"走吧,没事,班长送送同学很正常的。漾笙、戚乐她们几个我都送过,王老师也知道。"

任望珊垂眸不语。她从小身体就不太好,一淋雨准发烧生病,但她又有点儿不好意思。

于峭河一把拿过她的书包,搭在自己肩上:"走了,发什么呆?"

雨像绢丝一样又轻又细,四周苍翠的树叶被雨帘笼罩着,似明似暗,隐隐约约,像是要在雨中融化了。

于峭河撑着伞,有一句没一句地跟任望珊搭话:"我刚看到你双肩包肩带上有一圈刺绣,很好看,是家里人给你绣的?"

"我自己绣的。"

于峭河一愣:"你还会刺绣?"

任望珊莞尔一笑:"苏绣,家里奶奶就是做这个的,我有样学样,也会一点点。"

于峭河看着她,这个女孩儿被天光笼罩,值得一切柔和与美好的事物。

她的笑容自信而骄傲,与之前温柔可人的笑容完全不同,那是一种透着自信的笑容,下颌微微扬起的时候格外明显。

她的面部弧度很柔和,碎发随风扬起,茶褐色的瞳孔里好像有星星在闪烁,与天光交相辉映,仿佛是人间第三种绝色。

短暂的雷阵雨过后,天边出太阳了。

"走过这条河堤就是我家啦。"任望珊朝他眨眨眼睛,"我自己走过去就好,已经不下雨了。"

于峭河他们这拨少年都好往热闹的城东走,鲜少涉足城西一隅,于穆——于峭河的父亲也没带他来过。

他笑笑说:"还是陪你走过去吧,别赶我啊。"

任望珊笑起来:"不赶你。"

他们慢慢走在河堤之上,少年的衣角被冷风吹起,但他一点儿也不觉得冷,心里反而暖暖的。女孩儿的头发被风吹乱了,她抬手重新把马尾辫束好。

淡紫色的烟霞落在郁金色的湖水里,再映进少年人细长的眉眼中。远处金黄色的光盖在偌大的树冠上,随风淹没在河堤里。

任望珊边走边悄悄观察身边的男生。

013

他的眉毛很浓,是墨黑色的,脖颈很长,她仰头时能清晰地看见他脖颈处的细汗。他浑身上下仿佛镀上了一层毛茸茸的光,透着正当年少的味道。

任望珊在这一瞬间感觉很轻松,轻快地在雨后日光下的河岸上小跳着。

于岢河笑着问:"你是会跳舞吗?"

任望珊也不掩饰:"当然会啊,我有什么不会的?"

"哦?没什么不会的啊。"于岢河若有所思,"那会唱歌吗?"

任望珊骄傲地仰起头:"你觉得呢?"

于岢河觉得这女生挺有意思,她不说话的时候看起来温温柔柔的,一说话又透着股掩藏不了的自信和张扬。

于是他饶有兴致地说:"那——作为班长送你回家的谢礼,我能听听吗?"

任望珊听见这话之后沉吟了许久,在于岢河马上要脱口而出"算了"前,轻轻开了口,于岢河赶忙把话咽了下去。

Lavender's blue dilly dilly

Lavender's green

When I am king dilly dilly

You shall be queen

...

While you and I dilly dilly

Keep ourselves warm

歌声悠扬,化作一阵春风,在冬日里显得尤为动人,催促着于岢河的脚步,也惊破了他冗长的梦。

河堤边老树上枯黑的枝条嵌进黄昏,好像要回春,四下是静谧的长天,春风一吹,水波温柔。

"什么歌啊?还……挺好听的。"于岢河努力让自己说话不结巴。

"是一首欧洲民谣,我妈妈以前经常唱给我听,挺老的了。"任望珊轻轻闭了下眼睛。

"学校的跨年晚会要到了,考不考虑报个节目?"于峕河轻声问。

任望珊没立刻答应,似乎是不想多说,于峕河也没开口催促。

"前面的路被淹了。"两个人又走了一段,于峕河望着前方说。

"啊?"任望珊万万没想到这么点儿小雨也能淹了一段路。

她极力掩饰自己是刚搬来这里的,于是说:"这里地段不太好,这种情况常有。"

"那你之前都是怎么过去的?"

"……"

于峕河笑笑,没多说什么,把书包卸下来给望珊背好,往她前面一蹲:"我背你好了。"

任望珊顿时蒙了,等回过神来已经在于峕河背上趴了两三分钟了。他的脊背宽阔温暖,仿佛可以让她就这样依靠下去。

于峕河没怎么背过人,起身时用力过猛,险些踉跄着摔倒。他背稳她后轻飘飘地说:"我说任望珊,你的个子白长了啊,这是有多轻啊,我隔壁六年级的小妹妹都比你壮实。"

"八十二斤。"任望珊支支吾吾地回答。

于峕河皱眉:"太瘦了。"

任望珊不服气:"你说就说,干吗拿六年级的小妹妹跟我比啊?"

于峕河:"我除了那六年级的小妹妹也没背过谁了啊。"

任望珊:"噢。"她不自觉地摸了摸自己的耳朵尖。

于峕河的身上有股特别的香气,像雨后的薄荷青草味儿。任望珊眨了眨眼睛,偷偷吸了两下鼻子。

她呼出的温热气息落在于峕河的耳后,于峕河有些痒,此时是冬天,他却感觉春天近在眼前。

很多年以后,于峕河回想起那个雨后日光下的河岸,特别庆幸他那天答应了和夏成蹊换班儿。

他永远记得那首民谣和她柔和的声音,记得瘦小的身体乖乖趴在他背上,记得她说话时嘴里哈出的白气,记得 2012 年天光之下的少年心事。

如今这些回忆都残酷地化作泡影,他宁愿从未记得。

晚上六点，任望珊回到了亮着昏黄灯光的小出租屋。她拿出钥匙开锁进门，爷爷奶奶已经笑盈盈地在小小一方餐桌旁等着了。

"珊珊回来啦，奶奶做了你喜欢吃的菜。"奶奶笑着起身接过书包，"今天隔壁王阿姨给咱们带了条鱼，明天中午奶奶就给你做鲫鱼豆腐汤。"

任望珊笑着说："好啊，明天我返校前去谢谢王阿姨。"

一方天地，一盏灯火，两碟小菜，和乐安宁，有时候任望珊觉得这样就很好。

她并不奢望以前那样的优渥生活，她更想要的是一家人聚在一起，在餐桌旁谈些趣事，话些家常，把一顿饭好好地吃完。

要是任先生和望女士也在就好啦。

吃完晚饭，任望珊帮奶奶洗碗，把一个个盘子细细地擦干净放好后才回到她的小房间。

她关了灯，借着月光打开床头柜的木质抽屉，取出一个铁盒放到膝盖上。

她靠在床头，盯着那个盒子看了良久，然后慢慢打开，拿出一个小红本——她父母的结婚证。

照片上的任幸川先生搂着望溪女士，笑容灿烂阳光。望溪女士温婉地微笑着，眼里尽是嫁给爱情的幸福泪光。

任望珊想起了他们还没有入狱时的事，爸爸虽然很忙，但是每个月必定会休几天假，带上望溪女士和她去某个或热闹或安静的地方走走看看。

有时候是熙熙攘攘的游乐场，有时候是某个小众的古城小镇，有时候他们也会自驾游去某座山里面住几天，体验风土人情。

他们遇到不同的人、不同的事，如此生活，如此善良。

任望珊用指尖轻轻摩挲着照片，心里弥漫苦楚。所有人都不信你们、指责你们，连爷爷奶奶都让我少问这件事。爸爸妈妈，我到底要怎么做？我要怎么办才好……

视线渐渐模糊，任望珊惊觉眼泪已经滴到了照片上，在粗糙的卡纸上一点点晕开。她忙用手抹去泪渍，小心翼翼地放好照片，那是她的珍宝。

谁都不相信他们，没关系，她任望珊一个人信就行。谁都不让她过问这件事，那她就自己查。

十六岁这年，当她连夜跟着爷爷奶奶坐车到这个地方的时候，她就确切地感受到了一夜长大的滋味。

无尽的生长之痛像附骨之疽，令她痛不欲生。

她不能再在父母的保护下肆意地撒娇和大哭了，再也没有从前那样无忧无虑的生活了。

她明白现在的自己该做什么、不该做什么，她必须努力考上好的大学，踏入社会上层。

总有一天，她会追溯过往，查清真相，还家里一个清白。那是她唯一的出路。

"珊珊呀，今天工地的包工头给每人发了小橘子，可甜了，快出来吃。"

任望珊忙起身擦了擦眼泪，对着窗户仔细确认眼睛红肿得不太厉害，才答道："来啦，谢谢爷爷。"

出了门，她又是那个爱笑的、太阳一样的任望珊，把辛酸、不甘与想念尽数咽下，都留给自己。

她当然不是吃不了苦又什么都不懂的大小姐，她从小就很要强，能学的东西就都学一些，涉猎很广。任氏集团还没出状况时，人人都赞她是个少有的才女。

现在没有强大的背景，她要想给爷爷奶奶更好的生活，要想帮父母翻案，就不能矫情，更不敢矫情。

她还要一个人走很长很长的路，而且不像其他同龄人，此时的她已经毫无退路。

她想起刚才河岸边于肖河的模样。她羡慕那样鲜活的、不带任何杂质的笑容，这样的笑容她已经很久没有过了。但她没法儿回头，她的自尊和骄傲不允许她哪怕是一秒钟的低头。

任望珊回房打开灯，做完作业又整理了几道数学错题。她轻轻躺在床上，强迫自己睡着。

2019年10月2日，星期三。

　　于岜河睁开眼时已经是上午十点，他起身套上家居服，摇了摇头迫使自己迅速清醒。

　　拉开窗帘，原本昏暗的房间顷刻明亮起来，阳光灿烂，刺得他几乎睁不开眼。他抬手遮住阳光，随手打开柠檬味儿的空气净化器。

　　透过落地玻璃窗向外看，上海繁华的街道上满是熙熙攘攘的身影，街边大多是欧式风情的纪念品店和餐厅，间或看到两家博柏利。

　　简单洗漱过后，于岜河打开电脑开始一天的工作。

　　于氏集团的工作繁多，他的秘书黎阳正在休国庆假，没法儿给他分担工作，再加上他还要打理山河，更是感觉负担繁重。

　　"喊，谁在国庆假期还工作啊？自虐狂吗？"

　　于岜河耳边忽然响起程鼎顾贼兮兮的揶揄，一时难以静下心来。

　　其实他手头的工作国庆之后再处理也不迟，只是他习惯让自己忙起来，因为一旦放松，他就会情不自禁地想些不该想的事情，比如以前，比如任望珊。

　　他重重地吐了一口气，仰面往床上一躺，烦躁地闭上眼睛。

　　嗡嗡——嗡嗡——

　　微信提示音响起，应该是黎阳来消息了，于岜河就当没听见。

　　任望珊也在这座城市，离这里很近吗？她现在在哪个地方？于岜河满脑子只有这些。

　　可真是奇怪啊，他明明知道她和自己在同一个城市，但就是不敢靠近。明明已经过去了近三年，他还是连基本的问候都不敢说出口。

　　分开将近三年，他以为自己已经心如止水，可是当任望珊这个名字从别人嘴里讲出来的时候，他内心那股汹涌的情感顷刻破土而出。

　　于岜河又想起昨晚他在壶碟不受控制的反应，无声苦笑。都说真正深爱过的人分手后不可能再做朋友，他是真的信了，但他也真的快要疯了。

　　于岜河起身，强迫自己进入工作状态，不再去想那些过去的事。明明是他先选择的放弃，又有什么资格在这里后悔？

　　如果当时他没有放弃……可惜已经没有如果了。

手机屏幕又亮了,是夏成蹊打来的电话。于岢河这次没装聋,懒懒地按下绿色按钮,接通了电话。

"昨天到上海了?住得怎么样?"夏成蹊问。

"兄弟,这装修可颇有你的风格啊。沙发不错,我还挺喜欢的。"

夏成蹊完全不理会他的嘲笑,径直回答:"收拾一下,我快到你家门口了。"

"什么?"于岢河错愕地问,"你现在要来?"

回答他的是一串忙音。

上一秒于岢河还是鸡窝头、家居服,下一秒就一身巴宝莉男士高定。发胶一抹,胡楂一刮,欧米茄周年限定手表一戴,金边古驰眼镜再这么一架,他俨然是一个社会精英,走出去分分钟迷倒万千女人。

五分钟后,一辆低调的灰色辉腾停在南隅独墅A区01栋101门口。夏成蹊步伐稳健,一手拎着牛皮公文包,一手回着手机上不断跳出的信息。他身着一身棕黑格子西装,在于岢河的门口投下一片阴影。

"皮鞋又垫垫儿了吧?都快比我高了。"于岢河拉开门,看见友人,漫不经心地说。

夏成蹊不去辩驳,换鞋进门,无声地往于岢河的宝贝沙发上一坐。

"咖啡?茶?还是酒?"于岢河走到厨房。

"茶。我要你私藏的凤凰眼老茶饼。"

"抠死你得了,什么事啊这么急?"于岢河背对着夏成蹊切那块茶饼。

"任望珊的PTSD(创伤后应激障碍)复发了。"

这一刻,时间仿佛突然静止了,于岢河的手抖了一下,他甚至能感受到自己的脊背在微微发汗。

"她……最近不好吗?"

夏成蹊听得莫名其妙,皱眉问他:"于岢河,你扪心自问,你觉得她这三年过得能有多好?换作是你,你这些年就能好吗?"

于岢河的脊背发麻,身体僵硬,没法儿动弹。

"二次伤害本来就对患者不利,更何况当时连着小笙那件事……"夏成蹊顿了顿,似乎在调整情绪,"你知道的,文漾笙的坎儿我能跨过去,她却跨不过去。她一直觉得自己是罪人,给自己的负担和压力很大。她过得一点儿都不好。"

"你……也没办法吗?"

"你觉得她需要的人是我还是你?"夏成蹊淡淡地问。

于岢河猛地一颤:"不是的……"

"于岢河你听清楚了,我今天过来告诉你这些有违心理医生基本职业道德,但我是真把你当兄弟。我以私人身份告诉你这些,是不想看到我最好的兄弟跟我失去文漾笙一样,失去他最爱的女人。"夏成蹊走近,抢过茶杯一饮而尽。

"我先走了,下午还约了其他人。老茶饼给我留着,下次再沏吧。"说完他扬长而去。

关门声在于岢河的耳边萦绕许久才消失,他给自己倒了杯白的,低头一看,不知道什么时候变成了红的——是血。

细长易碎的酒杯碎在了他的手里,闪着光的碎片扎在肉里格外刺目,可他的手一点儿都不疼。

于岢河笑得特别苦,患有先天性痛觉缺失症的他从来不曾体会皮肉之痛。流血不疼,疲累不疼,可是任望珊,为什么此刻我左心房的位置好痛啊。

我曾经跪着哭了又哭,求了又求,次次卑微,次次难过。当我决定放过你的时候,我的左心房也是这么痛。

谁说痛觉障碍患者是感觉不到疼痛的呢?

于岢河听过一句话:疼痛是生命的体征之一。

也就是说,活人才会疼痛,可偏偏他在生命最鲜活的时候感觉不到疼,等到心变得冰冷了才有了痛觉。

两个人相遇相知是概率很小的事,相爱的概率更是微乎其微,那他们这样的结局又是多少概率中的意料之外呢?

于岢河就这样,任凭手流着血,蹲坐到天黑。

2012年12月25日,星期二。

一大清早,夏成蹊走进教室点了几个男生:"去王老师办公室搬水果。"

程鼎顾:"啊?王老师干啥?平白无故请我们吃水果。"

"顾哥啊,谁说搬水果就是给我们吃的?你倒自觉。"文漾笙贫嘴。

于岢河正翻着程鼎顾的相机玩儿:"你相机里怎么这么多以前的照片?"

程鼎顾:"嗐,以前瞎拍得太多,忘删了呗。"

于岢河:"望珊怎么了?"

程鼎顾莫名其妙:"你在说啥?"

于岢河:"听错了。"

程鼎顾:"……"

于岢河感到尴尬,忙招呼大家一起去搬水果。五分钟后,六个大箱子被摆在了教室门口,一起来的还有周逾民和王老师。

语文老师周逾民,自言其名取自"叔齐久而逾民",即历久而名声日益显著。事实上,他的威名确实昭著。此时此刻,老周正笑盈盈地看着同学们,那笑容……不免让人为之胆寒。

"同学们啊,今天是圣诞节,我们一班的全体老师集资给大家买了平安果,希望大家顺利平安地跨年!鼓掌——"

老周带头鼓掌,毕竟吃人嘴软拿人手短,全体同学只好顺着他卖力表演,疯狂鼓掌。

"所以……大家拿到平安果开心吗?"王老师笑嘻嘻地问。

"开——心——"

"既然开心了,那咱们来做套卷子定定神,把平安果收好,考完再吃。120分钟倒计时马上开始,把桌面上的东西都收拾干净……"

全员蒙头的时间不超过三秒,大家知道求饶无望,凄凄惨惨地准备考试。

任望珊每次拿到英语卷子都喜欢先看作文,她学英语有个爱好,就是专门搜集疑难杂句、小众短句和高级词汇,这些用在作文里很出彩。25分的作文她次次都能拿20分以上,这是她的优势。

她一般不提前看听力,因为她从小就上双语课,闭着眼睛听都能选出来。单选15道题,她一直保持着20秒一题的速度。

完型填空是她的弱项,最差的一次错了六个,所以她留了充裕的十五分钟。阅读理解AB篇没难度,重点放在CD篇。至于任务型阅读,

021

她一眼看下来感觉挺简单的,9分以上没问题。

做完卷子,任望珊偷偷瞄了瞄其他人,大家都还没做好呢。她按捺住心里的小开心,开始算分。卷子不难也不简单,她大约能考……最低的话102分?

120分钟过去得很快,不过任望珊还是等了很久。

"时间到,每排最后一位同学往前收。"英语课代表文漾笙喊道。

于岿河收走任望珊的卷子时隐约闻到她身上的香味儿有些变化,她好像换洗发水了,柠檬味儿比之前更浓一点儿。

"课代表,你和班长都来批卷子,戚乐也来帮个忙吧,争取一上午全部批完。"王老师抱着卷子从窗口朝里喊。

课代表答应着,抓起戚乐和于岿河,于岿河又抓起夏成蹊,四个人一溜烟儿进了办公室。

程鼎顾趴在窗外栏杆上跟隔壁班的朋友聊天:"上回月考我一点儿都没复习还能苟活在年级前五十是有原因的。"

隔壁班的萧宸问:"你又烧香了啊?"

"滚,这次爷在厕所里放了个钟。"

萧宸的嘴角抽搐了一下:"你……提前给自己送终啊?"

"放什么狗臭屁!"程鼎顾跳起来打了萧宸的后脑勺一下,"爷这叫成绩'有屎有钟',上回四十几名这回依旧四十几名!"

萧宸翻了个白眼:"有那闲钱还不如过些天去后街娴姐那儿吃顿烧烤。"

任望珊闲着无聊,边看数学错题边咬指甲。数学是她的天谴科,她就没上过130分,很多时候还没有语文考得高。她越想越气,赶紧吃颗柠檬软糖,瞬间舒畅多了。

这时候,批卷子的人也陆续回来了。

"望珊,王老师叫你过去一下。"戚乐在窗边轻轻地唤她。

"好的,来啦。"任望珊也轻轻地答。

任望珊礼貌地敲了敲教师办公室的红木门,王老师让她进来。她一开门,刚好和于岿河四目相对。

"考得不错啊,小课代表。"于岿河笑得很爽朗,身上还带着办公室空调的热气。

他头上绑着深蓝色运动发带，看来是准备直接下楼打篮球。任望珊对他点了点头，听到他的话有些蒙。

课代表？他在说什么啊？批试卷批坏了脑子吧？

任望珊慢吞吞地走到王老师办公桌前："王老师您找我啊。"

"望珊，你先看一下自己的卷子，我去泡个奶茶。"说完她拿起红茶包、牛奶包和珍珠包，踩着高跟鞋往茶水间去了。

任望珊拿到卷子先看作文，王老师给她的作文打了23分，任望珊还挺满意的。她再一看总分，111分。

听力、单选题全对，完形填空错三个，阅读理解错一个，任务型阅读扣了两分，总体还算不错，望珊心里有点儿满意。

王老师提着奶茶杯回来，吸了两颗珍珠："发现什么问题了？"

任望珊点点头："嗯。完形填空是我的弱项，而且我做任务型阅读时大意了，这个单词拼错了，明明默写过好多遍了。然后，作文的优势一定要保持住。"

王老师满意地点点头："嗯。你的英语字体写得着实不错，自己专门练过吧？是这样，我们班英语课代表本来有两个，之前和漾笙搭档的女孩子转学回老家了。"

王老师顿了顿，又吸了口珍珠："我刚刚和班长讨论了一下，想着这位子空了这么久，不如让你试试，也给漾笙减轻点儿压力。"

"一来，增进你和同学们之间的感情，感情就是通过交流传递的嘛，也好让你更快地融入班集体；二来嘛，你也管管那些不愿意好好学英语的同学，文漾笙和他们几个太熟，不太管得住。"王老师意有所指，任望珊也听得出来。

稍后，王老师带着任望珊回班，跟大家讲清楚了以后就准备回办公室喝奶茶了。

碰巧程鼎颀、于肖河和一群男生抱着篮球风风火火地回来了，带来一阵妖风。他们统一在厚厚的羽绒服里穿了短袖，一上球场把羽绒服反手一扔，打完又随手一套。

王老师见他们这样，瞪了他们一眼，转身走了。

"他们怎么都这样回来的，不怕感冒呀？"任望珊本来在和文漾笙聊天呢，见男生回来就问了一句。

文漾笙见怪不怪："习惯就好，男生好像都这样。"

于肖河回到座位上后打开冰百事就是一阵猛灌，随后咳了几声。天气冷，分子运动并不快，气泡声在空气中沙沙作响。

任望珊皱着眉，打开书包外层的拉链，翻出几包板蓝根。她想着还没谢谢上回于肖河送她回家，就转身把两包板蓝根拍在他桌子上。

任望珊："大冬天的，别感冒了。"

于肖河也没客气，利落收下："谢了，以后就承蒙英语课代表多多关照了。"

于肖河低着头，把下一节课的教材拿出来装模作样，实际膝盖上垫着本物理"五三"。

任望珊淡淡地说："噢。"

自从任望珊当上英语课代表，王老师发现于肖河竟然开始好好学英语了。当她看到于肖河下课认认真真杵在那儿背单词，时不时戳戳任望珊后背问英语题目的时候，整个人都傻了。

这小子，改邪归正也忒快。当然也有不改的，比如程鼎颀。

"其实你看，写英语作文的时候长句就很出彩，写原因、举例子的时候前面多用这样的高级词汇，是不是更有感觉一些？常见的连接词就不要用啦，多用一些课本上没有的连接词……"

"啊，还有，把简单的词汇替换成难一点儿的，比如……是不是看起来高级了很多？这样的文章在考试里就会比较吃香……"

任望珊慢慢地讲，于肖河认真地听。这种内容程鼎颀听着就跟天书似的，不出十秒钟他就睡倒了。

第四节课即将结束，马上要吃饭了，全体同学瞬间变身成发了疯的野狗，准备往外蹿。

于肖河还有几道题没问完，见马上下课了就说："等会儿你先去吃饭吧，其他题等你回来再说，我让程鼎颀给我带个面包就成。"

任望珊微微侧过脸："没事，我不吃，胃有点儿不舒服。"

"去医务室？"于肖河蹙眉。

"不用去，没什么大问题。"任望珊把脸转回去，继续靠在桌上记笔记。

"那这样,我让程鼎颐给你带个水果夹心的华夫饼吧,女生好像都挺喜欢吃那个的,看老夏总给文漾笙带。"没等任望珊回复,他又加了一句,"没事,不用跟他客气。"

任望珊没再回头,算是默许了。

在程鼎颐的再三推荐下,任望珊吃完了那个华夫饼,于是——进了第三人民医院。

罪魁祸首程鼎颐和于峟河站在医院走廊里面壁思过,戚乐拼命拦着文漾笙。

文漾笙:"我保证不打死他俩!连望珊芒果过敏都不知道,她芒果、蘑菇、莴笋都过敏的弟弟们!"

这俩人是真不知道,此刻还有点儿傻眼。况且任望珊也只跟文漾笙说过,谁能想到这个呢?

王老师在病房里叹了口气,看着病床上可怜巴巴的、起着红疹子的任望珊,准备给她家里人打电话。

"等一下!王老师,别打电话,他们……接不到电话的。"

王老师摇摇头:"学生在学校出了这种事情,老师都是有责任的。而且怎么会接不到电话呢?你转学过来的时候都有登记的呀。"

任望珊一把抓住老师的衣角,死活不放:"王老师,我已经没什么问题了,真的,别打电话,求您了,王老师……"

王老师看着这个漂亮的小姑娘眼泪汪汪的一副随时要哭出来的样子,没什么办法。

她叹了一口气:"那这样,先让他们几个来陪你,我回学校把这事备个案,你好好休息。"

王老师隐约觉得她家里应该有什么事,但任望珊不想多提,那就尊重她吧,来日方长,后面再慢慢问吧。

王老师心里这么想着,走出来轻轻合上病房门,转身立马变了一副面孔:"于峟河,程鼎颐,你俩就知道给我惹祸!"

于峟河把自己兄弟往身后一护:"老师,东西是我让他买的,跟程鼎颐没关系,要罚就罚我好了,我马上去跟望珊道歉。"

程鼎颐在旁边感动得一塌糊涂,吸着鼻涕说:"于哥,我这辈子绝对跟你混了!"

王老师往旁边让开了一步，算是默许。

于岢河轻轻推开虚掩着的病房门，敲了敲门框："那个……我现在可以进来吗？"

"于岢河？进来吧。"任望珊听出了他的声音。

于岢河轻轻掩上门，刚想跟她道歉，任望珊却先一步开了口："不好意思，给你们添麻烦了。"

于岢河一愣："没有，是我的问题，我应该跟你道歉。"他顿了顿，又补充说，"你不能吃的我都记住了。"

任望珊不自觉地笑笑："知道啦，谢谢班长了。"

"以后叫我名字就行。"于岢河眨着眼睛，歪了歪脑袋，"我之前都说了，班里没人会这么叫我，听着怪别扭的。"

"噢，于岢河。"

于岢河的心情好得不得了："欸。"他发现床头柜上的水凉了，拿起来重新倒了一杯，"他们几个都在门外呢，要不要让他们进来？"

"不用了，让大家都回去吧，我这里没什么问题的，明天就能回去上课了。"任望珊谢过他帮忙倒水，又说，"下午不是还有课吗？你带大家早点儿回去。"

于岢河点点头："好，那你好好休息。"

离开医院的时候，于岢河联系了一下护士，安排好了任望珊的晚餐。回昆城一中上完课，他把今天的作业和笔记整理了一下，拜托王老师在晚自习那段时间带到医院交给任望珊。

王老师赞许地说："班长很负责啊。"

于岢河随意地笑着："应该的，反正今天作业都写完了，也没什么事干。"

王老师："嗝。"

晚上任望珊坐在病床上写作业，不经意地抬头，发现今晚的月色很美。

昆城一中的早梅陆续盛开，学生在早自习昏昏欲睡的时候猛地吸上一口，顿时感觉——更想睡觉了。

"昨天那张英语卷子拿回去让家长签字都签好了吧？两位课代表

收一下。"下课后王老师走出教室的时候撂下一句话。

任望珊点了点卷子,发现这组还剩下于屑河没交。她转过去轻轻敲了敲于屑河的桌子:"于屑河,交卷子了。"

于屑河磕在桌子上的脑袋岿然不动,宛若死亡。他额头抵在书桌上的样子让人陡然生出一种"这孩子昨晚肯定熬夜学习了吧竟然这么困"的敬意。

于屑河懒懒地从桌上抬起头,眼神十分清明。

"你是不是忘记签字了?"任望珊盯着他。

"那必须的啊。我爸妈常年不在家,家里只有打扫卫生的阿姨。"于屑河理所当然地说。

"那你的试卷还交不交?不交的话……我给你糊弄过去?"

"别啊。你刚当课代表,要是查出来对你不好。"于屑河真是服了她了,说好的乖巧小姑娘呢?

"那你怎么办?跟王老师说一声吗?"

于屑河笑笑:"这还不简单。"

几秒之间,一个龙飞凤舞的"于穆和他的老婆何婧姝"跃然纸上,笔锋飘得不行。

任望珊鼓起腮帮子:"好吧。"哪儿有家长这么签名的。

到最后一节班会课末尾的时候,王老师站在讲台上宣布:"31号的跨年晚会,应教务处要求,咱班至少得报上三个节目。"

"跨栏能算节目不?"程鼎颀插嘴说话,不到半秒就被王老师嫌弃地瞪了回去。

"班长,你统计一下,晚自习后交给我名单。"王老师把报名表放在于屑河的桌角上,从后门离开了。

晚自习结束前,于屑河戳戳任望珊的肩膀:"来帮个忙呗。"

"嗯?"任望珊略微回过头。

"上次好像是谁说的——没有什么不会的?"于屑河用气音问。

"那你怎么不报?"任望珊鼓鼓腮帮子。

"我报了啊。"于屑河笑嘻嘻地摊开报名表。

第一栏写着:夏成蹊、文漾笙,吉他弹唱,《小情歌》。

第二栏的是:于屑河,钢琴独奏,《水边的阿狄丽娜》。

任望珊一愣:"你还会弹钢琴啊?"

于岿河撑着脑袋:"和书法一样,都是长辈要求的,从小就开始学了。我这人其实没什么音乐天赋,硬是被我妈培养成半个钢琴神童,勉强能糊弄糊弄外行。这首曲子我从小学表演弹到现在,没换过。"

于岿河没有说的是,这次他之所以选择《水边的阿狄丽娜》,是因为他认识她后,每每听到这首曲子,就会想起她在河堤边迎着风扎马尾的样子,她脸上那张扬又自信的笑容,每分每秒都在闪耀着金色的光芒。

"行,那我报个芭蕾舞吧。"任望珊接过纸笔,在第三栏用秀气的字体写下:任望珊,舞蹈,《春天的芭蕾》。

"你会的舞居然是芭蕾啊。"于岿河笑着说,"会这个的人很少的。"他拿回报名表。

任望珊突然想起了什么,再次转过去轻声问:"于岿河,学校里的大礼堂有没有配耳麦啊?"

于岿河垂眸想了想,笃定地说:"有的。"说完他眼神微微发亮,"你是说你要……"

"嗯。"任望珊莞尔一笑,提过于岿河的笔,把节目分类的舞蹈二字划去。

其实任望珊已经大半年没跳过舞了,晚自习结束后回到出租屋,她试着在房间里压了压腿,发现韧带微微发紧。

压韧带是很考验韧性与吃苦程度的基本功,柔韧性练好了,基本功的一半也就打好了。

任望珊压了一个多小时,终于感觉韧带在慢慢变软。她呼出一口气,发现额角微微冒着细汗。

吱呀——

任望珊打开衣柜门,往深处翻找,找到了她的舞鞋和舞裙,还有一根纤长的粉色丝带,在柜门底下还有她的化妆包。

当时爷爷奶奶带着她连夜搬家的时候,她还以为再也不能像之前一样穿上芭蕾舞裙在舞台上跳舞了,没想到刚转来昆城一中就有了回到舞台的机会。

不过时间紧任务重,明天她去试试能不能申请个音乐教室练习,出租屋肯定是不行的。

　　夜已经很深了，昏黄的灯光在寒风中一闪一闪，仿佛随时会熄灭。老旧的墙面上女孩儿纤瘦的影子在光影里跳跃、旋转，基础手位动作行云流水，肢体线条流畅而纤长。

　　此时，她的身体在灯光下，心思在烛火中，灵魂则在阴影里。

　　晨光熹微的时候，任望珊刚掐断手机闹铃，QQ 就响了。她迷迷糊糊地打开一看——"鱼遇余欲与"请求添加您为好友。

　　任望珊睡眼蒙眬地坐在床上，看了小半天才看出这是于岢河。她忍俊不禁地点了同意。

鱼遇余欲与和 Shane 已成功添加为好友
鱼遇余欲与：滴滴滴滴——
鱼遇余欲与：早，没打扰你睡觉吧？
Shane：没有，我刚好起来。
鱼遇余欲与：我是想早点儿跟你说，昨天晚上我跟音乐老师借了个音乐教室，你也一起来排练吧，方便一些。

　　真是想什么来什么，今天是她的幸运日吗？任望珊莞尔，应了下来，转念一想，又问了个问题。

Shane：好啊。
Shane：文漾笙和夏成蹊呢？也一起来吧。
鱼遇余欲与：我昨儿晚上叫过了，这两个人神神秘秘的，说是自己有地方排练了。
Shane：那行，我去洗漱了。

　　任望珊进班级的时候文漾笙正在和夏成蹊说话，见任望珊来了，夏成蹊朝任望珊点了点头就回自己的座位上了。

　　任望珊走过去跟文漾笙打招呼，顺便问了句："你们两个怎么不和我们一块儿去音乐教室排练啊？"

文漾笙笑着说:"因为我不太方便带吉他过来,所以都是副班去我家排练。我们两家的小区是门对门的,父母也认识,在家里练比在学校方便得多。"

任望珊微微睁大眼睛:"是你弹琴夏成蹊唱歌?我以为是他弹你唱呢。"

文漾笙的语气里带了一丝不易觉察的骄傲:"那是当然啦。夏成蹊的声音很低,他唱歌真的很有感觉,不过他平时不唱的,我也是软磨硬泡了好久他才答应,反正等到跨年那天你就知道啦。"

任望珊眯起眼睛:"知道啦。"

文漾笙突然想,于岢河家里明明有一架德国进口的三脚钢琴可以练习,干吗要去凑那个小音乐教室的热闹?不过这个想法很快就淹没在程鼎颀吵吵嚷嚷的喧闹里。

接下来的三天,任望珊和于岢河过起了"教室—办公室—音乐教室"三班倒的生活。在音乐教室的时候他们也各练各的,互不干扰。

这天休息的时候,任望珊递给于岢河一瓶橙汁,于岢河接过后从包里拿出一个盒子递回去:"给你的。"

任望珊坐在地板上,打开盖子,发现是满满一盒洗好的草莓。她愣了一下,疑惑地看向于岢河。

于岢河插着兜儿靠在墙上:"文漾笙跟我说的,你喜欢吃这个。"

任望珊仰起头,从这个角度看过去,于岢河的脖颈修长,下颌线也很明显。

她不敢再看,垂下眼低声说:"谢谢你啊。"

跨年晚会近在眼前,高一(1)班才艺小分队的成员都有点儿紧张。

"对了,元旦放三天假,你有什么计划吗?"下课后,于岢河戳戳任望珊的后背问。

"啊?"任望珊错愕地回头。要是于岢河不说,她都忘了接下来有三天假期了。

她一想到三天的作业量就头大,忙叹息着摇摇头:"没有。数学作业就能花我一整天时间。"

"既然没有……"于岢河若有所思地点点头,自动忽略了后面的所有话。

他歪着头说:"程鼎顾他们几个要去新开的嘉年华鬼屋,一块儿去吧。"

"好啊。"任望珊淡淡地说,"应该没什么问题。"

任望珊事后回想起来,觉得答应去玩儿那座鬼屋绝对是她高中三年无法抹去的痛。

说什么人多去鬼屋不怕?人多也没用呢,害怕的人还是一样害怕。而且程鼎顾这家伙简直是人间第八大奇迹,叫起来比鬼还要瘆人。

2019年10月3日,星期四。

凌晨两点半,南隅独墅C区,咔嗒一声,房间门缓缓打开。

外面下着暴雨,面容精致的女子疲惫地换了鞋,端起马克杯从净水机中倒了小半杯凉水,又打开抽屉,在林林总总的药瓶中拣出两瓶,随意地往盖子里倒了几片药,仰起头就着凉水尽数服下。

"你问问你自己,想不想见他?"

任望珊的耳边响起夏成蹊依旧温和却隐隐带着刺的质问,脑子里只剩下不知所措,还有空洞、迷茫和颓废。

当然,这些东西都见不了光,在大学同学面前,她依然是那个骄傲的、自爱的任望珊,知道隐情的只有寥寥几个人。

以前她迫切地想找出当年事情的真相,可是当血淋淋的真相赤裸裸地摊开在她面前时,她又不知道是该高兴还是该难过。

她还没真正踏入社会呢,就要面对那样残酷的真相,当时她只有一个想法,她觉得她可能……不会再有动力了。

任望珊对着镜子卸了妆,抚摸着镜子里湿漉漉的脸庞——高鼻梁,双眼皮,眼窝跟高中时相比深了许多,野生眉根根分明,天然带一点儿绛红的唇珠,湿发随意地贴在鬓角,看着倒有几分柔弱的美感。

于岿河,我承认我曾经深深地、炽热地爱过你,但除了爱过,我好像也没办法再做什么了。

你就在这里,那你还能回来找我吗?

又打雷了,我好害怕啊。

你还记得我们以前是什么样子吗?

你现在在干什么呢?

我好想文漾笙啊,她是全世界最好的女孩儿。

是我对不起漾笙,对不起夏成蹊,更对不起大家……

之后任望珊还说了些什么,她自己也听不清了。

细细的哽咽声尽数淹没在喉咙里,她胸口剧烈的起伏随着时间的推移和安眠药药效的发作渐渐平缓,一切全掩盖在暴雨击打叶子的声音里。

第二章

2012年12月31日，星期一。

晚上七点，跨年晚会开始前三个小时。

班里的同学吵吵嚷嚷，一是因为人生第一次在学校跨年，感觉特别刺激，二是接下来是连着三天的元旦假期，当然，带着超多作业。

不过这也是高中三年唯一能放全的假期了，高二之后他们就没有这么好的福利了。

程鼎顾已经把他带的大包小包的零食拆了个遍，引来大家疯抢，文漾笙、夏成蹊、于岩河和任望珊在音乐教室做最后的准备。

于岩河身着一席高定燕尾服，内搭剪裁得体的白衬衫，他的下颌线条挺阔硬朗，喉结微微凸出，脖颈修长。

他对着镜子整理着黑色领结，手指修长，骨节泛着白，要是说这是一双钢琴家的手，也没有人会不相信。

他两边的鬓角经过细致打理，额前的刘海儿被学校请来的化妆老师烫了一下，梳成中分，露出高挺的眉骨和额头。

于岩河前额的碎发很软，平时放下来的时候加上本就俊秀的长相会显得他少年感很强，但是这样一弄的话，那种强烈的少年感会被突然展现的成熟掩去三分，显得更正式也更撩人。

文漾笙则是一席白色拖地长裙，平时总是扎着低马尾的头发此时尽数散下，被化妆师用卷发棒卷成了大波浪，脸上也化了精致的妆容。

她本来就瘦,这样一打扮俨然是个落落大方的美女,和身着黑色经典西装、面孔肃然的夏成蹊站在一块儿,用王老师脱口而出的话来形容就是——搭对儿得很。

晚上八点,跨年晚会开始前两个小时。

任望珊还没有化妆,她婉言谢绝化妆师提供的妆造,换上了纯白的芭蕾舞纱裙,高高地绾起发髻。脚上的粉红舞鞋轻轻点着地面,做着最后的练习。

她打开化妆包,下颌微微扬起,对着化妆镜一点点地仔细上妆。最后一笔是朱砂色的口红,在唇珠上轻轻一点,然后对着镜子慢慢抿开,又用指尖晕去唇边多余的颜色。

于峃河走过来的时候一愣。

上妆之后的任望珊带给人的感觉完全有别于平日素颜时的清新可人感,要说那是女子的妩媚也不为过。

本就生得挺翘的鼻梁通过阴影修容和粉紫色高光的修饰显得愈加精致漂亮,巴掌大的鹅蛋脸上两颗星星一样的眸子忽闪忽闪地发着光,不密却又长又翘的睫毛扫下来都能触碰到下眼睑。

她的嘴角天生上扬,身材匀称修长,腿部流畅的肌肉线条堪称完美,扑面而来的是天生的舞者气息。

不仅是一班的和隔壁几个班的同学,连高二、高三跨年级的学长学姐都来音乐教室围观了,就想看看传说中高一(1)班新来的美女转校生是什么样子。

当然,其中不乏许多偷偷来拍于峃河和夏成蹊的小女生,边拍边害羞地窃窃私语。

晚上九点,跨年晚会开始前一个小时。

"于哥我来给你加油助威了!"程鼎顾横冲直撞地闯进来,见到任望珊就脱口而出,"我……"

他赶紧把后面那个字咽下去:"咱们望珊也太太太好看了吧。"程鼎顾难以置信地看向文漾笙,"话说这位美女又是谁啊?夏成蹊?那你不会是……"

"没办法,程鼎顾,我看你就是皮痒。"文漾笙露出一口白牙,显得嘴唇颜色愈加鲜红,在程鼎顾眼里俨然是一张血盆大口。

她拧着程鼎顾的胳膊，程鼎顾连忙求饶："欸，文大侠您先放手，我有重要消息要告诉你们！"

文漾笙莫名其妙："什么事？"

"我是来给你们打小报告的。我刚刚路过办公室看见啵啵老师了，你们这次表演完之后，每人会得到一份来自刚结束交流学习返校的啵啵老师的礼物。"程鼎顾说完就吃痛地揉揉胳膊，"文漾笙你这样也不怕以后嫁不出去。"

夏成蹊的嘴角抽搐了一下。

"你说的不会是……"于岢河不安地问。

与此同时，其余人也听懂了他在说什么——

文漾笙："……"

夏成蹊："……"

任望珊："什么？"

程鼎顾："哈哈哈，猜对了。"

啵啵，原名李清波，为人憨厚可爱，大家都亲切地叫他啵啵。任望珊转学过来的这半个月他刚好在外交流学习，所以她到现在还未曾见过啵啵老师。

高一刚开学的时候啵啵老师就不止一次地向同学们表示自己对红掌这种植物的喜爱，因为——红掌拨清波。

他也不止一次地向同学们表露物理考前五名者可以领取红掌的这份心意，只是都被同学们以"承蒙啵啵错爱"谢绝了。尤其是于岢河这个次次物理考第一名的家伙，每次都要找不同的理由推辞。

看来这回是逃不掉了，众人欲哭无泪。

晚上十点，跨年晚会开始。

历年跨年晚会学校都是请形象好、气质佳的男女四位同学搭档主持，今年或许是活动预算充足，昆城一中斥巨资邀请了市电视台的女主持人张雅宁来当本次跨年晚会的主持人，而且本次昆城一中的跨年晚会也将现场转播在TV频道。

女主持人张雅宁的声音清亮："尊敬的老师，亲爱的同学们，大家晚上好！值此辞旧迎新之际……向辛勤工作在第一线的老师、职工们致以节日的慰问,向同学们表示美好的祝愿!"

现场反响热烈,掌声嘹亮。

夏成蹊和文漾笙的节目在第十个,第十二个是于岢河的,第十九个才到任望珊,都不算太靠前。

总共二十个节目,任望珊直接被排在了压轴的位置,于岢河都替她感觉压力大。

转眼间,第十个节目就要到了。

张雅宁:"一首充满青春气息的《小情歌》带给我们的不仅是回忆,更多的是感动。生命的魅力在这里挥洒,青春的风采在这里绽放!让我们欢迎高一(1)班的夏成蹊、文漾笙同学带来吉他弹唱《小情歌》!掌声欢迎!"

掌声过后,容纳两千多人的大礼堂迅速安静下来。黑暗蔓延在每一寸角落,蚕食着光与影,只留下寂静。

唰——

眼前白光亮起,聚光灯瞬间打在文漾笙身上。她微微垂着眼眸,青丝飞扬,长发如瀑,冰肌玉骨,仿佛暗夜中盛开的雪莲。

她轻轻拨动吉他弦,声音由远及近,渐近渐响。雅马哈纯净的音质化为雪山春晓的雪水,顺着礼堂的空气流进每一个人的内心。

紧接着,另一束橘色灯光打下。

黑色西服有些严肃,低沉沙哑的男音唱出小情歌,意外地冲散了这股严肃感。男孩儿跟身旁垂眸的白裙吉他女孩儿搭配起来,又是另一种风情。

　　这是一首简单的小情歌
　　唱着人们心肠的曲折
　　……
　　逃不了最后谁也都苍老
　　写下我时间和琴声交错的城堡
　　……

一曲终了,全场寂静,随后掌声如雷鸣般响起,尖叫声、呐喊声、鼓掌声响彻整个礼堂,久久不绝。二人牵着手,齐齐鞠躬,缓步下场。

"夏成蹊,你刚刚唱得实在太好听了!排练都没这么好过!"文漾笙一下台就对夏成蹊兴奋地说,她的掌心和额间还微微发着汗。

夏成蹊轻轻地笑了笑,在心里说:其实是你弹得好。

两个人就站在后台的一个入口看下面的表演,没再回观众席。此时后台的另一端,工作人员正催着于峁河候场。

"他们这对儿配合得怎么那么好,现在搞得我好紧张啊。"于峁河插着兜儿,靠在三角钢琴上懒懒地说。

任望珊听到这话笑了笑。她知道于峁河什么时候都不会慌张,虽然他们才认识不久,但他身上的气质足以令人知晓他的品性。

于峁河有足够的才情、能力、情商、勇气,这些可以解决一切眼前或是以后的困难。他走过的地方必定有鲜花和掌声环绕,他所站着的地方必定光芒万丈。

"今夜月色如水,星光灿烂。我们相聚在昆城一中,就让我们敞开心扉,用心聆听和感受钢琴如水的旋律。让我们掌声有请高一(1)班于峁河同学为我们带来钢琴独奏《水边的阿狄丽娜》!"

张雅宁鞠了个躬,提起裙摆下场,后台工作人员在掌声中紧张地把钢琴推到舞台上。

热烈的掌声过后,皮鞋跟踩在木质舞台上的声响由扩音器无限放大,人们忍不住紧紧盯着这个眉眼如画的少年。

聚光灯打下来,眉骨落下的阴影在挺成一线的鼻梁上被无限放大。手指骨节泛白,轻轻落在钢琴键上,光是那双手便可成一幅美卷入画。

于峁河双手抚上琴键,凝神屏气。修长的手指在琴键上轻快地跳跃,不懂音乐的人也会被吸引,如遇见冬日的阳光。

一曲结束,掌声如雷。

于峁河微笑着鞠了个绅士躬,引来无数人震破耳膜的疯狂尖叫。台下第一排的老钱忍不住朝后看,张雅宁不禁在心里叫了个好。

于峁河匆匆赶到任望珊身边:"怎么样?还算不错吧?"

任望珊眉眼弯弯:"何止是不错,我刚刚给你录了完整的视频。"

"真的?"于峁河惊喜地说,"待会儿结束了记得发给我。"

"不。"望珊调皮地摇摇头,"你忘啦,这次是有电视台专业录像的，手机拍的画质哪儿有摄像机拍的清晰呀，你想要的话等会儿我陪你去问摄像师傅要就成了。"

"那可不一样。"这话刚说出口，于岢河发觉好像有点儿让人误会，赶紧转移话题，"你呢？准备得怎么样？紧不紧张？"

"还差一点点。"任望珊从化妆包里取出丝带。她露出洁白的牙齿，笑着说："于岢河，麻烦借点儿好运气给我吧。"

她把丝带递到他面前，有些不好意思地说："其实是我不会反手系蝴蝶结，化妆老师早就走了，我跟这些工作人员又不太熟。麻烦一下你啊。"

"那容我考虑考虑。"于岢河嘴上是这么说，但他直接接过了丝带，认认真真地在任望珊头上绑了一个蝴蝶结，"很漂亮。"

任望珊回头看看镜子，露出满意的表情："那我去戴耳麦啦。"

"嗯。"于岢河在心里说：期待你的表演啊，幸运女孩儿。

任望珊之前觉得还要好久才到自己的节目，结果才过十来分钟就到了。

张雅宁："芭蕾舞者脚尖踮起的那一刻，世界浓缩成一个点，撑起最优美的曲线。在春回大地之际，让我们用最热烈的掌声欢迎今晚的压轴表演，有请高一（1）班的任望珊同学为我们带来歌舞《春天的芭蕾》！"

暖融融的聚光灯此时只为一人而开。虽是冬日，但会场很暖和，加上聚光灯的照射，雪白的手臂裸露在空气里也不觉得冷，反而微微冒汗。

任望珊站在舞台上，随着音乐的前奏优雅地舒展双臂，踮起脚尖。舞鞋在台上自由地转动，洁白的舞裙在聚光灯前上下摆动，那一刻，她就是舞台中央最骄傲的一朵玫瑰，吸引了所有人的目光。

台下的人都屏住了呼吸，摄像师有那么几分钟甚至忘记了要切换拍摄角度。

舞台上的女孩儿如慢慢苏醒的蝴蝶，起身的那刻，柔韧的肢体均匀伸展，落地的刹那，旋转的动作带动白色裙摆一起跳跃。

灯光照耀下，舞裙泛着金色光芒，像夜里的璀璨星空，耀眼迷人。她高抬下巴，容貌清丽，带着自信和高傲的神态。

此刻的她是人间的绝色，是孤傲的天鹅。
舞蹈的前奏渐远，间奏慢慢起来。

随着脚步起舞纷飞
跳一曲春天的芭蕾
天使般的容颜最美
……
春天已来临，有鲜花点缀
雪地上的足迹是欢乐相随
这一刻我们的心紧紧依偎
……

优美的声音渐渐消失，女孩儿足尖轻轻落地，俯身鞠躬。

五秒过去，没有掌声；十秒、十五秒过去，也没有掌声；直到整整半分钟过去——

啪！啪！啪！于峾河带头在台下鼓起了掌，观众仿佛突然惊醒，刹那间掌声雷动。

"太厉害了！"

"女神！"

"任望珊！"

张雅宁："新年的钟声即将敲响，伴随着冬日里温暖的阳光，满怀着喜悦的心情，2013年的元旦如约而至。让我们一起倒数——"

"10，9，8……3！2！1！"

于峾河突然看向任望珊。

"0！"

"新年快乐！"礼堂里满是欢声笑语，有人流下了激动的泪水。

"新年快乐啊，任望珊。"于峾河赶到后台。

任望珊下场后没有回到一班的位置，现在看见他就笑了："新年快乐，于峾河。"

他们在无尽的喧闹声中对视。

任望珊凌晨才到家，关掉家门口奶奶给她留的夜灯，到卫生间卸妆洗漱。她把啵啵送的红掌小心安顿在窗台上，倒头一觉睡到大中午。

笃笃笃——

"珊珊啊，奶奶进来喽？"奶奶端着早餐轻轻推开卧室的门。

"几点了奶奶？"任望珊慢慢从床上坐起来，揉着眼睛迷迷糊糊地问。

奶奶端着包子，忍俊不禁："午饭时间都要过了。"

"啊？"

于峇河昨晚是不是说今天一点半在校门口集合来着？要这么算的话时间快来不及了。

任望珊一骨碌从床上翻起来，匆忙洗漱完毕，打开衣柜随意换了身衣服，跟爷爷奶奶说了一声后抓起热好的包子就往外跑。

走着走着，她又想到什么，顿在了门口。出去玩儿的话，稍微打扮一下也不算过分吧。

于是奶奶看着任望珊再次晃晃悠悠地走进卧室，花了五分钟补了个气垫，描了个眉。

任望珊点上浅豆沙色的口红，拎上一个白色帆布包，乐呵呵地出了门。

"早点儿回来啊，今天元旦，晚上要一块儿吃饭。"

"好嘞，我记住啦！"望珊跟奶奶挥了挥手，急忙往学校奔去。

一路上她还有些害羞地想，口红的颜色会不会太明显了？等到地方的时候才发现大家都到了，就等她。

远远的她看见于峇河朝她招手："望珊！这边！"

一行人要去的鬼屋就在附近新开的嘉年华旁边，从学校门口出发，步行二十分钟就到了。

本来程鼎顾懒，是想打车去的，不过女孩子都说饭后想消消食，他只得作罢。于是几个人走在街上，迈着六亲不认的步伐向鬼屋进发。

天真无邪的戚乐和活蹦乱跳的程鼎顾一见到鬼屋就怕了，他们好说歹说，戚乐是愿意硬着头皮上了，程鼎顾却瘫在地上死活不肯起来。

其实任望珊和文漾笙也有点儿害怕，但看到程鼎顾这个样子，还是忍不住笑了。

于岢河买好票,回来就看见这一幕——程鼎颀在地上妖娆地扭动着腰肢,双手死死抱住夏成蹊的大腿不放。

文漾笙和任望珊笑弯了腰,也没法儿把程鼎颀从夏成蹊身上掰下来,最后程鼎颀是被一头一脚地抬着进鬼屋的。

鬼屋刚好是六个人一组一进,管理员戴着面具,笑着说:"记住喽,全程一小时,不走回头路。"

于岢河打头阵,夏成蹊殿后,其余人被夹在中间,大气儿也不敢出。

鬼屋的第一扇门幕地打开,里面瘴气缭绕,鬼火零星。数十个烛台闪着快熄灭的微光,十七世纪中期的雕花窗棂上隐约传出物体被碾碎的声音。

窗棂上覆盖的纱幔飘荡不定,渐渐露出小孩子的形状,那小孩儿的动作好像要吸走人的骨髓。

"老于你听到没?那是什么声音啊?"程鼎颀反手把夏成蹊的衬衣揪得死死的,在队伍末端闭着眼睛问。

于岢河:"那个啊,没猜错的话应该是泰国的'养小鬼',刚刚那声音应该就是在嚼碎骨头。"

程鼎颀:"……"

"这个做得不真,我之前根据相关视频分析过人的思想对情感的影响问题,那个小鬼比这个恐怖得多。"夏成蹊还不忘在后边云淡风轻地补个刀。

路过"养小鬼"的房间,于岢河一推门,空中猛地荡下来一个很丑的尸体。

于岢河歪歪脑袋往上一看:"哈哈,好丑!"

除了程鼎颀,其他人表现得都还比较平淡,夏成蹊是冷淡惯了,其余的人……则是被吓得不轻。

于岢河揉揉鼻子,刚刚说的那些是不是吓到任望珊了啊?早知道就不说"养小鬼"的事了。

第二间房屋里是各种巨型人体器官。

小时候的于岢河还有过从医的念头,于穆老爷子二话没说就带他去医院解剖室和太平间一日游,轻而易举粉碎了于岢河的医生梦,让他决定乖乖从商,接管家产。

程鼎顾胆子小，于岢河感觉在这种情况下不说话又实在难受，于是就对着一色器官挑毛病。

他不是说这个肝做得比例失衡，就是说那个肺做得不够对称，还对着摄像头质疑这心脏是不是按着猪心做的。

推开下一扇门是个吊桥，走上去摇摇欲坠。于岢河、夏成蹊一前一后控制着速度，结果那黑色吊桥居然自己能动。

"啊啊——"程鼎顾失声大喊，"有鬼啊！妈妈！"

"女孩子都没叫呢，你一个一米七的大男人这么叫，出息！"于岢河往他背上就是一巴掌。

"爷一米七二啊！不是一米七，而且我还在长！"程鼎顾边哭边纠正自己被误会的身高。

果然，男孩子对身高这方面的数字非常敏感。

夏成蹊往下看，吊桥下面是一堆堆黑色骷髅和一簇簇蜘蛛网，吊桥前面的路用铁门拦住了，于岢河试着推了一下，打不开。

任望珊悄声说："你往里拉一下试试。"

铁门唰的一下敞开，背景音乐是超级玛丽通关的声音。

众人："……"

第四道门，吸血鬼山洞。

于岢河："这间肯定有真人NPC（非玩家角色），看看，十字架、蝙蝠、棺材应有尽有，要不要赌一把，程鼎顾？"

"真服了，连这都要赌？我只想出去！"程鼎顾快哭了。

"那多无聊啊，来给你看看真人吸血鬼。"于岢河不嫌事大，大摇大摆地往前走。

他长腿往那儿一跨，把一个棺材盖直接掀开了，露出面露尴尬的正想打开棺盖的吸血鬼扮演者。

"嘿，我说兄弟，麻烦尊重一下俺的工作好不啦！"吸血鬼扮演者抗议。

其余苦哈哈的真人NPC皆惨遭于岢河一人"灭口"。

"我说我困了你们信吗？"于岢河一回头，对上四双惊恐的眼睛，他仿佛听到了他们马上要叫出口的声音，"好了好了，带你们早点儿出去，不逗你们了。"于岢河加快了脚步。

第五扇门，暗杀教室。

"啊——"

第六扇门，手术解剖室。

"啊——"

第七扇门，海上遇难船。

"啊——"

第八扇门，僵尸之地。

"啊——"

第九扇门，火灾现场。

"……"

第十扇门，于岢河轻轻一推，重见天日。

夹在中间的四人歪七扭八倒了一片，特别是程鼎顾，瘫痪在地上差点儿吐出来。文漾笙的脸色也有点儿白，但她接过夏成蹊递过来的水的时候，还嘲笑了一番程鼎顾的尿样儿。

程鼎顾在地上哭着说："早知道应该叫萧宸来的！"

一伙人推推搡搡，看着天色不早了，今天又是元旦，大家都要回去吃饭的。

夏成蹊和文漾笙住得近，一块儿打车回去，其他人也各自道别回家，还剩下于岢河和任望珊。

于岢河扭头说："跟上。"

"啊？我要回家啦。"任望珊先是跟上他，随口说了这么一句。

于岢河点点她的脑袋："刚刚在鬼屋的时候你的肚子就一直在咕咕叫，我在前面听得一清二楚。现在回家还得等一个多小时才能吃上饭，人就是这么瘦的。"

任望珊一愣："这么明显啊。"她起床之后的确没怎么吃东西，现在特别饿，于是小步跟上，"于岢河你慢点儿走呀，我们去哪里？"

"壶碟，是一个从小照顾我的长辈开的茶餐厅。带你去吃草莓慕斯。"于岢河放慢脚步，跟任望珊走成一排。

任望珊十分惊喜："哇！"

草莓慕斯！她超爱吃！但是她又想到一件事，她没带钱。

"于岢河我们不去了吧，我想回家了。"望珊拽了拽他的袖子。

043

于訾河瞬间知道了她在想什么，无奈地笑了："走了，别多想。就是带你去见个好朋友，程鼎顾他们几个全认识。树老板人很好的，最喜欢你这种看起来乖乖的小姑娘。"

说着他牵起任望珊的袖子："跟我走吧，离这儿很近的。"

任望珊没再作声，被他拉着袖子走，没忍住又说了一句："我才不是乖小姑娘呢。"

"嗯哼，所以我才加了个'看起来'。"于訾河放开她的袖子，手插回兜儿里，懒洋洋地说。

任望珊："噢。"

小楼粉墙黛瓦，爬山虎铺了满墙，苏州味儿很浓。餐厅整体规模不大，门帘上除了风铃还挂着块木匾，上面题着二字——壶碟。

此时风和日丽，庭院外偌大的梧桐树冠洒下大片阴影，笼起了半个院子。

灯光有些暗，音乐舒缓低回，漫长悠扬，屋子里浓郁的咖啡气息混杂着茉莉百合的清新，飘飘然钻入鼻腔，氛围好像浪漫满屋。

"于訾河，那个门上挂着的'壶碟'是不是你题的呀？"任望珊咬着下唇问。

于訾河有些惊讶地看了她一眼："这你都看得出来？"他面部表情变得柔和，自顾自地笑起来，"怎么这么聪明？"

吧台里有个约莫五十岁的大叔，正弯下腰取出一块小四寸的草莓慕斯。见他们来了，他起身憨厚地笑起来，给人一种特别好说话的感觉。

"这位就是望珊吧，小姑娘真漂亮，叫我树老板就好。"

"嗯，我是望珊，树老板好。"任望珊抿着嘴，鞠了个躬。

树老板眼睛瞪得圆圆的："真乖。今天是怎么了，訾河？刚给我发消息让我拿个慕斯出来，今天是望珊生日？"

于訾河笑笑："没有，只是突然想带她来见见您而已，新朋友。"

树老板眯起眼睛："那我忙去嘞，这小兔崽子。"

他笑呵呵地走开了，还不慌不忙地哼着个苏调小曲儿。

壶碟生意不错，今天是元旦佳节，餐厅更是人满为患。

于訾河端着杯咖啡，看着她拿着小叉子小口地吃蛋糕。她偶尔会把奶油啊红色果酱啊蹭到嘴角，特别可爱，光看着就感觉她真的好乖。

"我说望珊啊，喜不喜欢壶碟？"于岿河放下咖啡杯。

任望珊的腮帮子鼓鼓的，她用力点点头。

"树老板是一直照顾我的长辈，跟他不用客气。他做的苏式菜可好吃了，你什么时候想吃就什么时候来，都是朋友，我们几个来他都不收钱的，好不好？"

任望珊眨巴眨巴大眼睛，犹豫了一下，轻轻地说："好呀。"

于岿河笑得很开心："嗯。"

窗外，太阳踩进云朵，微风贩卖温柔。青年男女所见的日光下，每一分共同拥有的温暖都值得他们勇往直前。

周日晚上六点，昆城一中的学生们拖着疲惫的步伐，磨磨蹭蹭地往教室里挪。六点一刻，返校时间一截止，邹校长就开始在外面走来走去，伺机抓获那些迟到的漏网之鱼。

每逢双周的返校日，他们都要按学校规矩进行数学周练。晚上六点二十分，学生迅速走至自己的考场。

考场号是按照上一次大型测验的校级排名从一至二十排下来的，像于岿河这样的，考号从初中开始就常年是0101。夏成蹊稳在0110之前，戚乐、文漾笙都能稳在0130之前，至于程鼎顾，希望他能早日回到01考场吧。

由于任望珊转学转得巧，昆城一中刚结束月考不久，教数学的邹老师就按她以前的数学成绩给她排在了程鼎顾所在的考场——03。

数学真的是她的天谴科目，不过没事，高中还长着呢，任望珊在心里安慰自己。

任望珊拿到试卷就开启了她保120分的秘籍：选题填空第1题到第12题保证全对，第13题和第14题纯靠猜；第15题到第17题是基础大题，要拿全分，第18题和第19题尽量做完第二小问，第20题就只做第一小问。

丁零零——

两个小时终于过去了，任望珊盖上笔帽，松了一口气。她边和程鼎顾对答案边走回自己的班级，继续上晚自习。等到大家都回归座位安静下来，上课铃已经打完了十几分钟。

045

没过多久，王老师突然敲了敲窗户，打破了这种安静："班长，出来一下。"

窗户一关，屋里就只能听见闷闷的说话声。

高中同学默契守则第一条：当班主任在门外和学生讲话时，教室里的同学永远不可能学进去任何东西。

尤其是程鼎颀，脖子伸得跟长颈鹿似的，耳朵都要贴到窗户上了。

"欸，你干吗呀？等他回来直接问他不就成了吗？"文漾笙在后排用气音朝程鼎颀喊。

程鼎颀也用气音卖力地千里传声："这样贼刺激啊。"

文漾笙："……"

程鼎颀成功换回了一个无语的白眼。

不一会儿，于岢河拿着一个黑色文件夹回来了。任望珊等王老师走后微微转过头，还没等她开口问，于岢河就把文件夹摊开放到她面前，差点儿吓她一跳。

"明早周一升旗仪式，要记得穿正装校服，我之前跟你讲过的。我明天要在国旗下讲话。"

望珊感觉于岢河的语气里颇有些"你看我厉害不厉害"的挑衅成分，于是温吞地说："记得。那你信不信，明年的这个时候就是我在国旗下讲话了？"

"噢？是不是太不把班长放眼里了啊课代表。"于岢河眯起眼睛，笑着说。

任望珊毫不谦虚地高高扬起下颌："我说是就是啊，明年你就等着看吧。"

"好，我等你。"于岢河无奈地说，"刚刚数学考得怎么样啊？"

任望珊飞快地转回了头："……"

晚上九点三十分，晚自习准点下课。任望珊帮同学留值，关了灯，抬眸看向对面不远处的一栋楼。

高二楼此刻灯火通明，晚自习还要过半个小时才能下，他们正在准备即将到来的小高考，而高三要比高二再晚半小时放学。

其实，距离离开这里的时间，似乎也并不太远了。

昆城一中有两套校服,一套是日常校服,即普通的T恤、长裤、外套三件套,外套和其他几所学校蓝白相间的不同,是黑白棒球服。另一套则是正装,需要在升旗仪式、校庆、运动会、百日誓师等一些校级大型活动上穿。

今天第一节课是周逾民的,他讲完一堆"之乎者也"后见还有两分钟下课,便又"之乎者也"几声,硬生生拖到了打铃。

于岢河几乎是飞一样从后门跑出去,老钱让他在全校同学还未到达操场前在主席台后跟老师们集合。

"欸,于岢河!你没拿文件夹!"任望珊站起来的时候黑色文件夹好端端地躺在于岢河书桌上,而他已经跑没影儿了。任望珊无奈地咬了咬牙,抓起文件夹跑了出去。

老钱早在主席台后等着于岢河了,见他急匆匆跑来,拍拍他的肩膀:"不急不急,放松心态,也就念篇稿子……于岢河你稿子呢?"

于岢河:"我……"

"于岢河!你把稿子落下啦!"任望珊远远地喊。她不敢喊太响,好在于岢河听力还不错。

于岢河咽下差点儿脱口而出的话,远远看到身穿白T恤和格纹裙、系着红领结、脚踩制服鞋的女孩儿正拼命奔向他。

她额前的碎发随着风飞扬,全身上下好像都在闪着光。于岢河顿时放松下来,也拔腿往她那边跑。

"于岢河你也……太那啥……了吧,这都能忘?"任望珊把文件夹递给于岢河,无奈地撑着膝盖喘粗气,在心里学文漾笙给面前这个没脑子的人翻了个白眼。

"真的谢谢,你帮我大忙了,我以为我还得回去拿。"于岢河笑笑,"过后请你喝橙汁。老钱还在催我呢,我就先走了啊,待会儿见。"

于岢河说完就急着要走,任望珊抬眼看着他的背影,皱起眉:"等一下!"

"嗯?"于岢河回头,阳光正好从侧面打下来,他的发尖上好像有光。

任望珊小步走上前,翻起于岢河的衣服领子,把边上折进去的领带拿出来,重新打了个半温莎结,再把边边角角仔细掖好。

她拍拍手笑着说:"现在好啦。"然后凑到于岜河的右耳朵边说,"于岜河,刚刚你的领带歪了哟。"

于岜河面无表情地说:"谢谢,我没注意。"

"没事,你快去吧。"任望珊朝他摆摆手。

老钱看着于岜河回来,莫名其妙:"你怎么顺拐了?"

于岜河:"刚刚走神了。"

于岜河拿着文件夹走上台的时候,下面各种窃窃私语。

"亲爱的同学们,老师们,大家早上好!我是来自高一(1)班的班长于岜河。今天,我在国旗下讲话的主题是……"

身着正装校服的少年,满身朝气在主席台上展露无遗,整个昆城一中的操场上,两千多双眼睛都聚焦在他一人身上。

深冬的太阳有些许温热,金色的光打在于岜河额前的黑发上,如钻石般闪烁。

少年此时正处在变声期,声音清亮却又有些成年人特有的磁性。好看的黑色眸子发着亮,与此刻头顶的天光交相辉映。

"……我的国旗下讲话就到这里,感谢大家聆听,谢谢!"

周一下午第一节课是仇老师的体育课,刚结束午休的同学们撑着沉重的脑门儿,趿拉着鞋赶去操场。

文漾笙的眼皮还没睁开,她靠在任望珊的肩膀上,脚底发飘,走楼梯时一个踉跄,差点儿滚下去。

"快点儿来整好队!别摆出一副蔫儿巴巴的样子!"仇铭黪黑的皮肤在阳光下锃亮,他拍着手大声喊,"我知道你们刚睡醒,但这节课要进行男子1000米、女子800米体测。两圈热身活动,大家排好两路纵队,体育委员带头,慢点儿啊,照顾下后面的女生。"

"得嘞,老仇!"程鼎顾打个响指,带队慢跑。

两圈过后,开始准备活动。

"体转运动,一二三四,五六七八,二二三四,五六七八……"

文漾笙转身的时候跟任望珊咬耳朵:"望珊,你在之前的学校跑过800米吗?"

任望珊点点头:"成绩我忘了。"

"知道你不喜欢跑步，等会儿我带你跑，过线没问题的。"文漾笙朝她比了个没问题的手势，任望珊朝文漾笙点点头。

不喜欢和不擅长是两回事，不喜欢是真的，她能溜掉就绝对不跑，因为跑完后要昏头昏脑地喘好久也是真的。

她记得她在原来的学校也测过 800 米，用时 3 分 09 秒，在女生当中算是快的。不过今天的确得省点儿力气，她中午胃不舒服，没吃午餐，现在脑袋还晕晕的，好像有点儿犯低血糖了。

任望珊一摸口袋，柠檬软糖放在上午参加升旗仪式穿的正装校服口袋里了，上体育课也没带下来。

男生先跑，目前排第一的是体育委员程鼎颀。他脚下生风，脸上却还是一副没睡醒的样子，于岧河紧跟其后，两个人相距不足半米。

相比看着就很壮实的程鼎颀，于岧河明显要瘦得多，但是肌肉很结实。汗水顺着他的额头流进衣领子，T 恤后背湿了一片，凸起的蝴蝶骨分明可见。他跑起来时前额的刘海儿被风带起，衣袂鼓动着翻起一角，腹肌若隐若现。

女生在香樟树荫下低着头窃窃私语。

哨声响起——程鼎颀 3 分 10 秒，于岧河 3 分 12 秒。

程鼎颀一屁股坐在地上，笑着砸了于岧河的膝盖一下："老于你又快了啊。"

于岧河站着，叉着腰喘粗气，垂眸笑着说："你不也是。"

"老萧 800 米才牛呢，可惜今天二班的体育课被数学老师占了。"程鼎颀抬头看向楼上。

于岧河往女生那边看了看，微微曲下长腿，伸出手拉他："走吧，刚跑完也别坐着，女生要上来跑 800 米了。"

"行，去看看夏成蹊吧，看看他这次跑 1000 米跟咱差多少。"程鼎颀啪的一声拉住于岧河的手臂，一骨碌爬了起来。

任望珊跑到一半的时候就感觉自己要吐了。

一中的操场是 400 米一圈，800 米就是两圈，起点、终点一致。一圈下来，她的胃里翻江倒海，头也重得很。

她路过起点时依稀听到仇铭掐着表说："不错啊，第一圈一分半，第二圈尽量冲一冲……"

算了，冲就冲吧，咬咬牙也就过去了，任望珊这样想着。

文漾笙看她的状态不对，边跑边说："望珊你……慢点儿好了……看你这脸……白的……别太逞强啊。"

任望珊没力气说话，只是摇摇头示意她不用担心。

于峟河搭着夏成蹊的肩膀，歪在终点旁边的树荫下喝水，外套随意系在腰间。虽说天气在回暖，此时毕竟还是冬天，他却不怕冷似的挽着袖子和裤脚，地上放着两瓶橙汁。

任望珊穿了件豆绿色的长袖T恤，奶黄色发绳束着马尾，头发随着奔跑的步子一摆一摆的。

过线吹哨，3分21秒。任望珊晃晃悠悠的，文漾笙感觉不对，忙架着她。

任望珊摆摆手，用力眨着眼睛："没事，就是眼前有点儿黑，我站一小会儿就好了。"

文漾笙扶着她慢慢往跑道旁边的香樟树下走，还没走到，任望珊就眼前一黑，膝盖一软，软软地倒了下去。

场面瞬间变得混乱，于峟河扔下矿泉水瓶三步并作两步跑到操场上，好像还蹭到了树皮上粗糙的倒刺。

"望珊中午就没吃东西，刚刚又跑得那么快，啊，对了，她还有低……"于峟河没等文漾笙说完，蹙着眉抱起任望珊就往医务室跑。

医务室在行政楼深处，走廊的空气静悄悄的，还很凉。少年只穿着单衣，跑起来的脚步声和沉重的喘息声在空旷的走廊里尤为明显。

于峟河着急地推开门："老师，她空腹跑步加低血糖，刚跑完八百米就晕倒了！"

"先别着急，床在那边，让她先休息着。"医务室徐老师走过来，帮忙把女孩儿扶到床上，"这位同学，你过来帮她登记一下信息。"

"好，谢谢老师。"于峟河把任望珊轻轻放在病床上，接过记录簿，靠着窗台工整地写下：高一（1）班，于峟河。

于峟河顿了顿，空气陷入短暂的沉默。他只好胡乱划掉自己的名字，在下面认真补上：任望珊。

徐老师看完任望珊的情况，走过来，皱了皱眉："同学，你的伤也过来处理一下。"

"啊？"于岜河不明所以，"您在说我吗？"

徐老师看他一脸迷茫的样子，莫名其妙："你手臂上那么长一道口子，还在出血，你没发现？"

于岜河翻过手臂一看，才发现上面有一道十多厘米长的伤口，从手臂中间一直延伸到手肘，不算太深，但皮肉都被划开了，还在渗血。

徐老师皱着眉拿酒精给他擦拭消毒："可能会有点儿疼啊，同学你忍忍。"

"没事，老师，您用点儿力好了。"于岜河的笑容苦哈哈的，"我不会疼的。"

任望珊睁眼看到医务室白花花的天花板，有那么一瞬间以为又进医院。她慢慢坐起身，发现身上盖的是自己的校服外套。

枕边放着一张纸，是于岜河的留言："下面两节语文课和一节历史课我都给你请假了，老师让你好好休息，待会儿我给你带晚饭。不吃莴笋，不吃蘑菇，不吃有腥味儿的，我记得，放心。文漾笙、戚乐她们刚刚来看过你，我让她们回去了，历史课和语文课的笔记文漾笙给你记。床头的橙汁记得喝，热的。"

任望珊放下纸，瞥见床头柜上橙汁旁边的记录簿，1月7日第一栏的行楷苍劲工整：高一（1）班，于岜河（划掉）任望珊。

任望珊看了许久，嘴角勾起一个自己都觉察不到的弧度。其实，于岜河平时真不是缺根筋的人，只是连着几次滑铁卢貌似全跟她有点儿关系。

远处操场上，有其他班正在上体育课的声音，有鸟雀的啾啾声，有学生的奔跑声和打闹声，有树叶的沙沙声。

篮球场上是穿着短袖的热血少年，场下是拿着矿泉水尖叫的活力女孩儿。篮球蹭着圈网落地的声音，像是谁的心跳。

于岜河敲门的时候，望珊正在翻医务室书架上的一本英文杂志。

"我进来了？"于岜河两手提着满满当当的便当盒，用手肘开了门，进门后左脚往后一带，又把门关上。

"好。"望珊把杂志放在枕边。

于岿河把便当盒往医务室的桌子上一放："跟徐老师说好了，在这儿吃可以，待会儿给她收拾干净就行。她先下班了，等会儿我锁门。"

他一边儿说着，一边儿把饭盒打开，香气随着热气蒸腾氤氲，瞬间掩盖了医务室的消毒水味儿。

任望珊吸吸鼻子，闻着不像食堂的啊。

于岿河拖了两把凳子放到写字台边："过来吃饭。"

任望珊走近一看：银杏菜心，清熘虾仁，还有一道芝麻茶饼。

"记得树老板吧？这些是他刚做的。树老板在壶碟后面有个蟹塘，现在时令不对，等十月份还能有蟹粉豆腐，他做那个最好吃了。你身体不好，我就只给你挑了两道清淡的菜。多吃点儿饭啊，你血糖低，看把你瘦的。"于岿河随意地说着，又给她夹了根菜心。

任望珊坐下来，就着菜心安静地小口吃米饭。

她刚醒不久，嘴唇还有些发白。握着筷子的手小小一只，上面青紫的血管很细，根根分明。可就算是这样，她整个人还是很漂亮，让人看着特别想疼爱的那种漂亮。

都说带着病的人会有一点点黏人，于岿河发现任望珊却是一点儿也不。

任望珊的食欲其实并不好，但树老板做菜是真有一手。菜心是用鸡汤小火炖的，青翠中泛着些许奶白的光泽，嫩得仿佛能掐出水来。

虾仁个头又圆又大，分量很足，还透着一点儿淡粉色，入口温热，老抽和生姜的分量搁得刚刚好。

茶饼烤得松脆，上边的芝麻微微冒着油，亮晶晶的。一口咬下去，先是浓郁的老茶叶味儿，带着七分甜，再嚼的话苦味儿会慢慢滋上来，咽下去喉咙处有淡淡的回甘，让人忍不住再来一口。

她只吃了小半碗饭，芝麻茶饼倒是吃了三块。

"于岿河，"任望珊发现他没动筷子，"你不吃吗？"

"刚刚程鼎顾在班里招呼，晚上他要请吃夜宵，我留着肚子去他那边吃。很多人都去，你来吗？"于岿河撑着脑袋懒懒地说。

任望珊摇摇头，太晚了，爷爷奶奶在家会很担心的。

于岿河早料到她会拒绝，也没再提，毕竟胃不好的人的确要少吃点路边摊儿。

任望珊拒绝了他，感觉有点儿不好意思，抬头想再说些什么，刚巧对上了于岿河的眼睛。

　　于岿河的眼睛生得是真好看，眼皮很薄，眼尾拖得很长，但一点儿都不女气，反而显得很干净。

　　眼眸黑白分明，里面亮闪闪的好像有颗太阳，他盯着你看的时候你就像被包裹在太阳里。他不笑的时候又有些清冷，好像全世界只剩下他一个，没有什么能让他分心。

　　从他上次弹钢琴到现在，他已经有段时间没修剪头发了，黑软的刘海儿垂下来遮住眉毛，有时候会扎到眼睛。

　　每当这时他就会眨眨眼，用骨节分明的手指把前额的头发撩开变成中分，露出高高的眉骨。眉骨往下是凸起的山根，与鼻尖连成一线，有几分艺术品的气息。

　　任望珊看得愣了几秒，说出口的话变成了："我想去上晚自习。"

　　于岿河抬起手腕，垂眸看了一眼表："六点整，走回去刚好。吃饱了吗？"

　　她乖巧地点点头，帮于岿河一起收拾好饭盒，关上灯，等于岿河把门锁好。回到教室，她和文漾笙简单聊了两句，也提到了晚上夜宵的事。

　　文漾笙表示理解："你胃不好就不要去啦，要是你说去，我还要拦你呢。"

　　任望珊莞尔，文漾笙过了两秒又补充说："不过下次要一块儿哟，娴姐人很好的，对我们也都很好，下回带你认识一下。"

　　"嗯。"她乖巧地点头。

　　回到座位，任望珊把落下的课对照文漾笙给她记的笔记重新梳理了一遍，又把"五三"拿出来，做三角函数专题测验。

　　身体还没康复，任望珊做着做着很想睡觉，但看看刚发下来的数学周练卷子上红彤彤的"122"，再看看前面文漾笙的"135"，看看后面于岿河的"142"，就感觉到了两个字——差距，单靠英语她也拉不回来这么多分。

　　她甩了甩前额的碎发，把头发用手上的黑色发绳重新扎好，认认真真地埋头做"五三"。

2019年10月3日，星期四。

嗡嗡——嗡嗡——

任望珊正睡得迷迷糊糊，突然被电话吵醒。她叹了口气，揉揉眼睛，懒洋洋地半坐起身，按了接听，又躺回床上闭起眼睛，声音带着几分慵懒："谁啊？"

"诈骗的，卖房吗？"

"向晚啊，什么事？"

电话另一头，黎向晚默默扶额："祖宗啊，你接电话都不看看是谁啊？不跟你废话，我难得早起，八点发你的微信文件，看你到现在还没回消息，就知道你还没起。你昨晚是喝断片儿了还是又吃了？"

"吃了。"任望珊皱着眉，也没骗她。

"你要是哪次回答我是断片儿睡的，我还能高兴点儿。睡醒没啊？下午两点半陪我去戚乐那边，顺便把我心心念念的项链收了。"

"好吧，两点半见。"

任望珊一直睡到一点半，起来倒了杯凉水。感受到冰冷的水顺着喉管流到胃里，她才清醒过来。

上海的天气比北京热得多，她来这边一个月有余，已经把衣橱翻新了一遍。

她拿了条油画色的复古碎花裙，外面披了件白色小西装。绾起浅棕色的头发，穿上金属扣白色单鞋，拎了个粉色单肩包，化上精致的妆容，戴上小香家的珍珠耳钉。

这么一打扮，显得她更加动人。最后她站在落地全身镜前面仔细卷好额前的刘海儿，转身出了公寓门。

嗡嗡——嗡嗡——

电话还没响完两声就被她接起来："怎么啦？你到了？"

"我在宝格丽门店里面，你先过来帮我挑个色，待会儿再去撸猫。"黎向晚肩膀夹着手机，手里拿着两条项链。

"十分钟。"任望珊挂了电话。

不到十分钟，任望珊就看见黎向晚在柜台前拿着两条项链，对着导购大眼瞪小眼。

"哟，今天怎么不说好看的都买啊？"任望珊调侃她说。

黎向晚耸耸肩："对不住，卡刷爆了，这个月还没还完花呗呢。"

任望珊："节哀顺变。"她掏出银行卡，"待会儿咖啡你请了。"又对店员说，"除了她的两条，粉晶那条给我拿一下，不用包装了。"

黎向晚瞪大眼睛："富婆我爱你！我请你吃一辈子下午茶！"

任望珊系上项链，空落落的脖颈上有了玫瑰金锁骨链的加持，直线型的锁骨愈显凸出，更有了几分妩媚。

她淡淡地说："刚打完一场大官司，东家财大气粗，给得大方。再说你下周生日了，算是生日礼物吧。"

黎向晚这人有一说一，从不食言，看来真得陪她撸一辈子猫了。

"你还是不怎么用家里的钱啊？"黎向晚刚说完就后悔了，不知道任望珊还介不介意这个。

不过说真的，她要是有任望珊这家底，奢侈品店都能给包下来。还是前两年，任氏翻案的消息闹得轰轰烈烈，圈内无人不知。

"自己挣的够用，哪儿需要用家里的。"任望珊的语气依旧是淡淡的，情绪看起来没什么变化，随即她话锋一转，"再不走，有猫在要没座儿喽。"

"走！带你去吃草莓慕斯！"黎向晚大手一挥。

任望珊眼眸微微一动，随即恢复到平常模样，笑着说："知道你最好啦。"

杨浦区大街，两个二十出头的女子走在街上，眉眼间尽是自信，引得步履匆匆的行人纷纷为之侧目。

虽然两人还是在读研究生，可她们的气质在外人看来俨然已是业界精英。

也难怪，她俩从大三开始就在北京的律所实习，又得上司赏识，接触了不少各界精英人士，读研之后更是小有名气，任望珊刚谈完的一个案子就是北京的朋友介绍来的。

拐进小巷，有猫在的木质牌匾下，黄白相间的小布偶已经在等向晚了。黎向晚飞奔过去，抱住小布偶亲了又亲。

任望珊无奈地说："你的口红掉了。"

黎向晚才不管。

任望珊推开玻璃门，撩起上方的布帘，朝门口的人微笑着点头："戚乐，今天在啊？"

戚乐在上海H大读汉语言文学，大二下学期参加大学生创新创业大赛，开的咖吧少女心满满，生意出奇得好，毕业后就一直做了下去。去年她又引进了几只布偶猫，把咖吧变成了猫咖，越做越火。

闲暇之余，她还充分发挥了语文课代表的优势，运营了个人微信公众号乐已忘忧，专门发表情感文字，粉丝也有小十几万。

戚乐戴着淡黄色的贝雷帽，架着副防蓝光黑框眼镜，抱着一只灰蓝英短，正在码字。

她朝任望珊笑了笑："吃什么找季薇薇点就行，她在里面忙呢。"

季薇薇是F大大二的学生，在戚乐的店打零工，见到任望珊她们热情地打了招呼："望珊姐，向晚姐，你们又来啦。"

"快把姐字去掉，我就比你大三岁！"黎向晚疯狂摆手，"这姐我可不认。"

"一杯冰美式加奶不加糖，一杯焦糖玛奇朵配炭烤坚果。草莓慕斯加巧克力冰激凌球，香草慕斯配抹茶华芙，两份咖喱牛肉意面，再来个双层水果拼盘，不要芒果。"向晚轻车熟路地点单。

十分钟后，黎向晚用小叉子切下一块香草慕斯："来点儿？"

任望珊摇摇头，拿了一颗黎向晚盘子里的坚果丢进嘴里："那个上面有抹茶味儿。"

"太金贵。"黎向晚嫌弃地说，"咖啡喝不加糖的，草莓慕斯倒是照吃。"

"那不一样，戒糖归戒糖，这个就不能戒了。"任望珊笑笑。

二人每次去餐厅都点一大堆东西，经常被误认为不止两个人。任望珊胃口小，吃得不多，东西大多是黎向晚吃的。好在黎向晚也是吃不胖体质，否则按她这吃法，肯定得胖十来斤。

两个人一边儿撸着猫，一边儿从咖啡、蛋糕聊到各自项目的最新进展，又从戚乐开的文章新坑聊到原来在北京R大的日常。

天南地北讲了个遍，不知不觉到了晚上，猫咖内的客人也陆续走光了。任望珊喝完最后一口咖啡，凝神望着窗外。

她侧边的线条很温和，眼睛半闭着，不太密但卷翘纤长的睫毛微微颤动。朦胧的暖黄色微光打在她脸上,连呼吸声都清晰可闻。

黎向晚也习惯了,任望珊总是会没来由地盯着一个地方愣神,仿佛在想着什么事,又好像在等什么人,额前的细碎刘海儿一动不动。这个时候的望珊总是显得很忧郁,散发出一种带着清愁的美感。

黎向晚默然不语,起身出去结账,其实任望珊在想什么她知道。

季薇薇毛茸茸的脑袋从后厨探出来:"老板已经结啦。难得见面,老板说这顿算她的。"

"她倒是有心了,反正也不差这顿,向晚可说了要请我吃一辈子下午茶呢。"任望珊回过神来打趣,又眯着眼睛抱起布偶撸了个够。

戚乐走过来,靠在门框上懒懒地说:"望珊,现在没其他人了,弹首歌给我听听吧,我都好久没听过了,这琴准我下午刚调过。"

任望珊没有拒绝,把靠在沙发上的吉他轻轻拿过来,靠在自己的腿上。她试着拨了一下,琴弦振动,音色清脆。

纤细灵巧的手指轻轻一拨,带着故事的琴音渐起。

Loving strangers loving strangers loving strangers oh
我爱着一个陌生人
It's just the start of the winter
那是冬天开始的季节
And I'm all alone
我孤独一人
But I've got my eye right on you
目光所及之处皆是你
...
And I'll kiss you so foolishly
我只想像个傻瓜一样爱你
Loving strangers
我深深爱着一个不可能的陌生人
Ah...
我爱你,爱你,很爱你

她的语调是悲凉的，一首歌唱的全是陌生人，但没有爱。吉他的声音弱下去，任望珊依旧垂着眸。

"天哪！"季薇薇瞪大眼睛，半晌才想起来鼓掌，"望珊姐吉他弹得好棒啊！"

任望珊谦虚地回应一个浅浅的微笑："挺久没碰了，手有些生，见笑了啊。"

黎向晚忍不住瘪了瘪嘴："都跟你说了别叫姐。"

季薇薇应了一声，接着说："哪儿有啊，完全感觉不出来很久没弹，话说吉他是谁教望珊姐的呀？"

任望珊脸上的笑容瞬间有一丝僵硬，季薇薇见望珊脸色不对，忙转移话题："我看天色也不早了，有猫在马上就关门了，望珊姐……啊不，望珊，你今天就和向晚早点儿……"

任望珊："一个朋友。"

戚乐看向任望珊，不动声色地眨了眨眼睛，随后垂下眸。

任望珊对上季薇薇错愕的目光："曾经……的确是朋友。"说完她把吉他轻轻放回原来的位置，拎起单肩包轻松地笑了笑，"多谢款待，那我们先走了。"

戚乐抿着嘴点点头："那下次再见。"

2013年1月7日，星期一。

丁零零——

代表一天课程结束的下课铃终于响起，那是胜利的号角。

"爽！"程鼎颀一边儿胡乱地把东西往书包里塞，一边儿大手一挥，"一班全体夜生活成员，跟上，走着嘞！"

于是任望珊看着一群人大包小包、勾肩搭背、打打闹闹、浩浩荡荡地出了班级门，扫街而过。

要不是夜晚街边的霓虹灯闪亮，最后的夜班车摇摇晃晃，这群人绝对会让人误以为是要赶着去集体春游。

出校门左拐，过了后街有条小巷子，实际上是美食一条街。晚上十点过后的夜宵摊儿总是与街外安静的马路格格不入，分外热闹。

白天里卖手抓饼、煎饼馃子、肉夹馍的摊子陆陆续续撤走了，取而代之的是五颜六色的彩灯牌子此起彼伏地闪烁，绛红色的桌面上油纸掀去了一张又一张。

啤酒的开瓶声，女人怀里孩子的哭闹声，老板的吆喝声，炸串儿的滋滋声，客人的叫骂声和喧闹声，不绝于耳。来的要么是昆城一中的学生，要么就是社会上的青年。

鹿烧是去年年底新开的一家夜宵铺子，与其他店面不同，鹿烧看起来清爽很多，东西又全又干净。

老板是个面容姣好、三十出头的女人，模样和声音都很温婉，做起事情却利落又爽快。

老板叫鹿娴，程鼎顾他们都爱叫她娴姐。

"又来了啊，给你们留了包厢的位子，进来坐。"娴姐笑得很温婉，让人如沐春风。

"嗐，都是同学来吃，就图个热闹，坐外边就成，吃起来爽。"程鼎顾没心没肺地笑出声。

娴姐对这些小鬼表示无奈，顺了他们的意，拣了张外边的圆桌铺上油纸，招呼他们坐。

来的男生女生加起来有十多个人，除了峀河他们最要好的五个人，还有苏澈、方知予、许念念、陈柚依、洛熹几个同学。另外，程鼎顾过命的难兄难弟——隔壁班体育委员萧宸也来凑了个热闹。

过命是因为两个人在高一头一个月的午休时间出去打球被邹校长当场抓包，不仅球被没收了，还罚站了两小时。更可悲的是，老邹可能嫌学校的公告栏空白得太久，硬是给这两个人安了个警告处分，等高一结束才能撤。

自那件事情以后，这两个班的体育委员就熟络起来，每天都要一块儿趴在走廊栏杆上吹几句牛才行。

"娴姐！牛羊鸡肉串、面筋、鸭肠、鸡翅、年糕、土豆、韭菜、茄子……有啥上啥，都各来个三十串！饮料……还是老样子，可乐啥的先来两箱……"

"好嘞，今天都来齐了啊，给大伙儿打八折，放开吃啊，娴姐看见你们就开心。"鹿娴笑着把程鼎顾报的菜挨个儿记下。

"其实没来齐。"一个声音懒懒地说。

鹿娴一愣:"嗯?还差谁呀?我看着怎么没少?该来的都来了。"

程鼎顾嘿嘿一笑,用手肘拱了拱于岢河:"坐他前边的,新来的转校生,今儿没来。说起来娴姐还没见过她呢。"

那一句话说得,就跟他原来没坐在于岢河的前边一样。

鹿娴善意地笑笑:"那下次一定带她啊。"

"得嘞。"程鼎顾没心没肺地答应着。

冒油的炸串儿、烟火气满满的烤串儿、冰爽的饮料都陆陆续续上来了,大家轮流转瓶子玩儿大冒险,玩儿得不亦乐乎。

于岢河口味没程鼎顾重,比较钟爱烤韭菜,正拿起第三串——

"于哥你少吃点儿,这个太补了。"程鼎顾贼兮兮地揶揄。

于岢河无声地瞥了他一眼:"先掂量掂量你手里的第八串羊肉再说话。"

吃到一半,苏澈突然说:"我听我家隔壁大妈说,娴姐是离了婚带着不少财产过来开店的,也不知道是真是假。"

许念念:"嘘,不管是真是假,这话得小声点儿说,让娴姐听见了不好。"

程鼎顾正吃得兴起,没听清他们的话,抬起头一脸茫然:"谁……苏澈你离婚了?"

众人:"……"

于岢河笑笑,起身拿起手机:"你们先吃,我去外边打个电话。"

街边的冷风把于岢河身上的滚烫温度渐渐扑灭,带来清新的冷意。夜晚十一点,学校里高三的学长学姐们也陆续离开了,远远望去只能看见零星几点昏黄的灯光,隐约像是学校的路灯。

于岢河吐了口气,把修长的脖颈缩进毛衣领子里,从兜儿里摸出手机,拨通了电话。

"对不起,您拨打的电话正在通话中,请稍后再拨……"

另一边,城西银行,自动取款机前,任望珊一边儿塞银行卡,一边儿拿着手机说话:"钱已经收到了,谢谢林叔。"

"望珊啊,林叔给你找的新学校怎么样?这段时间还适应吗?林叔工作忙,没什么时间联系你,是林叔不对。"

任望珊温和地笑了:"没有啊林叔,真的,同学们都对我很好,老师也很照顾我,不会再发生那些事情了。而且我现在是英语课代表,不像以前当班长那么忙那么累。"

林深在另一头欣慰地应着:"那就好,那就好。"

任望珊对林深叔叔是很感激的。林深是她父母的贴身秘书、得力助手,在任氏垮台后,她的新学校和住处都是林叔千方百计托关系找的,他每个月还定时给她打生活费。

她也向林叔提了,其实目前靠爷奶奶在外打工的钱也足够生存,但林深仍然坚持每个月往她卡里打钱。她每次都把钱都存好,以备不时之需。

"你适应就好。"林深的语气慢下来,"那就先这样,望珊你放心,那件事情我还在追查。为了避嫌,我们的联系也不要太多。你一定要照顾好自己。"

任望珊在电话这边点点头:"好,我知道。谢谢林叔,林叔再见。"

电话另一头,于氏高层公寓里,林深把手机往地毯上一扔,重重地倒在床上。

他要尽可能地对望珊好,特别特别好。因为那件事,他已经失去了妻子,失去了上司兼挚友,不能再失去更多的人了。

林深想着等风头过去了,再给望珊找个更好的房子。最好是带个菜园子的小楼房,老人年纪大了,不适合住高层。还要离学校近,望珊上学也方便。不然他欠下的,这一辈子都还不清。

连着两次都没打通,于岢河皱了皱眉头,再次拨了过去。

任望珊刚把手机放回兜儿里,手机又响了起来,吓了她一跳。她以为林叔还有什么事情,没看屏幕,接起来就问:"林叔,还有什么事情吗?"

"哪个林叔?我是于岢河。"于岢河的声音有些哑。

"于岢河?怎么这么晚来电话啊?"任望珊拿着手机,推开自助银行的门。迎面一阵冷风袭来,她穿得少,赶紧把左手插进口袋。

于岢河才发现晚上十一点是有些晚了,想说声不好意思,但话出口变成了:"那个什么林叔不是也刚跟你打完。"

任望珊被他逗乐了:"你们结束了没?打电话有什么事啊?"

061

"还没呢,我一个人先出来走走。"于岜河懒懒地说,"大家还跟鹿烧的娴姐提起你了,娴姐很喜欢你,说下回一定要带你来。程鼎顾答应了,这个面子下回记得给他啊。"

于岜河没有说是他自己提的任望珊。

任望珊笑了笑:"好。"

"也没什么其他事,那我就先挂了,你早点儿睡。"

"你也是。"任望珊靠在门外低头踢着路边的石子。

于岜河放下电话,才想起来刚忘了问她那个"林叔"是谁。

于穆老爷子的家教就是"人家不说你就不问",于岜河想,那就不问了吧,看她好像也没有要说的意思。

于岜河摸摸下巴,把手机放回口袋,转身朝鹿烧走去。站在鹿烧外面的圆桌旁,于岜河真的想打人。

桌上本来吃得差不多的烤串儿又换上了一堆新的,旁边的人除了夏成蹊就没一个男生还坐着,全都玩儿疯了。

程鼎顾甚至趁萧宸去厕所的工夫爆了他一个黑历史,说他有一次上厕所掉到了坑里。

萧宸回来看见一帮人笑得前仰后合,问就是摇摇头拍拍他的肩膀。他感觉自己不在的这段时间一定发生了什么,奈何他们一个个的讳莫如深,他只好无奈地坐下。

陈柚依说:"程鼎顾说没吃饱,好不容易出来一回,大家应该吃尽兴,萧宸第一个同意的。"

于岜河:"……"

就知道程鼎顾不靠谱,至于萧宸,他就是和程鼎顾穿一条裤子的,能不同意?明天的早自习可是王老师的,这帮人行不行啊?

于岜河后悔答应了这局夜宵,明儿要是给班主任发现,还不是得拿他这个班长是问。

第二天,早课铃响毕,昨晚熬到半夜的一群人还趴在桌上呼呼大睡。王老师和老钱一同巡视,一抓一个准,最后看向了讲台旁边流着哈喇子、头发乱成一团的程鼎顾。

十分钟后,睡不醒的这群人晃晃悠悠地在走廊上站成一排,头都像小鸡啄米似的一点、一点、再一点。

程鼎颀恍惚间抬头，撞上隔壁萧宸幸灾乐祸的丑恶嘴脸。

萧宸还无声地冲程鼎颀做口形："怎么样？傻货，站着舒服吗？哈哈哈——"

万万没想到的是，老钱就站在二班的后门口，一头雾水地看着萧宸扭动的身体。

于是一分钟后，走廊上又多了一颗头。

已经到午休时间了，邹绎敲着白板，仿佛没看见电子钟上的时间已经过了十二点三十分："我们再讲最后一题……"

邹绎上课的时候一定要把窗户都敞开，天真地以为这帮崽子会被冷风吹得睡不着觉。

但对正处在"春困夏乏秋打盹冬眠"中第四时期的崽子而言，别说刮风了，下冰雹都能照样睡得喷香。

从于峃河这个角度看，任望珊显然困得不行。为了不倒下去，她每每困的时候就会自然而然地用手枕着下颌，笔尖也会不自觉地在试卷上画。

邹绎在讲台上叹了口气："那十四题咱们就下午第三节课再讲，大家先睡觉吧。"

任望珊意识模糊地点点头，把校服外套往身上一盖，用手枕着胳膊就闭上了眼睛，残存的意识提醒着她这次第13题又没听到。

于峃河悄悄起身打开空调暖风，轻声招呼靠窗的同学把窗关好，又随手把灯一关，最后把没拉上的窗帘拉上。

"午安，任望珊。"他在心里轻轻说。

于峃河在黑暗中凝视着任望珊睡得安详的侧脸。她平时上课习惯扎高马尾，睡觉的时候会把头发解下来。散落的碎发遮住了眼睛，于峃河轻轻伸手给她拨开。

窗帘的缝隙微微漏光，任望珊的皮肤在这种似有似无的光线下显得有些透明。

她的睫毛很长，不知是梦到了什么还是身体的本能反应，她皱了皱眉，垂下的眼睫微微扇动了两下，没过多久眉心又舒展开，很乖的样子。

063

于岿河中午一般不休息，他轻手轻脚地从包里拿出物理"五三"，揉揉眼睛重新戴上金边眼镜，开始复习动能定理。

这里老师还没教，不过他自学下来，结合"五三"上的题目，这不就成了嘛——我们学霸就是这么牛、这么威风，于岿河在心里大笑。

昆城一中的喇叭发出滋滋的声音，要打铃了。

和别的学校不同，昆城一中午休结束叫醒学生们的不是校歌，而是电台的每日倾情推荐，今天放的是《晴天》。

故事的小黄花
从出生那年就飘着
童年的荡秋千
随记忆一直晃到现在
……

任望珊半梦半醒，朝后看了看，于岿河还戴着金边眼镜在学习呢。她把窗帘拉开一条缝，刚好对着最后一排她后面的位子，又不至于打扰还在睡觉的其他同学。

于岿河没有反应，完全沉浸在动能定理里面。

任望珊伸手点点他的桌子："就在这种光线下学了一个中午？眼睛不要啦？"

于岿河漫不经心地轻声说："没事，反正已经近视了，再说我戴眼镜也很好看。"

他的语气诚恳至极，像是在陈述事实，虽然这就是事实，但他这么自恋也是没人比得过了。

任望珊无语地盯着他："……"

其实于岿河只有上课才戴眼镜，下课就会摘下来，他嫌累赘。

任望珊突然发现自己都没怎么看过于岿河戴眼镜的样子。都说戴眼镜的人的眼睛会显得没神，但于岿河总是那个人群中独一无二的存在，镜片也遮不住他眼神的清亮与凌厉。

他戴着金边眼镜垂眸做题的时候会染上一股安静的书生气，但他凝视你的时候，镜片后面那双眼睛好像要看进你内心深处，你的所思所想全都瞒不过这一双眼睛。

　　此刻，于峃河的眼睛在一束微光下显得明亮透彻，像是刚刚用清水洗净的琥珀，瞳仁圆而黑，眼尾狭长，再配上这身黑色大衣加米色高领毛衣，他又有点儿斯文败类的感觉了。

　　为你翘课的那一天
　　花落的那一天
　　教室的那一间
　　我怎么看不见
　　消失的下雨天
　　好想再淋一遍
　　你会等待还是离开

　　《晴天》的余音还萦绕在耳边，女孩儿的心事却已随风飘远，化作微微细雨，一不小心就润了流年。
　　"突然感觉这首歌还挺好听的啊。"任望珊突然说。
　　"嗯？嗯。"于峃河没怎么在意，"每天放的都挺好听的吧。"

第三章

2019年10月4日，星期五。

今天是难得的下雨天，任望珊不用出门上课，刚巧还把作业都做完了。她从床上坐起来，拿了个大靠枕往床头一垫，缩起双腿百无聊赖地玩儿手机、看漫画。

同一时间，于岢河曲着长腿，懒洋洋地靠在单人沙发上浏览着朋友圈。他能休息的时间不多，下午还要去公司开会。

嗡嗡——

乐已忘忧公众号已更新，最新文章标题——那个跟你认输的男生，比你想象中更爱你。

任望珊指尖轻点，于岢河屏幕左滑。

"大家好，这里是乐已忘忧，我是戚乐。先来听首歌吧。"

文章标题下方有一个歌曲链接，轻轻点击小三角，《晴天》的歌声缓缓从手机里流出。

于岢河翻出蓝牙耳机，在耳朵上挂好。

任望珊翻身下床，怎么翻箱倒柜都找不到蓝牙耳机的另一只，只好团了团插线耳机，手忙脚乱理好，又回到床上。

"今天上海是个阴雨天，和这首歌不太应景啊，不知道你们那边有没有下雨？虽然今天不是晴天，但我还是想放这首歌，因为今天早上我突然想起了一件往事。

"我很久没见面的两个朋友——这个开头很老套,这两个朋友可能已经忘记了我,但不影响我跟你们分享这个故事。

"暂且称他们为小A和小C吧,我和他们从幼儿园到初中都是校友。幼儿园的时候,每天早上老师会发纽扣饼干和牛奶给小朋友们当早餐,每袋饼干里都有那么一块独特的饼干,是爱心形状的。

"小A和小C每次都要抢那块爱心饼干,我记得总是小A先抢到,但最后又争不过小C的臭脾气,乖乖地拱手相让。

"小孩子每周玩儿过家家,小A和小C都想当大人,但最后当爸爸的总是小C,小A就乖乖扮演小C的孩子。

"后来上了小学啊,他们俩因为一套限量卡片打了人生第一场架。老师急急忙忙赶过来,看到的是小A拉着小C,边哭边不停地说着对不起,以后再也不打你了。

"课余时间,同学之间玩儿猫抓老鼠的游戏、翻卡片的游戏、飞行棋的游戏……小A也永远会输给小C。

"两个人上初中了,小C住宿,小A就跟着一块儿住。不管做什么事情,小A总是先跟小C认输,哈哈哈,好像很没骨气的样子。再后来吧……小A转学离开前对小C说,对不起,我这次又认输了。

"后来,我就再也没见过他们两个。"

文章出现一大片空白,任望珊顿了顿,把屏幕往下拉。《晴天》的歌声还没有结束,于屿河坐起来,手指往下滑,语文课代表写东西从来不会写一半。

"看来这个故事也没那么无聊嘛,你还往下翻了呢,那我继续讲啦。"黑色的文字继续浮现,"我写下这些文字的时候,心里在想一个问题。我很好奇,这个故事有没有勾起你一丝丝的回忆与共鸣?你心里第一个浮现的人是谁?是他?她?还是他们?或她们?"

刮风这天我试过握着你手

"当然,不是每个人身边都有一直无条件跟你认输的人,如果你恰好有,请珍惜。如果没有,请你学会满怀期望地等待,并准备好迎接那个人。"

但偏偏雨渐渐大到我看你不见

"我不知道后来的他们有没有重逢,或许没有。年轻人的心啊,总是说变就变,谁能想到未来是什么样呢?"

还要多久我才能在你身边
等到放晴的那天也许我会比较好一点

"但是我能确定的是,从他们认识直到放手的时候,那个总是认输的男生一定比对方想象的还要爱她。请务必抓紧身边那个总是跟你认输的人,他可能也在等着你抓紧他呢。"

从前从前有个人爱你很久
但偏偏风渐渐把距离吹得好远

"我想起刚上大学的时候,妈妈说,你看,你从幼儿园一路走来,告别了多少好朋友啊。那一刻我也有些怅惘,那些我告别的好朋友中,有多少是我一度认为会永远熟悉下去的人。"

好不容易又能再多爱一天

"该怎么办呢?我还能不能再遇到另一个跟我合拍的人?于是我开了有猫在,期待每一天在咖啡店的不期而遇。"

但故事的最后你好像还是说了拜拜

"我在等那个跟我认输的人,那你呢?你也在等吗?愿你身边对的人,永远不会和你说拜拜。感谢关注乐已忘忧,希望我的文字能让你在繁忙中暂时忘记烦恼和忧愁。我是戚乐,我们下周再见。"

于岂河看完蹙起眉头,叹了口气,在右下角点了个"在看"。才没过多久,阅读量就已经破万。

任望珊愣了好久才退出公众号，打开音乐软件找到那首《晴天》。这首歌已经发行很多年了，被翻唱了无数遍，但她还是只爱听最老这一版的。

就是那首在2013年的初春，她半梦半醒间转过身，对于岢河镜框后面那双漂亮眼睛时，音质沙哑的广播里流出的昆城一中专属每日推送。一晃六七年，他们已经再也没有晴天。

2013年1月28日，星期一。

下午第一节体育课刚刚下课，女生们提着水杯说说笑笑地往教室走，男生们还要趁着这一会儿工夫多打五分钟的球。

于岢河借着身高优势，跳起来就给程鼎颀一个盖帽，差点儿把程鼎颀的鼻子打歪。他落地拍拍手，掀起T恤擦了擦额角的汗，露出六块线条硬朗的腹肌。

甩了甩发尖上的汗珠，他偏头看到任望珊挽着戚乐在香樟树下不知道说了些什么，捂着嘴笑个不停。

他朝她那边大声喊："帮我把水杯和外套带上去，谢了！"

"好，你记得别又迟到啦。"任望珊听到应了一声。

下面两节都是周逾民的课，几乎每个周一下午第二节课，全体一班男生都要迟到。老周第一个怪的就是于岢河，自己不好好学语文，还带领同学们一起迟到。

"欸——"程鼎颀忙说，"还有我的——"

他话还没说完，只见任望珊手里除了于岢河的衣服、水杯，还有她自己的东西，满满当当的，塞不下其他东西了。

戚乐手里更别提了，许念念和陈柚依去文印室复印第四节课要做的历史卷子，把自己的东西全托付给她了。

程鼎颀一扭头，看向不远处的文漾笙。文漾笙把外套系在腰间，一手抱着夏成蹊的衣服，一手拿着本书。

夏成蹊一手提两个水杯，一手插在裤兜儿里。他正低着头，显得喉结很突出，薄唇微微动着，似乎是在和文漾笙说着什么，几秒过后，冰山脸上出了太阳。

于岢河低头微笑。夏成蹊是个冷静的人，而非冷漠，无声的面孔下藏着燃烧着的、炽热的少年灵魂。

程鼎颀：行，你们都给我成双成对地去吧！我天下第一！独孤求败！再不济我去找萧宸。

不迟到那当然是不可能的了，铃声响起来的时候男生根本没意识到，还在疯狂拍手为刚刚于岢河的一个场外三分球叫好。

铃声停了两分钟后，男生才猛地醒悟，瞬间像脱了缰的野马，飞一样从操场跑上四楼。即便如此，也改变不了已经迟到的事实。

于是乎，老周刚开始讲他偶像屈子的"亦余心之所善兮，虽九死其犹未悔"，转身就被一群挤在教室门口推推搡搡并且还冒着汗的脑袋玷污了纯洁的双眼。

"都进来拿好书和笔记本，然后给我出去趴窗台上听。"周逾民边说边忍不住闭上眼。

男生们进门时倒是都垂头丧气的，装得乖巧，可一背对老周，个个儿笑得跟黄鼠狼一样。只是出去听课而已，只要不告诉王老师，一切都好说。

老周感觉太阳穴上的小青筋在疯狂跳跃："程鼎颀你别以为我看不见你的表情，等会儿下课跟我去办公室见你们班主任！你当语文课是什么？啊？次次都迟到！"

老周在心里安慰自己，不生气不生气，他人作死我不气。这节课要讲《离骚》的，要带着高雅的情操给同学们传递屈子的高尚情怀——这群不听话的熊孩子。

于岢河趴在窗台上笑。昨天晚上返校，晚自习下课后窗台被任望珊细细擦过，不染一丝尘埃，趴上去冰冰凉凉的。

于岢河趴的窗台刚好对着任望珊的右脸，从侧面看，她的睫毛很长很翘，她低头认真记笔记的样子很乖。漫长的语文课，这样上着好像也没那么无聊。

语文课下课后，程鼎颀灰溜溜地跟在老周屁股后面，但五分钟后欢天喜地地跟在王老师背后回来了。

王老师："班长，过来拿一下表格，确认一下参与冬季社会实践的名单。"

"啊——终于等到我高中生涯的第一次冬游了！我好欣慰啊！"程鼎顾叫嚣着，全然不顾其余人眼神中"王老师还在呢"的疯狂暗示。

王老师瞪了他一眼："别乱传，这叫冬季社会实践活动，回来要写实践报告的。"

冬游，啊不，昆城一中冬季社会实践活动的时间是本周六，早晨七点集合，下午六点返校，地点定在苏州乐园欢乐世界。那个地方很多人小时候就去过了，但因为是集体活动，所以大家还是很期待。

于岢河撑着脑袋戳戳任望珊："校车上一起坐吧。"

"不要，我和漾笙一起。"任望珊头也不回地说。

"哈？"于岢河咧了咧嘴角，双手放在脑后，身体随着椅子一摇一摇的，"文漾笙那丫头估计走不开。"

任望珊不明所以，也没多问。

五分钟后，文漾笙缓缓转过头："望珊啊，冬游校车上我跟夏成蹊有事情说，你和于岢河先凑合挨着坐一下呗。"

"好。"任望珊愣了愣，回头跟于岢河无声示意没问题。

就在这样的日子里，昆城一中全体高一学子，包里塞着海量小吃，手上拿各色壳子的手机，乘着校车往苏州乐园冲去。

车开了五分多钟，王老师总觉得哪里不对劲，好像车上过于安静了，于是她直起身转头往后面一看，哪里还有程鼎顾的影子。

毕竟是班主任，王老师的责任感在心底疯狂上升。这平白无故少了个人怎么能行？

她站起身往后面走，正欲一探究竟，一抬头，正看见坐在后面那辆标着高一（2）班的校车里第一排的，一边儿往嘴里塞零食，一边儿勾着萧宸的肩膀，扒拉着护栏和司机打趣的程鼎顾。

两辆车的空气同一时间尴尬成了固态，王老师缓缓坐下，默默给程鼎顾记下一笔"第一单元至第四单元单词表十遍这周末前交"的账。

可怜的程鼎顾还不知道自己又多了项罚抄的任务，以为王老师没什么意见，便收回视线继续跟司机侃大山。

一号校车内，夏成蹊和文漾笙在悄悄说话，文漾笙一边儿答应着，一边儿用指甲抠窗户玻璃上的细纹。没过几分钟，两个人一人一只耳机，一块儿听着歌睡着了。

任望珊也是很好睡的人，从集合到现在就没怎么说过话，无精打采的。随着校车颠簸，小脑袋一晃一晃地靠在车窗上，可是车窗颠得厉害，她靠无可靠，迷糊着皱起了好看的眉头。

于岿河默不作声地把宽大的手掌垫在任望珊脑袋后面，她再碰到车窗的时候就没那么颠了。

于岿河的手很大，不像十六岁少年的手，倒像是成年人的。但他的手很瘦，手指细长，没有大人的手的粗糙感，而是带着少年人的清秀。

十六七岁这个年纪的少年，说大不大，说小不小，勉强算懂很多事情，但又好像什么都不懂。面对讨厌的事情能嫉恶如仇，面对喜欢的事物时能把他的全世界毫无保留地给出去。

任望珊睡了半小时，于岿河就垫了半小时，等他感觉手掌上空了的时候，才发觉整条手臂都麻了。

他还没来得及动，随之而来的便是肩膀上温热的触感。任望珊换了个姿势，小脑袋轻轻靠了过来，温热的脸颊靠在他的肩膀上。于岿河又不敢动了，生怕惊了任望珊。

又过了半小时，校车停靠在湖滨南路，车门缓缓打开，蒸汽突突地往外喷。学生们一个个往下跳，最后跳下车的是神清气爽的英语课代表和左半边身体瘫痪的班长。

跟着班主任办理完团队票，同学们伴着"注意安全，五点前集合"的警告声结伴撒欢儿去了。

于岿河戴着鸭舌帽，发麻的左手帮任望珊拿着淡紫色双肩包，右手勾着夏成蹊的肩，程鼎颀拐着萧宸在旁边傻呵呵地一蹦一跳。

左边是手挽着手的任望珊、文漾笙和戚乐，后面不远处还有陈柚依、许念念、苏澈、洛熹和方知予。

夏成蹊难得地戴着护目镜，手插裤兜儿，永远是一副"你们与我无关的"模样。但他认真望向什么人时，眼里其实又有情感在，只需要你再静下心看，就能发现夏成蹊的眼神里的暖意。

乍暖还寒的天气，任望珊已经穿上了黑色小脚裤，纤瘦的脚踝露在外面一截儿，看着有些冷。米色系的羊毛衫软软的，显得她很乖巧。

今天任望珊的头发盘了起来，变成了一个毛茸茸的小球，展现与平时不同的元气感。她与旁边小个子的贝雷帽、短发女孩儿戚乐、齐刘海儿、披肩发、挎着白色单肩包的文漾笙站在一起，简直可爱满分。

"我说咱们副班长，你怎么没帮文漾笙拎包啊？"于岢河挎着任望珊的包问。

夏成蹊淡淡地说："她说背着是为了搭衣服好看，死活不给我。"

听到此话的众男生：女生好难懂啊。

该玩儿的几个项目都玩儿过了，女生们看见双层的旋转木马就眼红得移不动步子，吵着要去二楼排队。男孩子们不好玩儿这个，便帮忙拿着东西在外围等。

当然也不是所有男生都不玩儿，这不还有程鼎顾和萧宸嘛。两个人嘻嘻哈哈地混在一群女生和孩童中间，一点儿也不脸红，反而有种莫名令人震惊的和谐感。

于岢河懒懒地歪在长凳上，曲着长腿，喝着冰百事，手肘搭着夏成蹊的肩膀。

他百无聊赖地数着游乐场喧闹的人、树木、车辆、建筑，数着头顶的蓝天和白云、温热的阳光、空气里的尘埃、一切快乐和忧愁，然后把任望珊也数了进去。

"夏成蹊，于岢河，那边有冰激凌车，帮我们先排个队呗！"文漾笙她们从旋转木马二层下来，朝他们招手，"我们去下洗手间，马上回来。"

"这是冬天啊文大小姐。"于岢河拿着冰百事懒懒地说。

文漾笙白眼一翻："装什么第一次见，我不年年这样？你先放下冰百事再说我。"

于岢河无奈，随即想到什么："你们几个女生都吃？"

程鼎顾："不不不，还有我们！"

我又不是想问这个。于岢河清清嗓子，移了一下视线："胃不好的冬天就算了吧。"

任望珊第一个跳起来不同意："那不行，今天很特殊啊。"女孩儿高高地抬起下巴，语气不容置疑又带着半分委屈。她眨巴着水汪汪的眼睛看着于岢河，抬起右手比画了一个一，"就一次，草莓味儿。"

面对眼前的这双眼睛,于岢河败了。任望珊得逞地朝文漾笙眨眨眼,然后两人挽着胳膊小跑着去找卫生间。

于是一群大男生在冰激凌车前面排队,前后都是女生,要么就是带着孩子的妈妈。

为首的两位,一位插着裤兜儿,鸭舌帽被他拿在手里一转一转的,漆黑蓬松的发根与黑色的眸子相呼应,鼻梁挺拔,薄唇微翘,俨然是一个公子哥儿。

另一位正低头拿着手机,骨节分明的修长手指插进发根。架着细边眼镜的脸上面无表情,对前面纷纷扭头看过来并窃窃私语的女孩儿置若罔闻。

"望珊,你不上洗手间啊?那趁这时间帮大家买一下船票吧。"文漾笙和戚乐抬头看着路牌,"不远处就有售票亭。"

游乐场里的多数项目都包含在门票里,直接排队就能玩儿,少数项目比如游船,得单独买票。

"好,你们直接回旋转木马那边等我。"任望珊轻轻挥手。

她顺着路牌往下走,指示牌上的路程走起来比想象当中要远得多,半走半跑过去用了十来分钟。她拿好票,跟售票阿姨道了谢。

"这小娘鱼还挺漂亮。"售票阿姨转头对她旁边坐着的老伴儿讲。

"嗨哟,哪儿有你年轻时候好看哟。"她老伴儿笑着摆摆手,"看着点儿,有人来买票呢。"

"侬表戳气。"售票阿姨皱着眉说。

十分钟后,路盲任望珊同学发现自己竟然走反了。另一边,文漾笙她们左等右等,于岢河手上拿着的草莓冰激凌都要化了,还不见任望珊回来。

戚乐很担心:"别是走丢了吧,漾笙你给她打个电话。"

"好。"文漾笙说着就掏出手机。

"不必了。"夏成蹊指指于岢河,于岢河很配合地抬了抬任望珊的浅紫色双肩包。

"唉,真是的,她是路痴吧。"于岢河叹气,语气中有无可奈何,"你们在哪儿分开的?"

"就在洗手间门口,望珊去买船票,她让我们直接回来等就好。"

于岩河把双肩包往背上一放，反手扣好帽子："我先一步往前找，你们顺着这条路慢慢走，别错过了。随时电话联系。"

于岩河离开的时候也没有很慌张，但在拐了个弯儿后就开始跑，跑得很急。

洗手间附近没有，售票亭附近也没有。他逮到一个同学就问有没有看见任望珊，得到的都是否定答案，随后他又遇到刚刚买完饮料的许念念和陈柚依。

许念念一愣："差不多十分钟前见过，她就沿着这条路往前走了呀，说刚买好游船票，正要回去找你们呢。"

从这个方向往前走，越走离他们越远。于岩河低声骂了句什么，拔腿就往前奔。

任望珊手机不在身边，又背不出其他人的号码，忙找管理员问旋转木马怎么走。

管理员阿姨看漂亮的小姑娘这么着急，热心指路："别走原路了，你从这个林荫道穿过去。这是条近路，很少人走的。"

任望珊道谢后走了近路，就这么和大部队再次错开。

"阿姨好，请问您有没有看到一个大约这么高的女孩子？"于岩河把手比在自己肩膀的位置，一边儿气喘吁吁地问，"眼睛大大的，挺好看的，然后盘着一个丸子头。"

管理员瞪大眼睛："刚刚那个小女孩儿要找的就是你啊！我让她走这条近路回旋转木马了。"

"谢谢阿姨。"于岩河拿起手机沉声说："你们别往前了，直接回旋转木马。"

众人在旋转木马旁聚到一起的时候，任望珊正坐在长凳上，一声不响地晃着腿，乖乖地等他们。

文漾笙跑过去一把抱住她："望珊你吓死我了，以后再也不放你一个人在陌生的地方走了！也是我不好，知道你不分东南西北的还让你一个人去买票，要是于岩河问不到你在哪儿我们怎么办啊！"

任望珊笑着拍拍她的背："好啦，是我缺根筋看错了路。再说马上五点了，找不到就去门口校车上嘛，这么大个人，怎么都丢不了的。"

夏成蹊看了看时间："现在时间也差不多了，我们慢慢往回走，刚好赶上集合。"

走到一半,于岢河突然想起了什么,冲他们招招手:"我想起来有个东西忘拿了,你们先走。"他没等大家反应过来,拔腿就往回跑。

过了一会儿,校车上的人到得差不多了,王老师起身清点人数:"大家都左右看看,还有谁没在?班长你也点一下。班长?班长?欸,班长人呢?"

"王老师我来了。"于岢河边喘边踩着车门进来,脑门儿上微微冒着汗,腕骨分明的手上是一杯草莓味儿的哈根达斯。

这个并不是很有耐心和好记性的男孩子,在他最好的年华里,竭尽所能地把他的温柔双手奉上,送给了一个女孩儿。

这个时间,车窗外的黄昏像是玫红和紫红的浆果碰撞,浪漫得有些慵懒。微微的风颤动着,将黄昏的碎片吹得摇摇欲坠。

于岢河把哈根达斯递给任望珊,和王老师一起清点完人才坐下。

任望珊舔着手中的哈根达斯,感觉身边的少年身上有薄荷叶的清香和草籽的味道。

她明明才认识他不久,却好像很熟悉。在他身边的感觉就像是裹了冬天晒足阳光的被子,躺进去触感绵软,舒服惬意,还很安全。

"任望珊,答应我一件事。"

"嗯?什么呀?"

"背下我的电话号码。"

天空是透明的灰蓝色调,校门口的腊梅已开到尾声,低垂着头仿佛在目送着最后一场花事。

进校时间已经截止,铁质移动门缓缓闭合,突然啪的一下被一只大手拦住。

于岢河笑着说:"梁叔,等一下我。"

"又迟到啊岢河,赶紧跑吧,别又被邹校长抓了。"门卫梁叔叔笑着说。

"昨晚熬夜了,今早就起得有点儿晚,谢谢梁叔了。"于岢河摆摆手,朝教学楼跑去,单肩包在背后一颠一颠的。

于岢河从后门边上偷偷摸摸进班级,脸不红心不跳地坐下,从桌肚里掏出语文书装模作样。

班里的座位每周按组轮换一次,夏成蹊他们组靠着于岿河的组。夏成蹊闻声转头瞥了他一眼,若有似无地抽了一下嘴角,继续看书。

"客有吹洞箫者,倚歌而和之,其声呜呜然,如怨如慕,如泣如诉,余音袅袅,不绝如缕;舞幽壑之潜蛟,泣孤舟之嫠妇……"

于岿河感觉膝盖痒痒的,低头一看,一瓶咖啡正在戳他的膝盖。

任望珊微微偏过头,于岿河只看见她长长的睫毛在微微颤动,她用气音轻声说:"喏,给你的,谢谢你前天的冰激凌。"

前天冬游,同学们返校之后就直接回家了。昆城一中干脆给学生放了个假,把周日的晚自习也取消了,任望珊就一直没来得及谢谢他。

于岿河愣了愣,接过来:"欸,谢了。"

于岿河一年四季都喜欢喝冰百事,之前也没有喝咖啡的习惯。他还没说什么,任望珊又补充说:"这是今早小卖部阿姨新进的,百事她说卖完了,这个口感好像还不错的样子,我就想着带给你试试。要是不好喝,我中午再给你带其他的。"

于岿河低头拧开瓶盖喝了两口,咖啡入口,前调很苦,后调却特别香醇。他又喝了几口,其实……比冰百事好喝多了嘛。

"我是得多喝喝咖啡提神,看我上课困的。"于岿河模仿步步高点读机的调调,"何婧姝女士再——也不用担心我的学习啦——"

"噗。"任望珊没憋住笑,"老周来了。"

中午程鼎顾要去打球,让于岿河给他随便带个饭团。于岿河在小卖部买水的时候,余光瞥见货架上层那一排咖啡,伸手拿了两瓶。

程鼎顾坐在篮球场上,衣服随意地搭在膝盖上。他一边儿喝着于岿河带的矿泉水,一边儿不住拿余光瞟他:"怎么喝这个?百事卖完了还是活见鬼了以至于你要换个口味?"

于岿河在指尖上转着篮球,漫不经心地说:"偶尔换换口味。"

夏成蹊走过来靠着他俩坐下,于岿河递给他一瓶咖啡:"老夏,尝尝看。"

夏成蹊接过仰头喝了,皱皱眉:"一般啊。"

"哈?那是你不懂得欣赏二字怎么写。"于岿河抬手把咖啡抢回自己手里,"不喝还我。"

三个大男孩儿坐在操场上，迎着冬日正午明媚暖和的阳光，仿佛一道青春的风景线。

十六七岁的少年多美好啊，前面是微微冒着橡胶气味的跑道，两边是四季常青隐约飘香的樟树，只要有咖啡和简单的矿泉水，就满足了一份美好的时光。

后来的后来，于岢河以山河的名义把那个咖啡品牌买了下来。

以成人客观的眼光来讲，这个品牌的咖啡口感真的一般，于岢河买下它的时候不少股东都强烈反对。

好在于岢河的商业能力极高，社交人脉也广，他专门去请了意大利和法国的资深咖啡师进行成分的调配和改良。不出半年，品牌爆红，营利数暂且不提，光加盟合作方就数不胜数。

再后来，于岢河把这个品牌交给黎阳管理，自己再没尝过它新开发的味道。

2019年10月5日，星期六。

"我再说最后一遍，做什么白日梦呢三七分，老子要独资。"于岢河一个字一个字地咬着说，声音透出一阵森寒，叫人听着发冷。

黎阳接起电话，冷不丁一个激灵，缓缓闭上眼睛："公司规定，非上班时间员工有权利拒绝为上司服务。但看在你是我兄弟的分儿上，我还是会理你一下。"

"这件事我要和你讲清楚。咱们在生意场上得讲道义，上回合作闹得不欢而散，是我们先撤的资，在外人眼里主要问题在我们。这回得给乙方一个面子，不然双方都下不来台。这对公司不利，对你更不利。"黎阳边说边忍不住叹了口气。

于岢河还是太年轻，虽然家境和实力都高出寻常人不知多少倍，在商场上的狠戾果决和应酬交际也是人上人的水准，但有些时候未免太认死理，遇到手不干净的就想斩草除根。

黎阳顿了顿，继续说："这次合作项目单按纯盈利来看，咱们是看不上的。山河是大公司，根本不屑于挣这一两百万的生意，大有其他项目可做，但咱们这次要赚的是场面上的交情。

"盯着你的人太多，商场波谲云诡，以后的路还很长。若是你给别人留下个一点儿情面都不讲的印象，别家公司就总会对你有所防备，想着留后手。跟这样的公司合作，你恐怕也不能安心吧？

"送出去一笔生意，免一个夜长梦多，不是亏本买卖。等你真的在商界做到一手遮天，谁还敢管你给不给人脸？于岿河，你说说，是不是这个理儿？"

于岿河一噎，其实他懂这个道理。

黎阳是个很温和的人，和夏成蹊不一样。如果说夏成蹊的代名词是冷静，那黎阳就是稳重。于岿河从大一认识黎阳到现在，他真是一点儿都没变过。

他的声音总是很温和，不紧不慢的，于岿河在心情暴躁的时候很吃他这一套。也正是因为这个人，于岿河在生意场上少走了不少弯路。

总的来说，黎阳给于岿河的帮助并不比于老爷子少。而黎阳从认识于岿河到今天，算是见证了一个人性格的改变。

于岿河垂下眼眸，努力压下情绪，可能是刚抽了烟，他的声音略微带点儿性感的沙哑。

"之前那次是他们手脚不干净，虽不影响利润，但不合规矩。我们先解约，也付了违约金，于情于理都说得过去。"说完他的眼眸在灯光下微微闪烁，"我求仁得仁。"

黎阳静静地等，以他对岿河的了解，这个人接下来的话会让他舒坦很多。

"但我懂你的意思。我也不傻，那就这样吧，后续交给你了，我不想看见他那副狗屎一样的嘴脸，挂了。"

黎阳应了一声："没问题。"

于岿河余光瞥见门口放着的手提袋："啊，对了，国庆结束是你生日吧，生日快乐啊。礼物给你买好了，这可是独一份儿的，我抽空给你捎过去。"

黎阳没拒绝，笑着说："谢谢老板，客气了。"

"望珊，我现在来你家可以吗？"黎向晚发过来一条语音。

任望珊素面朝天，在床上裹着珊瑚绒睡袍，戴着防蓝光黑框眼镜，随意盘着头发，正凝神对着电脑三改法理论文。

她按住语音键说："好啊，我这边刚好忙完。"

十分钟后，外面的指纹锁传来咔嗒一声，随之而来的还有饭菜的温热香气。黎向晚带上门后放下东西，脱了鞋就往任望珊被窝里钻。

"你这头发是几天没洗？妆也没化。"任望珊嫌弃地往黎向晚头上看看，伸手把她的头发揉得乱七八糟。

"你不也是。"黎向晚笑嘻嘻地说，"肯定又没吃吧，猜我给你带了什么好吃的？"

任望珊老远就闻到味儿了："壶碟啊。"

"喊，狗鼻子真没劲，就不能给我点儿成就感。"黎向晚翻下床，打开储物柜，拿出一张折叠桌。

她一把掳走任望珊膝盖上的电脑，把桌子在床上架好，再打开塑料袋，取出筷子，最后把里边的保温盒取出来一一打开。她上了床两腿一盘，坐在折叠桌对面——那样子，真是像极了以前的文漾笙。

"喏，老几样——松鼠鳜鱼，蟹粉豆腐，银杏菜心，芝麻茶饼。都是你最爱吃的那些，我够好吧。"

任望珊无声地吃着饭，半晌才问："过来什么事啊？肯定不是光想给我带饭，你哪儿有那么好心。"

"嘿——"黎向晚真想跳起来捶任望珊的脑袋瓜子，"我怎么就不能有点儿好心？"

任望珊抬起头，咀嚼着脆脆的鳜鱼，温吞地说："那你是专门来给我送饭的吗？"

"哈……来呢肯定也是有事的，比如明天不是又到我生日了嘛，别提多烦了。"黎向晚扒拉了两口菜心，语气瞬间软了下去，"我爸妈今晚就从北京飞过来，偏要给我'贺寿'呢。明天大半天都不能和你一块儿逛街了。"

"终于二十三岁了，是要'贺寿'。"任望珊抿抿嘴，"所以呢？大半天是我理解的那个意思？这么说，是不是那剩下的小半天我还得跟你这个二十三的大龄女孩儿过？"

"你再讲？你再有俩月也二十三了！"黎向晚放下筷子，正色道，"我爸妈，我和我哥，还有你，晚上一块儿吃个饭。"

任望珊挑眉："你们兄妹俩过生日,我一个外人去凑什么热闹？"

"一块儿热闹呗。再说了,你哪里是外人,我老和我爸妈提你,他们都可喜欢你了。这次飞上海,他们点名说想见见我的宝贝大美女朋友。"黎向晚疯狂摇她胳膊,"去嘛去嘛去嘛！"

任望珊无奈地说："行吧,去。"

黎向晚喜笑颜开："明天晚上六点,我在浦东新区地铁站口等你。记得打扮得漂亮点儿哈,给我长长脸。"

任望珊头天晚上洗了头,第二天直接一觉睡到下午。

她揉了揉眼睛,打开冰箱门,在咖啡和橙汁中间犹豫了两秒,果断选择了咖啡,咕嘟咕嘟灌下去,瞬间清醒了不少。

睡意很浓的时候喝一杯咖啡是她最好的提神方式,说个题外话,这个牌子的咖啡可比高中那会儿好喝多了,看来改良得不错,这老板挺有眼光。

她到盥洗室简单地洁面后,对着镜子仔细护肤,然后扎起头发,洗了点儿车厘子和草莓,配着去年火遍大街小巷的韩剧草草吃了午餐。

今天又要营业她的颜值,见长辈三要素——简单,大方,淑女。

最近新买的粉底液质地轻薄又服帖,用粉底刷慢慢刷开,感觉整个皮肤都焕发着光泽。她不禁感叹,贵有贵的好。棕红调的阴影轻轻扫在山根、鼻翼、颧骨和下颌线上,面孔瞬间显得比原来更为立体。

眼影、腮红和口红都用奶茶摩卡胡萝卜色系,不能忘在下眼睑中间点一点儿珠光色,会显得比较乖巧。

眼线要用内眼线,睫毛膏不要用太多,自然最好。务必要棕色不要黑色,才能看起来更加人畜无害……

任望珊一边儿化妆一边儿念叨,感觉自己像有精神分裂。

女生的通病就是明明面对着满满当当的衣橱,却觉得自己又没衣服穿了。她也是如此。

"今天要穿什么呢？"她对着奶油泡芙色圆领灯笼袖上衣和黑色直筒牛仔裤说,"你们赢了。"

搭配上红白格子相间的布面高跟单鞋、同色系腋下法棍包、小香家珍珠耳环、复古风桃心珍珠锁骨链和酒红色帆布表带机械表,再用红丝绒发带把头发编成麻花辫垂在一侧,轻轻抽出几根用卷发棒卷好,打理得蓬松一些。

待收拾好一切,任望珊一看表,四点三十三分。

既然是生日家宴,她给黎向晚带了礼物,黎阳那边也要一视同仁,得送个拿得出手的礼物。

沿着杨浦区大街走,有一家博柏利。任望珊在柜台前看来看去,最后选了一个黑金色男士腕表,拿在手里沉甸甸的,很有分量。

任望珊出了店门,在距地铁站不远处的老茶馆买了两盒同兴茶饼。黎向晚家里的老人长辈都爱喝茶,以前黎向晚在宿舍提过,任望珊都默默记在了心里。

她在江浦公园乘上 10 号线,在南京东路下车换乘 2 号线,最后在科技馆站下了地铁。

黎向晚正站在地铁站门口,靠着玻璃墙看手机。

她今天穿了一件粉色一字领小礼服,直角肩显得整个人纤瘦骨感。裙子长度刚好在膝盖以上两厘米,显得双腿又细又长。米白色中跟鞋加上高马尾,视觉身高瞬间达到了 178 厘米。

任望珊给黎向晚发了微信定位,黎向晚见两个头像在地图里快重合了,眨了眨眼睛抬起头,刚好碰上任望珊带笑的眼眸。

"我爸妈都到了,走吧。话说你今天怎么这么早,说好的六点呢?"黎向晚走过来挎上任望珊的胳膊。

"见叔叔阿姨,我哪儿敢跟平时一样卡点到啊。"任望珊笑着说。

"哈,女人真虚伪。"黎向晚笑得很灿烂,"什么香水?一股子咖啡味儿,还挺香。还是说你刚喝了咖啡?"

任望珊才想起来今天出门居然忘了喷香水,身上是起床之后喝的咖啡的味道:"喝了苦咖啡,忘了喷香水。"

浦东中心的 P 酒店很高级,金色大厅顶上的巨大水晶灯闪烁着,将暖黄色的光影碎片投射到每一个角落。

舒适的班得瑞轻音乐在大厅回响,让人仿佛置身维也纳仙境;桌椅餐具在灯光下发亮,散发出淡淡的柠檬薄荷清香;至于酒店服务,那更是有求必应。

酒店领班微笑着将二人领到 1007 包厢,殷勤地推开门。

任望珊进门后没有东张西望,微笑着跟长辈还有黎阳问好。

黎父身着黑色高定西服,大背头梳得服服帖帖,黎母戴着翡翠项链,温文尔雅地起身。两个人都拥抱了任望珊,还嗔怪她太客气,来就来还带这么贵重的茶饼。

任望珊莞尔:"应该的。"又转身把黑色小巧的博柏利手提袋往黎阳面前一递,点头笑笑,声音很清亮,"礼物,生日快乐。二十三岁,年轻有为,前途无量。"

黎阳身着一席黑色正装,微微颔首道了声谢。

于宵河放下手机皱了皱眉,黎阳不回微信,也不接电话,这样的情况很少,许是在什么场合把手机静音了。

黄浦江边的晚风微微发凉,游船上人头攒动,江面朦朦胧胧得看不真切。没人能拒绝夜上海,东方明珠上的影像不断滚动,像是永不熄灭的光,生生把黑夜带入白昼。

手中的红酒氤氲着夜晚空气里的最后一丝浪漫,再喝下去,仿佛是人间的一壶冷暖悲欢。

好一入夜渐微凉,繁华落地成霜。

于宵河的手肘靠在桅杆上,他突然想起了什么,往下翻通讯录,找到一个不常联系的号码,拨通了电话。

黎父口袋里的手机突然振动起来,他站起身说:"你们先聊,我出去接个电话。"

黎父走到酒店的露台,从口袋里掏出电话,一看姓名又惊又喜,忙按下接听:"宵河?!怎么想起来给你黎叔叔打电话了?"

"打扰黎叔了。我给黎阳买了个小礼物,想着今天捎给他的,刚刚打他电话没接,想来想去觉得应该是在家庭聚会。"于宵河眯起眼睛,挑了挑嘴角,"也不知道我猜得对不对?"

黎父在电话另一头竖起大拇指:"还是宵河聪明!你在哪儿呢?我们一家人都在 P 酒店,你要是方便,直接来一块儿吃吧。"

于宵河还挺乐意:"好啊,那麻烦黎叔发我个包厢号了,今天我就来吃顿霸王餐。"

黎父嗐了一声:"都是自家人,不急,路上小心点儿。"

于宕河开着路虎，没急着去 P 酒店，先掉头去了中心商场。既然一家人都在，除了黎阳，不带些什么过去给长辈和黎向晚总归不好看。

于宕河冷着一张帅脸站在香奈儿总店："最新款的裙子。她身高一米七多，体重……估计一百来斤吧。拿什么码数你们看，直接包上。"

于宕河不太擅长挑礼物，平时公司客户之间的礼尚往来也都是黎阳在管，他只负责抬抬手把东西给出去。

此刻他能想到的给黎向晚的东西只有奢侈品牌最新款式的礼服，能想到的给长辈的礼物也只有他父母爱喝的老同兴。

于宕河拎上东西，一看表，时间已经接近六点五十分。不好让黎阳那一大家子多等，他一脚油门踩到底，引擎声划破了干燥的空气，车子在华灯初上的中央街道绝尘而去。

五颜六色的灯光之下，人群熙熙攘攘，在上海纸醉金迷的夜晚里，共享灯红酒绿的生活。

2013 年 2 月 6 日，星期三。

英语课下课，王老师敲敲桌子："大家等会儿再去厕所，趁着下课，老师有件事情要讲。

"大市里面举办了一个高中生文创作品征集活动，两天内上交，具体要求在我这张表上。如果获奖能拿到市级证书，含金量也还可以，不过，咳咳……"王老师加强了语气。

"临近期末考试，无论大市里面是什么想法，我都希望我们一班的同学以学习为主，没有现成作品的就不要再花费时间了。期末考试全市统考，这才是头等大事。班长，过来拿一下表。下课。"王老师说完就抱起讲台上的教科书和试卷回了办公室。

同学们一拥而上："班长班长，给我看看呗，什么主题的？"

程鼎顾把表格举到头顶，眯起眼睛："这名字——你眼中的山川河流？鸡皮疙瘩掉一地啊。形式不限，书法、绘画、文学作品、刺绣……这年头还有谁会刺绣啊，服了，这都给写上去，要真有人交刺绣作品我把这张纸吃下去！"

任望珊欲言又止。

于岢河看了程鼎顾一眼,没说什么。

延时课上,啵啵发了张随堂检测的物理卷子,叫纪律委员苏澈管好纪律,然后晃晃悠悠地回办公室喝茶去了。

于岢河十分钟就搞定了全部,偏头看看前面,戳戳任望珊,轻声问:"你是交刺绣还是书法?"

任望珊写完一个公式,微微转过头说:"刺绣吧,不跟你撞,而且交这个的人肯定少。"

"这也有现成的?"于岢河挑起眉,好奇地问。

任望珊点点头:"绣品不大,约莫和试卷大小差不多吧。之前断断续续绣了有段时间,这两天赶赶的话能弄完。"

程鼎顾远远地在前面转头,对着最后一排做口形:"聊什么呢?"

"聊你明天吃纸。"于岢河也用口形回答。

程鼎顾:"嗯?"

玻璃窗挡住寂寞的月色,树影在灯光里交集,香樟树的叶子婆娑作响,像是在回应月亮的低语。

在出租屋和别墅二楼的房间里,分别有两个身影还在各自的书桌前埋着头忙碌。

滴滴滴——

QQ消息提示声响起。

鱼遇余欲与:在?

于岢河左手撑着脑袋,右手转笔,眼睛盯着手机屏幕等回复,桌上铺着卷子。他赌任望珊肯定没睡,果然,五分钟后来了消息。

Shane:在的。

鱼遇余欲与:还没睡呢?

Shane:你不也是。

课代表越来越会顶嘴了嘛。

鱼遇余欲与：我是在做卷子。我熬夜早熬习惯了，你早点儿睡，小心明天起不来。

任望珊在屏幕面前低头轻笑，心里想，当谁都跟你一样啊，熬夜了第二天就起不来。要不是和门卫熟络，你早被邹绎抓八百回了。

Shane：我再把山顶补补就好啦。马上睡，晚安。
鱼遇余欲与：好，晚安。

月光洒在任望珊手中柔软的布面上，将上面本压着光的山川河流照得映出流光溢彩。皎月之下，素色锦缎上浪漫的山水好像是灵魂深处一簇簇迎着月色而生的花。
女孩儿低着头，眼眸里尽是山川河流，她不时把两边落下的鬓发捋到耳后，双手像是捧着一个世界的温柔。

第二天一早，程鼎顾在座位上欲哭无泪："我在班里人缘这么差的吗？当时我说有人交刺绣我就吃纸，怎么没人提醒我呢？"
文漾笙拍拍他的肩："节哀顺变。"
另一头的教师办公室里，王老师拿着那一方绣品，正对着于岿河啧啧称奇。
这方绣品不同于寻常所见的青山绿水，用冷调的灯草灰和百草霜作为山脉的底色，小众的烟栗、黛色、沙青依次向上过渡，到山顶渐变成月白，还微微镶了层暖调枯绿锁边。
青豆色的泉水从山腰处环绕着往山麓引，绕过碧玉石和深松绿，最后变成发白的秘色。
山中有小亭，一白衣女子亭亭而立；山麓有一男子，年少春衫薄，骑马倚斜桥。身后凛冬散尽，天光长明。
好一幅雪山春晓，淮水奔流。
如果再仔细看的话，会发现二人遥遥相望的眼中分明有情，仿佛对方眸中有山川河流，镌刻着自己春夏秋冬行经路上的一切不朽。
又一个山高水远，为你而来。

刚巧任望珊来陪戚乐交语文作业，王老师忽然叫住她："望珊等等，交上去的作品都是要标题目的，你给作品起名字了吗？"

任望珊看过来，视线对上办公桌边还没走的于峕河，停留了两秒。之后，任望珊移回目光，对着班主任轻快地笑了，如沐春风的样子。

"王老师，名字我刚想好了，就叫《珊河》。"

王老师在记录本上快速写下：山河。

于峕河的眼眸微微一动。

他一直觉得世界上美好的东西不太多，大概就是校园黄昏时从冒着香气的樟树枝头吹来的风，篮球擦着网呼啸而过的声音，十点下晚自习时头顶月亮最清澈皎洁的样子，和挚友吃烤串儿时四下无人的街。

排在最前面的，是他鼓起勇气往任望珊身边靠近的窃喜，还有那天她笑起来说出珊河二字时脸上的如沐春风。

怦然心动这种东西啊，不敢保证对方能是一生的喜爱，但至少在这段岁月里，只想对一个人好。所以说它美好也美好，说残忍也残忍。

那种年少时就迫不及待想和对方到达未来的期许，由于从一开始就过于强烈地到达过巅峰，因而从此往后，无论是各自安好的希冀，还是任意一方的单薄念想，或许都只是在走下坡路。

第四章

2019年10月7日，星期一。

于굡河提着东西出现在1007包厢门口的时候，对着门内一个背影怔住了。一瞬间，他感觉空气凝滞，时间静止。

面对着他的黎阳和黎向晚顿时蒙了，还没弄懂怎么回事，只能同时深呼吸，满脑子只剩下两个字——完了。

黎氏兄妹的父母平日里与商界几乎是零接触，黎阳学的是人力资源管理，黎父是想让他考公务员出来做行政的。

黎阳大二时毅然进军商界，黎父黎母一直担心他会吃亏。后来经仔细询问，黎父才知道儿子有个叫于굡河的兄弟在身边，人家家大业大，三代人都是在生意场上叱咤风云的人物。

山河稳定下来后，于굡河请他们二位长辈吃过几次饭。黎父黎母看他仪表堂堂，举止得体，自然认为这就是黎阳在商界的领路人，对他那叫一个称赞和喜欢，恨不得收来当干儿子。

他们自然不知道黎阳帮了于굡河多少忙，更不知道任望珊和于굡河的旧事。不知者无罪。

于굡河就这么站在门口，走也不是，进去也不是。任望珊正低头切着牛排，没有发现异状。

黎父一抬头，发现对面俩兄妹都神情严肃地看着门口，心里纳闷儿，转头一看，瞬间满脸笑容。

"嗐，这不就来了吗？杵在门口干什么？哎哟，难得见一面还拎东西，你看这孩子……"

"伯父，应该的。抱歉，我来晚了。"

任望珊一辈子也不会忘记这个声音，就像永远都不会认错这个人。即便是以前，在那么大的北京城里，茫茫人海中，只要和他在同一条街道，任望珊就一定能一眼找到他，然后第一时间扑上去，紧紧贴近他的胸口，幸福得像个孩子。

那个时候，明确的爱，坦荡的喜欢，即便人海万千，心里再也装不下其他。

一瞬间，好像山川沉默，河海静谧，花鸟池鱼被尘埃封印。山河永夜，缺氧沉寂，世上其他的声音尽数消失，只剩下那一句礼貌克制的言语。

任望珊身体僵硬，抓着刀叉的手指骨节微微泛白。她想立刻站起身离开，但最终只是微微偏过头。她的视线向后，对上于峁河的下颌，不敢再往上看。

他还是那么好看，换句话说，是更好看了。三年不见，他冰冷的眉眼愈加锋利，眼里像是融了一整季的雪水，显得比以前更成熟，也更沉稳，眼窝也愈加深了，下颌线条硬朗分明。

剪裁得体的白色衬衫，依旧打着温莎结的领带，黑色西装裤，高定皮鞋。今夕何夕，他已经褪去了最后一丝少年稚气，变成了如今心中有丘壑、眉目做山河的成人模样。

于峁河也在用余光偷偷看任望珊。她还是那么漂亮，侧头转过来时优雅得像天鹅伸颈。阳光在她的眼角、鼻梁投下淡淡光影，眼波清如泉，皓腕凝霜雪。她低垂着眼眸，神情淡漠却高傲。

妆容浓淡适宜，一副人畜无害的乖巧模样。假如你朝她挨过去，会像是碰着了一团浅浅发散着咖啡香气的云朵。她若是对你笑笑，能把你的心都化了。

这是任望珊，于峁河的心有一丝抽痛，轻微的痛感无声却很鲜明。

他又感受到了疼痛，于峁河有些想笑，每次像个正常人一样感受七情六欲中的苦，都是因为任望珊，也只能是因为任望珊，别人怎么可能做得到？

桌旁只有任望珊对面的座位空着，黎父殷切地让于岢河过来坐，全然不知在场四个年轻人内心的暗流涌动。

黎阳和黎向晚面面相觑，只能大眼瞪小眼。

"岢河啊，我来给你介绍一下，这位是我们向晚的好朋友任望珊，是不是很漂亮？她在学校里可优秀了。望珊，这位是于岢河，那叫一个年轻有为啊，已经当上独立公司的CEO了，我们黎阳在公司可没少受他照顾。"

于岢河整理了一下衣领，起身跟任望珊客气地握了手："你好，初次见面。"

任望珊微笑着颔首："请多关照。"

都是成年人，什么话该说，什么话不该说，心里总有点儿数。二人相对无言，明明坐在离得最近的位置，却好像隔着山河湖海。

"天色已经不早了，我看今天就差不多了吧。我们这就回民宿了，明天早上还要赶飞机。今晚很开心你们都来。"

"叔叔阿姨不多玩儿几天？"任望珊问。

黎母笑着说："年纪上去了，早对这些提不起劲儿了，难得坐个飞机都感觉腰酸背痛的，我们老夫老妻呀，还是早些回北京宅子里歇着吧。"

于岢河点点头："那明天我来送伯父伯母。"

黎父连连摆手："哈哈，你们看这孩子懂事的，但是不用了。明天你和黎阳都得上班了吧，家里有小晚送送我们就行了。"

于岢河也不强求，微笑着说："那祝伯父伯母一路平安。"

黎向晚要跟着父母去民宿住一晚，黎阳送他们，任望珊礼貌地谢绝了黎父让黎阳送她回去的提议，道别后就往地铁站走。她一路上心事重重，走得慢了，竟然没赶上最后一班地铁。

任望珊走到十字路口，低头打开乘车软件，准备打车回去。这时，一辆黑色路虎缓缓停靠在路边，任望珊抬头望见车里的人，又低下头继续捣鼓手机，一直没动。

二人就这么无声地对峙着。

"上车。"

任望珊无动于衷："我坐出租车。"

男人的声音冷冰冰的："顺路。"

任望珊打开车门，坐在后座。

"我不是你的司机，坐前面。"

任望珊不动。她上车是为了不继续在路边耗下去，等下了车，各自安好，谁也不打扰谁。

于岢河转过头，神情冰冷，一字一句地说："任望珊，你在矫情什么？难不成你以为我还能做什么不该做的？"

任望珊一噎。既然好聚好散了，好像的确不该想那么多。于岢河是真的顺路，没错，于情于理都说得过去。

任望珊下车坐到前面的副驾驶座，身上带着咖啡的香气。

于岢河的眼神在夜晚车内微弱的灯光下微微闪烁："地址。"

"杨浦区，南隅独墅。"

于岢河一怔，随即内心悲哀得想笑，还真有这么巧的事。

任望珊突然反应过来："等等，你都不知道我住哪儿，哪门子的顺路？"

于岢河到底场面上老练，脸不红心不跳："黎阳提过她妹住杨浦区，你俩肯定在一块儿，我只是不知道具体地址罢了。"

"噢。"任望珊感觉自己真是蠢死了。

"那儿地段很好啊，学校给分配的？我以为研究生都住学校宿舍。"于岢河神色漠然。

"大学生的租金会比较低，算是学校给学生的福利。"任望珊没敢看车内的后视镜，生怕和于岢河的视线对上。

于岢河没再说话，专心看路开车。晚上车流量依旧很大，窗外交警正吹着哨指挥交通。任望珊微微侧过脸打量着他，有那么一瞬间，感觉一切仿佛都没有变过。

车子缓缓停在南隅独墅门口，任望珊解开安全带，轻轻地说："那我走啦。"

"嗯。"于岢河点头，很绅士地下车帮任望珊打开右侧车门。

任望珊起身时突然瞥见她右手边放置杂物的凹槽里有个很熟悉的东西，情不自禁地伸手去够，于岢河怔住，竟忘了阻止。

那是一幅卷起来的绣品，只是和原作有些许不一样了。变了的地方在绣品的右侧，那里赫然用标准的行楷竖着填了字——珊河。

旁边还有诗句：所爱隔山海，山海不可平。海有舟可渡，山有路可行。此爱翻山海，山海皆可平。

任望珊默默地把绣品卷起来放好，抬头对上于峁河冷硬的目光，两个人许久没有动作，也没有再说什么话。于峁河没有任何解释，非常沉默，非常骄傲。

过了许久，他打破寂静："任望珊，你嘚瑟什么？我放不下的是这段感情，又不是你。"

字字冰冷，掷地有声，仿佛给这场纠葛的爱恋判了死刑。

任望珊走后，于峁河给邹绎发了个消息："我还是把绣品还回昆城一中吧，东西放在我这儿我嫌它累赘。"

发完后于峁河无声地坐在车里，眉头紧锁，一动不动，任凭右手边置物架上的手机屏幕亮了又暗，暗了又亮。

没过几分钟，嗡嗡的手机振动声充斥了整个车厢。于峁河整个人烦躁得很，直接把手机关机，朝后座上一扔，然后仰起头，后脑勺抵在靠背上。

终于清净了。

任望珊进了盥洗室，打开水龙头把温度调至最低，不停用手捧着凉水往脸上拍，扑面而来的窒息感让她有一瞬间想吐。

哗啦啦的水声掩盖了卧室里的手机铃声，五分钟后，她把洗手池的水关上，水声和铃声刚好同时停止。

任望珊感觉头很重，扶着家具慢慢坐到沙发上，倒出两颗安眠药。吃完后，她小心翼翼地蜷缩起瘦弱的身体，用毯子将自己包裹起来。

睡着了就不用去想于峁河了。

此时，南隅独墅门口，十点整来换班的保安觉得奇怪，那辆路虎驾驶位上的人不是户主吗？怎么车停在大门口快两个小时，既不开走也不下车？

都这个时间了，看着他也不像是要等什么人的样子啊。难不成是接人出去蹦迪？

小保安摇了摇头，打消了这个诡异的念头。出于对业主的关心，他整理好身上的制服，走出值班室欲问个究竟。

从车窗外向里面看，男人闭着眼睛，皱起好看的眉头，手肘撑着左侧车窗，另一只手放在大腿上，修长的手指缓缓地敲着膝盖。

看这车高端的内饰，再看这位身上穿的，手上戴的，无疑就散发出两个字——有钱。

小保安吸吸鼻子想，住这小区的也没哪个没钱的。噢，或许也有吧，听说只要是F大的学生租这儿的公寓，租金都挺低。

小保安堆起笑脸，轻轻敲了敲车窗。

车内的男人睁开眼："有事？"

"没……也没什么事。"面对于峕河凌厉的目光，小保安话都说不利索了，"就……就我是这儿的保安，看您是业主但是停这儿好久了，就来看看您有没有什么需要帮忙的。"

男人不语。小保安也善察言观色，识时务得很："但是看着您好像不太想被打扰，那我先去值班了，业主记得早些回去啊。"

"等等。"男人叫住他。

小保安转身欲走，突然一个激灵，差点儿往后跟跄摔倒。他连忙稳住身形说："欸，我在！您……您有什么事吗？"

于峕河没有说话，垂眸从西装口袋里摸出男士皮夹，抽出一沓钱，从窗口递出去："方便的话，去那边便利店，替我买点儿白的。"

小保安忙说："方便！方便！"说完拿着钱跑去了。

没过多久小保安回来，手里拎着个塑料袋："业主先生啊，您看这各种酒我都买了，发票也给您放袋子里了。您给的钱太多，剩下好多呢，都在这里了。"

他一手把塑料袋放在副驾驶座位上，一手把十几张百元钞票和五颜六色的零钱往前面一送。

于峕河没接钱，看小保安气喘吁吁的，开口问："你叫什么名字？"

小保安一愣："叫我小李就成。"

于峕河点点头："我姓于。"

"剩下的不用还我了，你留着吧。谢谢你愿意帮我去买酒，麻烦你了。"于峕河别过脸。

"哎于先生这可使不得——"小李赶紧摆摆手。

于岢河关上车窗，一踩油门，疾驰而去，空留小李在原地的车尾气里凌乱。小李看着手里的钱，想着下次再见面一定要还给于先生。

凌晨夜幕下的黄浦江岸边，高大的路虎前门敞开，男人靠在车身上，西装外套随意搭在肩膀上，衬衫袖口挽起，露出腕骨，手里拿着伏特加。

他澄澈如寒星的眼睛就这么静静盯着黄浦江江面，仰头喝酒时，脖颈的线条修长性感。

澄澈其实是个很伤感的形容词，它不是纯粹的干净，而是双眸深度混浊之后再蒙上一层寒凉，眼神充满了沧桑和深邃的力量。

这是于岢河的眼睛，明明哭过那么多次，如今却一滴眼泪都不肯放出来。这个男人还不到二十三岁，已经拥有了这样一双眼睛。

2013年2月14日，星期四。

上午第四节课末。

"我们最后再复习一下，if引导的真实条件句的三种普通情况以及名词性从句中的特殊用法，过去完成时的使用条件……"王老师在讲着课。

丁零零——

班里顿时骚动起来，再不抓紧跑又要被高二那帮人先抢到饭了，今天周四，食堂二楼可是有糖醋排骨和地三鲜的啊！

王老师也没拖堂，只是最后提了一句："上次补办团员证的同学，下午延时课前自行去钱主任办公室领一下证。不占用你们吃饭的时间了，下课吧。"

班里瞬间没了人影。

一班全体同学在初中时就已经是团员了，不过有些同学升高中的时候把初中的团员证给丢了。上个月王老师让副班长统计了需要补办团员证的同学名单，这个月全批下来了。

任望珊是在和爷爷奶奶匆忙搬家时把初中的资料袋落下了，所以也补办了一份。

中午午休时班里很安静，只有呼吸声此起彼伏。夏成蹊在王老师办公室问题目回来得晚，他轻轻掩上门，轻手轻脚地走回座位，尽量不吵醒已经熟睡的同学。

夏成蹊回到座位后看任望珊盖着校服外套睡得挺深，后面于肖河倒是还没睡，就给他递了张字条。

夏成蹊："任望珊是转校生，王老师刚跟我说她补办团员证的手续不太一样，她那本在行政楼的文印室，不在老钱那边。文印室她估计不认识，你下午有空带她去一下。"

于肖河示意没问题。

下午第一节课下课是大课间，于肖河站起身走到任望珊桌子前面，俯下身，垂眸笑笑："走啊，去领证。"

任望珊正在看千岛寒流遇到日本暖流的地理题，闻言抬眸看向他，一时间没反应过来。

此时此刻，温热的阳光把白色的墙壁晒得暖和，斑驳光影浮动交错，窗棂外有风揉树叶的沙沙声。

眼前这个眉眼干净的十七岁男孩儿微微俯下身，风吹过窗帘，也拂过他的睫毛与发梢，阳光照到他的眼角熠熠生辉。他的头发乌黑清爽，有浅浅的薄荷草香气，声音里裹挟着少年人特有的日月和清风。

"咱们去领证。"

"嗯？"

于肖河不明所以："走啊，跟我去领证啊。"

"什么证？"

于肖河无奈地笑了："团员证啊，上午刚讲，脑子呢？王老师说你的补办手续不一样，证在文印室，我熟，带你去拿。"

"好的……"任望珊垂下眼眸点点头。

文印室内，任望珊乖乖填好表格，谢过老师，拿好团员证。

办公室主任盯了她好久，缓缓开口问："是上回跨年晚会又跳芭蕾又唱歌的插班生小姑娘吧？"

任望珊点点头："是，老师还记得呀？"

办公室主任笑了："这哪儿能不记得呀！小姑娘气质可真好！你们高一（1）班也是神了，个个儿聪明好看又多才多艺的……"

"老师过奖了。"

于岿河插着兜儿调侃:"老师您快别夸了,她也就面儿上害羞,心里可乐着呢。"

任望珊脸红,偷偷踩了他一脚。于岿河哑然失笑,这鞋可贵了啊。

黄昏后,男生聚在篮球场上打球。萧宸的球衣被汗水渗透,贴在背上,额头的汗珠大颗大颗地滴落。

萧宸闪身错开防守,转身接球,跳跃扣篮,球马上碰到篮圈的刹那,另一个身影突然贴着萧宸起跳,右手翻腕一打,啪的一声,篮球落到不远处篮下预备接球的程鼎顾手里。

于岿河没有片刻停滞,转身接球,带球连过两个人出了场外,小腿、手臂、指尖三点连成一线,起跳出手,篮球在空中划出一道优美的抛物线——一个标准的三分球,漂亮。

投完球后于岿河小跑着过来:"手感不错。"

萧宸往程鼎顾身上一靠,转头对于岿河说:"滞空偷偷练了?蹦挺高啊。"

于岿河擦汗笑笑:"这叫天赋。"

"牛还是于哥牛。"萧宸点头说。

于岿河抱着球眯起眼睛,忍不住看向不远处——任望珊和文漾笙一人拿着一瓶冰镇橙汁,挽着手在操场上晃啊晃。

这个时间点,操场的光影色调很美,橙紫色杂糅的天空像是给中心草坪打下一层滤镜,把所有的冗杂琐碎都过滤掉,只剩下草叶上聚散的水珠、樟树枝头的香气,还有这个年龄段的少年少女特有的长情。

此时此刻万物生长,少年眼里有他心之所向。

多年以来,于岿河一直都不知道,他在2013年这一天逆光站在任望珊的书桌前笑着对她说"走啊,去领证"的画面,就是这么简单的一个画面,任望珊记了好多年。

可是最后领到手里的,终究也只有一本薄薄的团员证,再无其他。

马上要期末考试了,考试总共三天,第一天考语文和数学,第二天考英语、历史和物理,第三天考政治、地理和化学。

最近一周班里的氛围比先前紧张很多，连程鼎顾每天下课都不再跑到于崀河这边说话，也不去隔壁找萧宸打球了。

于崀河最近每天朝六晚一，只睡五个小时。不过考试的前一天他习惯早睡，为第二天早上的语文考试做准备。

期末考试前一天的晚自习，全年级都放假，所以五点半打铃之后大家就开始收拾书包准备回去。

于崀河侧身背上书包，轻轻拍了拍任望珊的肩膀一侧："今晚别熬夜复习，记得早点儿睡，明天早上给你带我家的咖啡。考试前喝咖啡会让脑细胞活跃起来。"

任望珊失笑："哪儿听来的，我怎么听说是巧克力呢？"

"不会啊。"于崀河蹙眉，"我每次考试前喝咖啡都考全年级第一，从没出过意外啊。"

任望珊：建议你下次试试巧克力，看看是不是有一样的效果。

于崀河没多留，今天是夏成蹊留值，他先走一步。

文漾笙一边儿打扫卫生，一边儿凑过来跟任望珊悄声说话："是真的。我和这家伙从小学开始就一个班，这厮简直是魔鬼，校草和年级第一这两个称号就从没丢过。嗐，我初中还想着拼一拼或许能超他两分呢，好在他及时教会了我放弃二字怎么写。"

任望珊忍俊不禁："这么厉害啊。"

于崀河在校门口跟梁叔打过招呼，俯身进了来接他的黑色宾利车，顺口跟前排的司机后脑勺打了声招呼："叔。"

结果，刚坐进去他就受到过度惊吓，差点儿弹起来："爸？！"

坐在驾驶位上的人正是于穆，于崀河有好一阵子没见到他家老爷子了。他虽然习惯在背后称自己爸为老爷子，还带动程鼎顾也这么叫，但实际上于穆在父辈中算是很年轻的，才四十岁。

至于时尚达人何婧姝女士，无论现在是什么年代，她永远都是二十八岁，这个就不必再提。

于穆之前忙着筹备把分公司开到北上广，上上个月飞了北京之后又连着飞了一趟上海，又匆匆飞到广州谈新产品，中间还抽时间去北美洲开了个会，忙得一直没回过家。

他从不主动联系他儿子，回来的时间也没给过准信儿。而何婧姝女士身为时尚公司首席高管,也在米兰出差了一月有余,中间倒是会时不时给儿子通个视频电话。

于岿河是真没想到他爸今天会坐在驾驶位上,像其他同学的父亲一样来接儿子回家。

于穆听到儿子叫他,神色不变:"你妈在家做好饭等你回去呢。"

于岿河的心情瞬间从惊吓变成了期待。何女士做饭其实很好吃,还会做甜点。但因为她工作繁忙,于岿河一个月也吃不上一两次妈妈做的饭。

树老板和何女士是旧相识了,他膝下无子,于岿河小时候没人带,又不肯跟阿姨生活,何女士就把他送到树老板那儿去。

树老板做饭的手艺和何女士不相上下,为人也和善,最重要的是他很喜欢于岿河,所以于岿河小时候大多是树老板带着的。

初二的时候于岿河给树老板题了一块招牌,树老板特别喜欢,现在还挂在壶碟门口,就是任望珊第一次去壶碟看到的那块,她还第一眼就认出了于岿河的字。

宾利停在奢华的三层独栋别墅前面,别墅门前百平方米的院子里种满了红白玫瑰,何女士刚刚剪了几枝在厨房插瓶,又拣了新鲜花瓣做玫瑰花饼。

何女士戴着厨用防烫手套,系着围裙,看见儿子就笑了:"回来啦,快进来,趁热吃刚出烤箱的玫瑰花饼。"

于岿河换下鞋子就跑进厨房。

何女士看了看他,眯起眼睛满意地说:"我儿子就是帅啊。"

于岿河有些无语:"我妈妈就是美啊。"

何女士显然对这个回答非常满意,哼着曲儿转身炒绿绿的荷兰豆去了。

半个小时后,一家三口坐在餐桌前,语文素养不怎么好的班长此时也想不出什么词来形容何女士做饭的好吃程度,只能一边儿夹菜一边儿说"真香"。

于穆先放下的筷子,沉声对于岿河说:"你们王老师前两天联系我,说你英语成绩最近有所提升,这点不错,记得保持。还有,上语文课不许再做数理化。"

"嗐，英语那方面得归功于英语课代表。"于峀河嘴里塞着块儿咕咾肉，口齿不清地说，"她英语真的好。"

"你先吃完嘴里的东西再说话。"于穆开始念叨起他的于氏家教。

"噢，漾笙的英语是好。"何女士打断于穆，转移话题，"你怎么愿意跟她学了？"

"不是她，是新来的同学，不过名字嘛先不能告诉你们。"于峀河笑笑，"我想当面跟你们介绍她。"

于穆敏锐地看向儿子，微微眯起眼睛："什么意思？"

何静姝最看不惯于穆这样子："欸，你——这孩子自己的事，你一个老年人少管。"

"他这样都是你给惯……"于穆皱眉。

何女士无情地打断他的话："还有，班主任给你打电话你怎么也跟咱儿子讲？学习是孩子自己的事，我们管不着，你也少说。"

"孩子这么大都懂事了，还老考第一名，有这么个儿子是我这辈子最骄傲的事。我何静姝的儿子肯定有适合自己的学习方法，你一个老年人少对他指手画脚。你以为这是对他好啊，这不是……"

何静姝念叨起来就没完没了，于穆忙举起手对老婆投降。谁叫她是何静姝呢，他于穆这辈子也就只败给她一个人喽。

于峀河幸福地看着他爸妈，放下筷子正色说："爸，妈，我上楼去复习了。你们放心，我肯定好好学习，不辜负你们，也不辜负自己。"

何女士拍拍儿子："去吧，记得早点儿睡觉。"又在心里补了一声，妈妈好爱好爱你啊。

晚上十点半，于峀河想起来还有件事没做。他从床上爬起来摸黑开了手机，打开聊天框对着任望珊灰暗的头像发了条消息。

鱼遇余欲与：明天加油。

然后他关了手机，回到床上。虽然她没上线，不过祝福送到了，好运也绝对能送到。

于峀河不知道的是，十一点过一些的时候，任望珊灰暗的头像亮了起来。

Shane：你也是，年级第一。

此时此刻于岿河已经睡得很熟了，楼下于穆还在书房办公，昏黄的灯光勾勒出他的侧脸，硬朗成熟，何静姝女士则在院子里与远在米兰的助手交接工作。

清夜无尘，她若是抬头，会发现流浪的月亮和滚烫的星河姗姗来迟，寂静无声地发着淡淡的光，守护着他们的家。

考试这天一早，于岿河吃完何女士烤的松软可可曲奇，起身打开冰箱，拿出两瓶昨晚让何女士备好的咖啡。

何女士的眼里满是宠溺："一瓶是给那个……英语课代表的？"

于岿河一蹦一跳："是。"

"你爸今天老早就起来候着了，别让他多等啦。"何女士弯起好看的眼睛，抱了抱自己的儿子，"快去吧，好好考试。"

"妈，你放心，三天后给你一张全年级第一名的成绩单。"于岿河穿上鞋出门，临走时不忘轻快地报告一声。

丁零零——

全员进考场。

任望珊放下作文书，在心里背了几遍答题套路和解题技巧，背起书包，把桌上的书本、笔袋和于岿河给她的咖啡抱起来，又朝后看看。于岿河也在看她，二人几乎是同时开口。

"加油。"

于岿河的座位依旧是0101，夏成蹊是0106，二人承包了第一考场第一列的一头一尾。王老师对照了任望珊先前的成绩，给她排到了0229的位置，和戚乐是一个考场。

九点，监考老师准时发试卷，任望珊拿到答题卡，俯身认认真真用2B铅笔涂好基本信息，再前后浏览了一下试卷。

考场广播滋啦啦混着杂音："全场考生，开始答题。"

两个半小时后，食堂一层。

任望珊每逢考试就食欲不振，此时正坐在文漾笙对面，撑着脑袋朝着蜜汁鸡丝饭发呆。

好在文漾笙的食欲并不会受到考试影响，仍旧抱着麻辣香锅吃得不亦乐乎："我可怜的死去的无数脑细胞啊，得赶紧用美味的香锅补回来。"

她一边儿吸溜着宽木薯粉皮，一边儿含糊地问："望珊啊，你作文怎么写的啊？我感觉我要偏题了。"

苦难高中生的通病：无论作文题目立意再怎么明确，永远觉得批卷老师无法领会自己大作的精神，给自己判个偏题出来。

这次的作文题目是"眼盛星河，心向远方"，很少见的全命题作文形式。考生写多了半命题和自命题形式，遇到这种全命题的类型，思维就突然受到了局限，多多少少有些慌乱。其实这样的题目，出题人的想法、立意都很明确，就看谁能写得抓人眼球。

任望珊诚恳地摇摇头："我也不太喜欢命题式作文，不过戚乐在这方面很拿手，等会儿午休前我们去问她。"

任望珊一向以文科拉分，但说实话这次的语文作文她也没底，不知道能不能有让老师打高分的出彩点。

很快要考数学了，她必须赶紧放松心态，因为这次她给自己立了个小目标：数学130分。

或许是昨天晚上学霸三连给予的祝福给她带来了好运，这次数学考试填空题仿佛是给任望珊量身定做的，难度刚好。她连填空第14题都没靠猜，认认真真地算出了一个看起来很正确的区间。

第一考场，0101于岢河顺利地写完了第20大题的第三小问，趴在桌上开始睡觉，留给正在做第18大题的0102一个漆黑的后脑勺。

此时此刻，距离考试结束还有一个小时。

0102：他强任他强，清风拂山岗。他横任他横，明月照大江。

邹校长从窗外路过，一眼就看到了那趴在桌子上的脑袋。他感到自己出题人的身份受到了鄙视，气势汹汹地走进考场。

让我来看看这是谁，胆敢在考数学的时候睡着——是你啊，打扰了，你继续。

第二天英语考试之前，于岢河戳戳任望珊的后背："课代表，给我一支你的笔呗。"

任望珊递给他一支中性水笔，抿着嘴，眼里带着询问。

于尜河:"用课代表的笔考英语,准能发挥出最高水平。"

任望珊:真是,有求于人就叫课代表,平常就叫名字,分得倒清。

王老师仿佛和周逾民商量好了似的,作文也出了追逐梦想一类的命题。任望珊在英语作文最后一行用漂亮工整的斜体写下结语:

May you be faithful to yourself, live earnestly and laugh freely.
愿你忠于自己,活得虔诚,笑得漂亮。

于尜河的天谴科目英语考完了,其他考试就跟玩儿一样了。特别是物理,四十分钟一到他就开始东张西望,喝水睡觉,差点儿把啵啵气死。

最后啵啵对着那颗头终于忍无可忍,破例让于尜河提前交卷,立刻将他逐出考场。

事后于尜河一本正经地解释,他慢慢做题和快速做题的准确率是一样的,既然如此,为什么不赶紧做完然后睡大觉——难道白日梦这个东西不够吸引人吗?

三天之后的一个清早,新的光荣榜高高挂在公告栏上,前面围着一堆学生叽叽喳喳地讨论。

以前于尜河从来不关注光荣榜这个东西,反正又没人在他上面。不过今天一下早自习,他就拉着夏成蹊匆匆跑下楼,偏要去凑个热闹。

早已看穿一切的夏成蹊不能理解于尜河的想法,很想说一句:兄弟,待会儿第一节课就是王老师的,你就算不下楼,再等十分钟也能看到人家的成绩。我们教室可是在四楼,待会儿赶着爬上去很累的啊。

方才还吵吵闹闹拥挤着的人群,看见他们一中学霸竟然拖着人来看光荣榜,纷纷后撤一大步,给他们让了条路出来。

于尜河一眼就看到了最上边自己的名字和成绩:总分 376 分,语文 118 分,数学 158 分,英语 100 分。

其余的就不念出来吓人了,影响多不好。

然后他开始找任望珊的成绩,她也很争气,没让他多找几秒。

任望珊总分 361 分,语文 123 分,数学 130 分,英语 108 分,地理特别好,106 分。她的年级排名一下子蹿到了第 15 名,下次他们可以在同一个考场考试了。

夏成蹊也是稳定发挥，全年级第 3 名，总分 373 分。他看看自己的成绩，又悄悄记下文漾笙的，打了个哈欠就一步三台阶地往楼上走。

走之前淡漠地回头提醒："于岜河，再不走迟到了。"

"欸，这就来了，等下我。"

身在米兰的何婧姝女士在当天晚上收到一条消息，备注为儿子的联系人发来一张照片。

年级第一　高一（1）班　于岜河　376 分

何女士的眼里溢满了骄傲与宠爱，她没有注意到的是，那张照片刚好卡到年级第 14 名。不知到底是于岜河有意为之，还是天意本就如此，偏偏让一切有了个开始。

此刻任望珊正对着数学卷子委屈苦恼，明明这回佛光普照，她连填空第 14 题都算出来了，结果却漏取了开闭区间，答案是（0，1]，被她写成了（0，1）。

于岜河此时也很苦恼，怎么就粗心忘了应用题写"答"这个字呢？硬生生扣了两分。

不过高中的第一次寒假就要来了，青春期的少年留给烦恼的时间可真不多。天地万物，岁月穿行，都不重要，站起来就走，无谓纠缠。

所有科目的成绩都已经发放完毕，广播传来《回家》的悠扬曲调。

大概是因为接下来要放寒假，大家终于能好好休息一段时间的缘故，班里留下来值日的几个同学背着书包，互相用扫帚打打闹闹，脸上带着发自内心的愉悦和放松。

程鼎顾骑着拖把在教室里飞来飞去："这寒假怎么才二十天啊，我要吐啦。"

"喵，您可知足吧少爷。"文漾笙抬头贫了他一句，"我听说以后暑假都不一定有这么长。"

"啊？假的吧？"

于岿河听见他们说话，抬起头笑了："真的。"

于岿河帮任望珊把教室里的垃圾袋换了，再把装着各色零食包装的黑色塑料袋口依次打结，放在窗外走廊上堆好。

他起身抬眸去看任望珊，只见她把外套袖子挽了起来，露出雪白纤细的手臂。她左手撑着窗台，费力地踮起脚尖，一边儿用嘴巴哈着白气，一边儿用右手奋力往上够，想把高处的窗户也擦干净。

这一米六三的小身板儿好像不太够啊，不知道需不需要一米七八的大身板儿稍微帮个小忙。

任望珊踮着脚尖仰着头，下巴都疼了，她落下脚跟，感到后背触上一阵温热。

于岿河宽大的身躯挡在任望珊身后，他低头一看，他的肩膀竟然可以把她遮得严严实实，他甚至可以感受到她后背的蝴蝶骨，她这是多瘦啊。

于岿河接过任望珊手里的抹布，左手顺势和望珊一样自然地撑着窗台。一大一小两只手离得很近，手指尖近乎碰触，于是任望珊大半个身子都掩在于岿河的影子里。

她冰凉的后背紧紧贴着他滚烫的前胸，于岿河的右手自然地往高处擦着玻璃，那只手每每往上一点，两个人就贴得更近一点。

任望珊向右偏过头，耳垂和发丝一起蹭到于岿河的衣领，耳朵尖不由得微微发红。她动动嘴唇，最后也没说出什么。

于岿河轻快地开口："任望珊。"

"嗯？"

"跟你商量个事呗。"

"说说看。"

于岿河停下手里的活儿，向后退了半步，但左手依旧撑着窗台。任望珊得了空，转过身仰起头看他。

于岿河顺势把右手往窗台上一撑，刚好把瘦瘦的任望珊圈起来，随后他又低下头凑近。

任望珊的眼神飘忽不定。

"你英语好，我英语不好。我数学好，你数学不好。寒假闲着也是闲着，咱把这点儿时间好好利用利用，来个互补怎么样？"

于岿河离她的脸真的很近,她都能感受到他说话时散发着薄荷味道的温热鼻息。他的眼角闪着期待的光芒,任谁见了那样一双眼睛都不忍心拒绝他提出的任何要求吧。

"那怎……怎么个互补法?"

"嘿——这不讲得很清楚了吗?"于岿河奇怪,任望珊平时那么聪明,这会儿怎么就听不懂呢,"再说明白一点儿就是,我们每天早上八点一起去壶碟学习,到中午十二点就在那边吃饭,下午我再送你回家。这样行不行?"

任望珊不看他的眼睛:"学习可以,吃饭不行,太麻烦树老板了。"

"那吃甜点。"

"行。"

于岿河弯起好看的眼睛,额头上的碎发拂过,像拂过两颗星星。他收回撑在窗台上的手,挺直身体揉了揉头发。

任望珊没有再说话,想从她左边走回教室,没想到脚踝不小心和于岿河的右脚踝碰到一起,一个巧劲儿没刹住,瞬间失去重心往左边倒,慌乱间也没看清抓住了什么。

同一时间,于岿河怕她摔了,忙抓住她的右手臂往自己怀里带,但他自己此时也是重心向后,惯性使然朝后踉跄了好几步,咚的一声靠在四楼走廊的不锈钢护栏上。

任望珊能感觉到于岿河呼在她耳边的热气越来越烫,她回过神来,于岿河一只手扶着她的腰,另一只手护着她的后脑勺。她听见他重重靠在凹凸不平的护栏上,也不知道有多疼啊。

任望珊两手紧紧地抓着于岿河的衬衫衣领,两个人就保持着这个姿势一动不动。

于岿河略带沙哑的声音响起:"疼不疼啊?"

任望珊反应过来,赶忙站起身,心疼地拉住于岿河要看他的后背。刚刚那咚的一声透过于岿河的身体,闷闷的,听着就特别疼,让她揪心。

于岿河揉揉她的头发,轻轻地说:"我不疼。只要你不疼,我就不疼。"

言下之意就是,你疼的话,我也会跟着疼。于岿河说出这句话的时候,从来没想过这样的事真的会在他们身上发生。

各自回家时，于岢河在校门口挥手："那咱们就说好了啊，明天开始，早上八点壶碟见。"

任望珊跟他挥手道别："好，明天见。"

树老板十分乐于见到任望珊和于岢河一起来，为了不让其他客人吵到他们，他让他们用了自己平时专门休息用的榻榻米房间。小房间的隔音效果很好，十平方米出头的一方独立天地，很适合学习。

每天早上八点，两个人在这里相遇。他做英语，她写数学。他们话很少，偶尔的触碰是手肘对上手肘。

本来在假期都是天天熬夜到三点、一直睡到自然醒的于岢河，在2013年的阳春三月里起了个大早。

"这边不对呀，in no time 后面的从句不倒装，这是特例，其余含有否定意义的词都需要倒装。"

"forget it 除了有口头用于安慰的意思，还有休想的意思。你只记了前面一个，快把笔记补好……不行，你自己补，好记性不如烂笔头。"任望珊讲得一本正经。

"二次函数法、通项公式法，还有不等式法怎么忘记了？"于岢河懒洋洋地问。

"这题先用基本量法求基本参数，别着急裂项相消……"他一副毫不费劲的模样。

"你这写的啥？奇变偶不变符号看象限？哈，这都多久以前的内容了，还记着呢。"于岢河笑了。

两个人每天在一起的时间并不太长，他们望不见日出日落，观不了流云彩霞，亦不知晓身边人心里的悄悄话。

但他们知道的是，小屋外面人声喧闹，小屋里边灯盏在上，书本在下，他们在对方身边，等着彼此的回答。

2019 年 10 月 8 日，星期二。

壶碟营业时间：
周二休息，其余工作日 08:00—22:00。

任望珊今天早晨给导师当助教，下午两点之后闲着无事，独自一人在黄浦江周边逛了逛。

　　她今天的穿着很简单，复古樱桃耳环，白色半袖，格纹卷边藏青色直筒牛仔裤，红底小白鞋，红色剑桥包。细软浅棕的头发随意披在肩侧，迎着风的时候发丝微微被带起，很清爽的模样。

　　走着走着，她远远望见了壶碟，上面挂着"今日休憩"的牌子。她愣了愣，走近小洋楼，发现门虚掩着，便试着推了推。

　　门上风铃叮叮当当地响，与门外黄浦江上的微风呼应成趣。院子里花开得正盛，暖香悠然袭人。

　　门内传来树老板懒洋洋的声音："先生，真是不好意思啊，今天老板要休息。"

　　任望珊笑笑："可我不是先生呀。"

　　树老板的声音变得十分高兴："嘿——望珊来啦！"

　　"突然拜访，不知道能不能跟树老板讨一杯现磨的咖啡呢？"

　　"哟，这孩子客气啥？当然能了，快进来，快进来啊。"

　　"树老板就别起来忙活了，我自己来吧，很久没弄了，有点儿想给自己做一杯。树老板要吗？"

　　树老板摆摆手："年纪上去了，喝这个晚上睡不着。东西都在吧台，望珊你随意就好了。"

　　任望珊轻车熟路地温好一盏浅口杯，按顺序细细打磨咖啡豆，开水冲泡，滤去颗粒。

　　打好的奶泡绵密细致，轻轻用小勺撇去表面较粗的奶泡，稳住拿着拉花杯的手，手腕轻轻左右晃动，另一只手端着浅口杯逆时针平稳转动。

　　奶泡融入咖啡，待杯子半满，轻轻提高奶泡杯，外层晕染开之后，再快速小幅度摇晃拿着奶泡杯的手腕，一朵羽毛就这样在咖啡表面成形了。

　　任望珊找出和浅口杯配套的碟勺，将咖啡稳稳地端到树老板对面坐下。二人谈了些趣事之后，树老板突然叹了口气，试探地询问："望珊啊，你来上海也一个多月了，见过他吗？"

　　"树老板说的是哪位？"任望珊放下咖匙，不动声色。

树老板见她这样,笑得很慈爱又忧伤:"你知道我说的是谁。"

"见过,在一个很尴尬的场合意外遇见的。"任望珊垂下眸,没瞒着树老板。

从意外遇见的尴尬,到扎心般的痛苦,最后落得不欢而散的收场。

树老板交叉着布满老茧的双手,沉默了一会儿,缓缓开口:"望珊啊,你们年轻人的事情,照理来说我这个老人不该多嘴。可是……"

任望珊看着他的眼睛,无声地示意他继续说下去。

"可是肖河这孩子,我是看着他长大的。他开心或者不开心,喜欢谁或者不喜欢谁,我分得比他父母还清楚。"树老板皱着眉,眼睛里露着似有似无的水光。

"我看着他长大,第一次见他那么喜欢一个人,那么为一个人着想,把她放在心尖尖上捧着。我也看得出来,你们分开以后,他再没真正开心过哪怕一天、一刻钟了。"

任望珊垂眸,不置可否。

"望珊啊,你知道吗?就在你到上海来看过我之后没几天,肖河也来了。我跟他说你在这儿的时候,他差点儿没站稳。"

听到这里,任望珊突然自嘲地笑了一声。她觉得自己真的非常可笑,刚刚内心竟然还有些触动。

她摇了摇头说:"树老板,我知道您是想安慰我,但是差点儿站不稳这种事情,于肖河不会有,即便有,也绝对不是为了我。"

"不……"树老板眉头皱得更深,"他真的没放下。"

"不瞒您说,昨天我们相遇,他甚至都没认真看我一眼,上来就是一句'初次见面',礼貌得像个陌生人。也是昨天我们分开的时候,他亲口对我说他早就放下我了。您是没有听见和看见,他的语气和面孔,有多么冰冷绝情。他不可能爱我的,我没有必要骗自己。"

"望珊,树老板是真的没有骗你……"

"还有,"任望珊抬手打断树老板的话,"三年前,终止这段感情的人是他,不是我。"

树老板微微睁大双眸,他一直以为当初是望珊提的分手。

任望珊看着树老板悲凉地笑笑,眼眶里像是要溢出水来,极力克制着。

有猫在营业时间：

周一、周三至周五，每天 08:00—20:00。

周末，每天 09:00—21:00。

周二休息，店主很忙，请勿打扰。

于崀河刚下班不久，路过猫咖的时候微微一怔，车子渐渐慢下来，最后停在了路边。

他迈着长腿下车，黑色风衣修身得体，衬得肩膀愈加宽阔，皮面马丁靴把身高直接拔到一米九以上。他低头摘下墨镜别在胸口，大步朝目标方位走去。

于崀河推门的声音惊跑了门口的两只小布偶，但没过两秒钟，两只不足一岁、黄白相间的毛茸茸小猫又悄悄地凑过来，见来人没有很大反应，就开始蹭他鞋跟，嗲里嗲气地黏人。

戚乐低着头看书，也没抬头看来人是谁，喝了口咖啡后说："不好意思呢小姐，周二有猫在不营业。"

"那如果不是小姐呢。"

戚乐听出声音，忙抬起头，惊喜地说："于崀河？！"

"怎么？好久不见，这么想我的啊。"于崀河轻松地笑笑。

"快坐下。快三年没见你了吧，声音都有些变了。喝点儿什么？"戚乐站起来。

于崀河刚坐下又站起身："我自己来吧。平时工作太忙，很久没自己好好磨过一杯咖啡了。"

戚乐莞尔："那行。那边材料都有，你自己弄。"

尽管很久没上手，但他也没忘了温杯，不然会影响咖啡的醇度与口感。倒入少量咖啡豆慢慢研磨，颗粒较大的时候直接取出。烧好开水，加滤纸，把颗粒过大的粉末滤去，再次用明火煮沸咖啡。

于崀河没有打奶泡拉花，而是直接把咖啡倒在马克杯里，闭眼轻轻嗅了一下，然后端着杯子在戚乐对面坐下。

"崀河，咱们两年多不见，也没什么联系，听他们说你的公司是越来越好了。"戚乐抱着猫，一边儿低头啜饮咖啡。

"你的咖啡店我也是早有耳闻，直到今天才来，真是惭愧。"于崀河握着马克杯的手指无意识地来回摩挲着握柄。

戚乐笑笑："如果你要先和我礼貌性地套套近乎，那大可不必。咱们这么多年老同学，有什么事直说好了，这么互相吹捧怪尴尬的。"

"你倒是比以前直白了很多啊。"于岢河不好意思地笑笑，"其实真的没什么事，我就是路过，下来看看，刚巧撞上店铺休息日。"

戚乐都快要被他气死了，望珊怎么就喜欢这么个磨叽玩意儿呢？

她受不了，干脆往他身边一指，字字有声："于岢河我跟你说件事，就在上周四，任望珊和黎向晚来过。她们是常客，几乎每周都来。任望珊就坐在你这个位置，还给我们弹了首歌。"

"望珊每周都会来？她还喜欢吃甜品吗？她还愿意弹吉他？那她——弹了什么曲子？"于岢河不禁问出一连串问题。

面对突然换了个人似的于岢河，戚乐叹了口气："岢河，你知道《Loving Strangers》吗？望珊当时唱的是这一首。"

于岢河摇摇头，好像有些失望，这首歌他并不熟悉。

"这首歌的意思是她一直爱着一个最熟悉但又不可能的陌生人。岢河，她弹唱的音色比你刚认识她的时候更美。本来一切都很好，但我的店员随口问了一句她的吉他是谁教的。"

于岢河的瞳孔微微一缩。

"你是没有看见她一点一点冷下去的表情。"戚乐说的每个字都像针一样狠狠扎进于岢河的胸口，"最后她说，是一个曾经的朋友。"

听完最后一个字，于岢河感觉耳朵里轰隆隆地响，世界有一刻变成了忙音频道，悲哀的声频线沦为静止，再无一丝波澜。

"我和望珊认识了这么多年，上周看到她那个冰冷的表情，我突然觉得之前见到的她其实都是假的，那个冷漠的她才是真实的。于岢河，是你把那么好那么优秀的任望珊变得再也不快乐了。"

于岢河的手肘撑着桌子，双手握拳抵着额头，本来用发胶打理得服服帖帖的发丝垂落了几缕，被他烦躁地向后捋。

"岢河，你为什么不试试再去把她找回来？"

找回来？他根本不配去找她啊。当初是他说的不必勉强关系，是他打碎了任望珊的美梦，也是他狠心地把好不容易鼓起勇气与希望冒着大雨来找他的任望珊拒之门外。

就在任望珊全身湿透地在外面用力拍打着公寓门，他却选择放弃的那一刻,两个人的心就一起死了。现在要他再回头把任望珊找回来？他不配啊。

"不……戚乐你不知道，我们昨天见面了。"

戚乐微微一怔，挺直背端坐起来，试探性地问："然……然后呢。"

于岢河苦笑着说："两年了，我感觉她心里已经没有我了。昨天见面，她连好好看我一眼都不愿意，跟我说请多关照的时候真的就像个陌生人。

"她还发现了我车里的那幅《珊河》，你记得吧，她高一获奖的那幅。我去问一中要了回来，还在旁边题了字，写了诗。

"我以为她会问我些什么。我当时就想，只要她问哪怕是一个字，我就都跟她说，跟她坦白我有多想她，有多舍不得她。"

于岢河垂下眼睫："可是她昨天看到那幅《珊河》的时候，一丁点儿的触动和伤感都没有。她看着那幅《珊河》，真的什么都没有说，就好像在看一张与她毫不相干的白纸。"

戚乐蹙眉。

"谁都不知道，我当时都快疯了——"

当时他狠命用指甲掐着掌心，掐出了一道道血印子。他感受不到疼，但是他心里痛啊。

于岢河颤抖着仰起头，泛白的指尖插进发根，方才喊得沙哑的声音有些呜咽："任望珊，我后悔了。我真的后悔了。"

你回来好不好？只要你回来，我会认真向你道歉，带你回家，以后都听你的话，再也不把你关在门外了。

我带你回长安道好不好？

我们回家。

2001年4月10日，星期二。

林深提着行李和公文包，在登机口皱着眉，飞机又晚点了。

林深今年二十五岁，这是他在任氏的第三个年头。没家底没背景的他靠着高校研究生毕业的学历、精通多国语言的优势以及吃苦上进的个性得到了任幸川和望溪的赏识。

任幸川和望溪也算是白手起家，2001年的时候还没有开那么多的分公司，资金周转也总会出现大大小小的问题，林深帮了他们不少的忙。

这一次，他要代表任氏去和一家位于日本奈良的企业谈合作，出差一周。此刻飞机晚点，他多等等没关系，只是不知道会不会给接待方留下不好的印象。

好在只晚了半个小时，林深上了飞机。他不想浪费飞机上的两个小时，就将电脑设置成飞行模式，加班加点地办公，希望这个月的业务绩点能再高一些。

林深在东京国际机场下了飞机，脱下繁琐的西装外套搭在手肘，推着行李往国际出口走，去对方指定的接待地点：新干线首末站站口。

林深走到站口，抬手看了看表，离约定时间还有一刻钟。

一个轻柔温和的声音从他身后传来："请问是任氏集团的林先生吗？不好意思让您多等了。您好，我是芥川子公司派来接待您的人，我叫鹿娴。"

林深转过头。来者一身干练制服套裙，留着乌黑的齐肩短发，圆圆的眼睛下边卧蚕突出，睫毛很长，鼻梁比普通亚洲人稍微高一些，嘴唇则偏厚，十分有个性的感觉。

她看起来跟他年龄相仿，这让他微微惊讶，他原以为对方会派一位经验比较丰富的老员工呢。

林深收回目光，矜持地点了点头，礼貌地伸出手："您好，我是林深。"

"按照贵方与我方的约定，我会带您先去大阪和北京稍作休整，两天后再到奈良细谈我们的合作。您没有什么意见吧林先生？"

林深点点头，嗯了一声，想了想还是开口说："就有一件事，我私下里不太喜欢那么正式的称呼，还请你叫我的大名吧。"

鹿娴笑笑："没问题，让贵方身心舒适是我们的责任和义务。"

二人坐上傍晚时分的新干线，车上人流量并不大。两个人都是中国人，交流起来很方便。

林深了解到鹿娴是东京D大刚毕业的留学生，今年24岁。由于她的成绩及各方面能力都十分优秀，大三又在芥川公司实习，毕业后就直接转了正,打算在日本长期发展。

林深突然想到什么:"对了,你是中国哪里人啊,听口音倒是有一点儿我老家的感觉。"

鹿娴莞尔:"苏州,在鹿城。"

林深会意一笑:"果真是老乡。"

简单的"老乡"二字瞬间拉近了他们的距离,两个人在车上有一搭没一搭地聊起来,聊着聊着竟聊出了家乡话。

街灯忽明忽暗,他们坐的仿佛只是小小鹿城的一辆公交,要去的地方叫作家。

鹿娴很久没见过老乡了,多年独自漂泊在异国他乡,此时不由得生出几分归属感。

奈良的仲春四月,染井吉野樱和关山樱正开得烂漫。

吉野樱是由五片单瓣聚拢而成的单重花,在枝头成束状开放,颜色是淡粉,有的更接近月白,和微微冒芽的嫩叶相映成趣。

关山樱是八重花,花期比吉野樱更晚,层层花瓣齐放的时候压弯了树梢,把整座岛染成了粉色。

和芥川的老板谈完已经是黄昏时分,午后的白色云朵追不上太阳,于是变成了粉紫晚霞。林深礼貌欠身,谢绝了芥川提供的晚餐招待,准备一个人出去走走。

在大阪和北京的这两天,鹿娴带她去的任何一家居酒屋、炸鸡店、乌冬面巷、寿司铺味道都差不多,价格也稳定在一个水平线上。

街上的上班族提着标准的日式公文包,身着西装皮鞋;职业女性就是套裙和高跟鞋,一头卷发棒打理好的黑色或栗色头发,带着差不多的温柔笑容。

上学的孩子有统一的校服,统一的书包,统一的制服鞋;电车不会晚点,每个车站旁边都有百货商场,装修风格也大致差不多;水果蔬菜包装精致,服务员态度良好,边界和上下序列非常清晰。

这样的环境会让你的生活稳定在一个精致的状态,看起来没有意外,没有波动,非常体面,也很便利,所有人都照着该有的样子活着。

但他也看到过不一样的风景。

在凌晨四点的日本街道上,林深会看到宿醉的上班族皱着一张脸漫无目的地游走,衣着破烂、头发凌乱的老人步伐缓慢地拖着肮脏的蛇皮袋走在街上。

二十四小时营业门店的菲律宾人、从运货车里搬下沉重货物的印度尼西亚人,从里至外透着憔悴。他们在日本光鲜亮丽的主流之外,他们的疲惫、失意、落魄,只在凌晨出没。

此刻,偌大的青草坪上有野餐的人,有坐着抱膝谈天的妇女,有情侣和老人。麋鹿公园的小鹿都不怕人,跳跃争抢着戴着黄色盆帽的小学生手里的鹿饼。

靠着草坪的一条小溪泠泠淙淙,弯弯曲曲地流向樱花树林深处。小鹿都在草坪上追逐打闹,不会往簌簌飘落的樱花树林里跑。

再往后看,远远的有一座寺庙,不像浅草山寺规模那么大,香火许是不多,烟火之气并不浓。

林深避开拥挤的人流和活跃的鹿群,一个人往清净的樱花林里走。走到树林最深处时,他见到了鹿娴,花树下,她像是沾染了一身霜雪。

身旁碧绿清澈的小溪仍在哗啦啦地跳跃,恰好是下午五点整,远处的寺庙传来整点钟声,可林深好像没有听见。

三天后,东京国际机场。林深拖着行李箱,回头看到也拖着行李箱的鹿娴,微微一怔。

"林深,我想好了,我鹿娴要追你!"鹿娴高傲地把头一抬。

不等林深回答,鹿娴又赶忙说:"你可不能拒绝啊,我——已经把工作辞了!我这些年也有些积蓄,大学的时候又在好几家有名的寿司店打工,积累了好些经验,回国就准备开寿司店了。"

她见林深还是不说话,忙接着说:"要是实在追不到你,我就把店一关,行李一提再回来呗!芥川先生说了,他随时欢迎我回去的。"

林深不说话,努力憋着笑,脸上是波澜不惊的样子。

鹿娴有点儿委屈,瞪着眼睛:"你看我都说这么多了⋯⋯你也给点儿反应成不成?"

林深:"那你就试试看吧。"

她不知道的是,林深准备回国把和芥川公司的工作交接完,就辞去好不容易在任氏得到的高管职位去日本发展，只因为鹿娴在新干线上说她会一直待在日本，不会回国。

2012年10月。

"林深，我们离婚。"

鹿娴与林深离婚后，带着财产和行李，关了寿司店，但也没再回日本，因为她再也不想去触碰和林深有关的任何记忆。

她远离了市中心，在一所高中的后街开了一家干净明亮的烧烤店，每天看着青涩的少年少女来来往往，听着高中生讲校园趣事，认识新的朋友。

平静悠闲，无欲无求。

林深知道鹿娴的去处，但是不敢再去找她，只能时常在夜深时分人来人往的后街一隅，远远地望着忙进忙出的鹿娴。

十一年前，他在树深处见到鹿娴，午后的小溪延伸向远方，那一刻他没有听见寺庙悠扬的钟声。

树深时见鹿，溪午不闻钟。

十一年后，他却只能把诗仙李白的"树深时见鹿"译成：林深时常能见到鹿娴。

也只能再远远地见一见。

第五章

2013年3月16日，星期六。

"对，放心好了，线性规划这种题型不会出得这么难的，考试一般放在填空题第七、第八题，这个只是课外拓展。"

任望珊动动疲累的脖子，眼皮一眨一眨的："知道啦知道啦。"

于岢河见她累了，也伸了个懒腰："是不是累了？那休息下吧，我出去看看树老板今天做了什么。"

"我没累，就是昨天好像落枕了。"

于岢河宠溺地笑了笑："小心点儿，我去拿吃的。"

"岢河，抹茶和巧克力曲奇都拿上点儿。"树老板笑笑，把透明玻璃橱窗里的曲奇夹出来，"还有今天刚做好的生巧和千层慕斯。"

"谢谢树老板，抹茶的就不要了，她不吃。"

"嘿，我当然知道啊，但你之前不是喜欢吃的吗？她不吃你可以吃啊。"树老板不以为然，奇怪地说。

"她那个狗鼻子特灵，闻着那味儿就敏感，我怕她不舒服。"于岢河淡淡地说。

"嗐！真是服了你了，看你懂的哟。是我考虑不周行了吧？臭小子。"树老板无可奈何地把抹茶饼干拨到另一个盘子里，准备等会儿自个儿吃。

于岢河嘴角上扬，端起盘子朝树老板笑笑，转身进了房间。

任望珊看到曲奇、生巧和千层慕斯，瞬间两眼放光，腾的一下站起来，随后满脸憋屈。

"嗞——"扭到脖子了。

"慢点儿，又不跟你抢。"于岿河无奈地笑了笑说，"都是你的，慢慢吃。"

他俯身把盘子放在小桌上，往任望珊面前一推，又把任望珊前面堆成小山的笔、"五三"、试卷、笔记什么的整理好，放在榻榻米上，自己则把英语卷子架在腿上，继续做题。

任望珊嘴巴边上粘着巧克力饼干屑，她朝他腿上看看，随口说："单词拼错啦。"

"谢谢小老师，吃东西还不忘关心学生。"

"那是。"任望珊把下巴一抬，随即又看向他，"你真不吃啊？"

"我不怎么吃甜的，不过你怎么那么喜欢？女生不都怕吃多了会容易……好吧，你是不怕。"于岿河忍不住看看她纤细的手腕。

任望珊咬着吃慕斯的小勺子，笑眯眯地说："甜食会让人感觉很幸福呀，好像什么烦恼都忘了。"

她又随口说："不过长大了以后我是一定要戒糖的，文漾笙说女孩子长大后糖一定要戒掉，对身体好。所以呢，我不如趁现在新陈代谢快，能吃的时候就多吃一点儿。"

于岿河托腮点点头，写了一个选择题，心里还在想，不愧是从小就懂得养生的养生大使"文养生"同学，还不忘给别人科普养生知识。

也不知道她有没有给夏成蹊那冰山脸也科普一下，让他多运动运动。他们的话夏成蹊从来不听，但文漾笙的话他肯定听。

"那你记得多吃一些，希望能长点儿肉。"于岿河转了转笔。

"知道啦。"

小房间的门外，树老板忙前忙后。周末时壶碟的客流量比工作日更大，餐厅里一直飘着酱香，人声熙攘。

天气很好，空气清新，庭院的花为他们盛开，金色的太阳渐渐升到最高处，照耀着温柔明媚的春天。

任望珊看向于岿河的侧脸，干净俊俏，像是院外四季清晨凝结的露珠折射出的第一道光，是静静流淌着的清冽甘泉中倒映的太阳。

春天多好，你也在场。

明天开学的日子会如期而至，他们才上高一，有各自的追求，赤忱、善良又单纯。很多东西都可以慢慢地等，他们期待还会有无限可能和美好的未来。

春日早晨浅金色的细长光线给校园蒙上了一层半透明的滤镜，干净的空气里氤氲着樟树的暖香，沁人心脾。

今天是开学第一天，熟悉的人和熟悉的事终于又回到身边，还能天天见到任望珊，生活简直完美。

于岢河这么想着，一边儿觉着要是他没有站在走廊上就更完美了。

"开学第一天就迟到！你们俩说说像什么话！"邹校长振动天际的声音响彻整条走廊，回荡在教室里，把昏昏欲睡的同学吓得一哆嗦。

与此同时，走廊里站着的于岢河和程鼎顾面面相觑，很要脸地共同选择保持沉默。

"他是体育委员就算了我先不说，于岢河你一个班长，知不知道什么叫以身作则！我看每天踩点到的人都是你，想抓你好几回了，今天终于给我逮着了！"

程鼎顾柔柔弱弱地飘了一句："为什么体育委员就先不说啊邹校长？体育委员明明也是班委的重要组成部分。"

邹校长脸黑得想打人："你到底有没有搞清楚我说的重点？！"

程鼎顾委屈地低下头："搞清楚了，您想逮班长很久了。"

邹校长："……"

于岢河努力把翘起的嘴角压下去。

好在老天爷眷顾着，不久王老师过来解围，及时把他俩领着赶回了班里。两个人回到座位，王老师两手撑在讲台上，没有说话。

班长看出来王老师这是要讲大事了，上一次出现这个姿势还是在宣布期末考试时间的时候。

"接下来的一个星期是非常重要的一个星期，关乎我们昆城一中这个省重点的荣誉——"她清了清嗓子以加强语气，继续说，"这个月十八号，也就是从明天周一开始，一直到二十四号周日，省里的教育厅领导要来我们昆城一中检查。"

"大家要知道,不仅是成绩,班风、学风、学生的整体仪容都是评判一所学校优良与否的标准,所以接下来一个星期,请同学们每天穿好日常校服,佩戴好胸卡,见到陌生老师要问好……都记清楚了吗?"

同学们大声说:"记清楚了——"

"都清楚了就继续早自习吧。"

"等下!我有问题!"程鼎顾在王老师眼皮子底下突然举手,差点儿把王老师吓一跳,"周一到周日?可是周六周日不是有假期……吗?"

王老师满意地点点头,笑得瘆人:"这位同学听得真仔细,所以接下来的七天自然是不放假了。"

"啊——"教室里惨叫连连,王老师仿佛没听到也没看见似的,踩着高跟鞋回办公室喝红豆珍珠奶茶了。

"我的天哪!"程鼎顾妖娆地伸了个长长的懒腰,"那套日常校服我拿到手就一回没穿过,要找出来得猴年马月啊。"

与精致漂亮的正装校服完全不同,日常校服就是一套标准的"传统式校服"。宽宽的运动裤,内衬是黑白两色长T恤,外套就是拉链式棒球服。唯一和隔壁学校不一样的是昆城一中的校服是黑白配色,而非蓝白。

穿着这样一套衣服在校园里走上两圈,一眼望过去,人脸都能变成一个样。

昆城一中对高一高二管得相对宽松,没有强制要求每天穿校服,不过等到高三就不一样了。

除了高考那三天,高三生天天都要穿日常校服。所以在学校里,高三生显得尤为突出,看衣服就知道是不是。

或许正是衣着的不同潜移默化地给高三学子施加了无形压力,使他们能深刻意识到自己高三的特殊身份,让他们在这人生最关键的时期加倍地努力学习。

昆城一中的升学率一年比一年高,或许有很大一部分功劳要归于省重点学校管理的巧妙之处吧。

每个学校总有那么几个人生来就是衣架子,能把又宽又大的校服穿成时尚奇迹。

许是昨天早上迟到被抓的缘故,今天于訾河来得很早,早在任望珊之前,还有半个多小时才上早自习。

可能是早上刚洗过头,他的发丝看着很清爽,发梢有一点点飘忽的水汽,身上的薄荷味儿也比平常更浓。

普普通通的纯黑内搭长 T 恤在他身上就成了简洁大方,黑色衬得皮肤更白,圆领领口有些松弛,露出的锁骨长而直。T 恤的一角塞进运动裤右侧,拉长了本来就高的腰线。棒球服外套松松地敞着,略微有些不羁的味道。

他左手插着裤兜儿,裤脚挽上去,露出劲瘦的脚踝和低帮运动鞋,显得双腿更加修长。

男孩子在青春期本就蹿得快,经过一个寒假,于訾河的身高成功突破一米八,将一班男生的平均身高又拉高了一个档位。

更早到校的副班长夏成蹊鼻梁上架着细边黑框眼镜,正坐在位子上看语文书。

许是嫌校服外套有些厚重,他的拉链只拉到胸口的位置。校服的袖子都微长,他也不去翻,任凭衣袖遮住半只手掌,只露出两节苍白的手指。

微微发白的嘴唇抿成一条线,侧边望过去鼻梁很高,山根也是突出的,不像于訾河是笔直的一线。这样清冷的气质配上校服,俨然是清冷学霸型男神的代表人物。

文漾笙用手肘撑着桌面,轻声念着英语。她的校服外套披在肩上,低低的马尾垂在上面。

她平时不说话的时候,古灵精怪的气质就悄然减弱,本身漂亮姑娘自带的气质就会慢慢浮现。

这一年文漾笙的个头儿也蹿得很快,身高已经接近 168 厘米,校服却还是按体重买的 S 码。

她站着的时候运动裤长度刚好,坐下时腿微微弯曲,裤子就短了,露出一截儿纤细瘦白的脚踝,白色低帮板鞋干净锃亮。有时她会抬眸用手指梳一梳轻薄的齐刘海儿,然后低头继续背英语。

教室里为数不多的几个同学暗自垂泪，咬牙切齿地想，凭什么别人穿校服就是男神女神，自己穿校服给人的感觉就是土掉渣了呢！很快他们发现自己觉悟得有些早了。

五分钟后，任望珊从教室外面走进来。

天生浅棕色的头发用黑色发绳扎成高高的马尾辫，头发长而直，发尾柔软自然地披在肩膀右侧。

马尾使她的下颌线和后脑勺看起来比平时更加饱满，额前掉落的碎头发有时会扫过她弯弯翘翘的眼睫毛。

校服的码数都偏大，她将外套拉链高高拉到领口，领子掖得整整齐齐，脖颈很细很白。

裤子很长，在她的脚踝处松松垮垮地堆叠着，盖在白色运动鞋上，却一点儿也不显臃肿。

她背着米白色书包，白皙而骨感的双手抱着一本黄紫色的"五三"，浅茶棕色的瞳孔清澈明亮。

她微微笑起来时，风吹起几根浅色碎发，她会眨眨眼睛，然后就这样逆着光向座位走来，一如她第一天转学，走近教室第五排的座位坐在于岿河前面那样。

于岿河微微发怔，直到任望珊朝他道了声早，面朝着前面坐下来，马尾落在他书桌上的时候，他才回过神来。

三月中下旬，天气虽然还冷，但也开始转暖了，教室里人多本来就闷，窗边的同学还好，坐在中间的同学就有些难熬了。

任望珊没过多久就把校服拉链拉开，又把校服脱下来朝后挂在凳子上，露出里面白色的内搭长袖T恤。

于岿河在后面默默地把她校服外套的褶皱压平，然后抬眼往四周看了一圈，突然意识到什么，也把外套脱了下来。

此时此刻班里只有不到十个人，他们是唯二只穿着校服内搭T恤的人。

一白一黑，一前一后。

一个面上不明所以，一个内心暗流涌动。

一个眼下是错题集，一个眼前是心上人。

2019年10月8日，星期二。

任望珊跟树老板道别，从壶碟离开后去黄浦江岸边走了走。她不敢走得太近，但秋冬换季的晚风仍然很凉。等带着冷气的江风把她吹得更清醒后，她才打车回了南隅独墅。

进家门落了锁，任望珊准备给自己找点儿事做，她看向从北京R大直接带过来到现在还没整理过的杂物箱。

女生的东西本来就多，杂七杂八的物品来不及使用和整理，很容易出现闲置的情况。而且女孩子的杂物箱里真的什么都有，很容易挖到宝。

任望珊找到了她丢了很长时间且色号已绝版的胡萝卜丁唇釉，很久之前向研究生学姐要来的律师资格证考试笔记大全，本该在吉他琴箱里但现在莫名躺在箱子底部的变调夹和调音器，旁边还有一叠方方正正摸起来感觉很熟悉的布料。

任望珊隐约感觉到什么，略微皱起好看的眉心，浅茶棕色的眸子微微发颤。她轻轻眨了眨眼睛，不自觉地舔了下嘴唇。

她没有开卧室的灯，半跪在地面，借着盥洗室的暖光，双手拿起这沓布料举到眼前轻轻一抖，展开。

这个夜晚注定没法儿平静呢，任望珊同学，原来是你的校服啊。

2013年3月22日，星期五。

上午第三节课和第四节课是邹绎的数学课。

老邹拿着白色粉笔写字，粉笔上包着上周任望珊刚做好的粉笔套，这样老师拿粉笔就不会再蹭一手的五颜六色，也不容易呛到粉笔灰了。

他另一只手拿着前一晚布置的数学卷子，口若悬河地分析着填空题前十二题的错误率以及填空题最后两题的思路。

今天任望珊的状态不错，校服外套松松垮垮地披在身后。她眼睛一动不动地盯着黑板，右手笔下字体很瘦很正，正在飞快地记着什么。

今天填空第十三题都听懂了，可喜可贺啊任望珊同学。

"下一题，填空第14题，全班就班长一个人做出来了，真不知道你们这群小鬼脑袋怎么长的,现在我讲一下思路……"

邹绎眉飞色舞地讲完后接着说:"听完是不是感觉很简单?那不就是不等式混合了函数求导,再运用数形结合和待定系数法,这答案五分之根号七十七不就来了吗?"

于峕河这张卷子只听最后一道大题的最后两小问就行,按照老邹这速度,估摸得等到下节课,所以他现在正在埋头苦学高二物理的动量定理,对老邹讲的一切都置若罔闻。

"任望珊,上黑板按我刚刚的思路写一遍解题过程。"老邹突然点名。

"上黑板"无疑是很让学生头疼的事,况且任望珊听得一知半解,还有些不确定,但她还是忙应了声好。

邹绎知道数学是任望珊的弱项,语气很温和:"老师只是看看你的思路卡到哪一步,做不出来也没有关系。"

任望珊乖巧地点点头。

于峕河收回在物理书上的注意力,跟随任望珊的步伐抬起头。

任望珊抓着粉笔套,咬着下唇,一笔一画认认真真地在黑板上演算起来,草稿就轻轻地打在旁边一块黑板上,字体娟秀漂亮,瘦瘦的,像仙鹤。

她算到求导的地方,求了一次发现不对,卡了。她以为自己的演算过程出了问题,对着边上黑板的草稿细细地一步一步对下来,没问题呀。

于峕河看到这里摩挲着精瘦的指节,皱了皱眉。

邹校长还在旁边等着她继续,任望珊也不好意思停下,继续又实在不会,干对着黑板尴尬至极。与此同时,她余光瞥见窗外似乎有几个省里来视察的领导走来走去,心里慌得要命。

突然一个声音打破了沉默:"邹校,这题超纲了啊。"没叫老邹是因为他瞥见外头有几个省领导。

邹校长一愣,又看了遍题目:"嗯?没有啊,那你说说看,是哪里?"

于峕河站起身,戴着眼镜,穿着校服的内搭黑T恤,腰上还随意系着件校服外套。

他吐字清晰,认真地说:"我们比其他班先学求导,题目本身没有超纲,超纲的是题型。

"这求了一次导并没有办法消去未知数,是典型的二次求导。这样的题型我们先前没遇到过,刚才您也没有特意讲,所以任望珊同学想不到也很正常。"

邹校长看了看,好像的确如此。他刚想说些什么,就见于峀河突然把腰上的外套一解,跨出座位,顺势抬手把金边眼镜一摘搁在桌上,什么也不说,大步流星地往讲台上走。

省领导呆了。

邹校凝滞了。

同学们傻了。

任望珊愣了。

薄荷青草籽的好闻味道飘过来,闻起来好像雨后的月光。他有玉石般的好底子和令人舒服的气质,眼神目光都是清冽,满身富贵却不易察觉。任望珊望着于峀河默默地想。

于峀河自然地接过任望珊手里的白色粉笔,直接从任望珊停滞的地方继续,好看的行楷字体写下一连串的阿拉伯数字和数学符号。

于峀河一边儿写,一边儿侧过身跟身边的人轻声解释:"你看,求完二次导数以后,再用新字母建立一个新函数……这不麻烦,反而是考场上很常用的技巧。

"如果嫌乱的话就在草稿纸上标记好,做到最后再用换元法换回来。没关系……这个不急,以后这样的题型会做到很多……而且有我呢,怕什么?"

最后那几个字于峀河说得尤其轻,全世界除了他和任望珊,没有第三个人再听得见。

一块黑板,一方讲台,左侧是黑T恤男孩儿,右侧是白T恤女孩儿;左边瘦金体,右边是行楷,拼起来像完整的一幅画。

窗棂外的省领导笑笑,暗自想:真是后生可畏啊。

距离上课还有五分钟,教室里吵吵嚷嚷的。

"望珊!你之前交上去的那幅《山河》获奖啦!是一等奖,省一等奖！据说奖金有五千！"文漾笙抱着厚厚一叠英语听读空间，急急忙忙跑进教室对后排的任望珊喊。

于峀河比任望珊先抬头，眼睛里都是惊喜。任望珊低头戴着耳塞，隐隐约约听不太清，就没反应。

文漾笙把英语听读空间往讲台上一放，冲过来拔了任望珊的耳塞："听见没啊我的任望珊小朋友！王老师说，你那幅刺绣得了省级一等奖，奖金五千元整。"

任望珊听到后愣了几秒，漂亮的眉眼随即舒展开："真的吗？得奖了？是——我的那幅《珊河》？"

"对呀！就是那幅《山河》！话说程鼎顾还没吃掉那张纸呢……"文漾笙的眼神忍不住往正要走过来分享每日新鲜事的程鼎顾那儿瞟。

程鼎顾听到这句话后，脚底抹了油一样，向前的脚步生生一歪，准备赶紧溜走。

任望珊笑着叫住他，声音甜甜的："吃纸就不必了，等奖金到手，我请大家吃东西去吧。"

她垂眸想了想，又看向程鼎顾："就去你们上次的夜宵摊儿，是叫鹿烧对吧？上回我不是没去吗？对不住你们，这次给大家补上。就后天放假的时候吧，大家都可以吗？"

于峀河的耳畔隐约是隔壁组陈柚依和许念念听到任望珊请客时的欢呼，眼前是一片雾气朦胧，只有任望珊说话的样子清晰可见。

她笑得真美，像山泉间环绕的温凉雾霭和山峦处萦绕的淡淡云烟。

周日这天中午，省里的领导走了，今天也是大家需要每天穿日常校服的最后一天。

一想到今天晚自习和明天一整天都放假，晚上还能见到娴姐吃上烧烤，程鼎顾就兴奋得不行。

王老师骂了他好几次，亲切地问他是不是要来一份"重默八单元单词加一套'五三'模拟期末卷"的套餐来稳定一下情绪。

好在王老师今天心情不错，最后没有把"套餐"给程鼎顾安排下来。听说是省领导对昆城一中的整体校风学风十分满意，所以学校今年省重点排名第一的宝座绝对稳住了。

值得一提的是，省领导还重点表扬了高一（1）班，具体为什么倒是没说。

昨天中午，王老师把任望珊叫到办公室，询问她获奖的那幅刺绣能不能放在学校展览。如果可以的话，一中会再以学校的名义奖励五百元的奖金。

任望珊答应了，于是今天学校的荣誉榜上多了一栏——江苏省中学生"你眼中的山川河流"文创作品征集大赛一等奖：高一（1）班，任望珊，《山河》。

荣誉榜前的学生比上回放成绩光荣榜的时候还多。

"任望珊就是一班那个转校生，长得特别漂亮，我每次交作业都能看见！"

"对，我记得！上次跨年晚会跳芭蕾的！"

"这也太优秀了吧，我记得她上次期末好像也在年级前20。"

"不过为什么叫《山河》啊？感觉起得有些草率了。"

"你这么一说我也觉得好像是……"

于岿河站在不远处轻轻嗤笑了一声，哪里草率了？那是《珊河》，不懂别说话。

鹿烧店。

虽然今天昆城一中的学生送走了大神，但明天是周一，非高一学生依旧没有放假，所以今晚吃烧烤的学生比平时少了很多。

于岿河早就和娴姐打过招呼，说今天任望珊要来，麻烦她记得给他们留个室内光线敞亮的大圆桌，最好是靠着落地窗的那个，他们进出也方便。

鹿娴笑笑说知道了。她站在门口，远远地看见七八个模样鲜活、着装统一的少年带着笑向她走来，暖黄的路灯错落地映着他们正当年少的身影。

她的眼睛有轻微散光，于是眯起眼睛仔细辨认陌生的面孔。很快看到了那个逆着光走来的女孩儿。

女孩儿的气质像清泉一般干净清爽，她在路灯下转头和于岿河说话的时候，每根发丝都在飞舞着。

等她走得更近一些，五官渐渐清晰——鹿娴感到莫名的熟悉，不知怎的，还带着一丝丝危险的气息，这……这好像是……

鹿娴和林深公司老总一家接触得不多，她和林深结婚时，这个女孩儿才十二岁，她只远远地见过一面。可任望珊绝对是令人一眼万年的女孩儿，鹿娴五年前见她第一面时就深深记住了她的姓名和她灵动、自信又骄傲的模样。

鹿娴内心有点慌，不停安慰自己世上不会有这么巧的事，不会的。

于訚河走近，朝她笑笑说："娴姐，这就是我上回跟你讲的同学，任望珊，你叫她望珊就好了。她很厉害，作品在省里获了奖拿了奖金，今天这顿她请。"

任望珊安静地笑笑，伸出白净的右手。

后街人声依旧喧闹，鹿娴眼前的少年意气风发，像是夏天的太阳，让她不忍拒绝。

她伸手握了握："任望珊啊，名字很好听。"

任望珊抬眸，漂亮的下颌微微收起："谢谢。娴姐真年轻，还很漂亮。"

不会错的，就是她了，鹿娴悲哀地想。她面色不改，柔声说："大家都是老朋友了，别在外边傻站着了，快进去坐吧。"

鹿娴左脑清醒着支撑她在后厨忙碌，右脑则处在呆滞状态。

我们身处一片荒原，为了逃避，改变自己的位置，到达另一片沙漠，殊不知我们想远离的也随之而来。

这浮萍一般的人生充满了愚昧、谬误和荒唐，我们无能为力，只能选择醉酒和沉默。

鹿娴觉得自己现在的心情大约跟学生考试的时候做到超纲题差不多，一样的无奈。但她不会砸东西，也不会哭，内心进行着一种很安静的崩溃。

她想到一句话：凡事都有偶然的凑巧，结果又如同宿命的必然。但生活总要继续，逃避不是正确方法。

任望珊那么好，干净又漂亮，什么也不知道。只要她不说，坦然地把这次当作第一次结识，那么将来也不会有任何问题。

没错，就是这样。

"娴姐？"

鹿娴右脑猛地清醒。

于岿河插着兜儿靠在后门一侧，指关节叩了叩门："娴姐，怎么发呆了？叫你几次了。出什么事了吗？"

鹿娴搓了搓略微发白的脸："没事。你怎么来了岿河？我看大家在外面都吃得正开心呢。"

于岿河放心地笑了笑："没事就好。我……就有件事要跟娴姐说一下。"

鹿娴点点头，咬着下唇认真地看着他。

"望珊不是坚持说要请客吗？大家伙儿这么多人面上是答应了，心里总归不好意思让她一个女孩子请的。"于岿河有些不好意思地轻声笑了笑。

他垂眸挠了挠耳后，继续说："我们几个兄弟私下商量好了，待会儿她结账的时候，娴姐您记得给她报个半价的数，也千万别让她发现了啊，剩下的那些我们后头补上。"

鹿娴笑了："欸。"

后来的后来，鹿娴每年目送一批又一批的年轻学子从这里毕业，听了无数轰轰烈烈的校园故事，也见过无数少年人喜欢一个人特有的方式，但她脑海中最深刻的印象永远在那个路灯昏黄的周日晚上。

十七岁男孩儿离开喧闹的圆桌，偷偷跑到后厨，害羞却努力地小心守护女孩子的自尊心。

那个善良单纯的少年，他勇敢又坦荡，心甘情愿地付出。

2019年10月9日，星期三。

"所以，你确定想在这附近开一家花店？"

任望珊窝在单人沙发上，小口吃着黎向晚从戚乐那儿打包来的草莓慕斯，看着不远处翻箱倒柜的黎向晚，腿上还架着笔记本电脑。

茶几上的桃木色花瓶里插着今天早上刚从浦东中心送来的数枝新鲜向日葵，湿漉漉的花盘上有毛茸茸的刺，层层叠叠的鹅黄色细长花瓣半开半拢着。

据说世界上只有1%的人会每周买花,而她就是那个稀有的1%的组成部分。

送花的小姐姐还附赠了店长手写心情卡,上面是向日葵的花语:我的眼里只有你,你是我的太阳。

店长的行楷是特意练过的,字体很秀丽。任望珊收到时皱皱眉,想把卡片扯下来扔掉,终归不忍心,又默默收了回去。

"是啊。"黎向晚终于在任望珊的一堆口红中比对出了她一直想找的那个色号,满意地记下货号。

她转过身朝望珊看去,语气很轻快:"我不一直是想到什么就做什么嘛。"

"店面找好了?广告商有着落了?这儿住宅区这么密,房租是很贵的啊宝贝。"任望珊娓娓问道。

"都没,我现在纯属有这么个想法。"黎向晚摇头晃脑,笑嘻嘻地说,"不过进度还是有的,比如花店的名字我想好了。"

"嗯哼,说说看。"任望珊挑挑眉。

"半夏向晚。"

任望珊怎么听怎么感觉这名字像某个非主流时期的网络流行词,好在还挺好听。

黎向晚是个非常合格的文艺女青年:"怎么样?是不是很唯美?也很符合我的气质。"

"你比较想我赞同前一句话还是后一句?"任望珊面无表情。

"哈?什么意思?"黎向晚疑惑地回头。

"咳,就是。"任望珊啪的一声合拢电脑,正色说,"要是我同意很唯美,那就不符合你的气质,如果符合你的气质,那就唯美不了。"

黎向晚没回嘴,直接冲去任望珊的单人沙发挠她痒痒,二人在沙发上滚成一团,差点儿打掉了任望珊的宝贝慕斯。

真正关系好的朋友,一定是互相开玩笑骂骂咧咧,没节操地打打闹闹,但从不会戳到对方真正的疼处,心里总是在为她温柔地绕道。

前两天生日会上和于肖河见面的事情,二人都默契地闭口不提。七号晚上她给任望珊打了好几个电话,看着任望珊沉寂一天后再次变回了太阳。其实她很不乐于见到这样的任望珊,可是她没有办法。

身处局内的痴情人,不知道自己已然沉沦,无法自持,而身处局外的明白人,能做的或许只有陪伴。

黎向晚把任望珊的笔记本电脑扔到床上,想给自己在单人沙发上腾出个位置,最后坐在了侧边扶手上。

黎向晚:"其实找店面这种事情交给人脉广路子多的我哥就行了,我还想把戚乐拉进来,你说她愿不愿意?她店里的插花造型都是她自个儿弄的,我觉得特别好看。"

任望珊想了想,觉得也不是不行,戚乐虽然忙,但这件事情应该能引起她的兴趣,于是点了点头:"可以。"

黎向晚打了个哈欠:"我给我哥发个消息,就让他去苦恼吧,本姑娘要睡一会儿,昨天熬夜了。"说着掏出手机给黎阳交代了艰巨任务,揉了揉眼睛就要往床上倒。

任望珊:"你没摘美瞳。"

"啊,差点儿瞎了,多谢救命。"黎向晚苦哈哈地去卫生间摘了美瞳,晃晃悠悠地倒在床上,瞬间不省人事。

任望珊默默等了一会儿,轻手轻脚地把黎向晚的被子边角掖好,看着她被齐刘海儿稍稍挡住的侧脸笑了笑。

我最快乐的宝贝,一定要一直这么无忧无虑的啊。

望珊抱着电脑走到阳台,坐在藤椅上给戚乐发了语音,得到肯定的答复之后,微笑着回了声好。

她继续和导师交流,顺带再熟悉一下明天在F大作为研究生代表的演讲稿。

另一边,坐在办公室的黎阳突然收到他那个麻烦妹妹的指令,扶额重重地长叹了口气。

他妈生他们的时候怎么就没先把黎向晚抱出来呢?他明明只比她早出生了十多分钟,怎么给她做的事倒像是长她十岁不止。

窗边插兜儿喝着黑咖的于岢河转过身:"怎么了?谈得不顺利?"

黎阳摆手:"不是,合作方没问题。没什么大事,我那宝贝妹妹让我替她找找公寓附近的空店面。小丫头不知怎么想的,明明在读书呢,心血来潮想开个花店。"

于岢河蹙眉:"她一个人?"

黎阳明白他在问什么，顿了顿，温声说："她没说，我再问问。"

"不必了。就我们最近开发的那块地皮，直接以最低价格分一块给她。"

黎阳没多想，微微皱起眉头："于总，这样不合适。公司的每一分钱都很重要，个体的特殊化不该上升到公司整体的利益。"

于岢河觉得黎阳有时候真是执拗得有趣，他挑起眉问："你还知道老板是我？"

黎阳一噎。

"我有我的想法，你应该也能猜得到。"

黎阳沉默，微微点了点头："那我替向晚谢谢于总。"

"该是我谢谢她。还有，现在已经没外人了，别这么叫我了。我本来就不喜欢这称呼，而且我大名不知道比这好听多少倍。"

黎阳温和地笑了："好的，岢河。"

于岢河又想到了什么："之前……F大请我去参加研究生开学典礼，好像因为行程冲突，我让你给推了是吧？"

黎阳点点头。

于岢河低头啜饮一口黑咖，苦味儿在唇齿间蔓延开来，他沉默了一会儿，声音微沉："跟他们F大的负责人说，我可以去了。"

F大的开学典礼比较晚，九月下旬才开始，又是本硕博分期进行，轮到研究生已经十月了。

任望珊对代表演讲的事情早就轻车熟路了，从没出过差错。教务处给的演讲稿她都快背出来了，导师也对她很放心。

开学典礼的时间是当天早上九点整，任望珊为了让自己有更清醒的状态，七点就起了床。

站在衣柜门前，任望珊有点发愁。其实她很不喜欢穿这种规整拘束的黑色正装，即便她很适合，穿上去还有种企业精英的风韵。

每次遇到需要穿正装的场合，她都会再备一套私服，等到必要的事情一结束，就去就近的更衣室换回来。

今天她带了条方领的奶黄色压褶摆裙，颜色和设计像奶油一样甜美，后背还有个黑丝带蝴蝶结。

131

她拿出毛茸茸的便携式首饰收纳袋，把青石玛瑙盘手表、酒红色樱桃耳夹和星月项链全都装进去，又捎上柠檬味儿的甜系香水小样，然后换上一身正装，绑好低马尾，用直板夹把鬓边的碎头发打理好，转身出门落了锁。

早晨的校园拂着习习清风，不知何处发出喁喁细语，阳光把苔绿的叶子照成半透明。

广场草坪中央的喷泉泠泠有声，清澈的流水在白石玉盘上欢舞，不断落入蓄水池中。

四周几乎没有人声，偶尔从远处传来的自行车链条摩擦声和打铃声，给寂寥的四周添了些许慰藉。

非研究生今天没有课，全都待在宿舍或图书馆。此刻离开学典礼开始的时间还早，没有人往这边来，任望珊可以安静地独处，这对身处学校的她来说很难得也很惬意。

任望珊漫步走到今天的举办开学典礼的礼堂内，没有去她场内的座位，因为典礼开始是校长致辞，大约七八分钟，之后研究生代表就要上场了。

她的东西都放在后台，准备演讲完换身衣服再回场内坐好，听完典礼剩下的内容。

典礼开始后。

"下面有请研究生代表，法学院国际法2019级研究生任望珊同学发言，大家掌声欢迎！"

任望珊面带微笑地走上台跟校长握手，站到演讲台前。

与此同时，于肖河在礼堂大门口站定，隔着数千人潮远远地看着台上的女人。

任望珊在演讲台上自信又出众，内容和观点端正、幽默又吸引眼球，引来台下一阵阵喝彩与共鸣。于肖河的嘴角微微勾起。

"欸！于总！之前一直没有机会，今天终于把您盼来了。您是本校奖学金的新投资方，等会儿直接坐第一排，已经给您安排好位置了，就挨着研究生代表呢。我这就带您过去。"

负责接待的老师在大门口看见一身精致西装、仪表堂堂的于肖河，忙请他入座。

于屿河朝接待老师礼貌地一点头，转身进入主会场，在第一排坐下，他右手边那个位置还是空的。

任望珊下了场直接跑去宿舍楼底楼的更衣室换好裙子，把头发散开来用手指抓松，再依次戴好配饰。她又换了一个颜色稍微粉嫩的口红，女孩儿的甜美气息瞬间溢满了周边的空气。

出了宿舍楼，她匆匆赶回大礼堂。之前接待的老师给她看过座位表，研究生代表是坐在第一排中间的位置，左手边就是学校奖学金的投资方。

她看到座位表时舒了口气，因为投资方的座位一般都是空着的。这些老板可忙了，根本没时间参加这种开学典礼，来了无非就是听到自己名字时站起来朝后挥挥手，意义不大。

女孩儿在校园的林荫路上小跑着，随风带起一阵阵花香，路过的校友都转回头看，眼睛里只有她一个人。

法式复古的樱桃耳夹衬得她脸更小、皮肤更白，星月项链和方领口显得她的锁骨纤细长直。

粉红色的嘴唇让她看起来像是一朵散发着甜香的春日奶油色保加利亚玫瑰，浪漫动人。

不，不对，今天的她应该是一株迎着荣光高高仰起头的向日葵，目光自信坚定，连每根发丝都闪烁着耀眼的、骄傲的、张扬的光芒。

她是太阳，是一切值得用美好称颂的人间事。

任望珊跑到礼堂门口时还微微喘着粗气。座椅的靠背很高，从后面看过去，第一排投资方的座位好像坐着一个人，看着还挺年轻。

作为研究生代表，在学校投资方面前肯定要表现得礼貌。她顺了顺奶黄色的裙摆，扬起嘴角，走到那个男人身边轻轻坐下，随即转过脸，友好地伸出手："您好，我是——"

笑容凝固，任望珊说不出话。

于屿河用左手肘撑在座椅扶手上，骨节分明的细长手指轻轻碰着鬓角和额头，从侧面看，鼻梁挺得不像话。

他微微偏过头，挑了挑眉："所以你是什么？怎么不继续说了？"

任望珊收回手，漂亮的眼眸在礼堂舞台光线的映照下微微闪烁："你怎么会来？"

"嘁,我倒奇了怪了,有什么地方只准你任望珊来不许我于岿河来的?"男人冷冷地说,鼻子不经意地轻轻嗅了嗅女孩儿身上散发的柠檬香气。

"于岿河,你说话一定要用这个语气吗?"任望珊皱眉,眼神却不看他,淡漠地看向前方,"就不能好好说话?"

于岿河一愣。他好像没有注意过,每当面对任望珊的时候,他的所说、所做、所想都会陷入一发不可收拾的混乱局面。

"要好好说话得面对面说,任望珊,难道你口中的'好好说话'就是拿你的侧脸对着人?"

任望珊朝左转头,眼神里满是埋怨,随即又把头转回去:"也不必好好说了,我们也没什么可聊的。"

典礼结束,你回公司我回家,不是一路人,没啥好说的。

于岿河挑眉:"是吗?"

任望珊瞥了他一眼,深呼吸克制情绪。两三年不见,他是不是又新添了什么毛病?难道他们还有话要聊?

她低头看着手机里一个小时前校长发来的消息,真想骂人。

望珊啊,典礼结束之后我们要和这次来的投资方一块儿吃个饭,你是研究生代表,也一块儿来,位子都订好了。之前实在是忙忘了,没来得及跟你讲。

投资方就坐你左手边,样貌特别好,仪表堂堂的,你看到了也认识了吧?我特意留了个心眼儿,让接待老师把你俩的座位排一起。

记得先多接触接触啊,我们和这位于总也不太熟悉呢,免得待会儿饭桌上尴尬,多不好看。

她最想打的就是左手边撑着头的于岿河,待会儿还要和这个人再次面对面吃饭?还嫌上次不够尴尬吗?

她真想撬开于岿河的脑袋仔细看看他到底是怎么想的。他为什么要来?是公司不够忙,还是人太贱?肯定是后者,她在心里琢磨。

纤纤手腕上的玛瑙绿表盘的时间已经指向上午十一点,礼堂外人群熙攘,学校食堂渐渐忙碌起来,锅子陆续冒出热腾腾的蒸汽。

白日已然升到天际中央，阳光透过树隙在水泥路上投下一片片斑驳光影，绿叶都反射出亮光来，一闪一闪得晃人眼睛。

喷泉水面碎银浮动，宛若浪漫神秘的星河。教室里一根光柱斜射进来，打在自习同学的练习簿上，五颜六色的粉尘在光柱里飞。

有的人心情在红尘中起伏，但又不敢说出来。因为比悲伤更令人悲伤的东西，叫作大梦一场。

可是这依然无法阻止我眼里都是你，因为你是我的太阳。

2013年4月28日，星期天。

昆城市图书馆里，靠窗的一方明净灰色长桌上，《5年高考3年模拟》《新高中英语词汇》《江苏高考数学模拟试题汇编》《王后雄学案教材完全解读物理选修3-2》以及各科的错题集、笔记本，层层叠叠地堆积在上面。

难得晚上不用返校周考，于岢河几人早上相约一起到图书馆自习。文漾笙正在背历史提纲，不时用手肘蹭蹭夏成蹊，和他对几个知识点。夏成蹊看书很安静，除了回答文漾笙的问题，眼睛没离开过书本。

从文漾笙的角度看过去，夏成蹊有蓬松柔软的头发和不太明显的喉结。他的白衬衫在午后的阳光下有些半透明，隐约能看见凸起的肩胛骨和微弯的脊梁，让人想到湛蓝的天、轻飘飘的云、植物的味道和初升太阳的微光。他的身影都笼罩在阳光下，影子恰巧落在她面前。

任望珊从早上八点开始，每隔一个半小时和于岢河交换一张卷子互批。她思考的时候习惯低头咬指甲，这会儿正在细看于岢河给她写的第十八大题第三小问的批注。

图书馆静悄悄的，只有轻微走动的脚步声以及翻书的声音。两人交流大多只能用笔，偶尔穿插几个短暂的眼神交流。

此时四人都一样紧张，抓紧每分每秒在学习。今年的高一下学期时间很短，感觉刚开学一个多月就要迎来期中考试了。

考试时间是五月初，还有不到一周的时间。王老师特意强调，此次考试是他们进入高中以来的第一次苏锡常镇四市联考，除了校级排名还会有四市的排名。

以往四市联考都是高二上学期才开始,今年省里格外重视他们这一届,硬生生在高一下学期期中考试就来了这么一出。

此外,王老师还强调了一点,第一次苏锡常镇四市联考相比于平常的市里统考,题目难度会上升一些,所以不要太在意分数的下滑,排名才是最重要的。

程鼎颀对此的翻译简洁明了:难啊!

文漾笙抬头看了一眼对面明显有些疲劳的任望珊,伸出纤细的手指敲了敲她面前的数学错题,冲她眨眨眼睛:"去不去买关东煮?"

任望珊抬起头,眼睛一亮,悄声说:"走!"

出来后,文漾笙和任望珊靠在图书馆门口便利店的玻璃上,双手各捧着一杯满满的冒着腾腾热气的关东煮,有一搭没一搭地聊着天。她们的脚边还靠着个塑料袋,里面有给男生带的百事可乐和咖啡。

"望珊,你历史那些都背完没啊,我背得快吐了。夏成蹊他明明看着地理卷子,我问一个年份他却立马能答出来,看起来毫不费力,好羡慕啊。"

任望珊一边儿嚼鱼豆腐,一边儿实诚地点点头:"夏成蹊历史真的很好,老钱不也老夸的嘛,次次年级最高分。可你地理和英语都比他好多了呀,成绩不都是互补的嘛。"

文漾笙嘬着嘴点点头,低头喝了口汤。

任望珊突然两眼放光:"漾笙你吃这个北极翅,超级好吃!比学校后街的那家还要好吃!"

文漾笙忙低头就着任望珊那串啃了一口:"哇,真的超级好吃!你等我再回去买两串!"

此刻,便利店门口的阳光从玻璃窗反射到女孩儿的身上,女孩儿那本就偏棕色的头发在这样的光线下泛着金黄色的光芒。

浅棕色披肩发的女生站在便利店门口,看着店内齐刘海儿低马尾的女孩儿急着把锅里剩下的北极翅尽数打包,笑得前仰后合,像个无忧无虑的孩子。

这个年龄,她们的眼里藏着星辰大海和光芒万丈,共享太阳、彩虹和星光,所有的烦恼都与她们无关。

图书馆内,男生拧开咖啡与可乐,调皮地互相碰个杯,发出很轻脆的声响。

此时此刻墙外面的柏油马路上车水马龙,海洋的暖流带来的丰富营养吸引了鱼群,阴凉处石头上的苔藓开出花儿来,壶碟院子里的藤椅上有百花摇曳。

期中考试的临近代表着五月就要来了,夏天就要开始了。

夏成蹊和文漾笙两家住得近,打过招呼就一起打车回去了。任望珊还是坐11路公交,她想再留一会儿,家里吃饭晚,末班车也还早着呢,不急。

她偏头看向整理物理公式的于岢河,看他不紧不慢的,忍不住问:"你家司机叔叔不在外面等着吗?你要不要早点儿回去?"

于岢河头也不抬:"不急,他没来。"

任望珊以为于岢河家的司机跟他发了消息说等会儿才到,也就没说什么。

又过了四十分钟,于岢河向前伸了个懒腰,掏出手机看了一眼,右手懒洋洋地撑着脑袋。

他转头对他此时的同桌说:"什么时候走?"

"你司机到了?那你先走吧,别让人等太久,拜拜。"任望珊抬眸。

"没有,他不来。"于岢河的声音懒懒的。

任望珊微微瞪大眼睛,眨了眨:"啊?那你今天自己打车回去?"

"不。"于岢河坐直,把书本、习题册、笔记本一摞摞地整理好依次塞进书包,往肩上一扣,"我骑车,送你。"

任望珊:"……"

"你放心,我车技一流,绝不会让你有生命危险。快走了,收拾东西。"

见人还没反应,他插着兜儿,微微俯下身来:"11路公交车每半个小时才一辆,等你上车那会儿,我骑车载着你早到了。"

任望珊沉默良久,点点头:"嗯……那你骑慢点儿啊。"

"好,听你的。"于岢河散漫地说。

于岢河车骑得很稳,任望珊侧坐着,双手抓着座椅,格纹半裙的

137

裙摆在自行车后轮间一荡一荡。

阳光正好,她的发梢偶尔被微风吹起,街道边尽是香樟树,树叶摇晃时风吹来的气息和校园内的相比好像差了那么一点儿清爽。好在身前这个人身上的薄荷青草气息依旧,和在教室里别无二致。

此时是车流量高峰期,为了安全起见,于屶河避开马路,挑了条小河边的僻静道路走。河岸上垂柳的嫩叶时不时在水面一点一点的,晕出一阵阵涟漪。

他突然想到了什么,踩了刹车。任望珊反应过来,惯性向前,脑袋咚的一下磕在他的脊背上。

于屶河慌忙转过头:"怎么样?你没事吧,疼不疼啊?"

任望珊摇摇头:"没事,不疼。"

于屶河不放心,反过手用指尖碰了碰任望珊的额头,确保一点也没肿,才放心地转过身继续向前骑行。

于屶河的手指尖很凉,任望珊感觉额头一阵酥酥麻麻的。

"我刚刚就是突然想到一件事,觉得挺好笑的。"

"嗯?"任望珊在车后座抬眸看他。

"我小学一年级的时候,也差不多是在这个季节,几个老师带我们到这附近公园踏青。那个时候还没有这些石柱的围栏,路过这条河的时候,我跟一个男生推推搡搡,我就这么摔下去了。"

于屶河笑着继续说:"当时文漾笙也在旁边,大家都吓坏了。那时年纪太小,都不会游泳,还好体育老师立即跳下去把我捞了上来。"

他说完一顿,看向那些护栏:"我爸知道之后做了两件事,第一,一年级的暑假就让我学了游泳,每天盯着我游十个来回,每次从游泳馆出来我都想吐。"

"还有一件呢?"

"还有就是在这条河旁边捐了这些石柱子。"于屶河迎着暖风骑车,肩膀上仿佛有草长莺飞,眼底有炽热的光,语气里带还着几分少年侠气,"老爷子有时候真挺有意思的。"

任望珊在后面微笑着想,于叔叔真爱他儿子呀。

"你知道吗?就因为他天天盯着我游那么几个来回,我三年级的时候还被体育老师选进了学校游泳队,后来还给学校拿了几个省里的奖杯，差点儿就走上运动员道路，还好我们何女士没同意。"

任望珊还没回答，他先低下了头，有些不好意思地笑了一声："不然，就真遇不到你们了。"

任望珊一怔，眼底泛着水光。

不知不觉已经到了河边小路的尽头，倜傥潇洒的少年骑着单车，洒脱不拘，身形挺拔得像一棵树。

麻雀鸣唱着为晚霞吟诗，草上露珠一碰即落，落日余晖跌进春日爱河，光芒洒向人间四处，在给予人们视觉浪漫的同时，也记录了无数个令人怀念的瞬间和灯火人间里为数不多的真心，比如此刻。

出租车上。

"师傅，麻烦开慢点儿，路上颠，她容易晕车。"夏成蹊说着，一边儿伸手把车窗打开，手指白净修长。

"好嘞。"

文漾笙默然看着他偏头打开窗户，忘记了收回目光。

夏成蹊注意到也看向她："怎么了？窗户打开是不是冷？"

文漾笙摇摇头："不是，有个事情想问你很久了。"

夏成蹊："什么事？你问。"

"你历史怎么学的啊？时间线记得那么清楚。"

"你问的是这个啊。"夏成蹊语气淡淡的。

"嗯。啊？你以为我要问哪个？"

"没什么。"

"下午我和望珊还说呢，望珊她跟我说学习呢要懂得互补，所以我就来问问你历史怎么考高分的。"

夏成蹊没说话，侧身拿过书包，掏出一本牛皮笔记本往文漾笙面前一递："今天刚好带着，送你用吧。"

"这是什么？"文漾笙接过。车窗外的风吹起女孩儿有些遮挡住眼睛的刘海儿，也吹来市井的气息。

"我上学期期末整理的所有历史时间线和大题答题技巧，比历史书后面的更全，也更容易理解和掌握，我早就背熟了，现在不用了。"

"真的？"文漾笙抬起亮亮的眼睛看他，"那我一定会好好用的。"

夏成蹊偷偷勾起半边嘴角。

"给！既然学习要互补，"文漾笙把牛皮笔记本塞进米色书包，又拿出一本深蓝色的线圈本递过去，"地理次次考一百零五以上的大神文漾笙的笔记！这可是千金也不卖的啊，送你啦！"

夏成蹊一滞，随即垂眸接过去。

线圈本上有文漾笙身上特有的清浅雏菊香气，此时此刻，市井之风不解风情，吹动少年的心。

对面的女孩儿无意掀翻少年内心平稳摇曳的烛火，点燃少年双眸里盛满的灯火暮色。

后来，市井中身穿白衬衫的少年迷上了雏菊香，却再也找不到那天的小雏菊。

第六章

2019年10月10日，星期四。

P酒店。

"于总您看，这家酒店是我们精挑细选的，顶楼包厢能俯瞰整个浦东中心。它整个的布置、服务，还有菜品，都很精致，特别是甜品。希望您满意。"

校长跟于岜河在前面并排走着，时不时跟他搭几句话，于岜河步子放缓，回应礼貌而温和，给人留下的印象十分绅士。

任望珊和几个老师规规矩矩地跟在后面，老师在耳边跟她嘱咐的话飘飘忽忽，她一点儿也没听进去，只隐约听到校长跟于岜河说到了自己。

"我们研究生代表任望珊同学好像跟您年纪差不多，也不知道你们共同话题会不会多一些，哈哈哈……"

任望珊的内心真的很崩溃：校长，求求您别再跟他说我了啊。才三天不到啊，她怎么就又回到了这所充满尴尬的酒店呢？

任望珊心里默默给这所"水逆"酒店记下一笔，发誓再也不来第三次了。

酒店的电梯一律限乘18人，电梯门缓缓打开，等在电梯前面的宾客陆续进门。他们一行只有六个人，但加上旁边一起等电梯的一些陌生人，刚好是19人。

任望珊见人数超标了，自觉站到另一侧的电梯口，反正那边的电梯也快到一层了。

没想到于屿河也没走进去。

校长朝他看看："于总，这限乘18人，您可以进来的啊。"

于屿河礼貌地点头笑笑："限乘人数满了总归不太安全，这边的电梯也快下来了，你们先上去，我随后就到。"

不等校长回答，眼前的电梯门就缓缓关上了。于屿河抬脚往任望珊那边的电梯口走，刚好，那头的电梯叮的一声缓缓开启。

任望珊走进去，按好楼层就赶紧按了关门键，就在电梯马上要关上时，一只手往里一挡。

于屿河的声音带笑："哎，同学等我一下。"

那动作像极了七年前那个少年在早自习迟到时伸手挡住学校自动门的动作，她仿佛看见少年抬头笑着喊"梁叔，等我一下"。

电梯都有安全感应，检测到有障碍物，门又缓缓打开，于屿河迈步走了进去。

"我不知道包厢号，你得带着我。"

"应该带着你的是接待老师，不是我。"

"可是现在没有接待老师。"

"那我也没有义务带着你啊。"

于屿河偏头看向她，眼神认真："这位研究生同学，你好歹是学校的代表，最好对奖学金赞助商友好一些，否则他可能因为你而撤资。"

"撤资就撤资，我们学校又不缺钱。而且这顿饭也不是请你一个人的，只是其他赞助商没来而已。"

任望珊把头一偏，语气里有些自己都没发觉的赌气，她也完全没意识到自己说的话比于屿河说的还多。

于屿河微微勾起唇角，把手插进裤兜儿，笑得意味不明。

P酒店的顶楼包厢出名也的确有它出名的道理。从明净的落地玻璃窗向下俯瞰，城市浮游，万千因子碰撞无限。青天白日之下，华丽典雅的万国建筑风景线尽收眼底。

服务员为宾客轻轻拉开高背凳，摆好精致的各类餐具。

餐前甜点是一道千层酥。咖啡色的千层酥皮轻盈如絮，黄油味儿正，绵密厚实，香滑饱满。中间两层吉士酱浓郁细腻，甜度适宜，这稍稍缓解了任望珊紧绷的心情。

她甚至还得空想到，要是有草莓味儿的拿破仑酥就更好了，只可惜这是她的水逆餐厅。

服务员来撤走放置甜点的精致陶瓷盘，准备上葡萄朗姆酒配鹅肝，他朝面对面坐着的任望珊和于肖河看了一眼，微笑着说："啊，两位又来了啊。"

于肖河："嗯？记性挺不错啊。"

服务员忍不住看向他说："我也不是记性好，一来呢，二位三天前刚刚来过，坐的也是包厢，时间隔得短；二来呢，二位站在一起这模样，实在令人印象深刻啊。"

校长惊奇地说："啊？望珊，你跟于总原来一直认识啊？"

另一个老师说："怪不得呢！望珊一定是早就知道于总今天要来，还特意换了身这么漂亮的衣服……哎哟喂不说了不说了，看我们望珊要不好意思喽……"

任望珊在心里狠狠戳自己的脑门儿，欲哭无泪，不是这样的。

校长忍不住问："那二位前两天既然一起来这儿吃饭了……想必关系也着实不一般吧？"

任望珊继续垂着眼眸保持沉默。何止是不一般，但求校长您放我一条生路。

于肖河克制地对校长点了点头，缓缓地说："公家饭不提私家事，任望珊是作为F大的研究生代表来吃这顿饭的，当然得有一个学校代表的样子。不提跟我认识的事，她这样做很礼貌也很得体。我非常欣赏她这一点，也可见F大真是人才辈出。"

礼貌地避开正面问题，用适当的赞美转移话题，既不让对方感到尴尬，也使校方很有面子。情商高的人就是如此处事。

校长和老师们默契地不再提此事，谈了些校园趣事，又问了些于肖河生意场上的事，对年轻有为的于总连连赞赏。

服务员端上带骨西冷牛排的时候看了二人一眼，忍不住在心里念叨：这两个人一定是情侣吧，长得可真好看，说是明星我也信。

143

一顿饭吃了将近两个小时，任望珊也煎熬了两个小时，终于要熬到头了。

电梯到楼下的时候，于肖河一摸口袋："不好意思，我手机忘在包厢沙发上了，我上去取一下。今天多谢贵方款待，各位先走吧，不必再等我了。"

校长哪儿能真的自个儿先走？他很识趣地对任望珊说："望珊同学，陪于总上去一趟吧。"

任望珊："好……"

两个人一前一后进了电梯，电梯缓缓上行，二人缄默不语。

于肖河看向她："你……是不是不高兴？"

换来的是任望珊的沉默，一秒，两秒，三秒……

有些问题，沉默就是答案，躲闪就是答案，没有主动就是答案。保持关系太累，不如挥手告别。

但有些人很奇怪，爱你还放过你；有些人更奇怪，放过你还爱你。电影里演得太仁慈，总让错过的人再相遇。可生活不一样，再相遇也依旧是错过。

更重要的是，任望珊在这所酒店里还有无法退散的水逆。她沉默了三秒之后，电梯里的灯突然熄灭。没等二人反应，顶部传来隆隆巨响，电梯厢上下抖动。

电梯按键上面的屏幕数字停留在12层，还保持着不断向上的符号，鲜红的色调在一片黑暗中显得触目惊心。短暂的嘈杂声过后，一切重归平静。空气静悄悄的，任望珊听得见于肖河的呼吸声。

他身上的薄荷味儿比以前淡了，混合着些许烟草味儿，闻起来危险又性感，让人明知不可为，却还是忍不住靠近。

任望珊第一时间想的不是电梯坏了，也不是卡在12层很危险，更不是害怕得想要求救，而是——他身上的薄荷味儿淡了。

尼古丁的味道，任望珊之前心情不好的时候曾经买来试过，又苦又呛，她一点儿也不喜欢。

于肖河肯定也不喜欢吧？那他为什么还要让自己抽烟呢？是不是做生意的人都这样，要礼貌地笑着接过别人的烟，不管喜不喜欢都得配合着点上，再装出很享受的模样？

那于岿河岂不是很累吗？他不应该这么辛苦的呀。他多好啊，值得千里山河与万顷湖海。

如果可以，她愿意把无拘无束的风给他，会下大雨的沙漠给他，铺满星辰的万物也应该给他。

他不必理会世故的冷笑和暗箭，只要渡过暗礁丛生的海，把所有行路人甩在身后，包括自己。

他应该自由啊。任望珊此刻想的仅仅是这些。

于岿河向她靠近。

2013年5月6日，星期一。

苏锡常镇四市联考。

考生陆续进了考场，教室里有水杯触碰桌面的声音，有整理笔筒时不锈钢尺子和百乐笔相撞的声音，有女生们谈天的声音，有男生们争论数学题的声音。

窗外气温接近三十摄氏度，无数片深绿的樟树叶子同时反光，跳跃的麻雀在树枝上多嘴。五月初还听不见蝉鸣声，只有暖暖拂过的初夏之风，吹着头发又穿过耳朵。

于岿河朝身后看去，0115的任望珊坐在教室相对中心的位置，阳光刚好照到她的左侧，晒不到桌面，等会儿不会影响考试。

文漾笙从自己的座位上小跑到任望珊后边，正趴在桌上晃着小脑袋跟她讲着些什么，任望珊转头捂着嘴笑。

这时候铃声响起，大家迅速回到了自己的座位上。

走进来的主监考官是一班的地理老师汤茉，另外一位副监考官可能是高二的老师，于岿河看他有些眼熟，但没在高一教学楼见过。他戴着副方框眼镜，看起来很严苛。

汤老师话不多说，开始点卷子，嘴里还念念有词："自己检查一下和考试相关的东西有没有都放在教室外面，等会儿再查出来就算作弊了啊。

"拿到试卷先检查印刷，然后填涂好基本信息，其余的不要动笔，耐心等待考试正式开始。"

"等会儿结束铃声一响最后一排同学起来收卷,小号在上,大号在下。"

任望珊拿到卷子看了一下古诗词鉴赏类题目,内容居然跟上周她和于岂河在图书馆做过的一道好几年前的高考题一模一样。虽然题目改了不少,但立意她记得清清楚楚,答题套路往上面一套,能拿个全分都说不定。

她不禁往0101的方向看过去,后者则回给她一个带笑的后脑勺,任望珊能想象到于岂河也一定心知肚明。

放心吧,苏锡常镇四市联考也难不倒你。

中午,学生都从食堂回来了,午休前周逾民背着手来了一趟班级,嘴里不住叨叨:"古诗词鉴赏居然拿了道十年前的高考题来凑数,这出卷人怎么想的!唉,早知道就给你们多练几套以前的高考真题了,看来还是做得不够多……"

全班同学倒吸一口凉气:老周,我们下午还要考数学呢!

正好十二点半午休铃响,同学们赶紧往桌子上一趴,抓紧时间补觉,做好准备应对下午的数学脑力轰炸。

于岂河也不再做其他题目,后脑枕着一只手闭目养神。他闭上眼睛前看了看趴着的任望珊,她安安静静的,真乖。

数学记得好好考啊,我能做到,你也可以。

下午考试正式开始,数学卷子发下来,于岂河浏览一遍,看填空题从第十题开始的题型,就知道试卷并不简单。

他微微皱了皱眉。自己倒是无所谓,数理化卷子难不难对分数影响都不会太大,但他担心任望珊。

线性规划的题目居然出在了第十一题,寒假的时候他跟任望珊讲过这类题型,当时她做得就不太得心应手,第十七题的难度也堪比平常试卷的第十八题。

于岂河抿了抿下唇。这是他第一次在考场上紧张,不是为自己,而是为了一个女孩儿。

一个小时零十五分钟之后,于岂河停下笔。他抬头看看时间,离考试结束还剩下四十五分钟。

尽管试卷很难，他也只比平时慢了一刻钟。他撑着头看了看右侧的同学，对方的笔尖还停留在第十九题的第一问，估摸着任望珊的速度也差不多。

别忘了写"当且仅当"。

根号记得开全。

出题人很讨巧，椭圆的方程题干里根本没写，记得要设，你注意到了没？

任望珊，一定保120分啊。

丁零零——

收卷完毕，老师在讲台上把答题卡按座位号整理好放进档案袋，提上袋子之后收起个人物品，急匆匆地赶着下班。

高一（1）班的人陆续带着笔袋回到自己的座位，都不想讨论数学题，趴在桌上一阵阵惨叫。

"老萧我死定了，这回英语都还没考呢，王老师就得'削灭'我。"程鼎顾斜斜地倚在走廊护栏上，偏头挎着萧宸的肩膀。

萧宸把左手上拿着的可乐扔给他："节哀顺变，老子陪你啊。"

两个人的成绩都不差，虽说跟于崤河、夏成蹊比不了，至少都在年级前五十。他们所说的差，也不过就是进不了第一考场罢了。能进一班和二班的人，在普通班的学生看来，都不是什么"善茬儿"。

程鼎顾没心没肺地笑笑："那刚好。稳在年级五十左右啊兄弟，下次咱又一个考场，还在你班级。"

萧宸笑着说："那敢情好啊。走，不吃饭，打球去。"

程鼎顾拍了拍他的肩膀，把打开的可乐递回去："好啊，走着。"

每次考历史的时候，文漾笙做完卷子一抬头，都会发现夏成蹊左手撑着头闭目养神好一会儿了，这次也是一样。

文漾笙觉得这次的历史卷子并不比平时难很多，或许是好好背了夏成蹊的笔记的缘故吧。

她仔细打量着座位号0103，五月份的阳光已经有些许炽热，靠窗的位子刚好对着太阳，也不知道他考试的时候有没有受影响。

夏成蹊，今早我看见了小卖部的橘子汽水，晚餐的时候我一定记得买来给你尝一尝。

夏天的到来浪漫且令人期待，像是一条无声又缱绻的河流。树荫下的风悄无声息地混着透明的雨带来明天的消息，小巷子弥漫着花香，在日记本里酝酿。

清风会飞进窗棂入你怀，你仰起脸便是凉意满面。女孩子身上有雏菊的香气，说话一点儿也不拐弯抹角，唯独在一件事情上欲言又止。

考试的时间总是过得格外快，凝神屏息做了几份卷子，转眼就是一天。接下来再连着考一门化学，苏锡常镇四市联考就落下了帷幕。

下午考最后一门化学的时候，于崤河的心已经飞到办公室去了。隔壁班萧宸中午跑进来找程鼎顾，说是刚刚听见他们二班班主任说数学已经快批完了，下午考完差不多就可以有单科排名。

呼——老邹他们这效率也太高了。

不过这也是常见的情况，数学答案只有一个，填空题占了试题大半部分的分值，电脑上回车键5分0分地按，批起来又快又方便。

不像语文，需要不断地整改答案，这个给分，那个好像也能给分。

老周这两天除了批卷子就是在开会，于崤河只在中午午休见过他一次，还是在老周抱着卷子匆忙去开会的路上。

化学卷子最后一道大题的题型于崤河在无数个中午练过无数遍，感觉口算都能差不多知道答案。他停笔之后看向手表，时间还剩不到六十分钟。

若是之前的于崤河，他会立马交卷，然后去王老师办公室问问自己的数学成绩，但是这次不行，任望珊还没有写完呢。如果他现在交卷离场，她会有压力，会影响她的正常发挥。于是他安静地趴下，等待考试结束。

铃声一响，监考官前脚离开考场，于崤河后脚就把自己的东西往任望珊手里一塞，留下一句"帮我放回去，我去趟办公室"就跑了，还不忘拉上夏成蹊一块儿。

王老师也刚在别的班监考完，回到办公室椅子还没坐热乎呢，就看见班长和副班长一前一后地进来。

她放下刚泡好的奶茶："哟，消息很灵通嘛，看数学成绩？"

两个人点点头："嗯。"

王老师首先是一句："夏成蹊这次倒让我挺意外的，咱们一向擅长文科的副班长，这么难的数学卷子还考 132 分呢。不错不错，单科班级里也能排到前五了，继续努力啊。"

"谢谢老师，我会的。"夏成蹊礼貌地点头。

于岢河看看夏成蹊，又转头看看王老师。王老师怎么不提自己？千万别是这回烟了吧？那多没面儿啊，也不太可能。

王老师莫名其妙地看着他的表情："想啥呢？你的成绩又不能让人意外。自己过来看吧。"

于岢河往班主任的电脑上一看，单科排名表上称霸榜首的依旧是"于岢河"三个大字。他暗自松了口气，又看向右侧分数栏——149 分。

这个难度的试卷，分数也还算让人满意。再看任望珊的，她发挥得还算稳定，没辜负他的期望，稳在了 121 分。

就等其他科目的成绩出来了。

因为要整理四市的总排名，等到成绩和排名全出来，已经是一个星期以后了。在这段时间里，所有人都是一个心情——煎熬。不过好在煎和熬都是变美味的方式，所以煎熬也是。

星期天晚上返校考完周周练，大家刚在教室里安静下来，就看见王老师拿着几张表进了教室，好像心情还不错的样子，同学们的目光瞬间被那几张纸吸引。

"每个人的成绩、班级排名、本校排名以及四市的排名都在这几张表格上了，先放在班长那里，晚自习下课后班长贴在后面墙上，大家自己去看。晚自习时间注意纪律，不要乱传。"她说完顿了顿。

"总体来说，大家考得还不错。在这种难度下能保持正常水平，老师为你们骄傲。"她把表放在于岢河桌上，坐在讲台前监督大家上晚自习。

于岢河偷偷看了一眼，轻声倒抽了一口气。

总分年级第一，小科等级全 A＋。但让他深呼吸的并不是这些，而是排名表上"于岢河"后面连着的三个"一"。

班级排名，本校排名，还有——四市总排名。

除了欣喜，随之而来的还有一些其他东西。于岢河人生第一次体会到了什么叫作压力，虽然只是那么一瞬间。

他晃了晃脑袋不去想这些有的没的，转眼看向其他人的分数。

夏成蹊有进步，班级排名和年级排名都是第二名，四市排名是第十九名；文漾笙紧随其后，四市排名是第三十名；程鼎顾和好友老萧下回还能在一个考场。

任望珊总分353分，刚好卡在年级第三十名，四市排名在第七十七名。其实这个分数真的非常不错了，四市里能排到前一百，全省里也不会差。

不过他知道任望珊的实力肯定不止这个水准。没关系，现在的他们离高考还很远，高二还有四十分的附加分，来日方长。

晚自习的下课铃声响起来，于岢河把表贴在后面墙上，背起书包走出后门，照例站在窗外插着兜儿，等夏成蹊一块儿走——其实他是在等整理书包的任望珊。

文漾笙等着任望珊，而夏成蹊收拾书包的时候又按着文漾笙的速度来，所以这四个人每次出教学楼的时间都差不多。

夜晚校园的路灯把四个人的影子拖得很长很长，夹竹桃和樟树的香已经被风吹远了，麻雀偶尔啼叫两声。

今天傍晚下过一场雨，小雨停息之后，有淡淡的月光蒙着雾气爬上漆黑的树梢。樟树枝头的风微微拂过，像月光下摇曳晃动的海浪，温和柔软。

四人身下的影子上流转着碎碎的银亮，空中一颗星星刹住脚，照亮了这群放肆大笑着谈天的少年。

短暂的苏锡常镇四市联考就这样过去了，他们不会再回头纠结自己的分数和排名，那些在此刻并不重要。与此同时，他们的高一还剩下不到两个月的时间。

少年们此时心中有丘壑与山河，指引着他们一往无前。虽不知道将要去何方，但他们已然在路上。

临近期末，学校每天的出操都取消了。高二学生会的所有部长都要把职位和高一的学弟学妹们做个交接，好全身心迎接他们的高三。

学生会部门很多，有些部长心里已经有了较好的人选，比如文娱部的学姐想把部长一职交给高一（1）班的任望珊，体育部的学长想把部长交接给程鼎颐和萧宸这两棵体育委员中的草头。

这样的职位可以直接交接，过程也不会太烦冗。但一些竞争性比较大的职位，比如学生会主席、副主席一类的，就需要通过竞选人演讲和投票的方式来决定。与此同时，办公室部、学习部、宣传部部长的位置也都空闲着。

学生会主席和副主席都只有一人，其余的各部门部长可设一到两人，这全看上一任部长的决定。

其实于岿河他们对高中学生会的兴趣并不大，然而王老师接到上级通知，说重点班必须有五人以上参与竞选，是否在学生会担任职务将直接影响学年综合评价，而且有些大学的自主招生还对学生综评要求极高。

于是于岿河、夏成蹊、戚乐、文漾笙等人被迫上场"凑数"。不过既然都上场了，一班的"非善茬儿"们也不可能真的只是去凑个数。

对此夏成蹊坦诚地表示，他眼红那个办公室部长的位置很久了，申请书上连第二意向都没有填。

办公室部是传说中昆城一中学生会最"黑"的部门，一整个学期都没有一件事情，但福利和其他部门一样，非常适合夏成蹊。

任望珊几个已经被选定的只需要竞选当天去参与个人投票，投票的人选都是随机选中的同学，人数三个年级均匀分布。

竞选就在上回跨年晚会的报告厅，校长抽不开身，但老钱和其他几位教导主任都来了，台上还放了个原木色的宣讲台。

于岿河坐在竞选席，双手交叉放在胸前，微微侧身跟旁边的夏成蹊说了句："哟，还搞得挺正式。"

"你穿得不也挺正式。"夏成蹊抬眸看他，"老钱要讲话了。"

于岿河今天穿了白衬衫和黑西裤，任望珊从投票席第一排向他那边看，少年的脊梁骨又长又直，雪白的脖颈间喉结突出。

报告厅前后的小门都开着，他柔软的头发有时被一阵一阵的穿堂风微微带起，她仿佛能闻到风带来的薄荷青草香。

今天的阳光是簇新的，从大厅顶部散布的玻璃窗一丝一缕地落在少年肩头，像是柔和的光焰，更衬得他意气风发。

老钱作为教导主任，拿着稿子在台上宣读学生会换届竞选规则以及客套话。夏成蹊很安静地看向台上的教导主任，面上毫无表情。

文漾笙坐在夏成蹊右后方，正和戚乐手拉着手，两个人的手心都微微冒着细汗。文漾笙初中时没参加学生会，说实话现在真有些紧张，不断地咬着下唇。

夏成蹊偏过头来看她："小笙，不紧张，你没问题。"

文漾笙点点头。夏成蹊的语气平淡，并没有什么特殊的感情在里面，但就是能让她安心很多。夏成蹊把头转回去，文漾笙忍不住又看向他，眼底满是她和他都不知道的温柔和期待。

老钱还在宣讲台上滔滔不绝。

夏天就该是这么好的，那些因为某一个人而滋生出的勇气和期待，和想要不断变好并光明正大站在你身边的心，虔诚得就像路边的雏菊朝六点的朝霞向往地抬眸。

人生漫漫路上迷茫何其多，我宛若迷途羔羊，那你就是唯一的方向。偷偷看你，眼底比风还温柔。

"现在我宣布，昆城一中2013届学生会换届竞选现在开始！"

于岿河在抽签这方面的手气一向差得惊人，这次也正常发挥，抽到了第一位。好在运气不行实力来凑，顺序并不影响他的出彩发挥。于岿河下场的时候，看见竞选席里有几个男生很不屑地看着他。

之后夏成蹊、文漾笙、戚乐等所有竞选人都上台宣讲完毕，会议进入短暂的中场休息时间，之后就是投票和现场计票。

中场休息十五分钟，于岿河起身去外面透气，路过一片小树林。

"喊，于岿河以为自己多能呢，不就是家里有几个钱，成绩好点，长得还说得过去吗？"

"就是，看他那表情，好像主席就是他的了一样。"

"我看他志愿就填了主席，其余都没选，真把自己当回事啊。"

"我们班班花不也仰慕他吗？真无聊。"

树林里传来两个男生吊儿郎当的声音。

于岿河听到议论声，心想废话真多。他不想去和这些人计较，真没必要。而且就他们这种人，也不够格让他分心。

他刚转身，后面传来一个声音："喂，你听见了吧，别装。"

于岜河叹了口气，麻烦。

他懒懒地转过去，语气轻飘飘地带着点儿挑衅："怎么？还要多看几眼啊？那就给你们多看看呗，你们学生会老大——就长我这样。"

"还有，"于岜河一挑眉，对着其中一个人说，"你倒是也能家里有几个钱、成绩好，顺便再长得说得过去一个试试？"

于岜河的反击快、准、狠，没等那两个男生反应过来怎么回骂，就摆摆手大步往回走，顺口轻飘飘扔下一句："不打人并不代表我不是文武双全，原因自己想吧。"

所谓年少轻狂、恣意放纵，约莫就是如此了吧。桀骜少年郎像是炎天暑月璀璨的冲天火光，又是雪虐风饕残存的耀眼星芒。走路带风，不羁潇洒，要么沉默着骄傲，要么肆意地张扬，根本无所畏惧。

于岜河回到大厅的时候夏成蹊正在找他呢。

于岜河坐下说："刚刚在树林里遇见两个傻子，就坐后面那几个。"

夏成蹊冷静地点点头："楼下八班的，我认识其中一个。你先前上台的时候他们就在下面窃窃私语，我们班几个都听见了。你跟他们计较什么？"

"嗐，哪儿能啊，你知道我的。"于岜河二郎腿一翘，露出劲瘦的脚踝。他往椅背上一靠，懒洋洋地说："人家看见我了呗，叫住我不让走呢。"

没等夏成蹊回答，二人就听见后头投票席有人问："怎么了钦哥？脸这么臭。"

"别跟我提这个，一班全员都是傻子。等会儿记着让咱们班全都别投他们。"那个被叫"钦哥"的男生骂骂咧咧地说。

于岜河和夏成蹊内心同时一哂——幼稚，无知，天真。

"行行行，都听咱钦哥的，看把你给气的。赶紧消消气，教导主任好像要计票了。"那个叫什么钦的和刚刚一块儿嚼舌根的另一个男生臭着脸回了竞选席座位。

虽说不必在意，不过这事之后，一班和八班算是彻底结下梁子了。

十五分钟一到，老钱上台宣布现在开始投票，由上一任学生会主席和副主席进行现场计票。

于宕河和夏成蹊很放松，但势在必得。在听见于宕河以176票位列第一、夏成蹊以159票位列第二的时候，素来冷静的夏成蹊好像突然想到了什么重要的事情。

票数宣读完毕，上届学生会主席走上台，跟大家宣布："感谢大家来参与学生会的换届选举，经过激烈的竞选和投票，本次票数第一和第二的竞选人将直接成为主席和副主席，其余的人我们按照票数和意愿做了相应的调整，现在我来宣读一下结果——

学生会主席：于宕河

学生会副主席：夏成蹊

文娱部部长：任望珊

办公室部长：文漾笙

宣传部部长：戚乐、许念念

体育部部长：萧宸、程鼎颀

学习部部长……"

选举结果宣读完毕，一班和二班占了学生会大半名额。夏成蹊在听见自己是副主席的时候就已经呆滞了。

于宕河拍拍他的背说："听天由命。不过好歹你喜欢的部门给了漾笙嘛，可喜可贺啊老夏。"

夏成蹊皱了皱眉，回以一个冷冷的表情："副主席事很多。"

于宕河朝后一躺："这不有我呢吗？兄弟陪你。"

"谢钦！钦哥！这会儿老师都还在呢别瞎惹事——别忘了你上一张处分还没撤呢！"后面隐隐约约传来拉扯声。

"之前不是跟你们说别投这个傻货……"

"别啊钦哥，咱真没投他们……"

"行，信你们。老子今儿就忍了他，反正时间还早着呢。"

那个男生叫谢钦，于宕河好像有点儿印象，他的处分和程鼎颀还有萧宸那张处分好像是在公告栏上挨着贴的，是干啥了来着？啊——记起来了，校内打架。

于宕河耸了耸肩，好在今天的要事总算结束了。今天是五月二十日，周一，是个好日子，下午回去再上一节老钱的历史课，就能去吃食堂二楼的年糕虾了。

154

任望珊今天下午少上了两节语文课，等会儿肯定又不吃饭，他还得去小卖部给她带个孜然牛肉饭团和焐热的橙汁。

周三下午的延时练是王老师的英语，按照惯例任望珊要去办公室拿一套单元小测发下来让大家做，可是今天她从班主任办公室回班里的时候两手空空。

于岿河用指尖轻轻点了点她的肩膀："今天不做题吗？"

任望珊闻言点点头："王老师说有事情要讲，好像挺重要的。"

于岿河收回手："这样啊。估计是快到学期期末了，讲高考放假还有我们期末考试的事情吧。"

任望珊本来还想说些什么，窗外就传来了王老师高跟鞋的哒哒声，两个人看班主任来了，及时噤声，没再多说话。

王老师没拿什么，手里只有一沓薄薄的纸张："接下来我要说的事情非常重要，每位同学都要竖起耳朵听好了。"

王老师低头咳了咳继续说："学期也快到末尾了，高考之后再过几天就是我们年级期末考试。在这之前有一件重要的事情，大家一定要好好考虑和选择，这关乎大家的未来，这几天内要做好统计。高二文理科分班，大家知道吧。"

于岿河心里一惊，怎么把这事给忘了呢！

王老师还在讲台上滔滔不绝："我们学校开设了四种班级分科，文科有史地、史政，理科是物化、物生。每种分科都设有一个重点班，重点班统一在四楼。我们一班分科后是物化重点班，我就还是一班的班主任，二班、三班、四班依次是史地、物生、史政。"

于岿河有些心不在焉。

王老师："大家都好好考虑一下如何选择，高三高考放假之前班长和副班长把选科意向表收集好。最后再提醒一下大家，是否能分进重点班还要看高一四次大考的总体分数，最后一次考试的占比非常大，大家期末这段时间要加把劲。"

"还剩下十多分钟，大家自行复习吧。纪律委员苏澈盯一盯纪律啊，打铃了大家直接下课去吃饭。"说完，她不经意地叹了口气，转身回办公室了。

于岿河看向任望珊，任望珊沉默着，没有回头。二人已经有了默契，彼此心里在想什么都心知肚明。

夏成蹊和文漾笙是一定会选史地的，戚乐也一样，他们没有任何问题，都能进入二班重点班。程鼎顾和萧宸喜欢物化，新学期也一定会在一班相聚。

但是任望珊呢？如果他是任望珊，一定会和漾笙一样选择史地，于情于理，合情合理。而他于岿河怎么看都是物化的料，板上钉钉，雷打不动。

他们明白，以后必定是有一墙之隔了，世界上有些事情注定没有两全其美的办法。

他们足够懂事和成熟，不会拿自己的未来开玩笑。而且倘若他们中任何一人没有做出这样的决定，另一方也必定不会同意。

他们的日子还很长，过了夏天还有秋天，过了秋天还有冬天。他们在各自追梦的路上，对方就在隔壁，这样已经最完满不过了。

很快，六月初的一个晚自习，选科的最后时间节点到了程鼎顾好于岿河传纸条沟通。

程鼎顾：于哥，你也选物化吧？

于岿河抬头看他，无声地点点头。
程鼎顾又朝他座位扔过来一个纸团。

程鼎顾：可惜，我们几个得分开了，老夏他们都去二班。

于岿河没有回复。这时任望珊转过来看他，他也看着她。这些天他们都没怎么说话，非常默契，甚至默契得让人难过。
于岿河抬手在她眼前晃了晃分科意向表："我……去交了？"
任望珊点点头："嗯。"
于岿河起身走向办公室，没有一点儿犹豫，坚定而真挚。
王老师在办公室等他。
"确定选好了？"王老师看了看意向表，抬眸对上于岿河的眼睛。

"嗯。"于峇河轻轻应道。

王老师看着他的眼神有些欣慰:"辛苦了,去吧。"

看着于峇河的背影,她轻轻叹了口气。学生之间的小心思,哪个班主任会看不出来呢?可是像一班这群孩子这般懂得珍惜彼此,真心为彼此考虑的,却真是不多见,从而显得愈加弥足珍贵。

王羡鸢真心觉得,这帮孩子以后一定都会成大事,带过他们是她教学生涯以来最幸运的事。

于峇河走在回教室的走廊上,向右侧望去。此时此刻,隔着食堂的那栋楼里面灯火通明,高三的学长学姐正埋着头刷卷子。很快,属于他们的高考就要来了,那是一场充满理想主义的奔忙。

十八岁的高三学子,饮冰十二年,热血从未凉。

为了远处的风景,他们已跋涉千里,他们不顾一切,洒下血汗和眼泪,正在拼命地向前奔跑。

那笔下的一张张卷子,正在为他们光明的前途铺路。他们拥有充满希望的行动力和无限的可能,他们将会是下一个新的时代。

2013年6月10日,星期一。

今年高考结束之后,食堂对面的教学楼空了,抢饭的人少了很多,第四节课还有延时练,下课再也不用疯跑着去食堂。与此同时,盛夏与期末都来得比想象中更快。

于峇河也没有再匀出多余的心思去想分班的事情,既然无法改变,为什么还要去想呢?任望珊也是一样,两个人都明白眼下最需要做的事情是什么。

蝉鸣池夏,于峇河书桌上的冰可乐冒着丝丝冷气。六月的风懒懒的,连天上的云都变得热热的。

傍晚的时候暮色朦胧,厚重的蓝色窗帘被夏日的晚风轻轻吹动,有时候会打到少年的书桌。每天刷卷子的日子在各种意义上都漫长且充实,像是每天在发出柠檬薄荷味儿的声响。

大后天就是期末考试,依旧会采用四市联考的形式。好在大家早已没有先前的紧张,每个人都很坦然,也很努力。程鼎顾隔三岔五跑办公室问题目，王老师看到同学们这样的状态也很放心。

期末考试如期而至，考场的打铃声好像是高一落幕时敲响的警钟。寂静的考场门窗紧闭，教室里只有笔尖触碰答题卡的沙沙声和由于紧张发出的急促可闻的呼吸声。

窗外的天像是被飓风吹了一夜，干净得没有一朵云，蔚蓝得纯粹。盛夏已经露了些许模样，浓郁的香气在空气中弥漫，鼓噪的蝉鸣喧嚣起伏，略微有些吵人。

考场不允许开空调，0101座位又靠着窗，少年纤瘦的后颈滴落汗水。他抬手扶额的时候，阳光下的侧脸忽明忽暗。

语文考试结束回座位的时候，少年好像想起了什么。他一手插着兜儿，微微俯下身，手肘就撑在任望珊的书桌上，潇洒地在她的数学笔记本封面上写下了一个"加油，数学130"，行楷字体好看得不行。

他挑起一侧嘴角，对上任望珊的视线之后挠了挠耳后："学生会主席亲笔，很灵的啊。"

任望珊笑笑："知道了。如果没到，记得请客赔罪。"

少年爽朗地笑起来，闭起眼装作无奈的模样朝她点点头。

女孩儿却不知他心里正说着：到了更要请。

任望珊考数学时一向很紧张，120分钟对她来说总是不太够用。这回出题人好像比上一次期中的善良很多，填空的前十二题都是送分题，第十三题的题型刚好前天的晚自习下课于屿河跟她讲过，她还找了三五道相似的题目练了好几遍，现在做得也算顺利。

把能做的题目都做完之后，任望珊抬头看向电子钟上鲜红的数字，还剩下五分钟的时间。

她把卷子从头到尾又看了一遍，见没什么漏写或少写的，就撑着脑袋看后面于屿河的座位。少年还是用后脑勺枕着右手，身体随着呼吸均匀地起伏，也不知道睡了多久了。

他真厉害呀，任望珊心想。

教室上方传来打铃的声音，第一天考试结束了。

晚自习下课，任望珊突然转过身："给我你的英语笔记本。"

于屿河一怔："我没有。"

任望珊这才想起来，于岿河好像的确不记英语笔记，他的笔记都记在试卷上。他语感好，没事拿出来翻翻就行，效率也并不低。况且他还被王老师罚抄过那么多遍，很多语法早就牢牢印在脑子里了。

于岿河知道她要干什么，轻松地笑了笑："没事，我们文娱部部长可以写在别的地方，对我来说还更有用一些。"

"哪里？"

于岿河把左手上的黑金手表取下来，手腕伸到她面前："喏，写吧，你想我考几分？"

任望珊拿着笔，噗嗤一声笑了："搞得好像我写几分你就考几分一样。"

于岿河莫名其妙地看着她，十分认真地说："那可不正是吗？别人考几分都是听天由命，我可不一样，我听你的。"

任望珊微微一怔，随即垂下好看的眼眸。她左手托着于岿河的手腕，右手在他的手腕上轻轻地写："加油，英语108"。

写完后她抬起眼眸说："好啦。"

于岿河把手表戴上眨眨眼睛："这样遮住的话，监考官不会发现我手上有字，就不算考试违纪啦。"

没过两秒他又轻飘飘地接了一句："全世界只有我们知道。"

期末考试的三天很快过去，暑假就要到来。在这之前，一中的学生还要按照惯例集体留校三天，任课老师会在这三天里对考卷进行评讲和分析。

最后一天的下午，啵啵即将上完最后一节课，卷子已经评讲完了，于岿河估摸着他的分数在 110 分上下。

还有十五分钟下课，啵啵看了看时间，放下了手里的卷子："现在离下课就剩十五分钟了，同学们。李老师教你们这么久，好像……也没怎么和你们好好聊过天。

"马上分班了，我还是一班的物理老师。不过可能有将近一半的同学，接下来我就无法再陪伴你们了。同学们，你们知道吗？你们身上蓬勃的朝气，上课的时候散发出的那种对知识的渴求，老师都看在眼里，乐在心里。你们高一（1）班啊……全都是懂事的好孩子。

"李老师上学的时候读《一颗原子的时空之旅》时,很喜欢作者劳伦斯·克劳斯写的一句话——

"你身体里的每一个原子都来自一颗爆炸了的恒星,形成你左手的原子很可能和形成右手的来自不同的恒星。这是我所知的关于物理最有诗意的事情:你们都是星尘。

"同学们听到了吗?你们都是星尘。灿烂,勇敢,散发着年轻的光芒。高一就这样结束了,高一(1)班的同学们,高二记得要更努力,美好的未来在前方等着你们呢。

"文科的同学小高考的时候若是跟新的老师还不太熟,随时欢迎再来办公室找我……"

这时下课铃响了,仿佛在提醒同学们,一场梦就这么突然结束了。啵啵好像有些说不下去了,拿起卷子回了办公室。

大家都很沉默,好像文理分班的事情带来的影响突然就这么扩大了起来,而且离他们好近好近。直到王老师走进教室的时候,他们都还没缓过来。

"都怎么回事呢?一个个的咋都昏昏沉沉的,不都要放假了吗?上完我这边最后两节课,你们就开心去吧。"

王老师见大家没什么反应,微微叹了口气,继续说:"王老师知道你们都在想什么。其实有些事情呢咱们是可以看开点儿的,大家成绩都很不错,都是优秀的孩子,我前几天分析了大家前面三次大考的综合排名,这一次若是发挥正常,大家都能留在四楼。

"我们几个老师呢也都会跟着教高二,就算到了新的班级有了新的老师,原来的老师也都在你们身边,抬头不见低头见的。

"若是和自己的好朋友分开了,也不必难过,反而要替对方高兴啊,为你的朋友选择了更适合自己的道路而欣慰,同时祝福你的朋友,在新的班级也要一直开心和快乐。

"别看你们王老师一直骂你们,但其实我一直很庆幸高一能分到你们这样的班级当班主任。

"不是说因为你们成绩好,让我操的心会比普通班少,而是因为你们身上那种愿意努力与拼搏、互相帮助与扶持、永远不怕输不怕累的少年气总是能令人莫名的感动,好像把我也带得年轻了起来。

"还有句话王老师一直没跟你们说,现在就说一下吧——你们是我带过的最好的一届。"

讲台上,王老师还在继续讲着英语试卷的阅读理解,而教室的最后一排,少年的心思却已经飞到了玻璃窗外面。

仲夏初芒,七月未央。太阳微烈,水波滚烫。玻璃晴朗,笔尖闪亮。橘子汽水味儿的风夹杂着夏天的气息在下午悄然吹来,日光的功率一天天被太阳调大,明媚而张扬,曾经的一些词不达意和言不由衷都在心里坦白。

香樟树上的蝉鸣声渐渐多起来,在耳畔一遍遍地回响,仿佛是在为这些心里坦白的悄悄话打着掩护,又好似是为迎接这个美好夏天的到来而奏响欢快的序曲。

在聒噪的蝉鸣声里,高一自此落下了帷幕。

于峕河给任望珊打电话的时候,任望珊正在忙着搬家。

林深叔叔给她家找了新的房子,就在子衿路188号。那儿离图书馆很近,她以后可以随时去借书。路口就有公交站台,有直达昆城一中的公交车,往后上学也轻松方便许多。

手机开着免提,任望珊整理着杂物:"啊?不用特意来帮忙啦,你家不是在城东嘛,那么远呢。我这边都快好了,况且林叔叫了搬家公司,车就停在外边呢。"

河堤口的老树旁,于峕河倚着树根,一手随意地插着兜儿,一手拿着手机:"那行吧。对了,你晚上能出来吗?"

"应该没问题,有事吗?"

"也没什么大事。"于峕河换个姿势在河堤上蹲下,也开了免提,"就是上回考试说好的,请你吃个饭。"

"嗐,说好了什么呀。"任望珊一边儿把杂物箱里的明信片都拿出来归好类,一边儿笑着说,"不是说我没考到130分才要请吗?你没看我成绩单啊,咱们的全年级第一?"

"怎么会?总分都到366分了啊,挺厉害嘛。"于峕河低笑,换了个手拿手机,"托你的福,我英语刚好108分,王老师都跟老爷子表扬我了。"

"嗯哼，我们全年级第一很厉害嘛。"

"咱们全年级第十七也很厉害，所以呢，为了感谢任望珊同学，再顺便庆祝一下成绩进步，班长请你吃个饭。"

"嗯……好吧。那我想吃树老板做的松鼠鳜鱼。"

"知道，都听你的。"

于岿河等任望珊先挂了电话，吁了口气，给树老板发了个消息后把手机放回裤兜儿。

他抬起左手看了看手表，现在是下午两点一刻，离约定的吃饭时间还有三个多小时。

他原先准备直接去壶碟等着，走到大街上的时候步履一滞——要不先去子衿路188号看看吧，任望珊说是离图书馆很近……那看来这个暑假得多去去图书馆。

于岿河在马路边一蹦一跳地走着，头上戴的棒球帽在他微微冒汗的侧脸落下一小片阴影。室外气温直逼三十五摄氏度，飞速行驶的车辆带起冒着热气的烟尘，但他并不觉得烦躁或是沉闷，反而心情很好。

他的手表遮住的地方有任望珊漂亮的瘦金体字迹，脚上穿的鞋也曾被她红着脸踩过一脚。

市中心的天空碧蓝如洗，路过耳畔的风带着夏天特有的气息，而他的头顶是金色的太阳。

少年突然飞快地向前跑起来，风光霁月，意气风发，像是要去一日看尽长安花。

心里想着人时，世界都会变得不一样。

第七章

2019年10月10日，星期四。

"任望珊。"于岢河低着头看她，声音有些沙哑的磁性。

任望珊脸皮一麻，抬眸才惊觉于岢河已经站得离她很近了。黑暗之中，二人的呼吸声清晰可闻。

"你挡住求助电话了，让一下。"

"噢。"

任望珊往旁边移了一步，于岢河走到她身旁，伸手去拿白色的求救电话，电梯猛地向下落了一截儿。

任望珊反应不及，还没扶住电梯内的扶手，一个趔趄，眼看就要摔倒，于岢河拿着电话的手瞬间松开，下意识地伸手搂住她。

一切再次平息下来时，四周尽是黑暗，周围也很安静，人的听觉被无限地放大，她能听到岢河重重的心跳声。

任望珊在他怀里喘着气，过了十几秒后清醒过来，身体突然一僵，随即又微微颤抖起来。

她瞬间倒吸了一口凉气，瞳孔猛地缩小——他们原本在十二层，十二层啊！刚刚电梯掉了那么一截儿，那现在就是在十一层左右的高度啊！

她感觉脑袋里嗡嗡地响，脑海中浮现无数电梯失事的新闻画面，里边的人会遇到缺氧窒息、心肌梗塞、瞬间下坠……

于岢河站稳了,看向怀里的人:"望珊,你可以吗?"

理智让任望珊清醒了些,她点点头,松开握着于岢河衣服的手,撑着电梯里的扶手站好。她拿起米白色的求助电话,电话里只传来沙沙的杂音。

"电话线路可能因为故障切断了。"于岢河皱了皱眉,"没关系,别怕。"

任望珊怕得要命,明明于岢河也没有什么办法出去,但听到他的这句"别怕",她还是莫名地安心了大半。或许这就是成熟精英人士的人格魅力吧,任望珊心里想。

任望珊从包里拿出手机一看,高档酒店的电梯坏就坏在这里,隔音和屏蔽系统都做得太好,一格信号也没有。

她试着给校长和老师发了几条微信,看着消息旁边的圆圈转了许久,最后变成了红色的惊叹号。

"于岢河,现在怎么办?"任望珊压着害怕的情绪,强作镇定地看着他。

于岢河沉默了一会儿,声音有些沙哑:"等。"

怕任望珊没理解,过了两秒他又补充说:"只是上楼拿个手机,正常情况我们早就回去了。退一万步讲,就算路上有什么事耽搁了,也不会超过二十分钟。"

狭小黑暗的幽闭空间里,男人的声音成熟而令人安心:"我不相信F大的老师会一直傻等,等他们发觉你一直不回消息,打电话又打不通的时候,自然就明白可能出事了。

"况且酒店客流量那么大,这个电梯一直下不来,酒店工作人员发现的时间或许会比你们F大老师更早。

"望珊,想办法让自己平静,尽量减少呼吸次数。电梯密闭性太强,空气流通几乎为零,我们要节约氧气。还有,去蹲在电梯夹角的位置,以防电梯再下坠,膝盖会受不了。"

于岢河一边儿说着,一边儿把每个楼层的按键都摁亮,希望有用。任望珊默默地看着他,即便是在生死一线,这个男人竟也如此冷静。

可是她不知道的是,从电梯下坠那一刻起,这个男人背后的冷汗就没有干过。

人对死亡有着本能的恐惧，但是他强制让自己冷静，冷静再冷静。如果此刻他都不能冷静下来，那任望珊该怎么办？

她会害怕，会哭，会发抖，会失去希望，这是于岢河最害怕的事情。他知道任望珊在想这些事是什么样子，他不想看到，也害怕真的看到。

于岢河天不怕地不怕，任望珊的眼泪是他唯一害怕的东西。

最后能不能得救于岢河也不知道，或许下一刻电梯就会失控下坠，谁也救不了谁。但至少现在这一刻，他要任望珊安心，要她相信他们一定能出去。

五分钟，十分钟，十五分钟……

时间一分一秒地过去，任望珊渐渐感到窒息，身体止不住地发颤、出汗，她感觉胃难受得想吐。窒息感、疼痛感和压迫感铺天盖地地向她袭来，还有一阵阵的眩晕。

于岢河发现她不太对劲，赶紧蹲下来扶住她的肩膀："望珊？望珊！你怎么了？望珊你看看我，我是于岢河。"

任望珊的瞳孔有些涣散，于岢河慌了，夏成蹊说过任望珊有伴随性恐慌症，内心极度焦虑的时候就是这个样子。

现在它来了。

于岢河的眼角瞬间红了，有些语无伦次："任望珊，望珊你带药了吗？望珊，没事的，我们不会有事的。你要相信我，我们没事，你一直相信我的啊，对不对？"

任望珊残存的意识让她摇了摇头。于岢河不知道她是在回应哪一句话，她是说她没有带药，还是说——她不相信他呢？

于岢河努力让自己冷静下来："任望珊，听我说。我们现在是安全的，别怕，不会有事的，救援人员马上就来了。"

他眼神闪了闪，抱着她继续说："任望珊，你是安全的，我此刻就在你身边，不要怕。

"相信我，这个感觉会过去，没有什么不好的事情会发生。

"你可以对抗它，也可以处理它，你足够坚强。"

任望珊没有什么实质性的反应，只是不住地咬着牙发抖。

于岢河把她紧紧抱在怀里，向她伸出自己的手臂："望珊，实在难受就咬我好了，不要忍着。你一直知道的，我不会疼。"

任望珊毫不犹豫地咬下去。她并不是很清醒，一口咬下去也没轻没重的。等她再反应过来，齿缝里已经满是腥甜，她本就白皙的脸变得更加苍白。

眼前的于岢河就这么半跪在地面上抱着她，血顺着他的胳膊透过衬衫，一滴一滴往下流，任望珊甚至能听到血滴落在地板上的轻响。

空气中弥漫着淡淡的血腥气，黑暗中她看不见自己在他身上留下的齿印，更不敢用手去碰。以前她一直很害怕伤害到于岢河，今天她却这么做了。

不疼不代表不会受伤，他到底受过多少次伤，才能这么坦然轻松地说出"我不会疼"？任望珊想起多年前文漾笙坐在天台山跟她说的话，心中一阵苦涩。

于岢河感受到她逐渐平缓的气息，低头摸了摸她的头发，轻轻地笑了笑："望珊，好一点了吗？"

"对不起，刚刚我……"任望珊的语气很低落。

于岢河温和地笑了："没事，望珊，我都知道。你做得很好。"

他的声音很温柔，让人很有安全感。

任望珊一怔，什么叫他都知道？不是她理解的那个意思吧？他刚刚说了什么？她好像在哪儿听过，好像有人和她这么说过……他已经很久没用这种温柔的语气跟她说过话了……

"于岢河，对不起。"

"任望珊，你没什么对不起我的。"

不，于岢河，你不知道，我很对不起你。

我爱你，我想认真地和你道歉。我的爱复杂、沉重，带有许多令人不快的东西，比如悲伤、自责、忧愁、痛苦、绝望，甚至是难以自控的仇恨。

我的心早已脆弱不堪，无数次被我的负面情绪和焦虑恐慌打败。在无数个夜晚，我一想到那天晚上就瞬间泪流满面，像在沼泽里拼命挣扎却越陷越深。而我爱你，想把你也拖进这污浊的泥潭，我希望你可以救救我。

于岢河看着眼神有些迷离的任望珊，心上的伤口再次开始翻腾。

任望珊，你不知道，你从来没有对不起我，是我对不起你。

我以为我假装不懂，故作轻松，看到你不在乎我，不理睬我，我就能说服自己：错过就错过吧，我能接受。

我这两年想遍了故事的来龙去脉，所有的哀伤与欢喜，拥抱与别离，笑与泪，爱与恨。

夏天、书桌、操场、作业、壶碟、篮球场、图书馆、子衿路、宿舍楼……我把这些都从脑子里清空。

可我把我的心都掏出来，发现里面依旧是你喜欢的一切和你。很遗憾有的事情并没有按我所想的那么发展，它好像一匹失控的野马，头也不回地踏上了荒凉的原野。

那晚我醉了一宿，至今刻骨铭心。我伤害了你，可我现在又来找你了，对不起。

电梯门缓缓打开，在黑暗里投下了一束光。瞬间出现的强光刺得二人睁不开眼，于岢河下意识挡住任望珊的眼睛。

安静的一方天地瞬间充满嘈杂声，任望珊感觉耳边有校长和老师的声音，酒店工作人员的呼喊，还有消防员的指挥声。长长的呼出一口气，紧绷的精神瞬间松弛下来，她的身体软绵绵地不受控制，直接倒了下去。

于岢河慌忙喊人："校长，快叫救护车！"

"叫了叫了！于总您的胳膊……"校长一看于岢河的手臂吓了一跳，那齿印极深，不断地往外渗血。

于岢河只是低头看了一眼，朝校长摆了摆手，把袖子往下拉好。

任望珊彻底昏迷前想的是于岢河那件白衬衫肯定很贵吧，血是肯定洗不掉了，得赔给他，不能欠他的。然后她无意识地朝着于岢河皱了皱眉。

"你别皱眉，"于岢河轻轻地说，"我这就走。"

2013年7月17日，星期三。

任望珊踮起脚尖，努力去够图书馆最上面一排的一册《生如夏花》。也不知道是谁把书架旁边的梯子给撤走了，她怎么也够不着那本印着绚烂花朵的诗集。

搬到子衿路188号一个多月了,任望珊很喜欢这儿的新环境。林叔给他们找的是一座上下层的复式小楼,地方不大,一共也就一百来平,但很适合她和长辈一起居住。

门口还有一块十平方米左右的小园子,爷爷可以在上面撒点儿青菜籽种着。

真得好好谢谢林叔,任望珊这么想着,却还是够不到。她揉揉脖子,正准备向馆内的图书管理员求助,没想到一转身就闻到一阵青草薄荷的味道。

于岢河反戴着黑色棒球帽,前额的刘海儿压下来刚好到眉毛的位置,纯白色的T恤很干净。

他一手随意地插着兜儿,另一只手往上够:"要这本?泰戈尔?"

任望珊点点头,随即展开笑颜:"嗯,谢谢。又见面啦。"

看着眼前人,任望珊心里想,看来于岢河也很喜欢泡图书馆啊,算起来这个星期已经遇到他三次了。

于岢河没回答,默默地想,这个暑假来市图书馆的次数比他从小到大加起来的次数还多,老爷子还以为他在书香的海洋里遨游呢。

二人挑了个中间的位置面对面坐下。望珊本喜欢坐靠窗的位置,奈何七月中下旬的太阳实在是太大了,她又怕热,坐一会儿就受不住。

任望珊在书桌上安静地看那本诗集,于岢河就自个儿做数学题。一个小时不到,于岢河做完一套数学卷子,伸了伸懒腰。他本想让望珊休息休息,抬眼看到她认真的模样,没好意思打扰。

他刚准备继续刷下一套,对面的任望珊轻轻把精装诗集合上,用气声讲:"于岢河,你又在做数学题呀?"

"也没有全在做题,还在做别的。"

"嗯?比如?"

于岢河把自己面前厚厚的一叠卷子移到她面前摊开:"仔细看看,那些蓝笔圈出来的题目。"

任望珊凑过去看。在她的印象里,于岢河从来只用红黑两色的笔,黑色用来做题,红色用来订正、批注和做笔记。那这个蓝色的是用来干什么的?任望珊不解地抬头看他。

于岢河用一只手撑着头:"没看出来?"

任望珊很蒙地眨了眨眼，诚实地朝他摇摇头。

于岢河轻轻笑出了声："蠢。这些全是你最容易出错的题型，班长都给你记着呢。"说完又用手点点几个蓝笔圈出来的题，"你看是不是？线性规划，圆与直线，还有向量的绝对值……"

任望珊仔细看了看，还真是。

"等我暑假里把这套题都刷完了，就把蓝笔圈出来的题目给你整理一个合集，姑且当是你的私人订制题库了。"于岢河懒洋洋地说。

任望珊看了看那套厚厚的卷子，这厚度，目测得有好几十份吧。

她忍不住问："于岢河，你假期都会刷这么多卷子吗？"

于岢河愣了愣："啊？当然不会。我假期里不会多做练习题，做这种难度的题对我来说就跟玩儿似的，纯粹消遣消遣。

"我主要是想给你找题，客观来讲，分数到130分之后想再往上升难度不低，你需要多做点儿难题。高三之前尽量能到140分。"

任望珊认真地点点头："于岢河你放心，我肯定努力。"

于岢河轻笑一声，继续低头做题。任望珊也低下头，几秒后又悄悄抬起头，认真地看着这个埋头做题的少年。

她真的庆幸能遇到于岢河这样好的人，即便高二不再是一个班的同学，他也一直惦记着她的成绩。

他优秀又阳光，不羁又潇洒，少年意气如凌云，义无反顾时那双眼睛里像有万盏河灯流过。她真想有朝一日把这个人妥善安放在心里，细心收藏。

后来的她再想到此刻就明白，有朝一日或许就是不会再有。

高二开学第一天，程鼎顾和萧宸搭着对方的肩，鬼哭狼嚎地从宿舍楼里晃悠出来。

高二生就不再有高一生那么好过了，不能玩儿到9月1号再开学了。只提前两周已是万幸，看看对面食堂边高三那栋楼——人家都开学两周了。

新学期，新誓言，程鼎顾和萧宸立志不再拖高二（1）班的后腿。所以两个人这学期一块儿跟班主任申请了住宿，王老师很贴心地给这俩货安排了个双人间，条件设施还都不错。

王老师很高兴："高二了有这种认真学习的想法非常好，记得要继续保持、相互监督啊。一起住宿挺好，可以晚点起来，老师也能理解，你们现在正是在长身体的年龄，是该多睡会儿。"

于是今天一早这两个人就打着瞌睡摇摇晃晃地进了教室，在倒数第二排坐好，等上早课的老师进来，还不忘跟最后一排的于岢河打了个招呼。

离早课开始还有十五分钟，全班同学居然已经到齐了。这时，门口闪进来一位老师的脑袋。

程鼎顾回头朝于岢河挤眉弄眼："哟，新面孔啊。"

于岢河怎么看这个光头怎么熟悉，噢，想起来了，是上回苏锡常镇四市联考时和汤老师一起监考的老师，当时他就觉得这个老师不是教高一的。

光头老师戴了个眼镜，看起来还挺严肃的。他推了推眼镜："大家好，我叫季訾青，以后教大家化学。"

万万没想到早自习居然是化学！这是什么新颖的教学模式？

于岢河刚有这么个想法，季老师就开口说："早课本来不是安排我来上的，只是你们班主任王老师想借这节课让大家先跟新老师接触一下，适应适应我的教学方式。

"看大家都来得差不多了，我就先跟大家打声招呼，我对学生的要求非常严格，而且我们是重点班，所谓重点班……"

季老师开始长篇大论，下面坐着的同学开始打哈欠。

与此同时，高二（2）班。

夏日清晨，窗外一半满是绿色，一半是花香杂陈。太阳光有时会照得人睁不开眼睛，有时又被偌大的树冠遮成暖黄色。

微风说了许多话，配合樟树哗啦啦地应和蝉歌，阴凉处爬满了苔藓，冰凉的石凳慢慢被阳光焐热，夏天的气息悄悄盈满每一个角落。

任望珊扎着马尾辫，笑着跟梁叔打了招呼，背着米白色的双肩包向二班走去。到了教室门口，她发现人已经来了大半，让她惊讶的是座位居然是两两靠着的——难道高二实行同桌制度了？

任望珊看见了戚乐，她坐在靠窗的位置，旁边的座位还是空的，于是她就走到戚乐身边挨着坐下，两个人开始聊了起来。

"戚乐，怎么这个班级位置是这么排的？我刚刚一路走过来看三班四班都是一人一座的呀。"任望珊一边儿把书包里的水杯和笔筒放在桌面上，一边儿随口问戚乐。

一个暑假不见，戚乐的头发长了很多。

戚乐睁大眼睛："欸？昨天晚上汤老师在班级 QQ 群发了通知呀，说新学期想试试同桌制度，方便我们随时交流，说不定会在增进同学感情之余一并提高班级成绩呢。"

任望珊笑笑："这样呀，我还真没注意看群消息。"

戚乐点点头，补充说："不过听说老钱好像并不是很赞成，只同意实施两个月，要是期中考试效果不明显，之后就又得一人一座了。"

"噢……欸！漾笙来啦。"任望珊看向窗户外面。

文漾笙和夏成蹊是一块儿来的，她蹦蹦跳跳地走在夏成蹊前面，经过二班门口时脚步并没有如任望珊所想地停下来，而是直接往一班后门拐。

任望珊和戚乐相顾无言。

夏成蹊："唉。"

下一秒，他一把扯住文漾笙的书包带子，将她整个人往后一带，带笑的声音里尽是无奈："小笙，咱们是二班。"

"噢，谢谢……欸？这座位怎么排成这样？"

夏成蹊面色不改："你昨天没看班级群？"

"没，昨天睡得早，怕今天起不来。没事，我问问望珊。"说着就朝四周张望要找人。

"不用看了。"夏成蹊看向手忙脚乱的她。

"嗯？"文漾笙抬头，刚好对上他的视线。

温热的夏日清晨，太阳成束的光线照到男孩儿发顶，发丝看起来蓬松柔软。因为二人住得近，这个暑假她跟夏成蹊也经常在下午的时候在附近的咖啡厅遇见。文漾笙先前没怎么注意，今天才发觉，夏成蹊原来已经这么高了啊。

她还没回过神呢，只听见夏成蹊用认真的口吻说："文漾笙，我们同桌吧。"

高二（1）班。

早课的最后，王老师进来和季老师做了个对接，安排了一下新班级的各项事务。班里几乎一半的人都是原先高一（1）班的，所以于崀河依旧是班长，大家也没有什么异议。

不过让人万万没想到的是，程鼎顾居然自告奋勇要当劳动委员。王老师觉着这娃真是长大了，于是安心地把这份工作交给了他，然后把体育委员安排给了萧宸。

其实程鼎顾既不是为了班级也不是为了王老师，他只是不想萧宸心里为难而已。他自己那么喜欢当体育委员，那萧宸也一定是吧。

于崀河作为他知根知底的好兄弟，也自然看得明白，默契地微笑不言。

高二（2）班。

汤老师进了班级，对着大家自己排出来的位置看了看，没有多言，直接开始自我介绍："我叫汤茉，有些先前楼下班级的同学可能不认识我。

"现在自我介绍一下，我教大家地理，以后也是大家的班主任。教大家历史的老师大家肯定都认识，年级的教导主任，钱老师。

"我们是重点班，进入二班的都是年级排名十分靠前的同学，昨天晚上班级群的消息相信大家都看到了。

"希望你们珍惜有同桌的时光，上课不要总想着讲话，同桌是用来相互督促、相互勉励的，不是用来消遣的。要是期中成绩落下了，钱主任可不会再放任同桌制度继续……

"下面我安排一下班委……"

丁零零——

汤老师拿起手里的教案，回了办公室。

下节课是英语课，任望珊出门去跟新的英语老师做对接。新班级英语课代表就只有她一个人了，文漾笙做了副班长，夏成蹊则是班长。

程鼎顾和于崀河来二班找夏成蹊。

"汤老师是你们班主任啊？是不是早课也跟你们讲了一堆什么'重点班要有重点班的样子''学习要认真''对得起重点班的脸面'之类的话？"程鼎顾趴在窗台上摇头晃脑。

夏成蹊冷静地点点头，说道："老师很重视，毕竟四个重点班都在上边。"

"嗐，咱一班和二班才是全员大佬。谁都知道，一中最好的不就是物化和史地吗？"

于岢河笑着用手顶了顶他："轻点儿声，人家三班就在隔壁呢。"

这时于岢河往左看，任望珊抱着老师的教材正往回走。任望珊看见了于岢河，笑着跟他招了招手，步伐也轻快起来。

路过三班窗口时，任望珊感觉后面有一阵凉风掠过，身体被朝后一拉，接着头发忽然一松。

于岢河一愣。

任望珊的头发尽数散下来，几缕浅棕色的头发落在眼前。她的眸子干净得像天使，眨眼时又像云霞间的绚丽流星。

于岢河轻轻皱了皱眉。

任望珊回头一看，黑色的发绳正被三班靠窗的一个高个子男生拿在手里，不明所以的她蒙蒙地眨了眨大眼睛。

"同学你好，请问是有什么事情吗？你拿我的发绳干什么呀？"

那个高高的男生嘴里嚼着口香糖，居高临下地说："任望珊？"

任望珊安静地点点头："是我，有事吗？"说完微微皱起眉，潜意识告诉她对方来者不善。

那个男生一脚踢开碍事的椅子，踩着桌子一跃，从窗户口翻到走廊上："没什么事，看你好看。要不要和我交朋友？"

于岢河眯起眼睛，认出了这个人，是谢钦。

任望珊看着他，内心有些震惊。这个男生好没礼貌啊，亏他还是重点班的呢。她没理这个男生，直接往班级里走。

谁想到这个男生竟一把拉住她的手臂，语气里尽是不耐烦："别急着走啊小漂亮，别害羞，你倒是说说愿不愿意啊？"

任望珊皱皱眉，刚想跟他说清楚，一个熟悉的声音插进来："谢钦，你这样挺没意思的。"

随之而来的还有淡淡的青草香，那种味道好像有种魔力，能让任望珊的心瞬间安定下来。

于岢河打掉谢钦拉着任望珊的那只手，一边儿把他手上的黑色发绳扯下来，一边儿冷冷地盯着他。

程鼎颀也走过来："干什么呢大兄弟？咱们好像不太熟啊。"

班级里的夏成蹊听到动静皱了皱眉，拉住想出去的文漾笙："别添乱，有他俩够了。"

三人之间的气氛有些剑拔弩张。

这时候上课铃响了，王老师高跟鞋的声音渐近，她看到于肖河："班长怎么还不进班？你们几个怎么都在？打铃了。"

于肖河收起满身锋芒："马上进去，这不认识个新朋友吗？"

王老师看向谢钦。

谢钦阴阳怪气地拖着长音："老——师——您——好——"

王老师朝谢钦点了点头，又转头对任望珊他们三个轻声说："都进去吧，上课了。"

三人应声而去，谢钦吊儿郎当地回了教室，坐在座位上抖着腿。

王老师皱了皱眉，没多说什么，进了一班。

晚自习时王老师把于肖河叫到办公室。晚自习是班主任按星期轮值，所以现在办公室就她一个人。

她轻声问于肖河："你今天早上怎么回事？第一天就和谢钦闹上了？"

这回换于肖河惊讶了："王老师您认识他？"

"咱这儿的老师都认识，他高一的时候在校内打架，被处分过两回，在楼下闹腾得很，你们一直在四楼当然不太熟。"王老师神色严肃，珍珠奶茶都放在了一边儿。

"你少和他接触。他四次大考的综合排名不高不低，离重点班的门槛差那么一点儿，是他家里想办法送进来的。这个老师都闭口不提，没学生知道，你也别跟任何人说，否则会很麻烦。"

于肖河瞬间丢弃了对谢钦人品抱有的最后一丝希冀。

明明有那么多人都在拼命地学习，拼命地努力，希望能分进重点班，希望有更好的师资和更好的学习氛围，可是偏偏总有人无视他人的辛劳和努力，用这样可耻的方式轻而易举地摘下本属于别人的果实。

王老师轻轻叹了口气："老师是关心你。说说看，今早怎么回事？"

于岿河收起情绪，认真地说："其实不只是今早，上学期学生会主席竞选那次就结梁子了，夏成蹊当时坐我旁边，他也知道。今早他把任望珊发绳扯掉了，还问她要不要做他的——朋友，真的很无聊。"

王老师皱眉："你们我不担心，主要还是望珊，是个女孩子，你这样一说估计有点儿麻烦。"说着抬手撑着下巴认真思考起来。

"老师没事，夏成蹊、戚乐和文漾笙都在二班，有什么事我和程鼎顾肯定很快能知道，放心吧，我们能处理。"

王老师微微舒展开眉头，点点头："有什么事情记得和老师讲，实在不行我也会去找三班的班主任沟通。于岿河，切记不要动手，一旦动手了，是要挨处分的。"

"我明白，我不会冲动的。"于岿河点点头。

"你我还是很放心的。你虽然没夏成蹊冷静，但非常懂得什么该做什么不该做。老师就是因为这个才一直让你当班长，不是单单因为你成绩好。"

于岿河微微欠身："谢谢老师，那我回去上晚自习了。"

"去吧。"

走廊的夜灯很亮，外面是漆黑的夜空。于岿河路过二班时偏头看向任望珊的位置，她正低着头看数学。再仔细看看，还是暑假他给她整理的那些用蓝笔圈出来的题。

她看得很认真，于岿河从外面走过她也没有发觉。披肩发有时候会落下来挡住眼睛，她不时地抬手将浅棕色的碎发捋到耳后。

于岿河低头看了看自己的手腕，上面套着任望珊的发绳。他向远处望去，漫天星光闪耀，盛夏里是人间远阔，烟火山河。

八月终，九月启。

明天就是教师节，一中的惯例是会在大礼堂举办一个师生联谊活动。前一天学生会的成员就要辛苦一些，用学校采购好的装饰品把礼堂布置一下。

需要布置的东西很杂，光是座位标签号就不知道要贴到什么时候。好在这节课两个班都是体育课，许多同学都自愿来帮忙，事情一下轻松了许多。

就跟平时考试布置考场贴座位号一样,夏成蹊在前面抹胶水,文漾笙在后面一个跟一个贴名字。

男孩儿白衬衫上雪松的味道总会在身体移动时和后边穿花格裙女孩儿身上的雏菊气息碰撞,礼堂的前后角门依旧都敞开着,长风有时拂过他蓬松的发顶,他转身时眉宇清朗。

白露过后,天气闷热未凉,秋意不显,也未有霜,但徐徐吹来的风已经不再那么燥热,湛蓝的天空辽阔又澄澈,南方的乔木渐渐变红,鹤鸟沿着白日排云直上。

草尖尖上的蟋蟀声一丝一丝随着西风飘然而去,夜渐长,昼渐短,秋分日也即将到来。

于旮河拉来两箱彩带和横幅,先安排几个同学去礼堂周围张贴,又和苏澈去备用教室搬了几张桌子过来,准备挂礼堂舞台背景的彩带。

"望珊你来帮我扶一下桌子,备用教室的桌子有点儿抖。"于旮河踩了踩,好像不太安全。

"欸好,我来啦。"任望珊正在核对参与活动的教师名单,听到于旮河的声音把工作交接给戚乐小跑了过来。

于旮河能感受到一阵阵柠檬味儿离自己越来越近。

萧宸和程鼎顾从校外的超市买回来两大袋子气球,一进大礼堂就远远地喊:"老于!气球我们买来了!"

于旮河正站在桌子上挂彩带,听到就转头喊:"知道了。先去吹百十来个吧,估计这都不太够。"

"好嘞,萧宸咱们这就……"

于旮河不明所以,一边儿挂彩带一边儿问:"怎么了?"

程鼎顾和萧宸面面相觑:"忘记买打气筒了。"

于旮河:"……"

礼堂众人扶额:"……"

于是二人充分发挥了体育委员的肺活量优势。

彩带差不多挂完的时候,萧宸和程鼎顾借了器材室放篮球和排球的塑料推车,推着两车五颜六色的气球,虚弱地从礼堂后面晃进来。

于旮河看到他们的萎靡样,笑出了声:"吹个气球吹成这样。"

程鼎顾直跺脚:"嘻!换你来吹一个试试!"

"不吹，我买气球肯定不会忘记买打气筒。"于岂河轻飘飘地落下一句。

大家都哈哈大笑起来，这时铃响，体育课下课了。按团委老师的安排，除了负责活动的文娱部和学生会会长留下来收尾，其余同学就要回去上语文课了。

"爷不在这儿跟你叨叨了，气球你自个儿贴吧！"程鼎颀拉起萧宸就往外跑。

夏成蹊缓缓直起身。

"的确，你不会忘记买打气筒，可是你买的胶水好像不太够。"夏成蹊贴完了座位号，起身对着台上的于岂河晃了晃胶水瓶，"还剩那么多气球，你和望珊怎么弄？我和小笙现在去美术楼借吧。"

任望珊看了看大堂里的时钟："已经快上课了，美术楼离这边太远了，我们自己去。你们去就来不及上课啦，周老师最头疼上完体育语文课迟到。"

文漾笙想到周逾民那副样子就鸡皮疙瘩落一地。

"那我们先走啦，望珊你们记得快点儿，老周这节课讲文言文。"文漾笙说着挥了挥手，和夏成蹊一前一后离开了礼堂。

于岂河跳下桌子拍了拍手上的灰尘："那我们现在去美术楼看看有没有胶水，不然粘不了气球。"

"望珊？"于岂河已经在台下了。

他没等到回答，回头就看见任望珊面前已经粘了一红一黄两个气球，她正把第三个紫色气球往墙上放——半透明的紫色气球稳稳地粘在了墙上。

于岂河："嗯？"

任望珊回头笑笑："于岂河，记不记得高一第一节物理课啵啵给我们放的视频？"

于岂河："噢！"

他会意一笑，三步并两步跨到台上，伸手拿起一个红色的气球在发顶上蹭了蹭，往墙上一放——气球掉了。

"啊——可能我的发量多，静电比较足吧。"任望珊爽朗地笑笑，"没事，主席你尽管蹭吧。"

177

于宥河也不多说话，拿了两个气球，一步又跨上桌子，朝旁边的任望珊笑着招招手："过来。"

任望珊乖乖地靠过来。于宥河低下身，拿着气球在她头顶上轻轻蹭了几下，伸手放在了舞台上边靠近彩带的位置，气球牢牢地吸在了上面。

二人就这么默契地工作，任望珊递上去一个气球，于宥河就在她头发上蹭蹭。于宥河俯身靠近的时候，任望珊感觉他的薄荷味儿清晰可闻，空气似乎有一点儿甜。

气球上都是她的柠檬味儿，于宥河一边儿粘一边儿在内心想。

柠檬味儿的气球布置完了，二人又整理了一下舞台上的杂物。杂七杂八的收尾工作做完，一节语文课也快结束了。

二人走到教学楼的时候刚好响起下课铃，他们在走廊门口道过别，任望珊直接进了二班的教室。

于宥河进班时，突然想到上回自己找着做的一份化学卷子落在季老师那边了，于是准备先去趟办公室，却在走廊上遇见了谢钦。

他装作没看见，目光向着正前方。路过谢钦的时候，谢钦故意偏过身，往他肩膀上重重一撞。

"别惹我！"于宥河转头盯着谢钦的眼睛，冷声说。

谢钦也直勾勾地看向他："哟，我们学生会主席脾气还挺大。"

两个人身高都在185厘米左右，他们就这么冷冷地对视着，给人一种马上要打起来的感觉。路过的女生不断窃窃私语。

"我也没什么事，就是好像校运会快开了。"谢钦勾着一侧嘴角，语气轻佻又带着点儿不爽，"敢不敢和我报一样的项目？咱俩好像没对上过啊，试试看呗，听说去年你报的男子3000米成绩很厉害嘛。"

于宥河懒得和这人多说，淡淡地移开目光就往办公室走去。

"啧。"谢钦靠着栏杆，语调拖着长音，"慢走不送啊主席，到时候我看着你的项目报就是了。"

于宥河留给他一个背影。

"喊。"谢钦朝那个方向骂了一句，单手撑着窗台跃进了三班教室。

一大早，于屿河刚从床上坐起来微信消息提示音就响个不停。

身处中央时区伦敦的于穆老爷子和远在东一区米兰的何女士掐着国内的时间点给他发了高额的生日红包，还发了个朋友圈。

微信这个东西好像出了挺久了，不过是今年才突然火起来的。于穆和何婧姝是早就用上了，不过高中生群体的使用率并不高，学生还是惯用 QQ。

所以，微信在学生眼里好像就是专门和长辈聊天的软件——当然，还用来收钱。

于屿河揉了揉惺忪的睡眼，跟父母语音道了声谢。

同年龄段的男孩子不比女孩子对生日有那么强烈的情结，于屿河也是如此。生日不过是长了一岁的证明，自己知道就好，过和不过对他来说没什么区别。

只是学校那边挺麻烦的。于屿河一进教室，心想果然如此——最后一排的座位上堆着大大小小的礼物，每件礼物上面还有各色手绘的贺卡，一看就是各个班不知名女孩儿的礼物集结。

程鼎颀从前面转过来，学着萧宸的口吻说："于哥牛啊，所以那盒巨型费列罗能归我和萧宸吗？"

于屿河叹了一口气，把东西从座位下面递过去："小心点儿，别被人看见。"

其实每年处理这些礼物都让他很为难，保存着不太好，转赠也不礼貌。

他从里面挑出文漾笙的礼物和贺卡，其余不认识的署名都归到一边儿。二人毕竟是自小认识的铁杆哥们儿，革命友谊深厚，一直记着对方的生日。

不过文漾笙的生日是二月二十九日，四年才过一次。于屿河本以为这辈子遇不到第二个，直到帮王老师整理同学资料的时候才发现，文漾笙和夏成蹊居然是同年同月同日生。

于屿河笑笑，把礼物整理好放到桌下，拿出英语准备晨读。

早课下课的铃声响起，王老师回了办公室。

于屿河把座位上的英语试卷整理好放回座位，拿出化学书和习题册，准备上季老师的课。

179

"于岿河,于岿河。"窗外传来柠檬味道。

于岿河还在找书,头都没抬:"任望珊,什么事?"

任望珊站在阳光下,披肩发软软的。她趴在窗台上笑嘻嘻,像小鹿一样蹦蹦跳跳,声音很甜:"我来给你送礼物了呀。"

于岿河的嘴角不自觉上扬,他抬眸看向她:"你怎么知道我今天生日?"

任望珊的眼睛闪着熠熠的光,脸上满是天真神态:"在上次学生会申请表上看到就记下来了呀。"说着背着手向后退了一小半步,歪着脑袋说,"不过,礼物不是什么贵重的东西,你别嫌弃呀。"

于岿河强忍着笑:"那可不一定,我很挑的。"

任望珊从窗户口递进来一个粉红色的礼品纸袋:"那你自己看啦!"

说完就扔下于岿河跑了。这时上课铃响了,于岿河还没来得及打开,季老师就进了班,方才还很嘈杂的环境瞬间安静下来。

"这节课我们先复习一下有机化学基础。大家可以不翻书,主要先听我讲⋯⋯"

于岿河边听边偷偷打开纸袋,上面挂着一张小卡片,特别的瘦金体一眼就能看出是谁写的。

十七岁,万事胜意。

他看着任望珊的字,眼里尽是笑意。

"于岿河,背一下能发生水解反应的有机物。"季老师突然点名。

于岿河站起来:"卤代烃,脂,糖类和酞类。"

季老师点点头:"上课认真听讲。"

程鼎顾在前面猛地一哆嗦,这老师是不是不知道于岿河都学到下学期的内容了啊?

终于熬完了一节化学课,于岿河轻轻撕下封着礼品袋的纸胶带,指尖碰到那层柔软的时候,眉毛轻轻向上挑了挑。

衣服?于岿河眼神闪烁,小心地把那份纯白色拿出来放在膝盖上,看清楚了以后,少年如画般的眉眼弯了起来。

月白色的宽松衬衣,左胸口赫然是用黑色平针绣的"河"字。于岿河感觉衬衣拿在手里有些分量,翻过来看——背面竟是《珊河》。

和比赛的那幅雪山春晓图不一样，这一幅的主打色调是水绿、竹青、绾色、艾青、秋香色，还有荼白。

这是夏末初秋之景象，亦是于峘河出生年月之山河景色。

程鼎顾无意间回头："哇！望珊送的啊？一看就是吧？！"

"嗯。"

"全球独一件啊于哥，好好保存哟——"程鼎顾拖长音调。

"还要你讲。"于峘河比了个手刀。

窗外清风落落，阳光和煦，虫鸣鸟叫。少年嘴角噙着笑，衣角飞扬，眉眼清澈如许，满眼都是《珊河》，也只有《珊河》。

第八章

"咳咳,虽然后天就是国庆小长假了,但是放假的制度相信我们耳聪目明的劳动委员和体育委员已经跟大家打过招呼了——"英语课最后,王老师在讲台上一脸"慈祥"地看着大家。

讲台下一阵哀号,她假装没听见,接着说:"其实呢,相比于高三你们已经很好了,至少能放整整四天,接下来三天用来开运动会。人家高三可是只放一天,而且还不能参加运动会的,大家就抓紧最后一次参与校运会的机会吧,争取都好好表现。"

"那——"去年高一运动会拿了四十分的劳动委员程鼎顾好奇地举起了右手,"王老师,高三是所有娱乐项目都没有了吗?运动会?跨年晚会?全都没有的吗?"

王老师无声地点点头:"高三就是这么残酷。你以为我们学校的升学率就靠学生有点儿脑子就行?"

"下课体育委员跟我拿一下运动会报名表,今明两天报齐上交。"下课铃正好响了,王老师招呼上萧宸,当然跟上的还有程鼎顾,一块儿回了办公室。

虽说除了接力赛,一个人只能报两个项目,但名单是死的,人是活的。程鼎顾去年在运动会上除了当他自己,还当了苏澈、方知予、洛熹等人。

这不算犯规,拿了分奖状还是别人的,只是分数都会归班级,每次校运会每个班多多少少都会这么干。

今年班里除了程鼎颀和于岢河，还来个萧宸，那更是……分数会高得吓人，团体总分第一估计是稳稳的了。

说个题外话，夏成蹊倒也不是体育不好，只是懒得参加这种吵吵闹闹的大型活动。这一回身为文科班为数不多的男生，文漾笙再鼓吹鼓吹，估计他是必上了。

二人拿着报名表回一班的路上，谢钦从男厕所出来，朝他们吹了声口哨："哟二位体育部长，你们那个主席报了什么项目，记得知会我一声啊。"说着迈着很二的步子往回晃。

程鼎颀："……"

萧宸看着程鼎颀说："这不是之前八班那个傻子吗？"

程鼎颀一耸肩："嗯哼，不理他。明天我就把我报的项目都告诉他，到时候跟我比呗。"

萧宸竖起大拇指："哥们儿，跟我想的一样啊。"

"那是。"程鼎颀突然跳起来一把搂住他脖颈，萧宸比他稍微高些，两个人笑着往前跟跄了几步，差点对着地面摔倒。

"宸哥你报啥？我把你不报的都报上，再加上老于，咱们班尽量把第一都揽下来。气死那个大傻子谢钦。"

萧宸认真地看他："这么自信？"

"嗯哼——"程鼎颀一蹦一跳，"和你一个班，要比去年更自信啊。"

走廊上回荡着两个少年的笑声，他们没有焦虑，活在当下，享受自己的每一次呼吸。

充满争斗的大人世界离这样的他们很遥远，此刻的他们坚不可摧，把一切献给现在。

运动会开幕式前一小时，行政楼准备室。

"老夏你看下我衬衫后边领子有没有皱？"

"老夏看我肩章别的正反对吗？"

"老夏我这个帽子是不是歪了？"

"老夏……"

夏成蹊淡淡地打断他："我要是没失忆的话，去年你也是护旗手，怎么就没见你这么紧张？"

"咳咳。"于岢河清了清嗓子掩饰尴尬,"我这不是年龄长了一岁,对待事情也比去年更认真了嘛。"

"哦,我还以为是因为任望珊会在主席台正前方看你升旗,你才紧张呢。"夏成蹊轻轻挑了挑眉。

"你这么一说我更紧张了。"于岢河只感觉背后拔凉拔凉的,深深吸了口气,让自己尽量平静。

"衣服没问题,我们可以去跑道上踩个点儿了。"夏成蹊认真检查了一遍自己以及于岢河的军装,点头说。

"好嘞!我们走!"于岢河挺得比军训时还直,迈着大步就往外走。高一军训时的教官要是见到他这样子,可能要感动得流泪。

"于岢河,你走路顺拐了。"

"啊,不好意思,谢谢。"

主席台上,身着昆城一中正装校服、扎着高马尾、化着淡妆的任望珊乖乖拿着高二的年级牌,等老师叫她踩点儿。

或许连天气也偏爱她吧,今早的天气一反前些天的阴沉,天空晴朗,微风不燥,暖洋洋的。

运动会开幕式的时候,先是护旗手从操场最右侧走至主席台,然后高一和高二每一个班级都要身穿校服走场。

在高一和高二整个年级前面,学校会各找一位形象和气质较好的女生举年级牌,任望珊就被选中举高二年级的牌子。

她昨天晚上返校的时候已经在操场上跟着大伙练习过两轮了,现在还要在正式开幕式前最后演练一遍。

昨天晚上于岢河也在,他和夏成蹊都是护旗手,等班级走场绕操场一圈回到中心,他们还要升旗。她的位置很好,带着高二年级走一圈之后刚好会停在主席台正前方。

"望珊?望珊到了吧,过来再走一遍。"

"欸,来了。"

老师满意地看着她,点点头:"真水灵。"

任望珊有些害羞,白皙的小脸上微微冒出一点淡淡的粉红色。

"对,是这样……记得的吧,走到主席台前面要把牌子正过来往上举,让几位校领导都看清楚。路过主席台之后再回到和视线相平行的位置，对，非常好……"

年级牌是不锈钢材质的，而且尺寸并不小，任望珊这样举着它走一圈，其实是有些吃力的，但还能坚持。

又排练了一遍，任望珊放下年级牌缓了口气，抬眸就看见身着军装的几位护旗手从行政楼那边走来，为首的是于岢河，他的手里捧着卷好的国旗。

这样的于岢河她是第一次见。昨天晚上没有着军装，排练也不是很正式，于岢河依旧是那个一手插兜儿、神情懒洋洋的好看男孩儿。但是眼前这个少年不再勾着身边夏成蹊的肩膀，而是手捧国旗，脸上也不是平时那种有些玩世不恭的神情，而是肃穆。

他的刘海儿压在了军帽里，可以看出他的眉骨很高，眼眸乌黑干净，闪着沉静的光芒。他身着军装，和新年晚会的西装不一样，西装给人的感觉是正式，而军装却是庄重。

于岢河就是这样的少年了。他有桀骜不羁的潇洒，亦有心肠柔软的善意，更多的是少年侠气的铮铮风骨。手捧国旗时，他的胸腔有燃烧着的热血，还有坚挺的脊梁。

就是这样的少年，他若是冲她笑起来，她一定心怦怦直跳。

校运会开幕式。

"首先向我们走来的是国旗护卫队，他们身着军装，步伐矫健……"

主持人站在主席台上方念着稿，他身形挺拔，声音磁性中又带一些浑厚，生硬无趣的主持稿仿佛都因为他好听的声音鲜活了起来。

任望珊站在高二年级前面，阳光渐渐有些刺眼，主席台上的面孔对她来说有些陌生，或许是高三的学长吧。

她听到身后一班几个不认识的女生正在窃窃私语："就是他就是他！高三年级第一的成醉学长！真的是比二班的夏成蹊还高还帅！"

"话是这么说，但他也太冷淡了吧，我认识的学姐说他对谁都是一副不熟的样子，跨年级的同学更是见都不见，夏成蹊都比他热乎。"

"好多去找他的女生都是连面还没见着就被婉拒了，要是他好接近那么一点点，我早行动了！声音和样貌都太好了吧……"

这个女生话还没说完,另一个女生插嘴:"嘻,你们知道吗?他高一那年进来和班长一样也是护旗手,就亮了那么一次相,一下子就火了!之后他拒绝参加所有校级活动的邀请。"

"我还听高三学姐说,这回他做开幕式主持人是他们年级教导主任亲自去喊他来的!不然成醉学长能答应啊。"

"对,我人生第一次如此感谢教导主任,让我能看到成醉男神。"

"哟,昨天班长还是你男神呢,今天就成……"

"嘘嘘嘘!前面是任望珊啊!别讲别讲……"

任望珊眨了眨眼,没再去听那些女生的悄悄话,因为此时此刻她正认真地看向远处手持国旗一角、迈着正步的于岢河。

军姿挺拔,昂首挺胸,头部微抬,下颌微收,小腿肌肉匀称,脚落地时鞋跟发出清脆的声响。他眼底闪着炽热的光,迈步时光芒万丈。

没有比这更能吸引任望珊的,成醉的声音不会,略微沉重的年级牌不会,身后女生的窃窃私语更不会。

天光的色调此时很美,于岢河走路的步伐温暖了途中万般光景,顺带撩拨起的岁月云烟则尽数铺在山与河之间。

"国旗护卫队身后是由高一和高二年级组成的彩旗队,旌旗飞扬,青春洋溢,正向我们走来……后面是高一年级班级方阵……"成醉迷人又磁性的声音响起。

任望珊举起年级牌,慢慢往前走。主席台上高高抬着下颌的成醉玉树临风,眼神清冽:"下面走来的是高二年级……"

任望珊很少在意自己散发的光芒,所以从不去刻意收敛。她微微抬起下颌,自信张扬,扎着高马尾化着淡妆的她就是人间第四种绝色,宛若新月清晕,花树堆雪,又像浮光暮霭,暖调溶月。

她就这样向你走来,柳叶眉弯弯细长,鼻梁挺翘,下颌弧线柔和。一双桃花眼含笑,里面是茶色的眸子。气质美如兰,所有的人都禁不住把目光牢牢锁在她身上,而她却骄傲得甚至不会往你这边看。

高一的班级方阵此时已经走完一圈,在操场中心立定。

"那个高二举牌子的学姐好好看啊……"

"欸,开幕式结束去问个QQ吧……"

"嘻,说不定美女学姐现在微信用得多,记得微信号也问问……"

"就你会说，你倒是去问……"

绕操场一圈过后，任望珊到主席台正前方的标点处站定，双手因为举年级牌时间太久而微微发抖，但目光所及之处没有丝毫变动。

于岜河正站在旗杆旁，一手拿着国旗，一手持着线。

成醉庄严地说："升国旗，奏国歌，行注目礼——"

"起来不愿做奴隶的人们——"国歌奏响的刹那，英姿飒爽的少年像先前练过的无数次那样，将手中的国旗猛地向前一挥，五星红旗瞬间绽开芳华，在眼前随风飘扬。

国歌渐渐奏到高潮，偌大的五星红旗在歌声里飞扬，渐渐地在两位少年的手中升上旗杆顶部。

所有人都在行注目礼，只有一个女孩儿看见了国旗升至顶端时，少年行军礼的右手下眼里噙着的泪花。

"现在我宣布——昆城一中第五十三届田径运动会正式开始！"

"娴姐送来的海量烤面筋、烤蔬菜和牛羊肉串儿！"程鼎顾在午餐时间风风火火地闯进来，班里各色食物香气混杂在一起，对学生来说是最诱人的味道。

程鼎顾嘴里嚼着烤面筋，递给萧宸和于岜河烤串儿："下午就到咱上场表演了，赶紧填饱肚子。"

看秩序册上的安排，开幕式过后全是高一的项目，高二的下午才陆续开始。

程鼎顾一边儿啃羊肉串一边儿说："对了，老于，三班那傻货现在肯定看到秩序名单了，估计和他们班同学换项目呢。下午要是对上了记得虐死他。"

于岜河抬起眉眼，扬起一丝唇角："知道，你们要是遇到也一样。"

程鼎顾拍拍胸脯："我和萧宸绝对赢他。"

萧宸看着他无可奈何地说："你嘴巴旁边都是油，擦干净再讲。"

程鼎顾笑嘻嘻地说："就是要这样吃才对得起娴姐对我的宠爱。"

他啃完一串牛肉，接过萧宸递来的纸巾擦了擦："等校运会结束那天下午放假，咱们再去鹿烧约一回啊！两个班凑个齐！哈哈……"

"行，都听您的——"萧宸拖长尾音，"先把眼前校运会的分拿全，我的劳动委员。"

"那是势在必得,咱们体育委员放心。"劳动委员痛快地应着。

学校举办运动会大家都很兴奋,自然是没有午休。萧宸从班级外进来,手里拿着所有运动员的号码牌。

运动员们都换好了短袖和运动裤,萧宸别好自己的111号,拿着110号朝位子上的程鼎顾挥了挥:"别前面还是后边?"

"和你一样。"

萧宸点点头蹲下来,小心地在程鼎顾的白T恤上别好四个回形针:"别前面的话不容易掉。"

于岢河把122号别好,黑色短袖显得他皮肤更白。他露出的小臂很劲瘦,手表已经摘了,手腕上有浅浅的水笔痕迹。

他抬眸说:"你们俩等会儿要替的人都交接好了吧?"

程鼎顾拧开矿泉水瓶盖喝了口水,冲他比了个"OK"的手势。

今天下午程鼎顾要掷铅球,帮苏澈跑一个200米,明天跳远,帮落熹跑1000米。萧宸今天跑100米和帮方知予跑400米,明天再跑一个1500米。

理科班到底是男生多,于岢河不用再替谁担什么项目,只需要今天下午跳个高、跑个3000米,明天再和几个男生跑一下接力项目。

隔壁班里,夏成蹊拿上文漾笙的外套:"这个也带下去,跑完之后穿,可能会冷。"

文漾笙束着低马尾,穿着白色短袖,背后别着号码布229。

她笑着说:"你怎么老觉得我冷……啊呀你别这么看着我,我拿着总行了吧。还有,咱俩项目场地不同,你跑400米的时候我应该在跳高,没法儿看着你,你记得加油。"

"好,你也是。"

任望珊下午要跑800米,现在已经卸了妆,脸上还湿漉漉的。短袖下边露出的小胳膊有些清瘦,但并不柔弱。

戚乐想到上回她跑完800米的样子,有些担忧:"望珊,今天确定胃一点儿都不难受吧?刚刚也吃过糖了吧?"

任望珊挥挥手:"我没事戚乐,今天状态很好。"

戚乐点点头。

任望珊又补充了一句:"刚吃了巧克力呢,嘻嘻。"

"嗯。"戚乐笑起来,"望珊加油!"

任望珊套好外套,刚好把短袖后面的 920 号码牌遮住,拿起矿泉水瓶和大家一起下了楼。

昆城一中的操场和看台都很大,看台上坐满了两个年级的同学,运动员都坐在每个班级所属看台的第一列。

高三的学姐虽不参加,但还是有下来看热闹的,嘴里讨论的要么是主席台上的成醉,要么就是高二重点班的那几位帅哥。

一班和二班看台相邻,于岢河坐在最右侧,任望珊挨着他坐下。

于岢河看她:"几点?"

"看完你跳高就要检录了,跑完之后可以给你 3000 米加油。"

"嗯哼,记得这么仔细?你跑 800 的时候我在终点接你。"

"不是我记得仔细,秩序册上都有啊,我刚不过是瞟了一眼。"

于岢河抱起胳膊,某人变傲娇了嘛。

"高二男子跳高的十九位同学请到篮球场检录,名单如下:高二(1)班于岢河,高二(2)班夏成蹊……"

女生们窃窃私语起来,有的甚至激动地站起来喊出了声,急着要拉小姐妹去篮球场看看。

想想也是,听着成醉的声音念出这两位的名字,的确是……

任望珊依稀听见后面的女生说:"听说成醉学长明天就不来报幕了,换个广播站的人来替他,好遗憾啊。"

"人家学长是赶着要去学习呢……超级认真的。"

"成醉的声音我能粉一辈子……要是他转战声优界,肯定能火。"

于岢河起身跳了跳,拿起矿泉水喝了口,又放回座位:"任望珊,我走了啊。要不要给我加个油?"

"我在跳高的场地等你。"任望珊没回答他的问题,直接往相反的方向走,走到一半回头,发现于岢河还杵在那儿一动不动地看着她。

她无可奈何地说:"加油加油。急什么啊,等会儿去那边我会给你加油的。"

于岿河笑出声来:"知道了,谢谢。"

于岿河目送着任望珊的背影,无声地说:你只要站在那里,就是对我最好、最有用的加油了。

篮球场上,于岿河搭着夏成蹊,突然想到什么,左看右看:"谢钦呢?他没来啊?"

夏成蹊偏头说:"他是真不太擅长跳高,逞强肯定要出丑,这会儿去跟程鼎颀比铅球了。"

"跟程鼎颀比铅球?"于岿河眼里满是震惊。

夏成蹊也忍不住低头扶额:"也不知道他怎么想的,可能觉得只要力气大就能扔得远吧,不管他。"

仇老师吹了声哨:"按班级次序排好队,清点人数!来第一个,122号站这边……"

十九位同学到齐,排成一列向跳高场地走去。偌大的操场上,十九位平均身高182厘米的男生就这样排成一队,即便不看脸,也着实是道亮丽的风景线。

果真如此,还没开始比呢,一群红着脸的女生拿着相机相互推搡,已经差不多拍完相机内存了。

于岿河在篮球场做好热身,站到起跳点,试跳了两次。副裁判上举白旗,意为试跳成功。

赛前五分钟,主裁判丈量第一个起跳高度,副裁判举黄旗,示意试跳结束,比赛即将正式开始——起跳高度120厘米。

对从小打篮球的于岿河来说,这种高度他都不需要跳,到杆就直接抬腿跨了过去,但依旧有人会碰杆,直接被淘汰。

比赛本来就是残酷的,长得高的人不一定会跳高,就像力气大的人铅球不一定扔得远,这是一个道理。

裁判员又抬高了四次高度,每次10厘米,目前场上还剩下两个人。

高度上升到170厘米,夏成蹊剪腿式过杆,越过的时候感觉背部蹭到了杆子,好在杆只是微微颤动,并未落下,算是险过。

戚乐走过来找任望珊,望珊背过身去的时候,于岿河看到了她后背别的920。

裁判举起红旗——

于岿河忽然往外跨了一步,任望珊转头看向他,感觉好像哪里不一样了,但是又说不出个所以然。

于岿河向裁判点头示意准备完毕,裁判红旗落下。

于岿河沿弧线起跑的路线和节奏和先前几次基本相同,到达过杆位置时以外侧腿发力起跳,然后内侧右腿前摆,带动身体侧转——一个背越式准备。

接着他的头向后仰起,阳光下少年发尖上滴落的汗水亮得刺眼;腹背向上挺成弓形,透过T恤隐约看得见肩胛骨和脊梁凸起的轮廓;越过杆时低头收腹,重心下落,双腿弯曲,背部及双手后撑落地。

身体陷入温热厚实的墨绿色软垫中缓冲,耳畔没有杆落地的声音。几秒过后,他听到众多女生的鼓掌声和尖叫声,夹杂着男生的喝彩。

于岿河闭着眼,依旧能从嘈杂的声音中辨认出任望珊的那句"于岿河你太棒啦",不禁微微扬起嘴角。

裁判把高度抬到180厘米,向他们举旗示意。夏成蹊举起手在空中形成一个交叉,微微点了点头,裁判会意。于岿河动了动脖子,抬手比了个手势。

180厘米的高度,于岿河以同样标准的背越式越过,发丝轻轻蹭到了杆。

任望珊紧张地看着杆子,杆子在180厘米的位置摇摇欲坠——终是停留在了180厘米的高度。

夏成蹊走到软垫前伸出手:"甘拜下风,很厉害。"

于岿河抹了把汗,笑着抓住他:"你才厉害,都不怎么打球,还蹦这么高。要是你天天跟我们去球场,准保我是第二。"

夏成蹊低头戴上黑框细边眼镜,看向远处的跑道。

女子400米已经结束,文漾笙正向他这边跑来,额上还淌着细细的汗。另一片场地上,刚拿了铅球第一的程鼎顾正在400米赛道的起点跟萧宸打打闹闹。

下面就是女子800米,于岿河抬起头,对上任望珊的视线。

主席台上成醉的声音响起:"高二女子800米现在开始检录,再通报一遍,高二女子800米现在开始检录。名单如下……"

任望珊无声地朝他做着口形:"那我先去啦,你刚才超级棒!"

于岿河也笑着跟她做口形:"我在终点等你。"

你听到了吗?任望珊,我会在终点等着你。

男子400米起跑的枪声骤响,萧宸像离了弦的利箭,飞一般冲了出去,仅仅用了几秒钟的时间就甩了第二名十几米远。场外,程鼎颀抄近路奔向400米终点。

与此同时,仇老师记录完跳高总成绩,大步走过来拍拍于岿河的肩膀:"小子不错啊,背越式谁教的?反正我可没教过。"

于岿河挑了挑眉:"这个啊……自己琢磨琢磨就会了。姿势应该挺不标准的,还望仇老师指教。"

仇老师笑着说:"别跟我假谦虚了,你那心思我还能不知道?"

于岿河大笑,眼睛里好像有星星。他向前跳了两步,朝后摆摆手:"还有要紧事,老仇我就先走一步了!"

仇铭的声音远远传过来:"你不就还有个3000米吗?我看时间还早着呢,能有啥要紧事?"

于岿河假装没听见,脚下生风,往远处800米终点赶去。要紧事可不是3000米啊老仇。

另一边,文漾笙回到座位上,渴得不行,发现自己的矿泉水居然没带下来,就拿了任望珊座位上的水,想着休息会儿后再去小卖部给她拿两瓶新的。

夏成蹊刚好走过来:"一起去小卖部吧,我矿泉水没了。"

文漾笙点点头,把喝了一半的矿泉水盖子拧好,直接放在了自己座位上。她乖乖把外套披好,跳下看台跟着夏成蹊往小卖部方向去了。

程鼎颀搭着萧宸,春风得意,蹦蹦跳跳地回到座位上,坐下就帮萧宸把身上的号码牌解下来,递给正在打游戏机的方知予,让他赶紧去主席台登记成绩,又把萧宸的111号再给萧宸别上。

方知予抬起头:"8分?"

每场比赛的前八名会获得相应的分数,排名由高到低分别是8分至1分,程鼎颀去年一个人就拿了将近四十分。

没等萧宸回答他,程鼎颀就抢先说:"那必须的啊!你是没看到咱们老萧超了第二名多少,爷谁都不服就服咱们班体育委员!"

萧宸笑着站起来砸了他肩膀一下:"走,去看看其他比赛。"

"好嘞。"程鼎颀跟他碰了碰拳,起身勾住他的肩膀。

他嫌萧宸比自己高那么点儿,特意把他的肩膀往下压。萧宸走路有些磕磕绊绊,但也笑着没推开他。金色的阳光淡淡地洒着,两个少年的影子在樟树阴影里交错。

"高二女子800米运动员都在第一片篮球场这边集合一下,我们准备去起点了!"一位裁判员大声喊。

任望珊做好了热身,舒了一口气,走向集合点。

耳边成醉正在念着广播加油稿:"高二(1)班来稿:预祝参加女子800米的同学取得优异的成绩!"

成醉念完皱了皱眉,看秩序册上,高二(1)班的女生就没报几个项目,也没有女生跑800米啊。他又仔细看了署名,的确是高二(1)班。随它吧,成醉挑了挑眉,也不关他的事。

任望珊听到这篇加油稿,眯起眼睛,轻轻地笑了。这算什么加油稿呀,一点儿文采也没有,于峕河。

裁判员吹哨:"920号在吗?920号一道!"

任望珊有些紧张,一道弯度太浅,起点又远,不好跑。她在一道站定,看向终点线的位置,依稀能看出来有一道黑色的劲瘦身影靠在香樟树下,他前额的刘海儿因为热掀了起来,露出好看的眉骨和额头。

她笑起来,心里瞬间变得很轻松。

"各就各位——预备——跑!"

任望珊冲了出去,往于峕河的方向奔跑。前面四百米要稳一些,后面再尽力冲一冲,前八名应该是没什么问题。

她也不了解一中女生的跑步速度怎么样,只记得高一体测800米的时候,她状态不好,跑了3分21秒。当时班里最快的是许念念,跑了3分07秒。

开学以来的几节体育课,她都在为这次校运会做准备,目前她的速度已经可以控制在3分钟出头一两秒。

仇铭站中点处鸣枪:"半程第一位一道920号!1分32秒!"

任望珊喘着粗气,可能是因为在比赛现场会更紧张一些的缘故,她感觉比平时练习要累,心脏也跳得更快。

193

此刻是直道,她闭上眼睛,感受风在耳边呼啸而过。

"任望珊!看好前面!"少年在前方朝她喊。

任望珊睁开眼,减速过了弯道。她感觉后面有人紧紧贴着她不放,脚步声越来越近。她分神听了一下,距离应该不超过5米。

她背上冒着汗,越过弯道,还剩最后一个一百米直跑道。

于峕河站到第一道的终点线前,双手合拢放在嘴边大声喊:"任望珊!我在这里等你!"

任望珊抬头向前看,她的少年就在终点看着她。他的耳根因为紧张有些红,眼角眉梢尽是肆意不羁的潇洒,光芒独一无二。

这个人就在站她眼前不远处,能让她瞬间忘记身体上的所有疲累。他无须开口,就足以让她不顾一切地奔向他。

他就在眼前,触手可及——

砰!

随着枪响,任望珊越过终点线的彩带,仇老师的声音也跟着响起:"高二女子800米决赛首位一道920号!2分58秒!"

任望珊越过终点线后没有停下,惯性使然,直接扑进了于峕河敞开的怀抱里。青草味儿、薄荷味儿,还有太阳的温热气息,瞬间溢满她的鼻腔。

于峕河没想到她的冲劲儿这么大,没稳住,朝后一仰跌在了操场柔软的草坪里。看台上一片此起彼伏的叫喊声和起哄声。

任望珊还没缓过来,脑袋抵在于峕河下颔处不住地喘息,耳边还在嗡嗡地响。

于峕河低头,只有一种感觉,好小只的柠檬啊。

太阳直射下来略微有些刺眼,他眯起眼笑着说:"跑完就趴着不太好,起来走走。"

任望珊这才反应过来,瞬间坐了起来,尴尬得要命:"啊,好的好的!对不起!"

于峕河撑着草坪站起来,拍了拍手上的草屑,笑着说:"没事,你看戚乐给你拿水来了。"

于峕河的话总是能让人安心,任望珊瞬间觉得没那么尴尬了。她回头一看,戚乐正拿着水朝她走来。

先前任望珊在看于岢河跳高时跟戚乐说过，她看完这边就直接去800米检录，跑完了麻烦戚乐帮她把看台座位上的矿泉水拿下来。矿泉水瓶就在她的座位上，她只喝过一口，很好找。

戚乐去拿水的时候却发现放了她外套的座位并没有矿泉水瓶，相邻的于岢河的座位上倒是有瓶看起来只喝了一口的矿泉水，肯定是任望珊喝完顺手放旁边座位上了。戚乐也没多想，就拿了这瓶。

她前脚刚走，文漾笙后脚就和夏成蹊回了看台，把刚买的矿泉水和新鲜橙汁放在了任望珊的座位上。

任望珊笑着接过戚乐拿过来的水，仰起头喝了几口，抬手用手腕轻轻蹭了蹭鬓角边的细汗。

于岢河无意间看向那瓶水，眼睛微微睁大——小卖部的矿泉水种类不多，为防止人多弄混，他特意在瓶身的塑料包裹纸上用水笔标了一个小小的"122"。

跳高检录前，他喝了一口就把水放在了自己的座位上。而此时此刻，标着"122"的矿泉水正在任望珊手里，刚被她喝了好几口。

这算不算是……于岢河赶紧甩了甩脑袋，打消了这个想法，随即又有些担心，任望珊应该不会发现吧？她要是发现了岂不是很尴尬？她会不会生气？

没事没事，只要他不说，就肯定没人发现，顺其自然就好。少年耳根微红，情不自禁地抿了抿下唇。

任望珊看向他问："于岢河你热吗？刚刚耳朵就有点儿红。"

没等于岢河回答，广播里成醉的声音再度响起："高二男子3000米开始检录，请运动员到3号篮球场检录。再报一遍……"

任望珊对他笑了笑："去检录吧。终点就在看台这边吧？我回座位上休息一会儿，等会儿给你加油。"说着她挽起戚乐的胳膊。

于岢河点头："那我去了。"

"加油。"

戚乐想去看看女子立定跳远，就让任望珊先回座位休息，任望珊应了声好，一个人回了座位。

文漾笙坐在旁边，见她来了招手说："望珊！给你买了矿泉水和橙汁。"

"欸？怎么还想到给我带矿泉水啦，我这儿还有呀。谢谢你的橙汁。"任望珊坐下来。

"啊？原来你有两瓶矿泉水啊，我之前没带水，就把你座位上的那瓶喝了一半。"文漾笙指指自己座位后面，"就在这儿呢，我以为你没水了，夏成蹊又刚好要去小卖部，我们就一块儿去买了新的。"

任望珊看向那瓶水。

欸？她发现文漾笙指的那瓶水上赫然是她为了区分用水笔写的一个小小的"920"，那她手上拿的这瓶是……

她低头一看，瓶身上标注的竟然是一个小小的"122"！她瞬间明白了来龙去脉，脸颊腾的一下红了起来。

文漾笙发现她表情不对："怎么了望珊？"

任望珊尴尬地说："我的确只有一瓶水，所以我手上的这瓶好像是……是于岢河的。"

文漾笙听见后笑了出来，凑到她耳边说："那你们俩不就是……"

任望珊赶紧捂住她的嘴："别说……别说出去！就算是夏成蹊也不可以说啊！"

文漾笙忙举起手发誓："行行行！保证保证！这件事全世界就我们俩知道，绝对不会有第三个人，行了吧？哈哈……"文漾笙依旧捂着嘴笑个不停。

任望珊心想，绝对不能让岢河知道，没事没事，只要我和漾笙不提，他肯定不会发现。她边想边忍不住咬了咬下唇。

女孩儿的心事就是这样，好比耳机里的音乐，即便旁人只听得见细小的杂音，对自己而言，依旧是震耳欲聋，令人无法不在意，无法不去想。她突然想到什么，拔腿朝主席台跑去。

于岢河在篮球场地热身，抬头无意间看见了嚼着口香糖努力吹大泡泡的谢钦。哈，这人终于来了啊。

他还没来得及想其他的，成醉清冷干净的声音又在广播里响起："高二（2）班来稿：预祝参与男子3000米的同学取得优异成绩！"

于岢河一愣，随即低头轻笑，好看的眉眼弯起来。什么文采呀任望珊，还照搬啊。

成醉在主席台上念完这篇稿，感觉很无语，明明高二（2）班也没有参与男子3000米的人，这一个个的都是在干什么？算了，不管了。

他的面部表情没有任何变化，至少在别人看来是这样的。

男子3000米决赛是校方每年都在考虑是否撤掉的恐怖项目，它考验的不仅是体力、耐力、爆发力，更重要的是参赛人员的心理素质。

每年参加男子3000米的人数都不足十个，真正跑完全程的更是少之又少，光是这个项目的名字就让人叹服。

很多男生本来有跑完全程的体力，但会因为中途的眩晕感、疲劳或胆怯，不得不终止了比赛。

去年于肖河以10分10秒的成绩夺冠，全程几乎匀速，位列第二的是10分31秒的萧宸。

程鼎颀对此膜拜得不行，虽然他爆发力很强，但对于超过2000米的赛事，他承认自己的耐力的确不达标。

今年萧宸因为先前打球时膝盖受伤，没再参与3000米。据程鼎颀的厕所消息，最近谢钦倒是一直在苦练3000米，每天晚上都绕着操场跑十圈，估计就是等着今天呢。

于肖河歪了歪嘴角，某人和之前相比，真是毫无进步啊。

今年参与3000米的人比去年多了几个，于肖河目测超过了十人。大家排成一队往跑道上走，于肖河依旧是首位。

"122号，六道。"

于肖河心里笑笑，好数字。

不仅如此，六道位于赛道的中心位置，不仅起始点靠前，而且跑道弯度足够，很适合弯道超车。不过一般也用不着超谁，3000米赛道上他于肖河一向是第一位。

上跑道前，于肖河想起了什么，突然把先前一直套在手腕上的发绳取下，把略微挡眼睛的头发绑起一个迷你的小啾啾。

操场上的女生都是第一次见到于肖河这个发型，忍不住尖叫起来。任望珊一怔，先前都没注意，那根发绳好像是……

"各就各位——"

于肖河俯身准备，指尖撑地。

"预备——"

脚后跟微微抬起。

仇铭朝着天空放了枪，发令枪在空中炸响，声音震耳欲聋。

"跑！"

看台上欢呼雀跃起来，吵闹声不断。任望珊此时坐在看台上方的位置，这儿比第一排看得更清楚些。

她的眼睛锁定了一个黑色的身影，那人刘海儿扎起，在红色的跑道上进行匀速直线运动。紧随其后的是谢钦，但她没有认出来，她的眼里全是于岢河。

谢钦稳在第二的位置，离于岢河约莫有十米的距离，客观上讲还算不错。

仇铭在1000米处响枪："六道122号，1000米3分15秒！"

此时于岢河换到了一道。

谢钦喘着粗气，在心里暗骂了两句脏话。好在耐力训练上他也挺下功夫，3000米跑完是没什么问题的。

目前最大的问题就是怎么超过于岢河这个保持匀速直线运动的神经病。他狠狠咬了咬牙，紧跟上去。

快到2000米的时候，操场上还在坚持跑的只剩下五个人了，最慢的那个大约落了于岢河一圈半多。谢钦保持着和于岢河20米的距离，喘着粗气，渐渐有些跟不上了。

于岢河心无杂念，呼吸平稳。男子3000米原则上来说是允许有人中途送水的，但于岢河先前说过不需要。

就剩下最后1000米了，任望珊紧张又激动地盯着于岢河，不自觉地攥紧手指，咬着下唇。她依然保持着和七分钟前同样的姿势，不知不觉间腿都麻了。

或许是因为太想赢，又可能是因为不想输给讨厌的人，谢钦一咬牙，猛地发力向前冲，跟于岢河的距离瞬间缩短到5米。

于岢河早就听见了谢钦靠近的脚步声，但并不着急。他耐力极佳，身上还留着很多力气，准备最后直道冲刺。

于岢河你觉得自己很强是吗？谢钦看着前面的人暗自骂道。

此时他已经有些眩晕感，喉咙也干得直冒血腥气。他有些不甘心，突然改了道，往于岢河右边挤。

谢钦跑到和于屿河差不多齐平的位置时，不等于屿河看向他，突然把左腿往旁边一靠。

任望珊的心一揪，脸色骤变。看台上一阵骚乱，有女生甚至尖叫了起来，仇铭第一时间朝评审团走去。

程鼎颀猛地从第一排跳起来："谢钦！"

于屿河没想到谢钦会来这么一出，他本身速度就快，又盯着前方，突然被这么一绊，直接失去重心向左前方倒下，磕在被太阳晒得滚烫的塑胶跑道上。

程鼎颀和萧宸不顾裁判阻拦，边骂边朝操场中间跑去。任望珊心疼得不行，眼泪一瞬间溢满了眼眶。她立马起身想下去，再抬眼又停住了脚步。因为于屿河几乎是立刻就站了起来，继续沿着一道奔跑，速度与之前相比只快不慢。

谢钦在于屿河前面约莫50米的位置，回头一看，眼里满是震惊。这神经病是人吗？刚刚摔得那么狠，也不用缓缓？他……他是不会痛的吗？

但他也只来得及骂句脏话，就赶紧往前跑。其实他的体力已经十分匮乏了，于屿河又给他的心理带来太多压力。

于屿河虽然速度不减，但明显能感到脚踝没先前使得上劲儿，或许是磕着了吧，他自己没法儿判断，刚才也没来得及看看身上哪里受了伤。

夏成蹊深深皱起眉，文漾笙沉默不语，二人心照不宣。

跑到操场中心的程鼎颀和萧宸大喊："老于！于哥！撑住啊！"

任望珊眼里尽是雾气，双手合十放在唇边。她忍不住在心里默念，于屿河，一定要加油啊，你是最棒的。

于屿河很快就超过了谢钦，谢钦终于忍不住眩晕感和恶心，跑到阴凉处靠着树吐了。

最后半圈，于屿河突然加速。

任望珊噙着眼泪，飞快跑下看台。在距离终点线100米处，二人会和，并肩朝前奋力跑去。

男子3000米的终点线就在眼前，于屿河和任望珊一同冲过终点。

枪声响起——

199

"122号冲线！总用时9分50秒，成功刷新校记录！"

于岿河闭上双眼，感觉世界天旋地转，再睁开时眼前一片黑暗，身边的人身上有柠檬的香气，她的神色一定很温柔，可惜他现在无法看见。

他借着惯性向前跌跌撞撞地跑了几步，半俯下身用手撑着膝盖，胸腔剧烈起伏，止不住地喘息。

头顶的发绳松了，他低头取下来，又套回手腕上。汗水一滴滴顺着脖颈和后脊梁往下淌，阳光洒在身上，他感觉心房是滚烫的，皮肤却冰凉。

周围很嘈杂，吵闹声不断，仇铭大声喊："赶紧来两个男生扶一下，去医务室。"

他话音刚落，程鼎顾和萧宸并肩跑到了终点。于岿河能分辨出他们的脚步声，知道他们离自己越来越近。

他努力甩了甩头发，又用力眨眼，还是看不见。他感觉手指上黏糊糊的，闭着眼闻了闻，不只是汗，还有血。

"于哥，没事吧？我们送你去医务室。"萧宸先到一步，抬起于岿河的手臂往自己肩上揽。程鼎顾随后就到，嘴里不停地骂着谢钦。

任望珊的眼睛依旧是红红的，刚刚陪着于岿河跑的这一百米，她几乎全程看着他。于岿河的脸色苍白，她觉得这段不到百米的路，跑起来比八百米不知道累了多少倍。

她蹭了蹭脸颊上的汗，准备跟去医务室，突然又想到什么，径自走到评审团前，对仇老师正色说："老师。"

仇铭看向她："我们会处理的，小同学你放心好了。"

任望珊微微欠了欠身："谢谢老师，老师辛苦了。"

转身去往医务室的路上，任望珊越想越多，除了心疼，还有气愤。她从小到大的确遇到过不少让她生气的人，但很少遇到让她产生讨厌情绪的人，可是今天她觉得，她不会原谅谢钦。

谢钦可以对她很没有礼貌，可以扯掉她头发上的黑色发绳，也可以跟她讲不好听的话。

她不会理睬这样无聊的骚扰，也不会受他影响，但是他不能伤害于岿河啊。

即使于岿河伤得不重,但一个人怎么能因为讨厌或嫉妒就故意伤害别人呢?不对,也不只是因为这个,更重要的是——她在乎于岿河,谁也不可以伤害他。

医务室内,徐老师刚看完一个立定跳远崴脚的男生,抬眸就看见于岿河几个人进门。他笑着说:"欸,这不是上回在我医务室吃饭的同学吗?"

"徐老师还记得啊。"于岿河有气无力地笑笑。

"怎么回事?跑步摔赛道上蹭成这样?"徐老师看向他的膝盖和手臂,深深皱了皱眉。

"他跑3000米。"程鼎顾低头放下于岿河的手臂,有些烦躁地说,"被傻子绊了一跤,当时他速度快,在跑道上滚了一圈。"

"过来我看看。"徐老师看到他的脚踝,叹了口气,"摔倒之后还跑完了全程吧?也不嫌疼。"

"他不仅跑完了,还破了校记录。"萧宸答道。

徐老师点点头。

医务室在行政楼深处,走道很凉也很暗,和外面的阳光普照形成强烈对比。医务室的门隔音很好,任望珊在门外,听不清里面的声音。

她没有跟着进去,深吸一口气靠着雪白的墙壁慢慢蹲下,抱住膝盖,把脸埋在臂弯里。她还穿着短袖,感觉身体有些发冷。

没有跟着进去是因为有点害怕,她记得清清楚楚,于岿河跑到终点后眉头深深锁着,双腿一直发抖,好像使不上力的样子。

那些跑道上的颗粒物多烫多粗糙啊,她上体育课有时用膝盖撑一下地都会破皮,于岿河还穿着刚过膝的运动裤和短袖,就那么向前蹭着滚了一圈,跟没穿衣服一样。

他膝盖上的皮蹭破了好多,两只手撑在膝盖上,都沾上了血。手肘和小臂也是如此,细小的血珠顺着磕破的皮肉不停往外冒,他本人却好像不知道一样。他的脚踝明显肿了,红通通的一片。

任望珊越回忆越想哭,忙抬手用指尖抹了抹眼角。

咔嗒——

医务室的门打开了,任望珊在一束亮光里抬起头,眼角红红的。

程鼎顼见她这样,赶紧蹲下来:"这是怎么了?没事望珊,你放心啊,老于伤得没那么严重,也不会有啥后遗症,蹭破点皮罢了,对他来说不算啥。"

萧宸也点点头,嗯了一声表示赞同,然后善意地说:"望珊你进去吧,于岢河找你呢。"

他转头看向程鼎顼,歪头朝楼外示意:"走着吧,去找老仇还有那傻货。"

"走。"

任望珊站起身,用手背揉了一下眼睛。

笃笃笃——

她轻轻用指节叩了叩门,门打开的一瞬间,医务室里消毒水和酒精的气味扑面而来。

"啊。"徐老师回过头,"望珊同学来啦。"

"徐老师还记得我呀。"她浅浅地微笑了一下。

"哪能不记得呀。"徐老师把刚合上的登记簿打开,往前翻到上学期1月6号,笑着说,"这不还有于岢河同学亲笔写错的名字吗?"

于岢河在旁边扶额:"老师您还笑啊,都过去大半年了。"

徐老师合上登记簿,扬起嘴角:"逗逗你们这些孩子其实挺有趣的。你看你多幸福,受了伤还有女孩子来看你呢。"

于岢河洒脱地笑笑。

徐老师又善意地看向任望珊:"你们先聊,我去楼上办点事。"

任望珊点点头,和于岢河目送徐老师合上医务室的门。

她咬着嘴唇,轻轻走到于岢河身边坐下,看到他手臂上的包扎带,瞬间眼泪汪汪的,有点委屈:"于岢河,咱们不疼不疼不疼……"

看着她的眼泪,于岢河心底发酸。从小到大他也见过很多女孩子哭,但没有一个让他心底这么难受的。

他无奈地笑笑:"真的不疼,而且都是破皮,轻伤,不严重,对男生来说算不了什么。我就刚刚跑完的时候有点晕而已,别想多了。"

"可是你脚踝都肿了……"

这也发现了啊,眼睛真尖。

于岢河顿了顿说:"是我后来跑得急了,徐老师也说没事,喷几天云南白药就好了。况且明天我就一个一百米接力,接下来就正常上课,也不怎么运动了,没问题的。"

"你明天接力还要上啊?"任望珊眼里满是担心。

于岢河轻笑出声:"不然呢?它不会影响我发挥啊,况且……接力赛分值那么高,班级荣誉第一嘛。"

"那你能不能……稍微慢一点点,就一点点。我怕你脚踝受不了。"

于岢河噎了噎,垂下眼眸:"好。我听你的。"

于岢河看任望珊还露着胳膊,把刚才程鼎顾给他捎来的外套递给她:"披上,医务室冷。"

"谢谢。"

于岢河的黑色棒球外套对她来说大了两圈,轻轻搭在身上,显得她人更瘦,皮肤也更白皙,锁骨若隐若现。

于岢河暗自庆幸,幸好任望珊没有靠近他的身体,否则她一定会听见他怦怦的心跳声。

此时已近下午五点,今年秋老虎比较厉害,外面毫无初秋该有的凉意。

医务室的窗户半开着,风悄悄钻进他的呼吸声中,离开时顺走了些许温凉。眼前的女孩儿向他看过来,浅茶色瞳孔里盛放着世界上离他最近的星星。

操场上。

"怎么着,老仇?"程鼎顾拉着萧宸在评委席前晃来晃去。

老仇刚坐下休息,把脖子上的秒表取下来,拿着哨绳在手里甩着圈儿,看向他说:"你们一个个倒是都挺心急,问的人来了一轮又一轮,最后再说一次啊。

"刚刚我和几个教练去行政楼调监控,已经查到了,监控拍得很清楚,三班谢钦故意伸腿的动作很刻意也很明显,学校已经取消了他的比赛资格和成绩,个人所得分数也清零了。"

他收起哨绳,一圈圈仔细绕好,又接着说:"故意给别的同学造成身体上的伤害,这一点就比较恶劣了,学校肯定是要通报批评的。知道你们关心自家兄弟,具体的看公告栏不就行了,看把你们急的。你俩这回又拿了不少分吧?明天的项目加油啊,我等着看接力。"

"得嘞。"程鼎顾打了个响指，拽起萧宸，"那我们先走啦，老仇回见！"

老仇低头挥挥手。

明天上午高二的项目就能全部结束，下午是高一的专场，后天早上则是闭幕式。明天下午那段空闲的时间，学校交给高二年级同学自主安排。

一班和二班约好了下午一起去鹿烧撸串儿，原先高一（1）班的人差不多凑齐了。到时候大家又会聚在一起，没有什么比这更好的了。

第二天上午九点半，程鼎顾和萧宸先后跑完了1000米和1500米，加起来拿了15分。

十点钟，程鼎顾听到广播通报，高二男子跳远开始检录。他回头对萧宸说："你除了接力没项目了吧？去沙坑那儿等我。"

萧宸低头拧上矿泉水瓶盖子，朝他点点头，刚转身又想到什么，反手把喝了一半的水朝程鼎顾一扔："现在多喝点水，等到了跳远那边，空气里全是沙尘，就喝不了了。"

程鼎顾抬手接住，仰头喝了几口，挥挥手笑着说："谢了，我直接带篮球场去，不还你喽。"

主席台上报幕的人不再是成醉，所以今天看台上的高三女生相比昨天也少了许多。

萧宸到了跳远场地，在外圈默默丈量着程鼎顾跑跳的步数和步长，又试着小跑了几趟，大约心里有个数了。

程鼎顾跟着大部队进场地，远远地看到萧宸站在圈外。

等运动员走近一些，萧宸看见了程鼎顾，过来低头说了几句话，程鼎顾看向他指的地方点头会意。

每位运动员可以试跳三次，程鼎顾第一次就站在了萧宸刚刚给他指的位置。

他目测好步数，脚跟离地，逐渐加速，刚好踩到木板最前端，瞬间起跳。落地后他双手朝前撑地，足后跟向前滑，带出一小片痕迹。

真正会跳远的人落在沙坑里溅起的沙尘都不会特别大，比如程鼎顾。他回头看了看成绩，抬眸朝萧宸笑了笑，量得不错嘛。

后方传来窃窃私语："这怎么和他比……"

程鼎顽朝裁判员方向示意，不用再试跳了，直接记成绩。

裁判员举旗示意他回起点准备，裁判员举红旗，下落。

程鼎顽在方才的起点匀速起步，加速，踩板起跳腾空。他在落地区起身，回头跟萧宸隔空击了个掌。

谢了老萧，8分到手。

"请所有观众离开操场回到看台，请所有观众离开操场回到看台，下面进行的是高二最后一项比赛，4×100米接力赛，请参加高二男子4×100米接力赛的同学直接到操场检录……"

高二（1）班至高二（12）班，每个班各占一条赛道，一班自然是在最里侧。萧宸是第一棒，紧接着是程鼎颉，于峉河跑最后一棒。

任望珊在看台上眯着眼，于峉河站的地方离她这边比较远。此时临近正午，秋天太阳的光辉虽然不烈却很刺眼，她只能看出于峉河穿着白色衣服。

他的影子在赛道上浮动，热风带着几片落叶，飘然旋转。青草茂盛，眼前芬芳。

整个看台闹哄哄的，身后的女生嘴里讨论的话题多多少少都和于峉河有些关系。任望珊咬了咬嘴唇，心里默默摇头，我不听我不听。

操场上的男生都在热身，抑或练习交接棒。高二年级最后一场比赛就要开始了，仇铭吹响哨子，操场归于寂静，每个人都既兴奋又紧张。

"各就各位——"

"预备——"

萧宸深呼吸。

砰！

就像先前无数次枪声响起的刹那，萧宸健步如飞，瞬间甩开第二名数米，十秒之后程鼎颉毫不犹豫地开始向前加速跑，等萧宸与他同步时顺手接过木棒，全速往前冲，二人的配合堪称天衣无缝。

等程鼎颉跑出三十米开外，后头其他班级才换了第二棒。

没想到程鼎颉递棒时，三棒突然一个踉跄——红白相间的接力棒落在了地上。

仇铭微微蹙眉，这下一班的压力有点儿大了。

好在毕竟是一班的学生，考场应变能力极佳，操场上也不例外。拿三棒的同学捡起木棒之后没有浪费哪怕 0.01 秒，奋力往前冲。与此同时，三班的男生追了上来，几乎与三棒持平。

于肖河目视前方，在心里默默倒数：三，二，一。

数完立刻拔腿向前跑，余光看到三棒的身影，他微微偏头，反手往后一伸，木棒稳稳地落在手心。他即刻加速向前，瞬间超出三班第四棒五六米。

漂亮！仇铭看着于肖河的反应暗自叹服。

即便是己方掉棒这种巨大的比赛失误，对他这样的人来说依旧不值一提，对他的影响只有激励没有阻碍，他的心理适应能力可谓达到了极致。

五秒后，任望珊看清了于肖河。她微微眯起眼睛，随即又惊喜地睁大双眸——他白色衬衣上左心房的位置是一个绣上去的"河"字。

少年的雪白衣角被疾风带起，而腕骨分明的手腕上赫然是她的黑色发绳。

于肖河领先后者数十米冲线——枪声响起，哨声嘹亮，秒表掐下，比赛结束。看台的人欢呼雀跃，都站起来呼喊。

于肖河喘息着望向看台，眼神紧紧盯着一个具体的方向。任望珊安静地坐在站立的人潮中，身影格外渺小，但于肖河一眼就找到了她。他能感受到，任望珊也在看着他。

任望珊忽然笑着举起双手越过头顶，朝着他的方向比了一个大大的爱心。她笑得露出了洁白的牙齿，眼睛弯成月牙儿，好温柔，好甜好甜。

于肖河突然感觉有什么东西瞬间解冻，漫过心里的河堤。时间都在那一刻停顿，他甚至想让这个节点成为永恒。看台四周嘈杂，没有人注意到任望珊的小动作，但他看见了。

他身上的汗味儿被薄荷青草味儿掩去，眼眸像小溪一样明亮。

头顶的无垠苍穹光辉依旧，世界尽头的山林荣枯随缘，大海依旧纯净缄默，而他眼前的女孩儿依旧像夏天一样美好。

不——她无与伦比。

"走,都收拾东西,娴姐在等我们呢!"程鼎顼背着双肩包在窗口叫喊。

"每次最急的都是你。"萧宸无奈地拎上单肩包,"又不差这点时间。"

中午大家都没吃饭,就等着午休一结束去后街聚众扫荡。

下午这个时间段,后街的人流量并不大,他们一行人前前后后过来,倒是看见不少楼下的同学,一中后街像是被高二包场了。

任望珊早上太累,中午让大伙儿先去,自己要多睡一会儿,醒了再来,让大家放心。

于峕河跟着大部队走到一半,终究还是放心不下,在大家的起哄声中返回教室。

于峕河到了高二(2)班门口,发现窗帘都拉着。他微微屏息,轻手轻脚地推开一丝门缝。

教室昏暗,门缝中透出来的一束微光照亮了木质讲台上的粉笔,风也悄悄钻了进来,掀起蓝色棉布窗帘一角。室内的空气流通没有室外那么通畅,微微憋闷。

倒数第二排,一个小小的身影趴在书桌上,肩膀上盖着校服外套,身体随着呼吸均匀地起伏。

于峕河生怕风吹进来任望珊会冷,赶紧轻轻合上门。又担心光照进来她会醒,他悄无声息地靠近窗台,把刚刚被风吹起的窗帘整理好。

确保一切妥当后,他在教室里绕了一圈,缓缓拉开任望珊后一排的凳子,轻轻坐在她后面。他一只手枕在脑后,整个过程的动作慢到了极致。

二人又成了前后桌,这一幕多么熟悉啊。

高一的时候他也是这样坐在她的后面,午休时看着她披好外套,乖乖趴下。他会悄悄起身把空调开到适宜的温度,拉好窗帘,关上窗户,随后回到自己的座位写作业,累了就枕着一只手,看一会儿睡着的她。

她就像他的舒缓剂,光是看几眼就令他感到舒适和温暖。

此刻,微光透过窗帘,给任望珊的脸颊笼上一层朦胧的光晕。她的脸朝向右侧枕在手臂上,马尾辫散下来,鬓角的头发箍在耳后。

从于峁河的角度看过去，可以看到她的睫毛微微颤动。在这种光线下，她的皮肤白得几乎透明，睡颜很安静。

于峁河就这样保持一个姿势坐了将近一个小时。任望珊薄薄的眼皮微微动了动，随即睁开一道缝。她慢慢在昏暗的室内挺起身，打了个哈欠，揉揉湿润的眼角。

"醒了？"

任望珊吓了一跳，打了一个激灵。认出是于峁河的声音后她猛地回头，漂亮的眼睛里都是问号。

"啊，对不起，吓到你了。"于峁河失笑，看来她睡得不错，都没发现身后有人。

"你们不是去吃烧烤了吗？"任望珊的眼睛睁得圆圆的。

"是都去了。"于峁河揉了揉发酸的脖颈，站起身舒了口气，"但我不饿，就等会儿再去。正好你也没去，我就过来了。"

"没睡觉？那你在我身后坐了多久啊？"

"没多久，就十几分钟吧。"

任望珊看向电子钟，红色的数字很显眼：02：30 P.M.。

"你就这么坐了一个小时？！"

于峁河继续装傻："啊？这么久吗？我没注意。不过我跟他们都打过招呼了，这帮人估计要在后街泡一下午呢，不急。"

任望珊无语，站起来拉着他的袖子："我们还是快点儿去吧，他们都已经等好久啦。"

"好啊。"他温声回答。

二人一起快步走出校门，顺道跟梁叔打了声招呼。

临近后街，喧闹声响起，各种大排档飘出的市井气息越来越浓。

任望珊是头一回大白天的来这里，左看看右看看看。

欸？这儿什么时候有这么大的娃娃机了？

娃娃机上赫然写着：高中生持校园卡免费领二十个游戏币。

于峁河也发现了，停住脚步："这家店貌似是新开的啊，之前没看到过。"

任望珊正盯着门口的巨型娃娃机。

"进去看看？喜欢抓娃娃？"于岢河注意到了她的目光。

任望珊点头嗯了一声："以前经常抓，好久没玩儿了。"

"巧了。"于岢河低头看向她，"我也挺久没抓了，小时候还和文漾笙天天比赛来着，初中之后就没再碰过，也不知现在手气是不是还和以前一样好。"

"带校园卡了吧？"于岢河知道任望珊有随身把校园卡揣兜儿里的习惯。

任望珊感受到了空气中的一丝丝挑衅，她自信地一抬下巴："当然！看见那个最大的小鹿斑比没？"

于岢河顺着她的目光看去，两个装满五彩缤纷的布偶的娃娃机中央有一个装着大型玩偶的机器窗口，里面有只超大的小鹿斑比玩偶。

"娴姐不是姓鹿吗？我想把这个抓了送给她。"

"哦？说不定最后是我拿到的。"

"走走走……"

巨型小鹿斑比的获取方式和普通抓娃娃机不太一样，不是用操纵杆控制夹子，而是用前后移动的剪刀瞄准吊着娃娃的细铁丝，伺机按下按钮让剪刀剪断铁丝。

"我去拿游戏币，你在这儿等着啊。"于岢河拿起任望珊的校园卡晃了晃，转身说道。

"好。"任望珊随口答应着，抬眸研究起那个剪刀的移动方向。

不久后于岢河回来冲她笑笑："就二十个币，你先来，要是二十次就中，我答应你一个条件。"

任望珊开心地笑着说："好啊，试试看。"

"你只管按，我给你投币。"

任望珊点点头，开始全神贯注地盯着玻璃橱窗内移动的剪刀，于岢河插兜儿靠在橱窗上看着她。

夹了两三次没夹中铁丝，但任望珊渐渐摸清了门路。其实剪刀停滞的时间和手真正按下按钮的时间有间隔。简而言之，就是按钮按下去大约 0.5 秒后，剪刀才会停下来剪。

商家做生意也很精明，一根铁丝看样子是要在同一个地方剪好几次才能断。

任望珊微微咬着下唇,眼神没离开过玻璃橱窗:"于峕河,我还有几次机会啊?"

于峕河懒洋洋地说:"还有挺多次,不急。"

"好,我可没急呢。"任望珊放心地点点头,眨了眨眼继续按。

她太专注于眼前的小鹿斑比,完全没注意到于峕河认真看着她的眼神,还有……他不停从口袋里摸出的仿佛无限量的蓝色游戏币。

"耶!掉下来啦!于峕河你看,你快看!"

铁丝断掉的一刹那,任望珊开心得跳起来,忙指着掉在巨型娃娃机底部的小鹿斑比让于峕河快点看。

于峕河依旧是一手插兜儿,宠溺地笑笑,懒懒地拖长语调:"知道啦——那行吧,我勉为其难欠你一个愿望,记得随时提。等着,我去联系店长让他过来开橱窗拿你的小鹿。"

任望珊在巨型娃娃机旁边一蹦一跳,开心得像个小朋友。

店长正在找钥匙,于峕河突然接到了程鼎颅的电话。由于店里人多太吵不方便接,于峕河便嘱咐店长去前门找一个披肩发的女孩子给她拿小鹿斑比,自己先在后门接个电话。

店长忙应了声:"好嘞。"

"小娘鱼,这个小鹿是你夹下来的吧?你男朋友接电话去了,要我来给你拿出来。"

任望珊先是点点头,随即又猛地摇摇头:"啊不是,这个娃娃是我夹的,但是他不是我那个……男朋友。我们还是高中生呢。"

店长皱起眉头嘁了一声:"刚那个男生,游戏币一大把一大把地买,生怕你夹不到娃娃。哈哈……"

任望珊又蒙了:"什么游戏币?不是凭校园卡领的二十个吗?"

这下子换店长莫名其妙了:"是啊!但是他又买了很多啊,你想啊,那么大个娃娃,不用脑子都知道二十个币夹不下来吧?不然我生意还做不做了?真的是……"

店长把小鹿斑比取出来往望珊手里一塞:"这娃娃也是跟你有缘。这个呀是我前不久准备开店时,这条街上一个女人免费送给我的,说是一条街上一家人,互帮互助是应该的。她名字还挺好听,好像就叫……嗐我这脑子,叫啥来着……"

这时于岢河放下电话从后门回来，笑着说："小鹿拿好了啊。程鼎颀刚刚打电话过来催呢，让我们快点儿，他们都开吃了。"

店长也没再继续讲，小声说："去吧去吧，那个男生叫你呢。"

任望珊想到游戏币的事，又尴尬又感动，朝店长微微点了点头，抱着巨型小鹿斑比跟上。

"校园卡还你。"于岢河把卡塞到任望珊的外套口袋里，又看看娃娃，"重不重啊？我来拿吧。"

任望珊没接这句话，抱着小鹿斑比轻声说："谢谢啊于岢河。"

"嗯？"于岢河看向她。

任望珊摇摇头，随即展开笑颜："没事，我们快点儿走吧。"

到了鹿烧，他们看向自己班级包下的那四桌大圆桌，程鼎颀和一堆男生早就玩儿起来了，把饮料当啤酒，猜拳罚"酒"。

鹿娴并不在这里，于岢河对抱着小鹿的任望珊说："娴姐应该在后厨忙，你不认识，我带你去。"

"娴姐不好意思啊，我和望珊来晚了，来和你打个招呼。"于岢河叩了叩后厨的门。

"欸，来啦。你们俩的座位在最后一桌，我记得小文给你们占着了。"鹿娴没来得及回头，正低头做着什么点心。

于岢河笑笑："望珊有东西给你呢。"

鹿娴调整了下面部表情，微笑着转头："望珊来啦。"

她的视线对上那只小鹿斑比，脸上一僵。

任望珊笑得很开心："刚刚在娃娃机上抓的，觉得很适合娴姐姐。谢谢娴姐姐这么长时间对我们的照顾。"

鹿娴及时调整了自己的表情："我很喜欢，谢谢望珊，想得真周到啊。"

任望珊把小鹿斑比放在后厨的置物架上，含蓄地笑了笑："娴姐姐喜欢就好呀。"

"娴姐，那我们去吃了。"于岢河朝鹿娴点点头，和任望珊一起回到了座位上。

鹿娴停下了手上的活，朝着那只可爱的小鹿斑比玩偶发呆。

大家都说，失而复得是人间最美的事情，然而对此刻的鹿娴来说，她只觉得这样的兜兜转转令人心慌。

这只林深送给她的玩偶又回来了，还是任望珊亲手拿回来的，她分明是笑得很开心的模样。

思绪如白马奔腾而过，自分离从未停蹄。

鹿娴缓缓闭上眼睛。她其实很想让久别重逢、破镜重圆这种小说里才有的情节与自己相遇，但是她明白这是不可能的。

回过神来，她端起几份韩式泡菜，笑着出了后厨。日子只能一天一天好好地过，学会与时间坦然相处，除此之外，别无他法。

于岢河坐在位子上，脸色有点苦。他扶着额头："我说，今天没晚自习是没错，到晚饭点了就该回家也是没错吧，你们这几个住宿的兄弟——程鼎顾？宿管阿姨晚上是要查寝的吧？"

程鼎顾哼哼唧唧。

"宿管阿姨不是最会找王老师打小报告了吗？你看萧宸多吸取上回的教训——咳咳咳，不讲不讲。"

萧宸笑着冲他比了个手刀，接着说："没事，待会儿早点回去呗，反正我跟他一个宿舍，保证监督他。"

苏澈嚼完烤年糕，饶有兴趣地问："你俩一块儿住宿是不是挺好玩儿的啊？天天可以晚起，搞得我都想住了，是不是啊于哥老夏？"

于岢河和夏成蹊默契地对视一眼："我们才不想。"

原因嘛，各自心知肚明。

程鼎顾跟苏澈急了："去你的，我们才没天天迟到……"

萧宸拍拍他："这不是重点，您老先歇着吧。"

于是大家又像高一时那样一起狂笑不止。

这个年龄就是如此，即便分开了，在他们的心里，大家也永远是这样的一个集体，拥有共同的笑点，共同的回忆，即使走过漫漫岁月山河，尝遍苦乐百态，他们也永远是一家人。

回到宿舍，萧宸洗完澡出来时发现程鼎顾居然已经躺在他的床上睡着了。

"刚说了不睡一张床，今天就占我地盘。"

萧宸擦干发尖上滴落的水，关灯前看向睡得很熟的程鼎颅，默默把明天早上的闹钟关了。

"真麻烦啊。"萧宸嫌弃地说着，心里却在想，明天早上八点半是闭幕式，并没有要求早到，那就多睡会儿吧。

第二天清早，程鼎颅睡醒，揉揉眼睛看向手机——

"哎呀！萧宸！"

萧宸慢悠悠地从门外踱进来，两手提着的塑料袋散发着食堂早饭的香气："这可是我特意恳求食堂阿姨给你留的。"

程鼎颅吸吸鼻子：松子烧卖，肉松蛋糕，手抓饼，里脊肉肉夹馍。

萧宸看他不说话，就接着说："放心好了，闭幕式八点半才开始，这个点儿大家还在教室里闹腾，老师都没来全呢。"

程鼎颅点点头，伸手接过热气腾腾的早饭，幸福地啃起手抓饼。

"吃完记得洗脸啊，今天穿正装校服。"

二人慢慢悠悠迈进教学楼的时候差不多是八点一刻，路过公告栏时，上面赫然是新的处分通知，不用猜也知道是谁。

先前程鼎颅和萧宸的处分挨着谢钦那条，不过高一毕业就撤了下来。现在的公告栏上挨着谢钦处分的——依旧是谢钦的处分。

二人前脚进班，王老师后脚就来了，看起来精神很不错的样子："昨天都玩儿够了吧？现在都睡醒了吧？玩儿够了睡醒了就赶紧整理整理，准备排队去闭幕式了。

"今年咱们班团体总分是年级第一，表现不错，重重有赏！下午王老师请大家喝奶茶，晚上没有英语笔头作业！"

全班鼓着掌热烈欢呼。

"但是要背书哟！八个单元单词，明天早课准时默写！"

"哎哟喂——"全班同学哀号着倒了一片，随即又忍不住一起笑起来，王老师也摇着头笑了。

广播里的出操音乐响起，大家起身排队去闭幕式。于岢河作为班长，等会儿要上主席台领班级团体总分一等奖的证书，所以就没跟着大部队，而是先行一步下楼去主席台候着。

其他班的同学陆续下楼，阳光悠然。

于岿河抬眸时又看见了那个女孩儿——那个穿着白 T 恤、格纹裙，戴着红领结，穿着制服鞋，额前碎发随风飘扬，全身上下都在太阳底下闪着光的女孩儿。

恍惚间他好像又回到大半年前，任望珊轻轻对他说："于岿河，你的领带歪了。"

此刻于岿河又站在主席台旁候场，虽然这次没有忘拿文件夹，但是他突然笑了。因为那个女孩儿抬眸了，他们的视线在空中交会。

她笑一笑，星辰都要燃烧。

第九章

　　时间过得飞快，明天就是期中考试。

　　任望珊从地理洋流图中抬起头，朝窗外望去。暗蓝色的天际上看不见几颗星星，月白云朵倒是如丝絮般一缕缕地在天幕里飘浮。

　　汤老师说这章在期中占比分值一定会很大，所以她打算再过一遍洋流的知识点。

　　看图加默写，再上"五三"找经典题做一做，她差不多三点就能睡觉了，睡个地老天荒——五个小时，再起来看新整理的数学错题。

　　高二的学习强度其实真的很大，除去运动会那两天半比较闲，大家都在玩儿，其余时间一个比一个拼。

　　任望珊已经连着熬夜三周了，夜晚胃酸泛上来的不适感一天比一天强烈。此刻她不仅感觉小腹不规律地隐隐作痛，头也昏昏沉沉地又重又烫，眼皮有些沉。

　　看来期中考试之后要好好休息一下了，不然身体真的撑不住。任望珊暗自咬咬牙，鼓了鼓腮帮子给自己加油打气，随后继续沉迷于全球寒暖流的季节性分布规律。

　　笃笃笃——

　　"珊珊啊，奶奶进来了啊。怎么今天还没起床啊？吃早饭啦。"奶奶一手端着热气腾腾的小米粥和早上刚磨好的鲜豆浆，一手轻轻推开门，探进半个脑袋。

　　房间里的窗帘拉着，天光透不进来，书桌上昏黄的台灯还亮着没

215

关，女孩儿趴在桌子上睡得正深。

"珊珊？起来吃粥了。"

任望珊感觉脑袋昏昏沉沉的，眼睛都睁不开："不太想吃。"

奶奶隐约感觉孙女的语气不太对劲，把早餐放在桌上，摸了摸她的额头："怎么了？哪里不舒服？"

这一碰给奶奶吓了一跳，孙女的额头烫得要命。

任望珊的性子虽然不娇气，但身子是天生的娇贵。她连续熬了大半个月的夜，饭也不好好吃，生病是迟早的事。

只是没想到这病来得这么巧，竟在期中这个节骨眼儿上。

奶奶一下子急了："老头子！珊珊发烧了，我们带她去医院！"

任望珊烧糊涂了，也不清楚到底是什么事，但下意识开口："爷爷奶奶我不想去医院，我吃两颗退烧药马上就好了……"

"这怎么行！烫成这样。"奶奶说着就要去找医保卡，"你这孩子，学习归学习，把身体搞坏了算什么事！赶紧跟奶奶去医院。"

爷爷也着急地过来，还失手打翻了厨房剩下的粥汤："珊珊侬先喝点儿粥汤，听话，吃点儿东西垫垫肚子我们就走。听侬爷爷的啊，不会耽误很多时间，作业来得及的。"

任望珊看着那碗小米粥就反胃，但又不想让爷爷奶奶担心，硬着头皮喝了两口。她胃里猛地一阵翻江倒海，随之而来的是刀扎一般的疼痛。

"咳咳咳——"任望珊用手捂住嘴，咳了好几下才罢。

她感觉喉咙里泛起一阵腥气，突然想到什么，低头一看手心，深深吸了一口凉气——是深咖色的血。

考试当天学生普遍来得很早，时令已近深秋，蝉鸣声早已消失。于岿河无意间朝窗外看去，深棕色的树桠参天，常青树叶比阳光惹眼。

语文考试文科班比理科班多了半个小时的附加题，理科的同学先去吃饭。

于岿河知道每次考试时任望珊的胃口都不好，于是他吃完饭特意买了小卖部的新品鸡肉饭团和橙汁，在考场外面等着文科考完。

丁零零——

临近正午,文科班考试终于结束。散落的雏菊花瓣在雪松树下堆叠,文漾笙追上前面的夏成蹊,拍了拍他的左肩,随后身体向右跨了一步。没想到的是,夏成蹊直接向右一偏头,刚好和文漾笙四目相对。

"你不就这些老套路。"夏成蹊的嘴角朝上扬了扬。

文漾笙恶作剧失败,只好背着手转移话题:"名著阅读题是选AB对吧?"

夏成蹊点点头:"考到原题了,不好拉分。"

于峁河左等右等不见任望珊,突然看到他俩,着急地喊道:"漾笙,老夏!任望珊呢?"

"啊,今早不是考试吗?还没来得及跟你说呢。"文漾笙一拍脑袋,"今天望珊没有来,汤老师说她生病请假了。"

"生病了?是不是胃不舒服?"于峁河蹙眉。

文漾笙摇摇头:"我还想中午午休打个电话问问呢,你吃好了?要不你先打个电话问问吧。"

于峁河点点头,跟他俩打了声招呼之后就去小卖部拿起公共电话,拨通了任望珊的号码。

嘟——嘟——嘟——

耳边回荡着手机忙音,无人接听。于峁河的心口堵着一口气,压不下来,挥之不去。

任望珊生病了,但具体是什么病,现在什么情况,她人心情好不好,在哪里,在做什么,他都不知道。

联系不上一个人的感觉,惶恐又迷茫。

于峁河人生第一次在考试的时候分了神。数学两小时刚结束,他竟然直接站了起来,准备收拾东西回座位。

监考官目瞪口呆地看着他,于峁河这才感觉有点奇怪:"老师有什么……问题吗?"

那位监考官推了推眼镜:"同学,我们理科生考数学,还有张分值为40分的附加卷。虽然你是年级第一,但这分也不能就这么任性地不要了吧?"

于峁河这才意识到忘了二卷,忙欠身向老师道歉。他满怀心事地用二十分钟做完了附加题,在满考场同学震惊的眼神里提前交了卷。

晚自习前，于岿河打了无数个电话，任望珊都没有接。

分了班就是这点不好，若他们还在一个班，同学没来考试他大可以自然地去跟班主任问明情况。但任望珊现在是二班的学生，他一个一班的理科生，去办公室问文科班一个女生的情况，怎么看都不太好。

好在文漾笙从汤老师那边回来时已经问清了情况，仗义地向于岿河汇报："过度疲劳导致的胃出血加高烧，已经在三院安排住院了。"

文漾笙看他这个魂不守舍的样子，关心了一句："于岿河我告诉你，你可千万别冲动啊，要看她也得等考试全部结束才能去。估计望珊要再住个两三天的，她要是看到你考试期间溜出来，肯定生气。"

于岿河点点头："我知道。谢谢你，漾笙。"

文漾笙抿着唇点了点头："调整心态啊，好好考试。要是年级第一丢了，看望珊不打你。"

于岿河终于笑出了声："不会，你放心。"

文漾笙拍拍他的肩膀，回去准备上晚自习了。

于岿河垂眸看向右手腕上套着的黑色发绳，轻轻用左手略微粗糙的指腹摩挲了几下。

一轮明月悬上黑漆漆的树梢，晚自习下课了。于岿河刚到家没过几分钟，桌子上的手机开始振动。

"望珊？你怎么样了？"于岿河一见来电人是任望珊，赶紧接通了电话。

另一头，任望珊站在寂静的走廊上，后脑抵着白色墙壁，微微仰起头说："今天你考得怎么样呀？"

于岿河一顿，没想到她第一句会问这个。

"刚刚我看到漾笙发的消息，她说你状态没之前好，就有点儿担心……于岿河，你之前好像欠我一个愿望。"

于岿河来了精神，点了点头："你尽管说。"

"调整好状态，照顾好自己，考试别分心。"

"你的愿望就是这个？"

"对啊。"任望珊苍白的脸上泛起一丝红晕，"可以吗？"

于岿河沉默了几秒，温声说："好，我听你的。"

任望珊看了看手背血管旁的小片青紫，轻声说："于峁河，我现在是在走廊打的电话，有点冷，我要回去啦。病房里不能打电话，十点多了，其他病人要睡觉的。"

"好。你也照顾好自己，我考完来看你。"

任望珊捂着嘴笑："说不定考完我都好啦。那你好好考，这可是你答应我的愿望。"

于峁河放下手机，忍不住想，早知道当时多给几个愿望了。他默默把桌上的数学题换成英语的习题册和试卷，准备今晚乖乖看英语。

于峁河不着痕迹地笑了笑，抬头看向窗外。此时夜深人静，雾色冷清，星辰遥远，光影轻柔。

最后一门考试，时间过半。

金色的阳光洒在淡蓝色的桌沿上，素白草稿纸上是黑色水笔的流畅痕迹。于峁河盖好笔帽，拎起卷子放在了讲台上。

他奔出教室，外套落下了也没发觉。把假条匆匆给梁叔后，他在路边打车先去了一个地方。

推开古旧木门时，头上的风铃清脆作响。

树老板早准备好了打包盒，见他来了立马说："等望珊病好了，赶紧带她来吃蟹粉豆腐啊，不然就要过季了。这螃蟹偏偏生病的人还忌口……"

于峁河答应着，拎着打包盒又拦了辆出租："师傅，三院，谢谢。"

于峁河到三院下了车，连电梯都等不及，拎着餐盒三步并作两步就上了三楼。他在病房门口深深吐了一口气，缓得差不多的时候，轻轻推开了病房的门。

病房里有三张床位，任望珊在靠窗那张，其余两张都空着，看起来是刚刚搬走。三院病房很多，一般都住不满。

任望珊正靠在枕头上看高中名著。其实她头疼欲裂，今天又睡了大半天，根本看不进去。见于峁河来了，她立刻放下书，结果不小心扯到了右手上的针头，微微皱起眉头，咝地吸了口气。

于峁河忙把冒着热气的餐盒放下，过来看了看她血管分明的右手，不禁皱眉："针头好像歪了，等着，我去喊护士。"

护士给她重新扎针的时候，任望珊把头扭到一边儿，脸色发白，牙齿不自觉地咬着下唇。

护士忙完之后冲于岢河一笑："小姑娘晕针又晕血，你好好照顾着啊，发烧和胃出血可不是说着玩儿的。"

"好的。"等护士走了，于岢河才来得及仔细打量任望珊的脸色。

她原本淡粉色的唇极为苍白，脸颊因为发烧而泛着病态的红，气色差到不能再差。雪白的手腕无力地放在床上，吊着点滴。他弯腰把手放在她的额头上，手心传来的温度烫人。

他眉头深锁："都吊了两三天点滴了，怎么还没退烧？"

任望珊摇头："也没有一直不退，就是退了再烧，反反复复的。"

"爷爷奶奶呢？"

"前两天都在的，今天爷爷回工地了，奶奶在丝织厂忙，晚上会来陪我的。今天你要是不来，我就自己点医院的饭菜吃啦。"

于岢河皱眉，心想，你就是骗人的，我要是不来你肯定不吃晚饭。

任望珊看看他："你怎么穿得这么少？等会儿出去要冷的。"

于岢河这才发现外套落教室里了，此刻身上只有一件薄薄的咖色低领毛衣，领口处露出半边细长锁骨。

他说了声没事，搬了张凳子在她病床边坐下，打开餐盒。一股浓郁的香气瞬间溢出，蒸腾的热气在病床周围缭绕。

他在床上架起折叠桌："树老板做的乌骨鸡丝蔬菜粥，不带味精的，很新鲜。我小的时候生病，胃口不好，他就老做这个给我喝。你也试试看好不好喝。"

任望珊的右手扎着针管不方便，她就用左手吃。

"要我帮忙吗？"于岢河的语气自然而轻柔。

任望珊左手拿起调羹，凑近轻轻吹了吹，小口地吃着。

"不用啦，我用左手也很习惯。"任望珊垂眸笑笑，"有件事我都没跟你提过，小时候我就爱用左手吃饭，奶奶监督了有半年时间，我才改过来。老人家觉得左手吃饭不好，想起来还挺有意思的。"

说者无心，听者有意。于岢河突然发觉，他和任望珊认识这么久，她从没说过她的过去，以至于今天他偶然听到一两句都感觉这么陌生。不知怎么的，他心里微微一沉。

任望珊吃东西很安静，于岢河也静静地看着她吃，没怎么说话。不过，她明显食欲不振，吃了不到半碗粥，进食速度就慢了下来。

病房开着空调，任望珊穿着宽大的蓝白条纹病号服，小小的人缩在里面，脸颊泛红，楚楚可怜。

于岢河看着她："吃不下就不要勉强自己吃了。"他看向床头花花绿绿的药片，"一个小时后吃药。"说着他起身收拾餐盒。

任望珊突然笑了："我想起来刚开学那会儿，我和大家还不算特别熟，你就这样给我送过饭，也是这样整理餐盒。"

于岢河，你不知道我那个时候觉得自己有多幸福，遇到了这么善解人意又热心的同学，我真能记一辈子。

于岢河垂眸笑了笑，没有答话。

任望珊，其实我想问问你，胃出血是不是很痛？咳血的时候怕不怕？发烧很难受很晕的时候……有没有讲出来？是不是不喜欢住院？我接你回去好不好？

但是此时身为朋友的我，问哪一个问题都不太合适，所以我能做的就是为你送一碗粥，来看你一眼，希望……你能好受一点。

收拾完餐盒，于岢河忽然想到什么，打开书包，抬眸问她："清醒不清醒？讲题的话能不能听进去？"

任望珊虽然很累，但两天没怎么学习，她的要强心理促使她乖巧地咬着嘴唇点点头，轻轻嗯了一声。

"之前我给你整理的私人订制题库，还有一些题没来得及跟你讲，可以的话我们就把这个时间利用起来。"于岢河从包里拿出厚厚一沓试卷，卷子上的蓝色圆珠笔痕清晰可见。

"这道题看似什么信息都没给，但之前老邹说过，要懂得在现有条件里找到隐藏信息，记得吗？他上课说的那个什么'瞪眼法'，咱们班笑了好久，还传隔壁班去了。"

任望珊嘴角微微上扬："记得的。"

于岢河忽然想起来："还有，之前我看你做的错题笔记有些问题，现在刚好跟你讲一声。

"咱不用每道错题都亲自手抄，做对的题你也不会再去看试卷了，错题直接从卷子上撕下来就行，不用心疼卷子。

"每天花很多时间去抄题，人家半小时整理十道，你只能整理三五道。咱们高二了，要选择适合自己的高效率学习方法。"于肖河此时说话的声音温和，与平时略微上扬的语调不太一样。

"看过一遍的错题，能保证自己不会再错的，就及时用笔划去，也节省下次看错题的时间，不用担心本子乱。字好看的人，随你怎么划都很漂亮。"于肖河坦诚地说。

任望珊凝神，若有所思，随后鼓了鼓腮帮，赞同地点了点头："说得好像挺有道理的。"

任望珊觉得，于肖河在她身边的时候，他身上的薄荷味道好像会短暂地冲散医院的消毒水味儿，让她原本昏昏沉沉、乱成一团的头脑清晰起来。

于肖河讲了一会儿，给她倒了杯温水，提醒她吃药。

任望珊因身体原因，吃不得冲剂和汤药，味道是一回事，就算她强迫自己喝下去也会因为胃痉挛吐出来，所以只能吃胶囊。

于肖河看着她把大大小小好几粒不同颜色的药吃掉，又倒了一杯水在床头凉着。

任望珊看了看医院墙壁上的挂钟："你请了多久的假？"

于肖河这才想起来王老师只放了他三个小时的假。

"我好像是该走了。"于肖河看了看表，"这些东西我不带走，你晚上想看的话就看看，不想看就安心睡觉。"

他站起身来，动了动嘴唇，欲言又止。

任望珊坐在雪白的病床上，抬头看他："怎么了吗？"

"任望珊，背一下我的电话号码。"

任望珊一怔，随即笑着念出一串数字。她的声音虚弱绵软，于肖河的心微微一动，原来那次之后，她真的……背下来了啊。

于肖河微微点了点头，低眸认真地对她说："既然记下来了，在医院难受的时候一定要给我打电话。"

他这样说没关系的，礼貌又得体，没什么问题。

见她没回应，他又重复了一遍："记住啊，要打电话。嗯？"

任望珊这才点点头："记住啦，难受的话会打的。"她顿了顿又补充说，"回去赶紧穿外套。"

于岜河嗯了一声，随即拿起书包，另一只手提起餐盒，朝任望珊说："那我回去上晚自习了，你记得照顾好自己，因为……"

"嗯？"任望珊目送着他。

因为我会担心，你不来学校我会很不适应。走廊上看不到你，办公室找不到你，我会着急。电话别再打不通啊，任望珊。

于岜河轻笑，语调轻快，带着些朝气："因为蟹粉豆腐正当季呢，还记得吗？跟你说过的，树老板做那个最好吃。"

任望珊会意地笑着说："记得，我知道啦。"

于岜河没再多说话，轻轻合上了门。

傍晚七点多，市中心立交桥上的车辆疾驰而过。十一月天色黑得早，此时街边的霓虹灯早已全部亮起，像是绮丽的晚霞。

于岜河从医院底楼向三楼望去，他微微眯起眼，任望珊所在病房的窗口大亮，窗帘半开，他隐约能看见一个瘦弱的身影正低头看着书。

我在学校等你啊，任望珊。于岜河迈步朝大门走去。

昨天周五下午，任望珊终于退烧出了院，在汤老师的坚持下，她没有直接来上学，而是在家里休养了半天，不过这半天她也没闲着。

她跟汤老师要了套期中试卷，在图书馆认认真真地做好，准备今早带过来给老师批一下。

任望珊今天回到学校，空气清新，天际明朗，不暖不寒，是个难得的好天气。

本来今天应该是放榜的日子，不过据程鼎颀的厕所消息，这次试卷是学校自己出的，题目偏难，分数设置得有些不合理，所以改卷子也相对慢了些。

班级成绩可能今晚才会出，公告栏的荣誉榜总排名估计还得等周日返校周周练时才能看到。

行政楼的老师第一节课下课找学生会主席有事，于岜河去时路过二班习惯性向里面看了一眼，恰逢任望珊抬眸，她的浅茶色的眸子像璀璨流星。

对视半秒而已，于岜河回头继续向楼梯口走，面上却是发自内心地笑了——你回来了啊。

延时课前，于岿河敲敲窗户："望珊。"

任望珊从错题集里抬起头："怎么啦？"

"等会儿放学能一块儿去壶碟吗？树老板中午发消息来，要我带你去，说是今天捞了螃蟹。"于岿河一手撑在窗台的白色瓷砖上，笑了笑，"他老人家太久没看见你了。"

"树老板才不老呢。"任望珊回嘴，顿了顿，"那我就去吧，看在……树老板的面子上。"

于岿河挑了挑眉："行啊，放学等我来找你。"

延时课是老钱的历史，依旧是课堂小题测验。任望珊做完的时候抬头一看，刚好五点二十分，还剩下五分钟理一理书包，下课铃响就可以直接去一班等于岿河了。

戚乐做完题，看她都整理好东西了，不禁笑得耸肩："和于岿河出去这么心急。"

"才不是呢！我这是题目做得快没事干才理书包的。"她跟戚乐强词夺理，戚乐也不跟她争，只是笑个不停。

下课铃响，任望珊把卷子交给历史课代表许念念，还没背好书包就跑到走廊，却发现于岿河已经靠着栏杆等她了。

"这么早啊你。"任望珊觉得她已经比大部分人快了，没想到于岿河根本不是人。

于岿河抬起头："王老师下课早，说早做完当堂测验就能早出门。今天我也不用盯值日，程鼎顾管呢，我就先出来了。"

"走吧，现在走过去二十多分钟就能到了。"任望珊说着转身，却被朝后拉了一下。

"包给我。"于岿河把她的书包往手上一勾，"现在走吧。"

少年从女孩儿身旁经过，黄昏在他身前落下一片阴影。不知不觉于岿河竟然这么高了，肩膀也宽了，手也大了。任望珊好像一年都没怎么长儿，于岿河倒是蹿得老快了。

校门外。

"梁叔，我们走啦，周末快乐。"

任望珊乖乖跟梁叔挥手，于岿河也顺势摆摆手。他的外套敞着，背上背着的是任望珊的包，手里还提着个小号的米色双肩包，看起来潇洒又不羁。

任望珊刚要走上人行道，于岢河叫住她："欸，走这边。"

"啊？"

于岢河指着十字路口的一辆黑色宾利说："坐我家车去，已经讲好了。"

"你让我……坐你家车去？"

于岢河耸了耸肩："有什么问题？多方便啊。"

确实是比走路过去方便挺多，也的确没什么问题。

任望珊有点不好意思，咬着下唇点了点头："那就劳烦你家司机叔叔了。"

"走了，树老板已经等着了。"于岢河轻笑。

于岢河帮她拉开车门，望珊跟司机打了招呼，在车后座靠窗的位置坐下。黑色宾利里的座位宽敞舒适，空气中传来于岢河身上的清新味道。任望珊很久没坐过私家车了，有些恍如隔世的感觉。

他们出来得早，每每在离校日都会拥挤不堪的路段，现在车流量还不大。车子匀速行驶，路过了上次的嘉年华鬼屋，接着便缓缓停在了壶碟的门口。

周六晚上壶碟的客流量大得惊人，于岢河在任望珊前面走，穿过开满波斯菊的小院和熙熙攘攘的人群，摇曳着的古朴风铃在清脆作响。

两个人停在了靠角落的一张小桌子旁，于岢河抬手把上面放着的"此座有客"牌子拿掉。

这个角落的位置设置得很巧妙，虽说没有从大厅中单独分隔出来，却是在整个厅堂的最深处，相对安静，又刚好靠窗，与窗外的世界离得很近。

于岢河上车时跟树老板打过招呼，他们两个人坐下聊了一会儿，服务员就上了菜：一道蟹粉豆腐，两碗金黄的蟹黄莜面。

"试试看。"于岢河把调羹递过去，又垫了份手帕纸，"我从认识树老板开始，年年就盼着十月、十一月。"

任望珊低头舀了一勺，吹凉之后仔细品尝——真的很好吃！

"哈哈，没骗你吧？树老板的拿手菜。"

任望珊用力地点点头。

白嫩嫩的豆腐块儿富有弹性，块块分明，软而未碎。蟹粉很新鲜，是现蒸现拆的，毫无深加工的腥膻之气。

蟹壳小火慢慢熬出黄油，汤底鲜香浓郁却不油腻，荤香丝毫未掩蟹肉鲜甜，浓醇的味道与清爽的口感毫不冲突。金黄透亮的汤中不见蟹，余味悠长。

"别吃太多了，胃刚刚好一点。"

"知道啦知道啦。"

两个人开始有一搭没一搭地聊一些学校的事，任望珊想起期中的试卷，把自己不确定的几道题跟于岢河对了答案。

于岢河低头吃了口莜面，突然想到什么，抬起头："望珊，要是你平时在家有不会的数学题，也可以从网上找我。"

任望珊用手撑着脸，歪着头说："可是有时候很晚啊，比如一点多这样子，我怕你睡着了，打扰到你。"她抬手把头发拢成低马尾，补充了句，"那个时间我要是有不会的题，就用搜题软件搜一搜。"

"我也睡得很晚，你可以问。"于岢河失笑，"况且我如果真睡着了，你发消息也打扰不到我。"

任望珊想想，赞同地点点头："也是，搜题软件都搜不到原题，不太好用。"她眉开眼笑，"这样想想，还是你最好用。"

于岢河嘴角猛地抽搐了一下。

任望珊不知道他在想什么："嗯？"

"没啥。"于岢河低头扶额，突然认真起来，"你说得对，我最好用。还有啊，别再熬夜了，身体这么差。"

"好，记住啦。"

此时壶碟的客人少了一些，树老板急急忙忙从后厨跑出来："望珊来了啊！豆腐和面好不好吃？"

任望珊看见树老板就很开心，笑着讲话的声音甜甜的："当然好吃呀！啊，还有，谢谢树老板的粥，多谢您关心啦。"

树老板脱下袖套，摆了摆手："嗐，主要不是我，你还是多谢谢你对面这位吧，他那天中午就算好时间让我备着了。"

"咳咳，打住打住。"于岢河挠挠头。

"嘿——"树老板故意升了个腔调,"还不让说了——"

任望珊看着他们,感觉心里暖洋洋的。

窗外的波斯菊扎根在土壤里绽放,和微风一起生存,很想张扬,但又羞涩得不想被人发现,只能偷偷靠在风的怀里,想着来生要做风,明朗开阔,抚慰人心,热烈坦荡。

周练结束,教学楼里吵闹声不断。

"老于,俩消息,你想先听偏不好的那个好消息还是更好的那个好消息?"程鼎顾跳进教室,头顶杂毛上下翻飞。

"你是考场睡着了还是咋的?"于岢河失笑,"呆毛翘老高,话说得语无伦次的。"

"没事,这哪里影响我的帅气。跟你说正事呢,这次考试你出牌的方式和之前月考不太一样啊。"

"怎么说?我不是年级第一啊?"没等程鼎顾接话,他就继续说,"也没事,考语文和数学那天状态不太好,再接再厉呗。"

"是年级第一。"程鼎顾默默擦了把汗,"这谁跟你抢啊,之前年级前几名跟你靠得近的大多去二班了。不过,三门总分没之前几次高,跟前几名差得不多,这是偏不好的那个好消息。"

于岢河不置可否,微微点了点头算是回应。

他也想得通,分数拉得不大是正常的,第一天考语文和数学时他不在状态,而英语能拉的分毕竟少。

他默默反省了一下,以后无论遇到什么事,都得先把眼前最重要的事做好,不然两边都耽误不说,还让别人担心。

要是他状态很好,任望珊也不至于许那么个愿望。于岢河想到这事就头疼,不禁抬手撑着下颌。

程鼎顾看到他这个样子以为他难过了,忙说:"嗐,你干啥啊?还有个消息没听呢!"

"你等会儿去看光荣榜,你物化的甩分方式简直是杀人诛心啊于岢河,我都替年级第二的物理成绩尴尬,和你一对比真是——"

高二之后,选修内容的难度明显提升不少。很多高一时物理、化学都能上 90 分的同学,到高二初期,单科成绩可能变成 6 字开头。

理科光荣榜上排名年级第二的三班那位同学显然就出现了这个问题，他总分虽高，但物理只有 79 分，生物也是 7 字打头。

来自程鼎顾厕所消息网的最新消息，于岢河的物化不仅分数没掉，还比物理、化学的单科年级第二高出了十几分。

更有来自他的机密厕所消息的内部渠道消息，老师们已经内定了这一届让于岢河去参加下学期的省物化竞赛。

"老于，寒假之后那个物化竞赛，兄弟我打包票是你去！"程鼎顾骄傲地一仰头，"厕所听到的所有消息全部保真。"

"真不明白你在炫耀什么。"萧宸笑着走过来，给他脑门儿上来了一记，又回头对于岢河说，"去年拿省赛一等奖的是成醉，就运动会报幕长挺好看那个学长，你知道吧？去年他那张证书在光荣榜上贴了好久。"

"这有什么难的，搞得好像咱老于不会拿回来一样。而且咱们拿回来的肯定是特等奖，一等奖咱才不稀罕。"

萧宸默默翻了个白眼："省赛不设特等奖，傻货。"

"喊，就你懂。不过你这次考得也不错啊老萧，看来……"

"嗯哼？看来我最近很认真？"

"不可能的，是看来和我住果然会提高智商。"程鼎顾开始贫嘴。

"滚你的。"

"以后睡一张床试试，看看能不能提高得更多。"于岢河淡淡地说，还特意模仿了夏成蹊的语气。

"去你的！"二人同时骂道。

随后三人打在一起，王老师在窗外默默看着。她本想进去骂他们两句的，但是只轻轻摇了摇头，笑着走开了。

世界上就是有这样的东西，永远折不断，浇不灭，烧不化，冻不裂。而在王老师眼里，他们这群十七岁的少年，恰好拥有这样的坚韧与温情，在凉薄世故的尘世间显得更加珍贵。

她真心希望这群少年能永远如此，即便毕业之后进入社会，这样的品质最好也不要被埋没。

2019年10月10日，星期四。

上海市第一人民医院。

"成蹊，任望珊出事了，她现在不太好，你有空的话来医院一趟。"于甾河听完手机另一头的回复，低头谢了一声，挂了电话。

黎阳缓步走来："甾河，律师那边都处理完了。"

于甾河抬起乌黑的眼眸，嗯了一声。他还没有处理伤口，此时白衬衣下面的胳膊上是深深的齿印。

"你们都先走吧，我留下等成蹊。"

"好，那你自己小心些。"黎阳本来还想说些什么，但看到于甾河的样子，还是沉默了下来。

夏成蹊到病房的时候，天突然下起大雨。

于甾河看了任望珊一眼，对夏成蹊说："我走了，麻烦你看好她。"

"甾河，你为什么不自己留下？"

于甾河转身，笑容有些苦涩："她见我就皱眉，何必惹她难过。"

说完就带上了门。夏成蹊没说话，垂手站在窗边目送他离开。于甾河没有打伞，淋着雨一步步消失在他的视线范围内。

雨雾朦胧，他的身后，山河永寂。

任望珊缓缓睁开眼，眼前是一片雪白。四周静悄悄的，窗帘拉着，看不出时间，床头柜上摆着向日葵。她隐约感觉身边有个人，那人身上好像是雪松的味道。

刚要起身的夏成蹊又坐了下来："醒了啊。"

任望珊有点儿蒙，努力回想了一下她之前在哪里。

电梯，手机——电梯在12层卡住了，她还咬了于甾河，咬流血了。任望珊想到这儿心里就堵得慌。

"望珊，你现在感觉还好吗？有没有特别不舒服的地方？"

任望珊沉默了一会儿后摇摇头："没有，之前还很累，现在感觉没什么问题了。办出院吧，我想回家。我不喜欢待在医院里。"

夏成蹊点点头："我去给你办出院。还有，这次事故酒店也会赔偿，赔偿金24小时之内就会到账，律师都安排好了，你不用担心。"

于岜河的律师团队就是高效。任望珊对钱并不是很在意，随意点了点头，也没说什么。生命安全才最重要，她真心希望不要再有这样的事情发生了。

夏成蹊走到门口的时候，任望珊突然叫住他："夏成蹊……他是不是知道了？"

夏成蹊眼神闪烁，搭在门把手上的指尖微微一顿，他没有转过身。任望珊盯着他的背影，空气陷入沉默，她已经知道了答案。

"当时我脑子很乱。"任望珊缓缓开口，"我只感觉他在我耳边不断重复的话很熟悉，但是我想不起来。我当时……不太清醒。"

那个时候，他说——

"任望珊，你是安全的，我此刻就在你身边，不要怕。"

"相信我，这个感觉会过去，没有什么不好的事情会发生。"

"你可以对抗它，也可以处理它，你足够坚强。"

"但我刚才想起来了，成蹊，这些话你对我说过，就在那段我特别……的时候。"任望珊静静地盯着夏成蹊的背影，时间一分一秒地过去，两个人都没再说话。

"望珊，今天下午我到医院之后，外面就下起很大的雨，半个小时前才停下。他打电话让我过来留在这里等你醒，等我到了医院门口，他直接就走了。"

"噢。"

"他走的时候，看起来很颓废。我没见他露出过几次这样的表情，今天又多了一次。"

"噢……"

"我往外看的时候，他没有开车也没有打车，就这么淋着雨，慢慢从我的视线里消失。"

"噢。"

夏成蹊皱眉："任望珊，我跟你讲这些的意思……"

"意思就是我们俩不见面还好，一见面就出事，所以等我赔给他衬衫之后再也不要见了。"任望珊缓缓地说。

夏成蹊本还想说些什么，但忽然一怔："衬衫？"

"嗯，你没看到他受伤了吗？我咬的。衬衫上的血不好洗。"

"没有,望珊。"

任望珊皱眉:"什么?"

"他身上没有绷带,他也没说自己受伤了。"

任望珊的呼吸瞬间变得粗重,她强迫自己平静下来:"可能……你来得晚。黎阳,黎阳他肯定知道的。"

夏成蹊给黎阳发了个消息,一分钟后,黎阳回复了。

黎阳:没有。我比訚河还早到医院,他没说自己受伤了。

夏成蹊叹了口气:"我去办出院手续。"

任望珊坐在病床上,慢慢曲起双腿,用双手抱住自己。

这又算什么?他为什么不说?脑子是不是有病?有病为什么不治?算了吧,我也没有任何立场管他,但是……

他回家了会不会自己处理伤口?他就这样淋了雨会不会发烧?如果发烧了谁来照顾他呢?他有没有好好吃晚饭?

我又欠他了,不只是一件白衬衫能还清的了。

为什么这么难啊?!

医院门口。

"成蹊,我自己走吧,不用送了。"

夏成蹊没同意:"太晚了,不行,不安全。"

任望珊站在路口,抬眸看向夏成蹊:"于訚河住在哪里?"

"南隅独墅。"

任望珊的眼神微动,她不可置信地眨了眨眼睛,随即释然。老天给她开的玩笑这么多,也不差这一个了。

"走吧,谢谢你送我回家。"

南隅独墅。

辉腾在门口停下,夏成蹊对副驾驶座的任望珊说:"雨天路滑,回去路上小心些。早点睡觉,晚安。"

"晚安。"任望珊下了车。

南隅独墅的路灯明亮,像是夜幕里的萤火虫。她深深吸了一口倾

231

盆大雨之后的冰凉空气，陆地潮湿，四周寂静，夜路冷清。

任望珊的公寓在9层，她没有坐电梯，一层一层地爬了上去。

她身体不太好，爬得很慢，每三层就要停下来歇一歇，喘口气继续往上爬。

南隅的物业很好，楼梯间灯火通明。

开门之后，她径自走到书房，拿出医药箱，翻找出几包板蓝根和退烧药，用袋子装好。想了想，她又拿了剪刀、消毒药水、酒精和纱布，也装进了袋子里。

她去盥洗室认认真真洗了把脸，把早上的妆容卸去，在镜子面前站了一会儿，然后走进卧室。

她拉开卧室衣柜最里面的门，把里面的衣服一件一件拿出来，最里面叠着一件白衬衫，是两年多前她用自己第一次谈案子的报酬给于岿河买的礼物。

后来……还没来得及送出去，于岿河就和她分手了。之后这件衣服就一直放在衣柜的最深处，仿佛是她偷偷珍藏起来的秘密。

是该送出去了，只不过这不再是一件有意义的礼物，而是还债的工具，冰冷而克制。

任望珊拿好东西，转身下了楼。

有的时候任望珊也不知道自己在做什么，恍过神来才发现自己站在某个地方。

比如七年前，她没多想就稀里糊涂地趴在了于岿河背上；比如六年前，她脑子一热就跑到3000米赛道上陪于岿河一起冲刺；比如现在，她精神恍惚地拎着一件白衬衫和一袋子杂七杂八的东西出现在南隅独墅的门卫厅门口。

想到这些，她眼神迷蒙，恍如隔世。

门卫厅里有个小保安正在发愁，这是他对着塞了一沓子钞票的红包苦恼的第三天。

他每天十点来换夜班，10月7号那天晚上，有个叫于岿河的大牌业主直接掏了一沓子钞票让他去买白的，他已经竭尽所能把便利店里能买的酒都给提上了，钱还是剩下一大堆。

他可一分没偷留！作为为人民服务的保安，就是要诚实守信，对业主负责嘛。可谁知道这位大款于先生居然钱都不要，直接开车走了，把他晾在原地。

这位小保安每天都在想，下一次再在这个点儿遇见那位于先生，他一定要把钱还给他，可是他等了三天也没等到那辆黑色的路虎。

"唉——"他垂头丧气的。

其实他也不是不知道那位于先生住哪儿，但他也不能在平常时间去堵业主吧？那多不合适。一看于先生就是工作繁忙的人，他实在不好意思冒昧拜访。

他只能祈祷再在门口遇见于业主，总有一天能碰着的，他等得起，反正他是不会用掉这些钱的。小保安这么想着，闷哼一声趴下，头撞在桌子上。

"你好。"保安亭外传来一个温柔的声音。

"啊？我在我在，有什么事吗？"小保安猛地抬起头，站起身对窗外的女人说。

任望珊朝他胸前的工作徽章看了一眼：李小龙？

她不自觉地笑了笑："你好，我叫你……小李可以吗？我是公寓区那边的户主，住C区20栋902，我来这边想找一个朋友，但我不知道他是几栋的，电话也打不通，你能……带我去吗？"

"啊，好的……小姐，这个我们这边要核实一下的，您的姓名和电话，还有您要找的那位户主的姓名、电话麻烦报一下。"说着他就拿出登记簿。

任望珊说了自己的信息，接着说："那位朋友的名字是于肖河，电话是……"

小李抬头："您要找于先生啊？"

任望珊点点头："嗯，你认识呀？"说完她善意地笑了笑。

见于业主的机会这不就来了吗？小李赶紧拿上手电筒和大红包，带着任小姐在别墅区穿梭。

他之前没太注意看，现在在路灯的映照下才发现，这位任小姐长得好清秀啊，脸上没化妆，还是很漂亮。

这个时间点儿她要去找于先生？小李不禁抬腕看了看手表。哎呀别多想！不能随意揣测业主的私生活！不过……有一点他可以确定的是，这位任小姐看着就面善，肯定是好人。

"小李，你和于岢河是怎么认识的呀？"身边的人突然发问。

小李赶紧打住内心活动，认真回答："就在三天前认识的，大晚上的，于先生把车停在门口整整两个小时，也不下车，我就去问他有没有什么可以帮忙的。"

"嗯……然后呢？"

"于先生让我去给他买些酒，给了我好多好多钱。但门口那个便利店没那么多很贵的酒，所以剩下了很多钱。我还给他的时候，他只接过酒，说钱都给我了，还说谢谢我。"

小李说着叹了口气："我感觉于先生当时应该是遇到了什么伤心事吧，看起来很不好。我就是举手之劳，这也是为小区业主服务，都是我应该做的。

"他不仅给我留这么多钱，还跟我说谢谢。于先生看起来冷冰冰的，我一开始还有点儿怕他呢，但是他心地真善良啊。

"我知道于先生并不在乎这些钱，但我还是要还给他，毕竟这不是我该得的。"小李的眼睛闪着坚定的光，在路灯下发亮。

任望珊偏头看他："所以这是个大红包？"

"是。"小李有些不好意思地挠了挠头发，"我想还给于先生的。"

任望珊看着小李这个模样，想到刚刚他说的话，突然有些难过。于岢河是什么时候变得不爱笑的呢？他以前给人的第一印象绝对不是冷漠或难以接近。

约莫间有两种男孩儿最为令人心动又心痛。要么，他干净阳光，全心全意，一路飞奔向你，你会怕他的失落。要么，他神色黯然，心中山河翻涌，却对你视而不见，你会怕他的冷漠。

少年时期的于岢河和现在的他，分别成了这两种人。

小李带着任望珊在一栋独栋前停下，里面没有开灯，看起来像没有人。

"任小姐，就是这栋，地段是这儿最好的。A区01栋101。"

南隅独墅分为三个板块，A区、B区、C区，分别对应独栋、大平层和高层公寓，价格也是相对应降低。

分手之后,任望珊没再去了解过他的动态,看来他过得真的很好。

"谢谢小李,你先回去值班吧。"

"任小姐,于先生真的在吗?"

任望珊点点头:"在的。"

她也不知道自己哪儿来的自信,就是如此肯定。小李点点头,把红包交到望珊面前,鞠了一个躬。

"那就拜托了任小姐,请帮我转交,请告诉他小李很感谢他。"

任望珊看他突然鞠躬,赶紧闪开,答应了:"好的好的,你先起来,干吗突然鞠躬啊?"

小李爽朗地笑笑,露出一排牙齿:"我也不知道,就是感觉小姐你身上和于先生有相似的地方,但又说不上来。

"刚刚我跟你讲话的时候就好像在和于先生讲话一样,所以突然涌上一股对任小姐的感激之情……如果吓到你了,请见谅!"

任望珊不知该喜还是该悲。她不动声色地点点头:"我可以帮你转交,但可能得麻烦你一件事。"

"啊?"小李严肃地说,"只要在我能力范围之内,我李小龙定赴汤蹈火为业主服务!"

任望珊被他逗乐了:"其实很简单,就是……以后再遇到我的话可以叫我望珊,我不太习惯被人叫任小姐。"

"好的,任——啊不——望珊。那我就先走了,我还得回去执勤。"小李把手电筒塞到她手里,"别用手机照啦,太耗电。"

小李挥挥手,跑了十几步又转身说:"望珊,你人真好!"

任望珊一愣,随即舒展开眉眼:"欸,你也是。"

男人从沙发上坐起来,头疼欲裂。他迷茫地看了看电子钟,又无力地瘫软下去。

于岢河淋了一场大雨回来,迷迷糊糊地换了件衣服,然后拿纱布和胶带随便裹了一下手臂,喝了点白酒就一头倒在沙发上睡到现在。

醒来后,他的胃饿得有些疼,但他不想动,只想睡觉。最好谁都别来烦他,要是谁敢这时候来烦他,他明天就让他破产。就在这时……

叮咚——

叮咚叮咚——

于岿河瞬间一肚子火，烦躁得很，只当没听见。

门外，任望珊无声地看着指纹锁上的密码键，鬼使神差地按下了和自己公寓一样的密码：971220。

咔嗒一声，门开了。

于岿河心里一惊，猛地睁开眼睛，撑着沙发坐起来。房间昏暗无比，但他还是一眼就认出了她，二人相顾无言。

任望珊先开口："我进来了。"

于岿河没说话，没有拒绝，也没有答应。

任望珊打开鞋柜门，于岿河盯着她。她把白色的那双拖鞋拿出来换上，没有犹豫，表情也没有变化，于岿河内心暗骂了一声。

任望珊开了盏门口的灯，漆黑的房间瞬间有了光源，沙发那处隐约蒙上了暖黄色的光晕，男人漆黑的眼眸和硬朗的侧脸清晰可见。

她走近沙发，皱了皱眉。

他喝酒了，应该喝得很多，酒气很重。她扫了一眼地上清一色的黑色空瓶，把冰冷的手放在于岿河额头上，动作自然，就像是朋友间的关怀。

于岿河在额头碰到她手的时候整个人麻了一下，视线下移，发现她的嘴唇离他好近。

随后她开口："于先生，你发烧了。"

他的心像被泼了盆冰水，火焰瞬间熄灭，空留无声青烟。

任望珊自顾自地讲："今天电梯里的事情很抱歉，赔你的衬衫我放在门口了，里面还有保安小李还给你的钱，他人真的很好。"

于岿河没回答。

"我带了一些常用药，还有胶布、酒精之类的东西，可能于先生家里也有吧。我听说今天你没在医院包扎，在家记得常消毒，换纱布。如果没有吃药的话，先吃药吧。"

于岿河在黑暗中静默，呼吸声清晰可闻。

"于先生，你吃过晚饭了吗？"

"没有。"他终于开口，紧接着就是下一句，"空腹不能吃药。"

"我不吃外卖，我现在只想睡觉。"于岿河声音低哑。

"你家里还有什么吃的吗？"

"我不吃生的东西，但我现在也没心思做饭。"于岢河别开视线。

于岢河也不知道为什么，明明觉得没有希望了，却还是不自觉地想抓住点什么，渴望命运能偏爱他一回。

他合眼良久，听见任望珊的一声长叹，随后她的脚步声越来越远，他睁开眼。

任望珊四处看了看，朝开放式厨房走去，昏暗的厨房亮起一盏黄色的灯。

她打开冰箱，寒气扑面而来，里面食材还算齐全，没有肉，但各类蔬菜水果都有。有芒果、榴莲、莴苣、蘑菇，有西蓝花、紫甘蓝、西红柿和茄子，旁边还有很多鸡蛋，抽屉里还有挂面。

食材是齐全的，但是她的手艺着实不算好。好在有鸡蛋这个东西，怎么弄都能吃，味道差不到哪儿去。

任望珊拿了西蓝花、西红柿、鸡蛋和挂面，她很久没自己做东西吃了，会的菜也不多。

她点火烧水，等水开的时候将西蓝花洗净切块儿放在碗里备用，再切一些蒜末，把烫过的西红柿去皮，切成小块儿，

打开抽油烟机，起锅烧油，用蒜炝锅，将西红柿慢慢煸出红色汤汁，打两个鸡蛋进去，鸡蛋液碰到热量时瞬间绽开变成花朵，香气慢慢溢出来。加水烧开，放一把挂面进去，盖上锅盖。

等面熟的时间再炝锅清炒西蓝花，几滴油溅到她手背上，皮肤瞬间红了一块儿，她赶紧把手放到冷水下冲。

任望珊在开放式厨房里忙碌，背对着客厅。于岢河侧着脸看她，她动作生疏地为他做东西吃，虽然不带任何感情，但他还是忍不住开心和感动。

他觉得冰冷的屋子有了人气，只要任望珊在的地方，就是他的一生痴绝处，但他已经不敢再说"我爱你"。

她什么都不用做，她站在那里，他就爱她。

任望珊打开橱柜，想给他拿点喝的。映入眼帘的是各式各样的酒，没有咖啡，也没有可乐。

她想起最早认识于岢河的时候，他每天冰百事不离手，后来喝咖

啡成了习惯。他虽然酒量好,但能不喝酒的时候都不会碰,情愿闲暇时喝点儿茶。但是现在,橱柜里只有酒了。

她把那个喜欢冰百事和咖啡的男孩儿弄丢了。

任望珊沉默地关上橱柜门,在消毒柜里找出一个瓷碗,把西红柿鸡蛋面盛进去,又把清炒西蓝花盛进一个木制碟子。她习惯性地俯身拉开抽屉,找出筷子和汤匙。

在她关掉油烟机的灯光端着面转身之前,于岿河收回了目光。

任望珊走过来,把吃的轻轻放在茶几上。要是有葱就好了啊,这样面也更好看些,她突然没来由地想着。

"你……凑合着先吃点儿面吧,我也不会做什么东西,平常在外面吃得多。你发烧了,不管怎样多少吃一点儿东西,吃完之后好吃药。"

于岿河没有回答,瞳孔漆黑不见杂色,微弱的光将他的轮廓边缘衬得若隐若现。

任望珊见他还是不动,语气淡淡地说:"身体最重要。上司身体要是不好,怎么管公司?黎阳已经够累了。"

于岿河心想:关黎阳什么事?任望珊,你关心得倒是够宽的啊。

他平静地说:"谢谢。"然后默默俯身端起碗筷,走到餐桌前,背对着客厅,拉开凳子坐下,"我从来不在茶几上吃东西。"

"好的。"

任望珊没跟他走过去,只是静静地盯着他的背影,眯起眼睛。昏暗的灯光下,他的衣服背面隐约闪着微光,她倒吸了一口凉气。

于岿河坐在餐桌旁,拿着筷子的右手有些使不上力气。任望珊对厨房烹饪之类的事情一点儿都不擅长,客观来讲,她做的东西真的不太好吃。

面是硬的,清炒西蓝花卖相不错,但于岿河吃第一口就知道她又忘记放盐了。可他还是全部吃完了,觉得特别满足。

吃完后他安静地起身,把碗放进洗碗机,又把锅子放进水池里浸着,然后转身走回来。

他们的目光在空中相碰,任望珊没有躲避。她微微蹙着眉,看向他的左心房,那里是一个黑色的"河"字。

于岿河看着这样的任望珊,有点儿怀念,她没化妆的样子和高中那时候还真是像，这么多年了也没什么大变化。

这么多年唯一的变化是——他把她弄丢了。失去比得不到更可怕，因为它包含着曾经。

外面突然打起雷，任望珊一个哆嗦，朝左边落地窗外看去。于岢河没有动，他知道任望珊最怕打雷，但她现在很清醒，他不可能再像在电梯里那样直接过去抱住她。

要是爱你爱得再少些，言语和动作是不是就可以多一些？

雷声平息，黑云压城，瓢泼大雨轰然落下，豆大的雨点儿砸在落地玻璃上噼啪作响，半遮的窗帘外渐渐浮起了烟尘，霎时漾了河海，醉了青山。

于岢河也看向窗外："我家没伞。"

任望珊刚想说没事，于岢河就继续说："客房在二楼最里面。"

任望珊大脑出现短暂的空白，随即反应过来："不用，我要走了。"

"是谁刚才说身体最重要？你好像没有一次淋雨之后不发烧的。"

任望珊指尖微微发颤，话到嘴边又咽了下去。为什么要说以前？有这个必要吗？

她缓了缓，慢慢地说："谢谢，那我等雨停了就走。"

"随你了。"

凌晨两三点，外面下着雨，任望珊睡眠浅，意识一直有些模糊。耳边的声音渐轻，慢慢归为寂静。她睁开眼，起身下床，拉起窗帘一角往外看。

外面雨停了，路灯很亮。她转身整理床铺，把被子叠回原来的样子，轻手轻脚地走过走廊。楼梯口左手边那扇门紧闭着，那应该是于岢河的房间。

这样离开，最好不过。她朝门口走去，无意间朝客厅看了一眼，顿时愣住。于岢河合眼躺在沙发上，茶几上有她拿过来的东西。

她鬼使神差地靠近了看，于岢河身上那件白衬衣有些皱，右手手臂的袖子抒起来一截儿，胡乱缠着纱布。包扎手法并不专业，她一看就知道纱布勒得太紧，对伤口不好。

她静静地盯着沙发上的他，他呼吸平稳，好像睡得正深。

要现在走吗？衬衫赔了，淋雨的事也了了，但好像还有件事。

她无声地叹了口气，默默在沙发前面半跪下，轻手轻脚地把于岢河胳膊上的纱布一点点解开。她盯着于岢河的脸，要是他有什么动静，她一定立马就撤。

她仔细地用剪刀剪下几条胶布和两块新的纱布，慢慢给于岢河包扎好。她动作很轻，于岢河没有丝毫察觉。

这样就好了，结束了。她把东西收好，从地毯上站起来，在黑暗中盯着于岢河的脸。

睡着的他，眉头不会再像平时看到的那样微微蹙着，整个人很温顺。鬓如刀裁，眉如墨画，仿佛一尊静谧的塑像。

"于岢河，我要走啦。"任望珊看着他好看的侧脸，想去触碰一下，但手伸到半空又害怕似的收了回来。

"以后……应该不会再见了。保重。"她轻轻地说，声音小到只有她听得见。

门轻轻落了锁，几分钟后，男人睁开眼，从沙发上坐起身，盯着手上的纱布。

"任望珊，你要我怎么办？"

男人叹息着，今夜无眠。

第十章

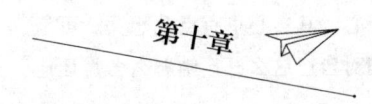

2013年12月20日，星期五。

子衿路188号。

时节早已入冬，天此时还没有亮，任望珊打开床头的白炽灯，穿好白毛衣，套上羊羔毛外套和黑色直筒裤。她从小就没有穿秋裤的习惯，冬天雪白的脚踝也露着一截儿。

奶奶起得早，此刻在厨房做早餐，爷爷还睡着。望珊软绵绵地打了个哈欠，用手抓了抓松软的头发，走到卫生间洗漱。

她从卫生间出来没走几步，就看到爷爷奶奶竟然一起从厨房里出来，手里还端着一碗面："珊珊！生日快乐！"

任望珊有些蒙，猛地看向玄关上的日历，今天20号啊，她完全给忘了。她转过头呆呆地看着那碗生日面——西红柿汤面，还覆着个圆鼓鼓的溏心荷包蛋。

奶奶看着孙女这样子乐了："傻愣着干什么呀？快来吃。"

望珊吸吸鼻子，在餐桌前面坐下。

奶奶做饭的手艺特别好，任望珊怎么也学不来，要么就是忘了放盐，要么就是烫到手，各种问题都有，可能是天生不适合下厨吧。好在虽然她自己不太会做菜，却幸运地有个烧菜这么好吃的奶奶。

西红柿的汤红彤彤的，热气腾腾，鲜味儿十足。面是奶奶自己擀的，根根分明，筋道十足，入口还透着香气。溏心的荷包蛋淋上些许酱油和醋，任望珊从小就爱这样吃。

"慢点儿。"爷爷看着她说。

爷爷奶奶看着面前开心的珊珊，悄悄对视一眼，心里都有些发酸。去年的生日没有过，怪不得珊珊今年都不记得了。

任望珊埋头吃着面，脸上笑得开心，其实心里有点儿想哭。可是不能哭出来，爷爷奶奶还在呢，他们对自己这么好，她怎么舍得让他们跟着掉眼泪。

去年的今日，刚好就是她第一次正式脱离原来的生活进入新环境的日子。那天她真的很累，因为要强忍着心里的难过与压力和新同学相处。

什么时候开始不那么累的呢？好像是因为某些人——还有某个人吧。任望珊心里暖了一下，今天也刚好是一整年了呢。

任望珊走进教室，在戚乐身边坐下，发现地上堆了好多东西。

"望珊，生日快乐呀。"戚乐跟她说着，从身侧拿出一个纸袋，"我最近在研究烘焙，这是我昨晚烤的巧克力曲奇。"

任望珊眨眨眼，看着地上堆着的一摞摞礼物，接过纸袋："你们都知道啊？"

戚乐轻轻弹了弹她的脑袋："可不只我们知道，好多不是我们年级的人恐怕都知道吧。任望珊是谁呀，你怎么老没点儿数呢？信不信你晚上回去的时候礼物都拿不下？"

任望珊笑笑："哪儿有这么夸张呀。"

戚乐一歪小脑袋："你等着看喽。"

任望珊低头看了看地上五颜六色的盒子，随手拿起几张贺卡，还真有几个她不认识的学弟和学长。

早读开始前，她无意间往左偏头，看见文漾笙正拼命向她打手势。

"我的宝贝望珊——生日——快乐——"

她一边儿做着口形，一边儿朝着任望珊骄傲地举了举自己手上的礼品袋，嬉笑着摇晃脑袋，身边的男生则看着她不语。

任望珊盯着漾笙，感动地笑了。他们真的太好了，而这么好的他们就在她身边。

"关于二月小高考的事情我就讲这么多，时间还早，到时候大家会有一个月左右的时间专门准备，过是都会过的，大家放心，但是——
"我们是重点班，是要争取冲击全4A拿到高考5分加分的，一定要从现在就开始准备起来……"汤老师还在不停念叨。

丁零零——

第二节课下课，望珊和文漾笙还有戚乐结伴去洗手间，在走廊上碰到正从王老师办公室回来的程鼎顾。

"哈哈！望珊十七了，生日快乐，看到我和老萧给你的黑白巧克力没？"

任望珊弯起好看的眼睛："当然看见啦，真的谢谢你们呀。"

"欸，对了，望珊，你知道老于今天没来学校吗？"

"啊？他没来？"任望珊愣了愣。

文漾笙说："嘿，仔细一想，我今天是还没见过他呢。"

程鼎顾挠了挠头："他刚刚跟我发消息，说是有点儿事耽搁了。他跟王老师请的是病假，还让我配合配合呢。他还说，估计晚自习前能回来。"

任望珊若有所思地点了点头，没多说什么。萧宸这时刚好从洗手间出来，把程鼎顾哈哈地拐走了。

高二（2）班教室里除了任望珊没有其他人，她包里有水果，晚饭就没和她们一起吃。她准备吃完后先把今晚数学试卷的填空题做完，不知道那个活的搜题软件什么时候回来。

忽然她耳边传来奔跑的声音，紧接着教室门被砰地撞开，她吓了一跳，抬头发现是于屿河。

他见到她在教室，重重地吐了口气："还好你在这里。"

她还没问他干吗跑得这么急，他就快步走到她身边拉起她，喘着粗气说："走，带你去个地方。"

她只来得及放下笔，就被他拉着朝外奔跑。

走廊上空无一人，学校道路上也没几个人。少年拉着她的手快步跑下楼梯，经过行政楼、林荫道、美术楼、食堂、篮球场、跑道，最后停在艺体楼，也就是大礼堂。

女孩儿被他拉着跑得特别快，这时忽然停下来，感觉后背都是汗。早知道跑这么累，先让她放个外套啊。

她在喘气的间隙里问："于岢河，你带我来这儿干什么啊？"

"送你礼物。"于岢河憋着笑，"还有力气吗？这个礼物得用点儿力气。"

"啊？"任望珊看着他。

两个人的手没有松开，于岢河牵着她往舞台后面走。

"这个地方是我和程鼎顼上体育课的时候发现的。"他说着带她上了二楼演员准备室，在露台停下。

任望珊左右看看："这儿不就是个小露台吗？"

"不，其实……还有片地方。"于岢河笑着松开她的手。

于岢河在她的目瞪口呆中轻轻一跃，踩上了天台的栏杆，腿上一个用力，跨上露台上方的屋檐。

任望珊忙从下面探出脑袋："于岢河！"

"诶，我在呢，没事。敢不敢？"

任望珊敢是敢，但是从这里看着下面，眼睛有点儿恍惚。礼堂顶部的二楼可跟教学楼的二楼不是一个高度啊。

"望珊，别怕。"于岢河探出半个身子，"我在这儿接着你。"

任望珊咬了咬牙，一脚踩上栏杆，两手扶在屋檐上。她感觉顶上的风特别凉，加上心里又有点儿害怕，不禁闭上了眼睛，只感觉有一双手拉着她。碰到这双有温度的手时，她才觉得安心。

于岢河把她拉上来，任望珊先是跪在屋檐上，然后用力站了起来。白色羊羔毛外套蹭到了土，于岢河帮她轻轻拍掉，然后拉她到远离边缘的位置。

"望珊，睁开眼睛。"

任望珊慢慢把眼睛睁开一条缝，随即瞪大眼睛，露出惊喜的表情。

"天哪！"

屋顶是个偌大的天台，占地和大礼堂一样宽阔。上边微风很凉，整个一中尽收于他们眼底。

香樟树下有拿着打包盒的女孩儿，篮球场上陆陆续续来了带着球的男孩儿，食堂后门冒着氤氲热气，操场、跑道、草地红绿白三色分明，棕红色的教学楼排开来，他们站在最高处。

此时正是落日时分，橙红晚霞落在辽阔的山河间，一层层的光和色在人间烟火中晕染。

再往更远处看，雾紫色和樱花粉的天空瑰丽壮观，金红色落日在中间掩藏，世间万物都应约而染，风也醉人。

于峀河偏头看着任望珊温柔的侧脸。

过了许久，她赞叹道："好漂亮，真的好漂亮。"

"望珊，回头。"

任望珊回过头，于峀河抱着个蛋糕，上面插着粉色蜡烛。

"本来有树老板给你做好的，不过我想着还是自己做比较好。"于峀河有点儿不好意思。

"高估自己了，做了几次都不太成功，今天下午才赶出来一个像样点儿的，费了树老板不少材料，真是对不住他。"于峀河自嘲地笑了两声。

任望珊看着那个草莓巧克力蛋糕，不知道为什么，明明很开心，但是鼻子有点酸酸的。

于峀河看着她："味道肯定是没有你在壶碟吃的好，不过那什么……你们有句话叫礼轻情意重是吧？不管怎么样都吃点儿。"

任望珊用力地点点头。

"快许愿然后吹蜡烛吧，天台上风大，别到最后吹灭蜡烛的是风。"于峀河笑起来。

任望珊闭上眼睛，十指交叉，很虔诚地在心里许了愿望。她睁开眼，对着蜡烛吹了口气。17根蜡烛围成一圈，望珊肺活量小，一口气没吹完，于峀河笑着帮她补上。

"现在好了。十七岁了，生日快乐，万事胜意。还有，小高考记得4A。来，寿星切第一刀。"

寿星切下来一块儿，里面是深红色的草莓酱和黑白分明的慕斯。

于峀河："卖相看着还行，寿星吃吃看。"

任望珊低头尝了一口，笑得眼睛弯成了月牙儿："好甜。超级好吃，你尝尝看。"她垂眸切了块儿小点儿的递给他，"知道你不爱吃甜的，但今天要听寿星的才可以。"

于岿河接过去尝了尝，笑着说："真的还可以欸。"

任望珊不知道的是，于岿河为了做出这个蛋糕已经尝了很多次失败品。

"等会儿回去分给大家尝尝吧，漾笙和戚乐都特别喜欢吃甜品。"任望珊笑得爽朗。

"好啊，着重提防程鼎顾，他一看见肯定遭殃。望珊，你记不记得去年的今天你也穿的这身？"于岿河吃完那块小的慕斯蛋糕，突然开口问。

任望珊轻轻摇了摇头，笑得很温婉："不记得啦。"

于岿河向前走了几步，转过身笑笑："你穿白色真的很好看。"

任望珊看着他没有说话。这个叫于岿河的男孩儿手里拿着蛋糕，发梢被风带起，不羁又坦荡，他背对着落日余晖，让她差点儿以为刚刚发生的一切是梦。

后来，任望珊听说有的人用一辈子怀念学生时代的夏天，她却愿意用一生来回忆那个冬天的落日。

天台上的风特别冷，但她在那一刻拥有世界上最滚烫的心，山川河流都落在她眼眸。

程鼎顾和萧宸匆匆吃完晚饭，在宿舍洗完澡后就回了教学楼。晚自习前，两个人踩在走廊的护栏上，朝外面探出半个身体。

微风，头发上的皂角香，落日余晖，篮球场，人群喧闹声。

"当心点啊，掉下去爷可救不了你。"

"这句话我还想先说呢。"

"嘿，老萧你——"

文漾笙和夏成蹊走出来："你俩当心点！赶紧下来，别被老钱看见了。"

萧宸先跳下来，随即把程鼎顾也扯了下来。

"看到望珊没？她不在教室了。"文漾笙问道。

"啊，我也不知……我知道了，你们看下边！"程鼎顾偏头说道。

于岿河拎着个盒子和任望珊从操场那边走来，无意间抬眸撞上众人的目光。他笑着低头告诉任望珊，随后朝他们挥挥手，四楼的他们也笑着大声回应，时间仿佛在这一刻定格。

落日洒下最后的光，在云里悄悄隐去。十七岁的他们耀眼夺目，飒飒而来，心里有满满一腔火焰，浮生万物都比之不及。

昨天是圣诞节，四楼的老师们延续了去年的习惯，合买了几十箱苹果。此时已是深冬，教学楼外雪松的灰绿色和银灰色枝叶挺直，几株白梅满树繁花斗雪，花瓣的丝丝脉络仿佛诗笺尺素，抖落满身傲慢。

第二节课下课，汤老师从班里走出，突然想到什么，又在窗户边停下，嘱咐窗边的任望珊："望珊，中午的时候你叫上班长和副班长，还有于岢河，一块儿来钱主任办公室一下。"

"好的，汤老师。"

汤老师点点头，抱着一摞卷子走了。

"望珊，什么事啊？"听见动静的文漾笙隔着两组人问。

任望珊回头："老师没说，就让我们四个中午去下老钱办公室。"

文漾笙点点头："估计又是跨年晚会的事。"说完偏头问夏成蹊历史题目。

"啊？"任望珊一惊，突然想起来去年这个时间她还和于岢河天天在音乐教室排练呢。

如果又是报名节目的事……任望珊在想，她该怎么委婉地拒绝老钱。热爱舞台是没错，但她现在更想心无旁骛地准备小高考。一个A和四个A的差距太大，她一天都耽误不得。

想到去年赶鸭子上架的报名方式，她在心里轻轻摇了摇头。现在和高一那时候情况不一样了，她真没多余的心思准备节目。

任望珊停下笔，站起来准备去一班找于岢河，刚好于岢河拿着王老师的教材从办公室回来，俩人在走廊就撞见了。

"于岢河，中午一起去老钱办公室，有事找。"

"啊，这个啊。"于岢河敞着外套，也不嫌冷，"王老师刚刚跟我讲过了，知道了。"

"那中午见。"

今天周四，中午四人一起在食堂二楼餐厅吃了年糕虾，然后一齐向行政楼老钱的办公室走去。

"望珊,如果今年还要你报节目,你报什么哇?"文漾笙嘴里叼着刚刚小卖部阿姨送的棒棒糖,口齿不清地问。

"不报。"

"啊?干吗不报啊望珊?明年高三就没法儿参加了。"

"时间来不及,感觉没那么多精力,我最近只想忙小高考。"望珊叹了口气,"还不知道怎么跟老钱说呢。"

"那好可惜啊。"文漾笙嚼碎棒棒糖,嘴里一股苹果味儿。

于岢河没忍住,笑了一声:"嗐,老钱找我们又不是为了这个。"

文漾笙瞪大眼睛:"不是跨年晚会的事?"

"是跨年晚会。"夏成蹊接着说,"但不是让我们报节目。"

"那是什么?"文漾笙一动不动地盯着夏成蹊,"你们为什么知道?老师什么时候讲了?"

"我呢,是王老师在办公室直接告诉我的。"于岢河懒懒地说,然后看向夏成蹊,"老夏呢?猜的?"

夏成蹊淡淡地看了他一眼,不置可否。

于岢河明白这是他不想说话了的暗号,于是接着说:"按逻辑来讲,如果是节目的事情,班主任找我们就够了。

"再有,就算我们去年的节目还不错,但今年高一的好节目那么多,也不会只叫我们四个去谈。"

任望珊忽然想到了什么,朝他看了一眼,恍然大悟地点了点头。那就还不算费时,准备时间也不需要很多,她可以接受。

文漾笙还呆呆地听着,发现于岢河不讲了,皱了皱眉说:"怎么不说了?所以我们要干吗啊?"

于岢河抬手,想像以前一样打她脑瓜子,突然看到身边的夏成蹊,只好把抬起来的手默默放在自己的头顶顺了顺毛。

夏成蹊垂眸看向她,也不拐弯抹角:"今年我们四个当主持。"

"啊?噢——"文漾笙想起来了,按一中的惯例,每年跨年晚会都是学生主持,只不过去年跨年刚好特殊,学校斥巨资请了一个电视台主持人。

叫啥来着?张什么宁的?什么雅?反正这也不是重点。

行政楼就在眼前,红白钟楼的屋顶伸向晴空,时针和分针重合指向十二点整。

老钱办公室。

于岢河叩了叩门:"钱主任。"

"你们几个来啦。"老钱忙按了烟头,停下手头的工作。

夏成蹊默默看了一眼右边白色墙壁上挂着的"模范无烟办公室",脸色淡淡的。

于岢河倒是没有顾忌,嘴角翘了翘:"老钱,无烟学校啊。"

老钱白了他一眼,随即一脸严肃:"知道我叫你们来干吗吧?"

四人都点点头。

老钱满意地嗯了一声,两手十指交叉抵在木质办公桌上,认真地说:"这次主持找你们几个,一是学校惯例,每年主持都找高二的来;二来,你们几个是学生会的,这事也是我管,这样安排合理些;三来,你们也比较合适。"

"嘻,老钱,懂您意思。"于岢河歪头笑笑。

老钱也不多唠,直入主题:"你们四个,谁有什么问题吗?有没有什么不方便的?"

文漾笙紧张地看着任望珊,好在她没有拒绝。

"对了,任望珊同学,你是管文娱部的,本来你要负责一部分跨年晚会的筹办,但是考虑到你们重点班的同学课程多,作业负担重,你已经定主持了,还有稿子要写,所以这次就交给宣传部来做了。"

交给戚乐和许念念挺好的,任望珊笑着点点头:"谢谢钱老师。"

老钱递给他们一人一份文件:"这是前几年跨年你们的学长学姐写的主持稿,可以参考,接下来两天分工把稿子写出来。"

"还有,"老钱推了推只在办公室才会戴的老花镜,"等晚会那天上完课,王老师会带你们去外面试礼服的。"

"得嘞,那老钱我们就先走了。"于岢河拿起文件,看了看表,刚好快午休了。

老钱点点头,朝他们摆摆手。

走出行政楼,于岢河拿出文件看了几眼,心里大致有数了:"老夏、漾笙,你们俩就一起负责前半部分吧,我和望珊写后半部分,接

249

下来几天时间足够了。"

"好啊,那后天我们中午吃饭的时候先在食堂对个初稿。"文漾笙说。

于岂河点点头,又看向任望珊:"望珊,你有问题吗?"

任望珊正在发呆。

"课代表?任望珊同学?"于岂河看她半耷拉着眼皮,拼命憋笑。

"啊?"任望珊才反应过来,"好,没问题。"

"看你困的。"于岂河无奈地说,"走快点儿,赶快去午休吧。"

任望珊应了一声。四人小跑着路过喷水池、青草地、林荫道。

香樟树四季常青,虽有些半黄的叶子,但芳香不减。冷风吹来,香气依旧氤氲,吹得人更困了几分。

这天午休时间,四人在大礼堂对稿。

前两天周末,四人去壶碟改了好几遍主持稿,顺便蹭吃蹭喝,昨晚又深夜连麦,才敲定最终稿。

于岂河没事的时候总是一副漫不经心的样子,但是一旦投入一件事情,他就是最精益求精的那个。有些词句的使用,他比任望珊分得还细。

"望珊这边,我说完的时候你要先跟漾笙有一个眼神的互动,再继续说你的台词……

"欸,漾笙你这段别急……还有拿手卡的时候,眼神不要一直向下瞟,其实我们改了这么多次,差不多也能背下来了。"

任望珊喝水的时候用胳膊肘碰碰文漾笙,偷偷地问:"于岂河初中是不是主持过啊?这么专业。"

文漾笙把手拢在嘴边轻声说:"那可不吗?何止是初中啊,从小学开始年年文艺汇演都是他主持,贼会了。"

任望珊点点头,若有所思。这个人怎么什么都会?

"小笙,望珊,再上台完整过一遍,差不多下午第一节课要开始了。"夏成蹊曲着手,把刚刚解开的袖口低头叩上,抬眸对她们说。

"欸,来啦。"文漾笙拉起任望珊走过去。

门外有樟树叶子被风吹落的声音,有梅花轻吐暗香的声音,有不午休出来散步的同学踢起石子的声音,还有窃窃私语的声音,但这室内只有他们四个人的声音。

嘹亮且饱满的主持声在空旷的礼堂回响,让人的内心柔软而动情。

跨年晚会这天。

"来,都上车。"王老师开出她的红色奥迪 A4,"咱们赶紧的,早去早回,八点还要轮着排一次。"

今天也像往年一样没有晚自习,学生可以自主安排时间直到晚会开始。由于今年节目报得多,跨年晚会比去年提前一个小时开始。

四人上了车,于岢河坐在副驾驶。

王老师把手里的一袋子饭团递过去:"买了四种口味的,你们自己挑。"

"谢谢老师。"于岢河抬手接过去,把任望珊不吃的三鲜饭团拿出来,确认其他三种都是她爱吃的,才把袋子单手递到后面。

"王老师您吃过没?"于岢河不忘关心老师。

"我不吃,最近在减肥。"

于岢河最想不明白的就是为什么女生永远都觉得自己胖,动不动就减肥,除了任望珊。她是真不爱吃饭,爱吃甜点。

红色奥迪 A4 缓缓停在一家婚纱摄影店前面。

"走。"王老师拔了车钥匙下车,四人紧跟在后面。

进入摄影楼,里面年轻的摄影师很热情地带他们上了二楼。

"大家跟着这位姐姐,自己去挑,老师在这边等你们换好出来。"

"每一件都可以试穿的,换好之后我们会有化妆师给几位小同学化妆。"摄影师轻声细语地说。

文漾笙好像看到了喜欢的:"我去试试那件。"

任望珊嗯了一声:"好啊,等会儿出来我给你把关。"

这边,任望珊还在挑,摄影师姐姐靠过来说:"小同学,需要姐姐给你推荐一款吗?"

任望珊没有拒绝,笑着说了声好呀,然后乖乖跟着摄影师来到一个橱窗前。

"小同学,看看这件。"

任望珊看向橱窗里单独挂着的礼服。

白色裙摆层叠铺开,像是月亮下晃动的海浪。袖口是参差错落的蕾丝花边,花朵点缀着向肩头延展。后背微微镂空,轻纱薄如羽翼,轻轻覆在上面。

腰身用的是白月光般的极简缎面,手工钉扣点在珍珠缎带上作腰带,勾勒身形线条。拖地裙摆不长,半米左右的样子。礼服不算奢华,却很精致。

摄影师笑笑:"这件礼服叫作'预言',我觉得很适合你。可以试试看吗?"

任望珊也觉得这件很美,抿着嘴点了点头。

等她换好礼服走出试衣间,文漾笙还没出来。

"小同学过来一下,姐姐让化妆师给你弄一下妆造。"

任望珊乖乖跟过去,坐在单间化妆室的镜子前面。在化妆镜明亮的灯光映照下,女孩儿的面孔更显立体和精巧。

"小娘鱼真好看,底子就很好。"化妆师由衷赞叹。

化妆师动作轻柔娴熟,二十多分钟就化好了妆。她把望珊浅棕色的头发卷了造型编好,又给她戴上树枝状的金色发环。

"好了。其他几位应该在别的化妆间,不知道好了没有。"化妆师说。

任望珊垂眸,眼睫毛卷翘纤长:"谢谢姐姐。"

她起身拨开化妆室垂帘,微微向外偏头。

落地镜打下暖色调灯光,白色西装的夏成蹊单膝跪地,正在细心地帮一袭酒红色礼服的文漾笙整理裙摆。

文漾笙涂了正红色口红,又戴了长长的耳坠,显得脸更加小巧和白皙。她绾着一头乌黑青丝,沉默着向后偏头垂眸,却不说话,不知是在看冗长的裙摆,还是白西装的少年。

夏成蹊的头发是三七分打理的,他低着头,骨节分明的纤长手指整理着裙角,身形硬朗,眼里温柔,姿态挺拔,眉目谦逊。他跪地时露出一截儿劲瘦的脚踝,沉静的眼眸没有往上看,特别专注。

任望珊看着这幅景象,嘴角不自觉地微微上扬。

咻——

她正对面原本合着的丝绒帘被拉开,于屿河走出来,手上还在系着衬衫袖扣。两个人看向对方,场面出现了短暂的寂静。

　　于屿河依旧是穿他标配的黑色西装,头发梳成了中分,微微烫了一些。他穿私服的时候总是潇洒不羁还带着几分懒洋洋的好看样子,但一穿上西装,气场和体态就会瞬间改变,眉宇之间英气逼人。

　　西装肩线与他的身形完全贴合,内搭的白衬衫袖口刚好触及手腕,再加上九分西裤,整体层次极佳。于屿河脸上打了阴影,本就立体的轮廓现在更是出众。

　　两个人的目光碰撞,竟下意识地同时避开。

　　刚刚的任望珊抬眸时如同林间轻风,垂眸又宛若人间烟火,每当她如此绝美,于屿河就想收藏这世间美好,将春花秋月、夏风冬雪悉数奉与她,仍觉得不够。

　　二人一起低着头走出去,夏成蹊刚好站起身。

　　于屿河看向他俩,歪起嘴角:"好看。"

　　王老师这时候走过来,差点儿以为自己误入片场。

　　"哟,标标溜直呀。"她笑着用方言调侃。

　　文漾笙和任望珊瞬间脸红,于屿河抿了抿嘴唇,夏成蹊面无表情,但若是仔细看,就会发现他的耳根悄悄变了颜色。

　　摄影师姐姐走出来,试探地询问:"这位老师,是这样的,我们商量一下,能不能让我们给这几位小同学拍几张照片作为我们店的网络宣传图?放心啊会标明他们是学生,然后……这次租礼服还有妆造的费用我们就不要了,您看这样可以吗?"

　　王老师坦诚地说:"费用本就是学校出,跟这些孩子没有关系。能不能拍,得看他们自己愿不愿意。"

　　四人并不介意自己的照片被放到网上,听到能减轻学校负担,更是欣然接受,没有意见。

　　"欸好好好,就占用十几分钟时间,谢谢了。"摄影师忙拿起摄像机让四人进了工作室。

　　粉红鲜花背景墙前,摄影师对着四人左右咔嚓了好几张,拍完看摄像机里的片子,怎么看怎么好。

　　他回头对王老师赞叹道:"这几个孩子真上镜!"

253

"那是，都是衣裳架子，板板正正，穿啥啥好看，招人稀罕。"王老师一来情绪就会不自觉地冒出东北方言。四人笑起来，摄影师又趁机抓拍了一张，看过后满意地点点头。

"再耽误几分钟分开拍一下可以吗？就这边两位先来吧。"摄影师指了指于肖河和任望珊。

单独拍？任望珊不敢去看于肖河，只是身体稍微靠近了他。

"欸，两位再自然一点点可以吗？拍两张近镜头的。"摄影师笑着说。

任望珊有点儿僵硬，于肖河朝她这边靠了两步。

"欸，距离可以了。能来个互动吗？这样更好看。"摄影师提着建议，完全不知道此时二位的内心翻涌。

"跟你说个事。"于肖河偏头说。

"嗯？"任望珊看向他。

咔嚓——

摄影师低头："这张好得不得了，特别绝！修好后发给你们！"

照片上，男生微微侧过脸，眼神温柔地看向对方。女生抬起头看向男生，眼神纯净，似是要询问些什么，自然又和谐。

"说完了。"于肖河微微扬起嘴角。

任望珊撇撇嘴，虽然他欠了点儿，但这方法还挺好，没尴尬。

后来于肖河把这张照片设为手机壁纸，一直没有换过。

任望珊看着文漾笙和夏成蹊，感觉文漾笙比自己自然多了。她觉得最好看的一张是一袭红衣的文漾笙低着头，夏成蹊背着手微微向她欠身。

等一切结束，刚好是七点四十分。王老师把油门踩到底，几人终于在八点稍过一点的时候到了现场。

舞台上，许念念和戚乐正在试放她们买来的干冰喷雾，此时没有放背景特效的舞台上，白色光束打在漂浮的粒子上，如梦似幻。

有些没什么事的同学已经抢先来落了座，看着进场的四人窃窃私语，还有人拿出了相机疯狂拍照。

四人没心思去管别的，赶紧拿了手卡对流程。什么时候上台，顺序先后，下场先后，什么时候互动和对视，都再过了一遍。

晚会如期举行，四人上台，还未开口，全场已然沸腾。

礼堂的空调开得很热，老钱只穿了一件蓝色衬衫。他坐在第一排，抱着胳膊跷着腿，笑眯眯地对校长说："有这四位在，气氛是真不用愁喽，保证比去年请的那电视台的张雅宁还好。"

四位主持人文采飞扬，情感得当，衔接流畅，默契至极，台下的闪光灯就没有停过。

晚会即将结束的时候，干冰的细雾从舞台四角一起喷涌而出，触感冰凉舒适。

于岢河嘹亮的声音响起："让我们一起倒数——"

"10！9！……3！2！1！0！"

"热烈欢迎2014年的到来！"

舞台上方彩带落下，少年少女的肩头和发丝上尽是金色斑斓。全场沸腾，夏成蹊默默帮文漾笙把肩上的彩带拂去，文漾笙让他低下头，用手轻轻挑去他头上的丝带。

喧闹声中，任望珊笑着去摸干冰的雾气，于岢河也抬起手想抓水雾，两只手的指尖碰到了一起。

台下，程鼎顾在吵闹声中坐下，对萧宸说："哎老萧，我也好想穿西装啊，我这么帅，穿西装肯定很好看，真羡慕他俩。"

不过他也就是随口一说，随后又站起来跳跃着欢呼。

就这样，他们告别了2013年的浮华岁月，对青涩懵懂说再见。

2014年1月10日，星期五。

"昨天也都跟大家说过了，从今天开始主课全停，专攻小高考。"王老师两手撑在讲台上，穿着棕色格子大衣，气场加倍，"所以今天之后，我只会在早课时间和晚自习时间来班级，其余时间都在办公室，有什么问题都可以来办公室找老师说。"

王老师："还有，小高考的时间是2月19日，今天到小高考中间会给你们放一个短暂的春节假期。再过十天，我们要先把期末考试考完，然后继续上课。"

"啊？老师，主课全停了还要期末考啊？那期末考……还考语数英吗？"程鼎顾急了，这是他之前就在厕所听到过的、最不愿意相信的消息。

王老师淡淡地看了他一眼："你说呢？"随后她抬起双手抱在胸前朝向大家说道，"接下来这几天主课都不上了，大家自行准备期末考试，就看自己的时间分配和自觉性了。"

班里发出一声声接连不断的叹息。

"别唉了都！每届学生不都这么过来的。好了，我回办公室去了，纪律委员和班长注意下纪律。第一节课是政治，大家加油！"

全校学生下楼去操场跑操。

"噗——"程鼎顾目光呆滞，边下楼边跑到前面跟领队的萧宸说，"以后每天晚上都要背整整一个半小时的哲学提纲，我真要吐了，我情愿抄两遍英语单词表。"

"节哀顺变。下两节历史要默写整本必修1，你昨晚背了吗？"萧宸挑了挑眉。

"昨晚不是只背政治？"程鼎顾一脸震惊。

"没事。"萧宸升了个腔调，"老子也没背，一起重默去。"

程鼎顾竖了个大拇指："好兄弟。"

任望珊跟在一班后面，手里拿着一小本薄薄的物理公式合集，下楼梯时一不留神踩空了。她赶紧扶了栏杆，差点儿摔倒。

"望珊你小心点儿啊，走楼梯就别看书了。"戚乐拿着化学练习簿在后面提醒。

"好。"任望珊转头笑笑，"那我等会儿跑慢点看。"

学校里每次出操的时候，都能看到学生拿着各种习题册，抓紧每分每秒地看。

任望珊跑步时无意间看向一班最后一排的位置，突然一愣，于峃河今天怎么没在队伍里？

于峃河是没去跑操，他破天荒地去行政楼老钱办公室问了几个历史大题，出来看操场上跑操都跑一半了，就没再去，回了教室看书。

外面跑操的人陆陆续续回来了，程鼎顾和萧宸推推搡搡，争先恐后地第一个跳进教室。

丁零零——

第二节课开始，两个人默契地对视一眼：好兄弟，明天历史办公室见。

晚上回到家，于峟河刚刚放下书包，桌上的手机振了振。于峟河打开微信，是何女士，她说在米兰谈了一个英国时尚圈的项目，月底回不来了。

于峟河低头回复个没事，顺手打开贴吧看了看，突然看到了什么，瞬间坐直身体。他正寻思该怎么办，程鼎顾发来了消息。

程鼎顾：老于！
于峟河：怎么了？
程鼎顾：可以啊于哥，看贴吧。

程鼎顾甩了个链接过来，于峟河耸了耸肩，回复他说自己刚刚看到了。

学校贴吧热度第一的帖子赫然是跨年夜那天他们在影楼拍摄的照片。细心的学生发现了摄影师发布在微博平台的照片，直接搬到了学校贴吧上。

评论区一片沸腾，前面的评论区倒还算和谐：

"终于有我男神的高清图了……"

"姐妹们喜欢夏成蹊的举个手让我看到！"

"这几位我没法儿选啊啊！！"

"借个楼悄悄问一下有没有成醉学长的联系方式？"

"喂喂楼上乱入的请您离开论坛好吗？"

"任望珊学姐我女神！笙笙学姐也好看！"

后来的评论局面一发不可收拾：

"没人觉得这样拍很奇怪吗？"

"对啊，如果是学校宣传晚会也不可能现在才发出来。"

"就是影楼的宣传吧？我看到原微博了，有注明是学生。"

"我看着觉得好配啊！"

"没有吧，我心里没人能配得上于峟河。"

"这样说不太好吧？搞得好像我们望珊哪里差了一样。"

"明明是没人配得上任望珊学妹吧？"

"楼上有病？不是自己仰慕吗？"

"就是，别带上别人。"

"你们别过分啊。"

也不知道这到底有什么好吵的。

"估计等会儿就会被管贴吧的老师撤了吧。"于岢河回复了程鼎顾一句。其实他和夏成蹊是无所谓别人评论的，主要是这对两个女孩儿不太好。

大礼堂顶楼天台上，于岢河、程鼎顾和萧宸坐在天台靠边处，两腿悬空，看着一不小心就会摔下去，这几个人倒是一点儿不怕。

塑料袋里是小卖部的汉堡、饭团和可乐、咖啡，三人就像傻货似的在天台上一晃一晃地吹冷风。也是，谁年轻时都会有二货行为。

"老于，这地方现在是不是就我们四个人知道啊？"

"嗯，我只告诉了望珊。"

"嚯哟。"程鼎顾躺下去，双手枕在脑后，"连老夏和漾笙都没说啊。"

"那……等他俩生日当礼物说吧。"于岢河笑出了声。

"哈哈哈，你也太狠了于哥。"萧宸也朝后躺下去，不管天台上有没有灰，大不了站起来再相互拍拍呗。

这次期末因为各市都在忙小高考，没再统一出卷，四市联考就变回了市统考。

题目不是特别难，可能考虑到大家最近都没有什么时间管主课，语文连课外名句默写都没考，原本特别令人心烦的文言文这次都出得简单起来，名著阅读居然考了"刘姥姥一进大观园"这种考烂了的题目。

语文考试结束，一楼食堂里，文漾笙一边儿吃着韩式年糕锅，一边儿跟任望珊讲小高考的事。都懒得对语文答案了，反正都一样。

任望珊一边儿小口吃着不麻不辣不烫的麻辣烫，一边儿和文漾笙聊着。

这段时间大家很累，午休的时候都很安静，头一挨桌子就睡着了。汤老师轻手轻脚从后门走进来，帮大家开了空调，关好灯，悄悄把后门带上。

大家这段时间都辛苦了，一定加油啊。

三天后，考试结束，成绩也出来得很快。因为试卷题型偏简单，重点班的分差拉得不大。

大家小科分数都偏低，各科老师着重出了些偏难怪题，就是想引起学生对小高考的重视。毕竟4A加5分的诱惑实在是太大了，怎么说也得拼尽全力冲一冲。

三十一号就是春节，放假之前学校还要集中上一个星期的小科课，这段时间除了班主任，主课老师都不在学校。

高二（2）班里，任望珊盯着小科成绩单皱起眉。除了政治是A，其余物化生都是B，这理科也太不行了吧。

另一边儿，高二（1）班整体感受到了文科的难度升级。

于岢河看着地理一栏的B默默地想，看来寒假又有找任望珊的理由了，也不知道她考得怎么样。

上上周学校贴吧上的帖子已经被老钱郁闷地删除了，看来长得太出众也不是好事，不过这些照片是真的好看。

男生宿舍C楼。

程鼎顾拖着脚步往上爬楼梯："为什么双人间在六楼？"

萧宸拎着包健步如飞，趴在顶楼的栏杆上看着楼下的程鼎顾，吊儿郎当地说："优质的宿舍条件是有代价的，懂否？您老悠着点儿。"

萧宸站在609门口转着钥匙，奈何今天钥匙可能有自己的想法，就是打不开门。

程鼎顾摇摇晃晃地上来，看见老萧在跟铁门做斗争："什么情况啊？锁坏了？"

萧宸把钥匙拔出来，皱了皱眉："不知道，之前不是都挺好的吗？门锁不太可能坏，等我再……"

哐当——

程鼎顾上来就是一脚，铁门直接弹开了，随之落地的还有门锁的细链子。

萧宸："现在是真的坏了。"

也顾不得那么多了，明天去找宿管报修就是了。

萧宸洗完头出来，下身围着块毛巾，发尖上淌着的水顺着脊背滴落到瓷砖地面。

他抓了抓头发："快去洗，马上十一点半宿管熄灯了。"

程鼎顾还坐在书桌前看书，偏头说了声："马上。"

"把你的书包从我床上拿开。"萧宸得了空坐在床上说。

程鼎顾终于看完了不知是第几次的历史重默内容，伸了个懒腰，进了浴室。哗啦啦的水声还没响几分钟就停了，带着回音的声音从浴室里传出来："老萧——我饿了——"

萧宸扶额："老坛酸菜还是红烧牛肉？"

"红烧牛肉——"

萧宸一提热水壶，居然没水了，便拿起饭卡下了楼。

操场黑漆漆的，树影婆娑，四周空无一人，偶有几声鸦雀啼叫。萧宸出来得急，身上只穿了件睡衣，不禁打了个寒战。

程鼎顾洗完头出来，萧宸刚好拎着热水壶从外面回来。

程鼎顾皱眉："没水了？你就穿这件下楼的？冷不死你。"

"吃不吃？"

"吃！你最好了。"

五分钟后，萧宸像看脑残一样看着对面床上抱着红烧牛肉面吃得正香的劳动委员。

"老萧你为啥不喜欢吃泡面啊？你简直不是人。"

萧宸白了他一眼。突然电闸咔嗒一声跳了。

"熄灯了？"萧宸疑惑地看了看手机，"才一刻啊，这不还有十五分钟吗？"

"可能宿管想睡了。"程鼎顾吃完泡面，起身把桶扔进纸篓。

萧宸看见没了绿灯的空调："程鼎顾，是停电了，你看空调。"

"啊，也没事。就是我手机没电了，充电宝给我轮着充充呗。"

萧宸递过去，窝进被子里准备睡觉。

"老萧，明天叫我起床啊。"

"知道了。"萧宸懒洋洋地说。

空调关了,室内有些冷,好在被子够厚,也没什么大问题。

夜晚走廊的穿堂风强烈,没了锁的铁门吱呀一声渐渐敞开,冷风直往朝门的程鼎颐床上钻。

睡梦中他掉了一地鸡皮疙瘩,猛地睁开眼,发现门开了。他捂紧被子,把自己缩成一坨。自己挖的坑,掉下去也怪不得别人。

冰冷的穿堂风一阵阵呼啸着涌进门口,没过几分钟程鼎颐就冻得手脚冰凉。他猛地一个哆嗦,心想,明天早上起来别是要发烧了。

"程鼎颐。"

"嗯?"萧宸居然醒了,程鼎颐按亮手机,电已经充满了,上面显示凌晨两点半。

"老萧你怎么也醒了?你是不是也冷?这事怪我,脑子坏了就把那个门……"

"我不冷啊,你去再拿一床被子。"

程鼎颐不知道去哪儿找被子,满脑门儿问号:"啊?"

"别感冒了,我衣橱里还有一床夏凉被,你去拿出来一起盖。"萧宸也是刚醒过来,鼻音有点重。

"噢。"程鼎颐起身下床。

"你快点儿行不行?明天我还要叫你起床。这啥?"

"充电宝,还你啊。"

"放我书桌上就成。"

程鼎颐放好充电宝,抱着被子压在自己的被子上,把自己裹成了蚕蛹,重重地舒了口气:"谢了老萧,困死我了。"

程鼎颐一挨枕头就睡着了,萧宸皱了皱眉。

明天得给程鼎颐灌点儿板蓝根,别是冻感冒了。

"说好叫我起床的呢?"程鼎颐猛地从床上坐起来,看了眼手机,"老萧你咋还……"

"萧宸?"程鼎颐感觉不太对,下床摸了摸萧宸的额头,好烫。

不对啊?昨天对着风口的不是他那床吗?怎么他没事,萧宸倒发烧了呢?

他赶忙给萧宸盖好被子,下楼打了热水,倒好凉着,又跑到食堂给萧宸买早餐:"阿姨,手抓饼还有吗?"

阿姨抬头看看他："哟，今天怎么不是那个姓萧的小伙子给你带饭啊？换成你给他带了啊？"

说着就熟练地拿了几样东西：松子烧卖，肉松蛋糕，手抓饼，里脊肉肉夹馍。

"他每次来都是这些，我早记熟了。"阿姨善解人意地说。

程鼎顾忙谢谢阿姨。

爬上六楼的时候他觉得自己好像麻烦萧宸太多了，这样太不够哥们儿了，以后他要多帮萧宸做点事。

他进门的时候萧宸已经醒了，正在穿鞋，抬头看见他还有点儿惊讶："你怎么回来了？现在早读都开始了。"

程鼎顾不说话，把早餐放在桌上："有啥？大不了一起罚站，你快吃，吃完吃我抽屉里的退烧药，记住早晚各一次啊。"

看见萧宸收拾书本，程鼎顾忍不住说："老萧你还要去上课啊？我今天还想给你请假呢。你还是睡着吧，饭我给你带。"

程鼎顾有些难为情，毕竟萧宸生病是因为他。

"没事，你这不有药吗？"萧宸笑了笑，站起身拿过书包，接了早餐说，"谢了，边走边吃吧。"

程鼎顾莫名有点儿难过。

萧宸走到门口，发现程鼎顾有点儿怏怏的，他盯了他两秒，开口说："程鼎顾，一起拿个4A怎么样？"

程鼎顾抬头对上他的视线，顿了两秒后用力地点点头："好！"

萧宸歪嘴笑笑，头向外一偏："走啊傻货。"

程鼎顾突然开心起来："来嘞！拿4A！从历史不重默开始！"

"阿姨，一个黑椒牛肉饭团，一瓶果纤橙汁，谢谢。"于峃河对小卖部阿姨说道。

昨儿晚上，活的搜题软件给任望珊讲完题，又给了她一份私人订制题库。

任望珊说明天中午想拿吃饭的时间做题，于峃河就自然地说："那明天中午我给你带东西，吃什么？"

任望珊过了会儿回复："橙汁和黑椒牛肉饭团。"

于峟河回了声好后,"鱼遇余欲与"和"Shane"的头像几乎同时变为灰色。

谁知道小卖部阿姨回了句:"饭团有,橙汁今早没来得及去后街进,牛奶可以吗?"

于峟河嗯了一声:"那……换咖啡吧。"随后他拎着咖啡和饭团沿着林荫道走,路过喧嚣的操场。

程鼎顾和萧宸正在篮球场复习,于峟河突然想起来他俩曾经心血来潮想吃KFC,就从操场翻墙出去买,还差点儿被老邹抓住。

他笑了笑,突然想到什么,忽然停下,看向操场后门那堵墙。

"顾哥!"于峟河一边儿向他们那块篮球场走一边喊,看见程鼎顾回头,把手里的塑料袋朝他一扔,"接下!"

程鼎顾伸手接住,眉开眼笑:"哟,这么贴……"

"回去的时候把咖啡放我桌上,饭团给望珊,跟她说橙汁等会儿到。"

"嗐,不是给我的啊,你想气死我。"

"你要喝就喝。"于峟河背过身往操场边跑。

程鼎顾把塑料袋放在篮球架下面,起身朝跑远的于峟河喊:"老于,你干吗去啊?"

于峟河没回头,尾音拖得很长:"拿橙汁去——放心,中午回得来——"

于峟河走到操场尽头,抬头看了看墙,再看了看旁边杂物堆的高度。他在心里默默计算了一下墙壁高度、大约需要的助跑长度、弹跳力度、抛物线弯曲率、起跳和落地动作……

跳高冠军,展现你真正实力的时刻到了。

他往后几步退到草坪边缘,腿部猛地发力,做加速直线运动冲向杂物堆,左腿起跳,右脚跃上砖块速度不减,再次起跳,左腿直接翻上墙壁最高点,双手撑墙,右腿向后一跨,双手松开,身体腾空,然后稳稳落地。

于峟河起身拍了拍手上的灰尘,抬脚大步向后街走去。

"娴姐。"于峟河抬手撩起鹿烧后厨的门帘。

鹿娴惊喜地回过头:"峟河?这个时间怎么来后街了?"

"啊。"于岢河看向她,"就是想来问问娴姐,知不知道咱一中小卖部每天早上进饮料的地方是哪家店?"

"知道的。"娴姐温婉地笑笑,"每天大清早你们小卖部的阿姨都开着电动车来拿货,就是娃娃机旁边那家。"

"好,谢谢娴姐。"于岢河放下门帘欲走,"娴姐我走了啊。"

"等等。"娴姐笑着说,"来都来了,拿点儿点心回去。"说着拿了个塑料盒装了几块梅花糕。

于岢河也没客气,走近拿起塑料盒道了谢,临走时又比了个嘘的手势:"娴姐,我是翻墙出来的,保密。"

于岢河眨眨眼睛,转身出了后厨。

找到任望珊一直喝的百分百果纤橙汁,于岢河拎着塑料袋回到原处,盯着那堵墙发呆,这外边没杂物堆啊,怎么整?

于岢河看向旁边的一棵香樟树,大树枝叶繁茂,树杈纵横交错,突然就懂了。他不禁在心里感叹,程鼎顾和萧宸这俩货也是够牛的。

他把塑料袋往嘴里一叼,开始爬树。好在香樟树枝丫低,他没爬两下就与墙头齐平了。他小心翼翼地蹲下,顺着树枝往墙上挪,随后两腿往里一翻,左腿踩着杂物堆,原路跳回操场草坪地面。

他站起身,低头看看表,怎么已经午休了?于岢河拎好塑料袋,一抬头向教学楼四楼看去——王老师正在窗台栏杆旁看他。

"跑出去干啥了?身手挺矫健啊班长。"午休时间,王老师坐在办公室啜珍珠奶茶,低着头批试卷。

"买橙汁。"

"就这么个小事?学校小卖部买不着吗?"王老师难以置信。

"那老师您还真错怪我了。"于岢河笑着说,王老师一看就不是真要找麻烦的,"小卖部还真没有。"

"那也不能翻墙出去。"王老师拍拍桌子,还好办公室的其他老师都不在,不然准被她吓一跳。

"那多危险啊,违反校纪校规还是次要的。墙那么高,你出去的时候应该是踩了杂物堆那些砖头吧?回来的时候又爬树,我真是提心吊胆的。你以为我在四楼想的第一件事是你违规啊?是安全问题班长!"王老师蹙着眉,语重心长地说。

"这次没其他老师看见,橙汁留下算补偿,我就不计较了。你也知道这事要是给钱主任或邹校长看见,保准明天公告栏上你名字就挨在谢钦旁边,信不信?"王老师没完没了的,真是被于肖河气着了。

于肖河第一反应就是:"老师我出去一趟就为了这橙汁啊,要不商量商量,梅花糕给你行不行?"于肖河说完心里默默给娴姐行了三个大礼。

王老师白了他一眼:"真以为我贪你那点儿东西啊?快回去午休吧,记得下不为例啊。"

于肖河欸了一声,高兴地出了办公室。他怕这个时候进去教室影响同学,就一直在门口站到了广播开始放每日推送。

二班的窗帘陆续拉开,任望珊睡眼蒙眬地打开窗户,看见于肖河站在窗外。她惊讶地瞪大眼睛:"你怎么在这儿?"

阳光正好,落在任望珊的眼睛里变成了琥珀色。

于肖河把手上塑料袋一递:"橙汁来了。还有梅花糕,饿了就当下午茶吃。"

任望珊疑惑地接过来:"今天漾笙还跟我说呢,中午买果汁都没买到。你哪里买到这些的啊?"

"想知道?"于肖河的身体微微前倾。

"嗯?"任望珊有些奇怪。

"就不告诉你。"于肖河笑着转身,"我走啦!"

"幼不幼稚啊你?无聊。"任望珊也不想跟他贫,坐下抽了张纸准备拧瓶盖,却发现瓶盖已经被拧松了。

她嘴角微微抬了抬:"真是闲着没事。"

"那么就这样,大家回去好好过个年,小高考也没几天了,这段时间大家也不要松懈啊。还有什么问题吗?没问题劳动委员留下来看一下值日,大家可以收拾东西放学了,祝大家新年快乐。"

"老师新年快乐!"大家齐声回答完就开始各自整理东西,场面瞬间变得十分混乱。

于肖河听说今天老爷子回来了,还挺开心的,跟大家都打过招呼后就上了路口黑亮的宾利车。他到家后直奔书房,但敲门前倒是克制住了自己的兴奋。

他轻轻敲了敲门说："爸，我回来了。"

"进来吧。"于崤河推门进去后反手把门带上，他老爷子还在电脑前办公。

"你妈在英国呢，这次过年又回不来了，你知道的吧？"于穆没抬头。

"嗯。"于崤河点点头，"没事，早习惯了。"

他其实已经很开心了，上一个爸妈都在家的除夕夜早就在他记事之前了，这么多年过去了，每年的春节他要么跟着树老板过，要么就去发小文漾笙家，于穆这次能回来陪他已经是意外惊喜了。

"楼下阿姨已经在做饭了，等会儿一块儿吃年夜饭。我现在还忙着，待会儿吃饭叫我。"

"好，那我先回房间了。"于崤河退出书房，往另一个方向走。

他在书桌前放下书包，往床上一躺。老爷子又是这样，假正经，就不能多说点儿话。

于崤河感觉以前老爷子没这么寡言少语的，好像……是从他上高中开始，老爷子的话明显比以前少了，可能工作压力越来越大了吧。

想到老爷子鬓角那些白头发，他微微叹了口气。他真想快点高考，考个好大学，学好金融帮帮老爷子，别让他一天天的这么累。

晚饭各色菜品种类齐全，水晶灯洒下暖意灯光。

于穆在饭桌上照旧问了于崤河的学校活动和成绩，听到后心里满意得很，面上只是点了点头说："继续保持。"

父子俩就这么有一搭没一搭地聊着，餐桌上没有何女士，二人心里都有些空落落的。

春晚马上开始了，于穆不爱看这些热闹，让于崤河自己看会儿电视或是找对时间和他妈妈打个电话，就回书房了。

于崤河在沙发上坐下，看了会儿电视又看了会儿国外的网页新闻。转眼间十一点多了，口袋里的手机突然嗡嗡地振动起来。

他正纳闷儿谁会这个时候来电话，低头一看备注，赶忙接了，语气里透出笑意："什么事啊？新年不还没正式到吗？"

"于崤河！你快看窗外，下雪啦——"手机里传出任望珊开心的声音。

于岿河一愣，随即大步走到餐厅的落地窗前，把方才拉上的暖黄色遮光帘拉开。他不自觉地拂上玻璃窗，朝上边轻轻哈了口气。

苏州不常下雪，一年也就那么一两次。窗外细小的银白色六角花瓣一片片打着旋儿落在院子里的玫瑰丛中，有些许花瓣顽强地覆在枇杷树上，逐渐积累融成一层薄冰。

室内暖色灯光的照射使雪花翻滚旋转的时候微微发亮，也更易于人们发现它们的存在。此时大地静谧，人的视线里浮起一片白。

"怎么样？"任望珊的声音带着激动和开心，"是不是下雪了？好看吧？"

"嗯。下雪了，很好看。"于岿河的声音有些沙哑。

"可惜就是小了点儿，要是再大点儿就好了。"任望珊的声音里有些惋惜，"不然还能堆雪人呢。"

她顿了顿，又接着说："嗯……好像我记事开始，就只有那么两三次的雪能堆雪人的。"

"毕竟南方天气没北方冷啊。"于岿河笑着回应，心里却想的是，我记住了，任望珊，我会记得给你看漫天大雪的。

于岿河又想起来什么，认真地说："对了望珊，哪天如果有空，还去壶碟老地方吧，树老板把壶碟的钥匙留给我了。我地理不太行，如果……你物化生有什么问题的话，见面也可以随时问，不用再等我网上回消息了。"

"好，我每天都有空呀，明天就可以。"任望珊笑着说。

于岿河有点儿惊讶："接下来是春节啊，不得出去走亲戚吗？哪儿来的时间？"他自己家是真不走亲戚，过年都没个长辈在家的，但任望珊也不走吗？

"不走的。"任望珊淡淡地说。

于岿河也不好多问，点点头说："那就明天，时间你定。"

"下午一点见吧，今晚要守岁，明天还要起早和奶奶出去买年货。"

于岿河笑了笑："我都可以，那明天见了。"

"明天见。新年快乐，于岿河。"

于岿河放下手机，往里走了几步，打开开放式厨房的窗户，任凭冷风从窗口灌进来。

挂钟上的时间已经接近十二点,客厅隐约传来电视机的喧闹声。春晚的主持人正在宣读最后的主持词,即将进入倒数的环节。

于峇河深深吸了口窗外的冷气,令自己清醒一下。

新年快乐,任望珊。

大年初一是个大晴天,昨晚下了初雪,虽然量小,但化雪时的寒意扑面袭来。

于峇河正午时骑着单车停在子衿路188号门口,刚好看见任望珊从院子里出来。因为是过年,任望珊今天穿着红色的棉袄,后面的帽子大大的。

二人对视,她愣了愣,随即惊喜地向他跑来。

"小红帽,上车。"于峇河晃了晃脑袋。

"不是说好了壶碟见吗?你怎么直接来我家啦?"任望珊说着,侧身在后座上轻轻坐下。

"怕你来的时候我没来,你又没钥匙,反正也顺路。"于峇河笑着回应,一踩踏板,"走了,抓紧。"

少年骑车载着女孩儿路过了图书馆,来到大街上。路边有一小堆清扫起来的积雪,街上张灯结彩,行人来来往往,摩肩接踵。

车水马龙的商业街边,小摊贩接连吆喝着,手里拎着年货的人更是数不胜数,寻找着回家的路标。小孩子手里糖葫芦上的橙黄色糖稀晶莹剔透,口袋里的山楂片开胃又酸甜,嘴里只管欢呼雀跃。

吹到脸上的风是凉的,心却是滚烫的。

壶碟。

于峇河拿出钥匙,推开古旧的小木门,拣了张光线好的桌子坐下。

"树老板串亲戚去了,这些天都不在,壶碟也不开业。"于峇河低头从包里拿出在新华书店买的一些地理习题册。

任望珊也坐下,拿出先前在学生书城里买的物化生小高考冲刺题。

于峇河接过来随意翻了翻,又看了她的错题集,在冲刺题上圈了几道选择和计算题,任望珊则给于峇河勾选了几道经典地理例题。

二人自觉性都很强,手机明明就在身边却跟不存在似的。一小时后两人交换批改,于岢河很快发现任望珊最大的问题在于物理,微微扬了扬嘴角。

物理这种东西,其实是文科小高考最好拿 A 的科目。公式就那么几个,题型种类也就那么多,不像化学和生物可以千变万化。

任望珊她本来就聪明,物理大题前两题背公式就能解决,后面的他只要把受力分析给她讲明白,她拿 A 绝不是问题。

于岢河早就做了前些年文科的物理小高考卷,当时三十几分钟就做好了,还是满分。

他发现其实就是套路,选择题简单到不行,最后一道大题大多是一个小球在各种平台上滚来滚去的动能定理。

任望珊之前看于岢河地理拿 B 还挺奇怪的,毕竟地理是相较于政治和历史而言偏理科的科目,政治历史他都能全背下来,地理不应该拿不了 A 呀。

她看了于岢河的地理大题就发现,他的双项选择题和自然地理比较薄弱,她勾出来的那几题他都选得不对。他人文地理部分竟是一分不扣,她自己有时候都得扣一分呢。

下午四点,于岢河的电话突然响了。

"是树老板。"于岢河对任望珊说了声,接起了电话。

"岢河啊,你和望珊有没有去壶碟?"

"我们已经在了,树老板新年快乐啊。"于岢河爽朗地笑笑。

"欸呀,好好好,新年快乐!我刚刚想说什么来着,对了,想起来了。岢河啊,你去一下厨房,里面有我昨天做好的老酸奶,现在拿出来刚好能吃。我就是想着,你们要是来了,总不能啥都没有吧!"树老板在电话那头笑着说。

任望珊朝于岢河做着手势,于岢河点点头说:"这么周到啊,谢谢树老板,等会儿我就去拿。对了,先别挂,望珊要和你说两句话。"他说着把电话递给望珊。

"树老板!新年快乐!"望珊接过电话,笑靥如花地说。

"欸,望珊也新年快乐啊,又大一岁了。快去尝尝树老板做的酸奶好不好吃,要是好吃,树老板还给你们做。"树老板在电话另一头笑得眼睛都眯了起来。

269

任望珊答应着,又跟树老板讲了好几句话,于崤河从厨房拿了酸奶过来她还没说完。

于崤河在她面前摇了摇玻璃酸奶瓶,又指指桌上的试卷,任望珊会意:"那树老板,我要继续写作业啦。过年的时候走亲戚记得少喝点酒,也要好好休息。"

树老板应着说了声真乖,挂了电话。

"树老板做的,看起来还不错,快尝尝看。"于崤河把酸奶和勺子放到纸巾上,"我已经拿出来放一会儿了,没那么凉,可以直接吃。"

任望珊拿起酸奶玻璃瓶,想拔上面的木塞,结果连着试了几次都不成功,手指尖还被粗糙的塞面磨红了。

她想拿纸巾包一下盖子增大摩擦力,手上的玻璃瓶却在于崤河的一声叹息中被顺势接过,两秒后,拔开木塞的玻璃瓶又回到她手里。

"快吃,吃完做题。"于崤河刚说完就改口,"啊不,还是慢点吃吧,吃得太快对胃不好。"

任望珊憋着笑,挖了勺老酸奶放进嘴里。成块儿的酸奶甜度适宜,入口即化。怎么树老板做什么东西都这么好吃呢!

"设最大静摩擦力与滑动摩擦力相同,带正电的滑块……首先把牛顿第一定律公式列出来,算出题目中未说明实则却已经告诉你的已知条件,然后……"

"然后联立公式,分别求出……对不对?"任望珊眼睛亮亮地看着于崤河,"我好像懂了。"

"小红帽真聪明。"于崤河笑笑,"那这题可以过了?等会儿你自己求出来对一下答案。"

任望珊点点头。

"再看这题,能量守恒定律……"

二人身侧是明净的窗户,窗台上并排放着的酸奶玻璃罐已经空了,玻璃反射出明亮的光芒。室内只有他们二人,笔尖落在纸上沙沙作响,院外各类植物在风中轻轻摇曳。

再往远处,满地都是火红色的鞭炮碎纸屑,各家各户要开始准备晚饭了。新的一年,人们都用满心的憧憬和归零的心态去迎接。

2014年2月10日，星期一。

于岢河进办公室找王老师开延时课班会的时候，看见任望珊正站在季老师的桌旁问题目。

于岢河看着季老师低着脑袋露出锃亮的脑壳，忍住没笑。季老师最近化学课排得满满的，等过了小高考，他就不用再教文科班了，想来这几天也很辛苦。

任望珊漂亮的眉目微微蹙着，时不时地点点头。她这个寒假和于岢河一起学习了五六天，自我感觉物理勉强能拿A了，只是化学还有些问题，做了几次例题都不太顺利。

于岢河看着她面露难色，跟王老师交代过后，先出了办公室。

晚餐时间，于岢河在食堂门口拦住拿着饭团的任望珊："跟我走。"

"啊？欸——"

二月气温已经开始回暖，林荫道满地是圆滚滚的黑色香樟果，踩得噼啪作响。

"又要爬楼？"任望珊拎着塑料袋站在大礼堂门前。

"嗯哼——"于岢河偏了偏头，"带你解个压。"说着接过任望珊手里的塑料袋，轻车熟路地往上一翻。

他怎么知道我最近心理压力很大？任望珊想了会儿没想明白，小心翼翼地踩上窗台。有了上次的经验，这次她没让于岢河拉着，直接自己上去了。

"有进步嘛，下次没事可以自个儿来吹吹风。"于岢河笑着说。

"于岢河……"任望珊站在天台边缘欲言又止。

"你说的解压方式不会是让我在这里喊吧？我提前拒绝啊。"任望珊面无表情地说，这是她想到的唯一能在这里解压的方式。

"想什么呢？"于岢河轻笑，"我哪儿有那么蠢，你当拍青春剧呢。"

说着他走向天台另一侧靠墙的地方："望珊，过来。"

任望珊小步走过去，浅棕色披肩发被天台上的风吹起一缕。她绕到墙背后的地方，于岢河正把吉他从琴箱里拿出来。

她微微愣了愣。

"刚问音乐室借的。"于岜河低声笑了笑,"今天还没来得及练呢,等会儿我要弹错了,你可别说出来啊,心里知道就好。"

说着他面朝里往天台边沿一坐,左手拿起琴架在腿上,骨骼分明的右手轻轻拨弦。

任望珊咬了咬下唇。

于岜河低垂着眼眸,太阳还没全落下,细碎光影在他侧脸上浮动。他的鼻梁在右侧脸庞上打下阴影,睫毛微微扇动。他好像有很多天分在身上,吉他声弹的轻重缓急,抑扬顿挫,全都拿捏得刚刚好。

吉他的声音十分干净,纤尘不染。他轻轻晃着琴,宛转悠扬的旋律从琴板里流淌出来,望珊静静听了几秒,眼眸微微睁大。

Lavender's blue dilly dilly
Lavender's green
When I am king dilly dilly
You shall be queen
...

同一首北欧民谣,任望珊唱出来的与于岜河唱出来的完全是不同的风格。她带着清澈,他有股温柔。

任望珊难以置信地看着眼前的少年,她从来没听过这样的版本。

If you love me dilly dilly
I will love you

温柔的声线渐渐平息,熟悉的间奏又渐渐响起,随后慢慢安静下来,最后以泛音终止。

任望珊有点儿呆。一年前,她在雨后日光下的河岸清唱给他;一年后,他在空无一人的天台上用吉他还她。

"怎么了?"于岜河有些紧张,"是不是有点不太对?我听着原曲改的吉他和弦,有的地方可能是没办法那么准确。"

"你没说过你还会弹吉他啊。"任望珊开了口,"自己改的谱子?"

于岿河嗯了一声:"空口说干什么?用行动证明不是更好?是我自己改的,不过有点手生……"

他还没说完,任望珊就笑着说:"于岿河,你怎么这么厉害。"厉害到……我有时候都害怕自己赶不上你了。

于岿河叹息着笑笑:"吉他本来就不难,我还是自学的,没那么专业,有空教你。"

他起身把吉他放回背包,又顺口笑着说:"我是想给你解压的,你倒是给个回复,有没有起到点作用啊?"

任望珊垂下眼睫,身体微微前倾,抬眸轻声说:"想知道?"

"嗯。"于岿河莫名感觉这情景有些熟悉。

"就不告诉你呀。"任望珊爽朗地笑起来,浅棕色的眼睛像星星,一眨一眨的,带着温柔的水光,她朝边上跑去,"我走啦!"

于岿河无奈地说:"上回没告诉你橙汁哪儿来的还记上了。"

他突然噤了声,她转身时嘴角的弧度如月牙般上翘,眼睛里清澈透亮毫无杂质。

对他来说,此刻的她绝非倾城二字可以概括,她一笑,黑夜都要退散。

任望珊笑着纵身往下一跃,落地才发觉刚刚那个动作有多危险。

上面传来于岿河着急的声音:"怎么直接跳了?摔着没啊?!"

任望珊拍拍手上的灰尘,仰面朝上边喊:"于岿河!我先走啦!"然后迅速下楼朝教学楼奋力跑去。

她要继续做题去,她要拿 4A,她一定要拿到那五分的加分,她要和于岿河去同一个城市。

她要赢,和他一起。

小高考最后一门是化学,离考试结束还有十分钟。

任望珊把最后一题的公式列出来,在验算三遍得到同一个答案之后重重地舒了口气,盖上笔帽抬眸望向窗外。

文理科小高考考场不同,文科留本校,理科在别的学校考,这两天理科的同学都是早上七点从校门口坐校车去的考场。

于岿河现在一定在检查了吧?以她对于岿河的了解,他十成是在睡觉了。

于峃河做题从来都是第一印象正确率最高，从不轻易改答案，也不会再验算一遍，他的检查方式就是花一分钟看看有没有漏题以及书写失误。

　　考试铃响，收卷结束，离开考场。

　　理科同学上了校车，于峃河看向窗外，马上可以见到任望珊了。梁叔打开校门口自动门，准备迎接凯旋的学子。

　　往后就只要学五门课了，小高考自此落幕。

第十一章

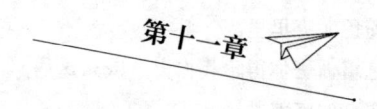

2019年10月30日，星期三。

半夏向晚花店。

黄绿色的复式尖顶小洋楼坐落在街口深巷，小小的庭院里种满了布朗尼郁金香、哥伦比亚康乃馨和法式粉荔枝。

竹木编织藤椅和复古木桌摆放在草坪上，门口挂着的木牌写着：营业时间10∶00—18∶00。

深蓝色天空中飘着团状的白云，温暖的室内，宽大的米黄色布帘将小屋隔成几个小间，艺术概念风格多样，客人不仅可以订花，还可以拍照。

"黎阳效率也太高了吧，直接给你找了个本就闲着的房子，地段好，性价比又高。"任望珊推开门进来，由衷赞叹。

她今天穿了一身星星珊瑚绒连衣裙，肩侧是小飞象迪士尼联名单肩包。头发松散着，慵懒又精致。

黎向晚躺在藤椅上晃啊晃，扎着低马尾，绑着碎花发带，嘴里吃着有猫在的早餐华夫饼。听见这话她点点头："我哥是路子广，有人脉，交情深呗，这么好的地方都能寻着。室内基本装潢都是老早做好了的，清清干净，什么味道也没有，我只要联系软装就成啦。"

她从藤椅上坐起来，嘴上带着点儿不满："都开业第三天了，你才来看我。"

"这不是学校里老师给布置的任务多嘛。您大人有大量，等你一个小时之后营业了我就不陪你了。"任望珊随手拿起一枝插在清水里半开的向日葵。

室内淡香氤氲，各式花篮的不同色系搭配巧妙，一看就是戚乐的手法，窗台上还靠着一把可爱的雾粉色尤克里里。

"我不管，那……这周六的花艺培训班你得陪我去上，戚乐这周不去。"黎向晚眨眨眼睛，抱着任望珊的胳膊撒娇。

任望珊无奈地看了她一眼，点点头，面上装作不耐烦的样子，拉长语调："好的好的——不过你学校里的作业来不来得及啊？你还开个店……"

黎向晚仰起头哼哼唧唧："那是我厉害嘛，可以两者兼顾。"

二人东拉西扯三四十分钟，黎向晚还怪她耽误自己做单支花束了。现在花篮都是戚乐在做，初学者还在绑单支花束。

叮叮——

院子外面的门铃清脆地响了响。

"欸？外面明明写了现在还没开门呀，怎么有人按铃？"黎向晚纳闷儿地说。她让任望珊留在室内，起身朝院外走，看到来人时一怔。

一身棕格子西装的夏成蹊站在门外，见她来了，微微点了点头。

"夏成蹊？你怎么会来？望珊也在里面。"黎向晚走近，给他开了门，"进来吧，随便坐。"

任望珊看到夏成蹊先是一惊，随即又笑笑："成蹊？什么大风把你给刮来了啊？"

"抱歉了，来得不巧，事先没注意营业时间。"夏成蹊答道，"我今天下午要去看望一位学校里的导师，来买花。望珊你也认识的，他带你去过辩论赛，要不要一块儿去？"

任望珊看了黎向晚一眼："不了，下午还有事。拜托你替我向那位导师问候一下吧。"

夏成蹊点点头说："好，那向晚给我挑个花篮吧。"

黎向晚欸了一声，在花架上挑挑拣拣，最后选择了一筐莫兰迪色系花朵装饰的浅咖色篮子："探病带香水百合，未免太过大众，嗯……我看就这篮最好。颜色独特，又不过于鲜艳，老师肯定喜欢。"

黄灰、藕粉、淡紫、蓝连、土红色系交替的花篮，里面有星星点点的纯白色小雏菊点缀，花色盖不过雏菊香。

夏成蹊看了看她，没说话，缓缓点了点头。他接过花篮后道了声谢，向二人告别，轻轻带上门。

院子外面传来辉腾开走的声音，室内丝丝雪松气息消散。黎向晚坐下，愣愣地看着门口。

任望珊看着她，在她眼前挥了挥手：“已经走啦，嘿。”

黎向晚这才回过神，起身去整理花架上的花。她拿起黄色报纸、细丝和花艺剪刀，择了只奶油橘色保加利亚玫瑰准备包单支花束。

任望珊看着黎向晚不说话，心里轻轻叹了口气。她忍不住想跟她说，别傻了，也别再等了，向晚。

指针指向十点，外面有叮咚声响起。

"我去帮你开门，我也要走啦。"任望珊说着，起身拿起米色小飞象单肩包。

"周六培训班你一定要陪我去，还有，明天下午你和我都选了红酒品鉴与欣赏课，对吧？到时候见啊。"

任望珊回眸，笑了笑说："好。"

外面的客人进门来拿昨天定好的生日花篮，黎向晚对着货号拿出花篮递给那位阿姨，眼睛弯起来，笑容甜甜的："阿姨您拿好呀。这个花特别新鲜，花期也长，可以在家养两个多星期呢。"

"欸，谢谢。"阿姨亲切地笑笑。

小姑娘的刘海儿打理得清清爽爽，身上是红色的修身针织外套，她越看越喜欢，忍不住问："小妹妹啊，阿姨来问你，嫩啊有对象了伐？阿姨认识好多年轻又帅气的小伙子，我来给你介绍介绍要伐？"

黎向晚抿着嘴笑了："谢谢阿姨，我有喜欢的人啦。"

阿姨还是不依不饶："哪里有？小妹妹是不是不想麻烦阿姨？"

黎向晚低下头，手上轻轻拨动着花瓣叶子，开口说："真的有啦。这家花店的名字……就是我和他的名字加在一起取的。"

阿姨知道她叫向晚，纳闷儿地问："那……你这对象名字叫半夏？这么奇怪啊——啊不，不是奇怪，挺有特色的。那阿姨先走了，下回还在你这儿订哈。"

黎向晚道了声好，垂下好看的眼眸，继续包单支玫瑰花。

阿姨，半夏向晚的意思其实是——向晚伴夏，黎向晚愿意一直陪伴夏成蹊。

2014年3月2日，星期天。

这周返校没有周练，于岢河拿着冰百事，路过王老师办公室，里面吵吵嚷嚷的，他一眼就看见程鼎顾和萧宸挤在最前面。

王老师实在受不了这群孩子闹腾，无奈地站起身："都来自己看吧，我也不给你们一个个找了！累死我了。"说着拨开人群挤了出去，在柜子里拿了奶茶包和马克杯就往外走。

在门口刚好遇见于岢河，王老师自然地拿马克杯碰了碰他的冰百事罐，发出清脆的声响："恭喜班长5分到手啊。"

于岢河一点儿也不谦虚地笑着说："这不应该的吗？"

"真谦虚啊，班长。"王老师摇摇头，往茶水间走去。

文漾笙和戚乐从汤老师办公室出来，面上喜笑颜开的，于岢河忙叫住她们："漾笙，你们几个都考得……"

"我可去你的大头鬼吧，你关心的是我们几个吗？"文漾笙毫不犹豫地打断他，随后哈哈大笑。

"快点儿说啊，任望珊是不是4A啊？"

"你觉得呢？"文漾笙也不逗他了，要是不给他个准话估计他就得冲进汤老师办公室明目张胆地问了，"当然了，我们都是4A，望珊那么聪明，怎么可能不是呀。"

于岢河松了一口气："谢了。"

"谢什么啊你。"文漾笙挽起戚乐，边跑边朝后丢下一句，"我看咱们望珊马上就要来谢谢某人喽——"

于岢河现在心情特别好，懒得和文漾笙贫。他把喝空了的可乐罐抬手一扔，做了个投篮的动作。

可乐罐稳稳地落进走廊转角处的垃圾篓里，把拐角处刚想走过来的谢钦吓了一跳。

"神经病啊，扔个可乐罐都要耍帅。"谢钦抬眼看了看于岢河。

"唉，这我也没办法啊。"于岢河无奈地叹了口气，"我就是随手扔个可乐罐也要被人误会是在耍帅。"

"你——我——"谢钦被他这话气得要死，抬脚就往老师办公室走，眼不见为净。

于岢河往教室走，在楼梯口遇上了任望珊。

"知道成绩了？"于岢河站在四楼楼梯口插着兜儿。

"你不也是？"任望珊笑容满面，高傲地抬起下巴，举起右手上的文件夹晃了晃，"还记不记得之前我说过什么？"

于岢河盯着那个眼熟的文件夹，想到以前他和任望珊在一班的对话——

"那你信不信，明年的这个时候就是我在国旗下讲话了？"

"哦？是不是太没把班长放眼里了啊课代表。"

"我说是就是啊，明年你就等着看吧。"

"好好好，我等你。"

"噢，想起来了。"于岢河莞尔，"老钱刚刚直接找你了？这么厉害。"

"你看，是在夏成蹊之前就轮到我了吧！"任望珊的眼里藏不住笑意，"明天周一，班长请穿好正装校服好好听课代表讲话，领带别再歪了。"

说着她挥挥手与他擦肩而过，回了二班。于岢河在原地愣了两秒，耳根刷的一下红了，在楼梯口用右手捂着脸。

任望珊完全意识不到一句"领带别再歪了"对于岢河的冲击力和杀伤力有多大。

"请全校师生到操场集合……"仇铭的声音伴着出操音乐在音质粗糙的喇叭中响起。

任望珊拿起文件夹，先一步下楼到达主席台后面，找老钱报到。她静静地站在后面，打开文件夹顺了一遍国旗下的讲话稿，一手还拽着马尾辫绕啊绕。

看着任望珊站上主席台的时候，台下开始窃窃私语。

"是任望珊吧……太美了……"

"喂你们还记不记得贴吧上她那个照片？"

"她好全能啊。"

"上次你去问她微信号问到没啊？"

"别提了，我不好意思，要么你去……"

"别讲话了，开始了……"

于岢河听着身边的讨论声，心里有些烦躁，任望珊好耀眼啊。

任望珊的声音细腻清澈，枯燥无趣的国旗下讲话稿在她的声音加持下也变得动听起来。

她的上空是飘扬的五星红旗，身后是樟果遍地的林荫道，耳畔有麻雀在为她的言语伴奏，清风也爱慕她，扬起她浅色的发梢和额前碎发，更为她增添几分灵动。

于岢河的身边掌声嘹亮，讨论声不止。他一动不动地盯着红旗下的她，看着她欠身致谢，转身走下主席台。他不自觉地微笑，眼眸微微闪烁着骄傲的光芒。

任望珊，你怎么这么棒！

任望珊走到台下松了口气，其实刚才她在台上腿有点发抖。还好她练的次数多，都顺利地念下来了，没出什么差错。

老钱走过来，满意地说："任望珊同学很棒啊，非常可以。"他竖了个大拇指，"能演讲能主持。"

任望珊点点头，说了声"谢谢钱主任"，把文件夹还给了老钱。

国旗下讲话结束就要整队回班了，相比其他上学日的跑操和做广播操，周一的出操时间较短一些。任望珊没直接归队，在混乱中跑去行政楼，准备洗个手。

行政楼走廊的空气清凉，制服鞋踩在瓷砖上回声响亮。任望珊洗了洗手，拿出手帕纸擦干白皙的双手，出了盥洗室。

她在转角处看见于岢河走近，快步走过去想问他她刚才棒不棒，于岢河却没等她开口，伸出手一把就把她拉过来。

任望珊蒙了，瞬间呆滞："于岢河你怎——"

"别动，任望珊，"于岢河打断她，声音很低，"你怎么能这么棒呢？"

任望珊噗嗤一声笑了："怎么我还没问你呢，你就先答了？"

于岢河闭上眼："是真的很棒，你是我见过最棒的人。"

"好啦好啦，我知道啦。"任望珊拍拍他的背，笑着说，"你怎么回事啊？今天这么奇怪。"

于岜河睁开眼，挺起身。他也觉得自己今天很奇怪，刚刚台下大家都在讨论她的时候，他莫名感觉不安。

"你在国旗下讲话的时候……我也觉得你是我见过最棒的人，"任望珊退了一步，认真地看向他的眼睛，"没有之一。"

于岜河漂亮的眼睛笑了："真的？"

"当然是真的。"任望珊一动不动地盯着他的眼睛。

于岜河，其实不是那时候，是更早以前，我就这么觉得了。

"所以，为了这么棒的自己，我们该回去上课啦。"任望珊歪歪脑袋，马尾辫一晃一晃的。

"好的。"于岜河抬手碰了碰她的发尾。她的头发柔软，有淡淡的柠檬香气。

每周三下午最后的两节课都是活动课，但一般都会被各科老师无情占用。结果正校长知道了，立刻下了明令，禁止老师占用活动课。

王老师想想这样也好，就让大家活动活动去吧。大家都欢呼起来。

下午第二节课大课间，程鼎顾看着于岜河憨笑的表情，感觉肯定有什么好事，就问："老于你干啥呢？啥事啊这么高兴？"

"我跟管家说，让他给我买棵树。"于岜河说。

"嗯？"程鼎顾面露不解，"没事买棵树干吗？"

"我想和任望珊一起种棵树。"他笑得爽朗，"就活动课的时候，今天不是植树节吗？一起为世界带来点儿绿色。"

程鼎顾觉得老于真是完蛋了，临走时又忍不住想，你这哪儿是给世界带来点儿绿色，明明是大片粉红色吧。

"望珊——望珊——望珊——"于岜河打开窗户朝里喊。

任望珊抬眸对上他的视线，没说话，用眼神表示出疑惑。

"待会儿活动课等等我行吗？"于岜河问。

任望珊点点头，比了个没问题的手势。

下午四点半。

"望珊我们去打羽毛球了？"文漾笙过来拉起戚乐。

281

任望珊点头:"去吧。"

她上节课已经和她俩说好了要等于峫河。

没过两分钟,于峫河走进二班教室。虽然才三月,但今天下午出奇的热,于峫河只穿了件白色连帽卫衣。

"我们到底要干吗呀?"任望珊问道。

"望珊,我们一起种棵树吧。"

任望珊微微睁大眼睛:"种树?就因为今天是312?"

于峫河心想,还不是因为有你。

"心血来潮嘛,跟我走。"

二人来到上回于峫河翻出去的地方,那次之后,于峫河来藏了两把折叠梯子。任望珊看着于峫河从灌木丛里拖出梯子,有点儿震惊。

"敢不敢跟我逃活动课?"

任望珊才不怕,挑了挑眉,回了句:"这有什么不敢?"

于峫河笑出了声,把梯子朝墙上一架。

他现在回想起一年多前任望珊刚转过来的时候,那一副温柔的乖乖女模样真是能骗过所有人。其实,她又皮又可爱。

于峫河往外跳下去,在另一头架好折叠梯子,任望珊很顺利地跳了下来。于峫河带着她往和家里司机约好的后街路口走,宾利停在路边等他们。

"去哪儿种啊?"任望珊笑着问。

"你家那个院子行不行?"于峫河试探地征求她的意见。

任望珊一愣,随即莞尔一笑:"好呀。"此时此刻爷爷在工地上工,奶奶也在丝织厂做工,家里没有人。

于峫河一看她笑心就软了,暗下决心,一定要守护这份单纯的笑容,不让它受风霜,亦不让它染尘埃。

子衿路188号。

图书馆旁边的梧桐大道依旧长得没有尽头,宾利车缓缓停下。二人下车,脚踩在梧桐叶上发出咯吱咯吱的声响。

青黄相交的梧桐叶把太阳光切成碎片,投射在任望珊身上的藕粉色木耳边毛衣上,显得她甜美醉人。

任望珊看见自家小院里躺着一棵小树苗,不过没看出来什么品种。

"是枇杷。"于岢河笑笑,"这棵树算我俩的啊,以后结了枇杷,要分我一半的。"

任望珊无奈地说:"知道了。"她指指栅栏角,"就种这边吧。"

二人拿起院子里的铲具挖好泥坑,合力种下小树苗。望珊细心地把挖出来的泥土又盖回去,小心地松了松土。于岢河站起来拍拍手,轻轻推了推小树苗,放下心来。埋得很实,不会倒。

地上尘灰飞扬,深绿色的树梢向天空舒展,枝叶细碎却毫不走形,细小微风吹不落枇杷叶的风华。

"走了。"于岢河动了动脖子,"我们还得回去。"

"好。"任望珊也站起来,突然眼前一片黑,差点儿没站稳,于岢河忙扶住她的胳膊。

"蹲太久了吧?缓一缓。"他关切地说。

任望珊倒是习惯了,摆了摆手。

于岢河的白色卫衣上蹭到了土灰,望珊抬手帮他轻轻拍掉。二人一齐回到车上。此时已近傍晚五点,活动课快下课了。

车上,于岢河偏头跟任望珊对上眼:"我接下来一个月都不在。"

"嗯?"任望珊抬眸,不解地问,"怎么了?为什么不在?"

"前几天王老师找我说的。"于岢河越过任望珊的肩膀看向那一侧窗外的景色,又移回视线,"省级物化竞赛。每个学校就一个名额,去年学校派的是成醉,他拿了一等奖。今年是我。"

"然后……今年的考试还不太一样,外省也有学校参加,所以集训时间更长。考试时间是4月15日,3月15日全员要到北京集训一个月。所以……后天我就要走了。"他接着说。

任望珊愣了两秒,随即展开笑颜:"恭喜你,真为你骄傲。"她又正色说,"一个人在北京的话,一定要照顾好自己。给你加油!"

于岢河一怔,低头笑了两声,他先前到底是在担心些什么啊。

二人沿原路返回,把梯子折叠回去再藏好,赶到操场时刚好是五点二十分。五分钟后,体育委员点名确认都到齐了,大家解散去吃饭。

"望珊,我想吃一楼的红油面啦。"文漾笙跑过来,身上因为刚刚运动过出了些细汗,雏菊香味儿发散得更为明显。

"好啊，那我也陪你吃面。"任望珊挽起她的手，两个人一齐向食堂走去。

樟树郁郁葱葱，橙黄色的云霞渐渐染开，一点点晕在学校上空。校园里长长短短的呼喊声惊飞了树枝上的白头翁，眼前的整体色调如同一幅浓墨重彩的油画。

"这么说一个月见不到你啦老于，想想还真有点儿不适应。"程鼎顾在食堂二楼抱着一碗比脸还大的螺蛳粉嗦得正香，边吃边抬头跟于岢河说话。

萧宸附和了一声。

于岢河撑着头懒懒地说："我看……你和老萧二人也挺好。"

窗外仍是晚霞连天，少年少女各自的梦扎根在地底发芽。

任望珊的奶奶回到家，发现栅栏角落居然有棵树。她走近一看，很是喜欢，抬手摸了摸细细的树干，发现上面刻着两个字——珊河。

北京。

于岢河戴着鸭舌帽，拎着行李箱来到给竞赛生准备的五星级酒店门口，低头给王老师和任望珊分别发了个微信消息。

他把手机揣回黑色卫衣兜儿里，朝大门口的保安出示了竞赛证明。酒店的礼仪领班迎上来，带他去了二楼的一个大会议厅。

他进门的时候发现已经有许多年龄相仿的同学在了，大家都是来自不同学校的，到这儿也没几分钟，彼此都不太熟。

有几个聚在一起说话的，但大多还是低头看着手机。于岢河看了一圈，视线停留在一个穿着白色连帽卫衣的男生身上。

他不像其他人在低头玩儿手机，安静地垂眸看着一本书。细框眼镜和额前碎发遮住了他的眼睛，于岢河只能看到他翻页时骨节分明的手指。他温和稳重的气质与周遭格格不入，有一种岁月静好的感觉，会让人联想到马尔代夫的清晨。

挺认真的啊，过来还看书。

于岢河把自己的行李箱往门口一放，走过去在他身边坐下，这才发现这位同学看的并不是物理化学的书，而是一本精装版的《莎士比亚悲剧集》。

"你怎么在看文科的名著阅读？"于峁河随口问了一句。

那位同学在于峁河坐下的时候就合上了书本，刚想说些什么就被他逗笑了："这位同学，你是哪儿人啊？你们那儿文科名著阅读还考莎士比亚？"

于峁河这才想起来好像的确没有。他笑了声，伸出右手："于峁河，峁然不动的峁，山川河流的河。苏州人。"

那位同学也伸出手："黎阳，本地人。"

"北京人？看着不像啊。"于峁河打趣他说，"看起来很像南方人。"

黎阳低声笑了笑："一半一半吧。我家里还有个妹妹，你要是见着了就信我是北京的了。"他摸摸书本上的封皮，精装书封面很精致，上面的花纹触感分明。

"这套书就是我妈给我妹妹买的，她静不下心看，就扔给我了。"说完他笑着叹了口气。

"你还有个妹妹？你妹妹叫什么名字？"于峁河来了兴趣。

黎阳答道："黎向晚。"

"噢……家里人很会起名字啊。"于峁河笑笑，"我觉得你和我一个兄弟气质还蛮像的。"

黎阳还未来得及说什么，就有一位指导老师模样的人进了门："我现在点一下名字，点到名字的人站起来示意一下……"

点到黎阳的时候，于峁河看他站起来后有些惊讶，这家伙身高跟他几乎持平，刚才坐着的时候他都没看出来。

"你们的房间是两个人一组，请大家自由两两组队，过来拿房卡。"

于峁河偏头看了眼黎阳，黎阳点点头。于峁河用手势示意没问题，撑着扶手起身上前拿了张房卡。

101，好彩头。

"大家回房间整理好自己的东西后就到一层吃午饭，下午两点钟我们在隔壁楼有一个集合测验，大家做好准备。"

于峁河和黎阳收拾好东西，拿好房卡准备去一楼吃饭。

路上于峁河忍不住问："黎阳，你知不知道为什么这次江苏省赛会在北京办啊？而且不同省的考生学的东西应该不太一样吧？"

黎阳摇摇头："只是今年这样，估计是增加点儿挑战性吧。我来之前看了些江苏省的物化卷子，题型的确不一样。"

于岢河插着兜儿，在餐厅前台出示了房卡，二人随意找了张长餐桌坐下。于岢河渐渐发现黎阳和夏成蹊还是很不一样的，虽然他们都不太健谈，但黎阳的性子要比夏成蹊的温和得多。

没过一会儿，就有几个男生端着餐盘走过来："两位同学，介意我们几个拼个桌吗？"

二人笑笑："好啊。"

那几个同学坐下，其中一个比较健谈，刚坐下就跟于岢河说："兄弟认识一下呗，我叫左弈，常州人。"

其他几个男生也先后报了自己的名字，有无锡的，也有镇江的。

"兄弟你也太帅了。"左弈看着于岢河说，"你一进门我们几个就都在说你，现在参加物理竞赛都要看脸了吗？"他话还没说完又瞥见黎阳，"哟，这位也帅啊，我刚才怎么没看见。"

黎阳只是笑了笑，报上了自己的名字。

于岢河也没回应那几个人的夸赞，只是客气地回答："于岢河，苏州人。"

左弈瞪大眼睛："你是不是那个……"其他人也突然想起来了。

"那个常驻苏锡常镇四市联考第一的于岢河！是你啊！"左弈惊讶地说，其他人也纷纷惊叹，看于岢河的眼神都变了几分。

黎阳听到这句话也忍不住看了于岢河一眼。

于岢河笑着摆摆手："没有没有，题型刚好对口。"

能来这边竞赛的都不是什么等闲之辈，虽然于岢河自己也不是什么善茬儿，但还是不要太张扬的好。然而他的想法并没有什么用，这几个男生的大呼小叫招来了其他桌上正在吃饭的考生。

下午两点钟以前，所有参加竞赛的考生都知道了这么一件事：住在101房间的四市联考常驻第一的于岢河是个超级无敌大帅哥。

于岢河拿到小测卷子的时候笑了笑，看了一眼就发现了几道自己课外练过的原题。

老师在上面宣布："十道物理小题，给大家半个小时的时间，计时开始。"

嚯哟，半个小时啊。十分钟后于崀河开始看第五题的题干，还分出几分神想，这肯定得有人做不完。

果然，老师喊交卷的时候，有好几个男生迟迟不站起来。

黎阳交卷出来的时候，于崀河已经在房间门口等他了。二人边溜达边讨论了题目内容，于崀河发现黎阳对最后那道他没有做过的题型也答得十分得心应手。

"黎阳，你是北京哪个学校的？"

"北京二中，我和我妹同级。"

于崀河在内心呐喊，全国闻名的百年名校啊。

黎阳虽然成绩特别好，但身上并无于崀河那种不羁潇洒之气，反而谦逊寡言，面孔也和于崀河完全不是一种类型。

他的棱角并没有那么分明，身上带有一种纯天然的温和气质，所以有时候会造成一种假象，令人忽略这个人非同寻常的智慧和毅力。

考生考完之后只要在走廊上等待十几分钟，机器就能把题目全部批完。没过多久，考场的门又开了，老师招呼他们进去。

"这次竞赛有些新的规则一直没对外公开，所以现在我要说明一下。"老师手里拿着大家刚刚做的小题的成绩单继续说，"这次比赛的主体是江苏考生，却把考场设在了北京，参赛的也有江苏省外的同学，所以赛制也有了相关改变。"

"先前大家也都了解过，以前是物化集训之后考两门笔试，一周后出成绩。但这次不同，我们采用4+6的形式，平时成绩占最后成绩的40%，最后一场考试占60%。所以也就是说——"她晃晃手里的成绩单，"这就是你们40%里的一部分。"

台下鸦雀无声，来这儿的都是学霸，在这方面从来不多话。

"还有，半个月后，平时成绩靠后的20%的同学将无缘参与最终笔试。"

台下的人瞬间倒吸了一口凉气，20%就是五分之一，这是从来没有过的赛制。

于崀河内心想：哟，运气这么好碰上改制，刺激。

黎阳内心：噢。

"我要说的就这么多，这样的赛制更有利于大家发挥出自己真正的实力。现在开始上课,我教的是物理,化学会有其他老师来上。"

竞赛到底是竞赛,强度和难度都比学校教的提了几个档次,于岢河晚上躺在床上的时候眼睛都快睁不开了。

黎阳从浴室里出来,手里拿着手机发消息。

于岢河看了他一眼:"给家里人发消息呢?"

"嗯,我妹。"

于岢河想到了什么,忍着睡意拿出手机打开微信。

Shane:在北京好好的呀。

鱼遇余欲与:收到。认识了个不错的朋友,有点儿像夏成蹊。

Shane:这么好呀。记得留个联系方式,说不定以后还能遇见。

于岢河这才想起来还没留黎阳的联系方式。他回了句好,抬眸对黎阳说:"黎阳,你用微信多还是QQ多?"

黎阳刚给黎向晚发了段语言,看向于岢河说:"微信。本来是用QQ多的,结果我妹偏爱用微信,我也就改过来了。"

"那我扫你一下。"于岢河把手机伸过去,黎阳打开了二维码界面。

于岢河在给黎阳备注的时候笑出了声:"我本来也用QQ,结果我认识的一个女孩子爱用微信,我开始还不适应,后来也就喜欢了。"

昆城一中的期中考试已经结束,光荣榜上理科板块的年级第一头一回不是于岢河。

任望珊看了看教室门口的日历,于岢河还有不到一个星期就能回来了。

她这次考得不错,班级排名跃到了前三,年级排名也进了前十。虽然数学还没达到于岢河预想的140分,但已经够到130分的线了。

英语考高分倒是越来越难,高二以后的难度明显加大,她这回是英语年级最高分,也只有103而已。

天边落日缓缓下沉,又是一天即将过去。任望珊坐在床上,手机突然嗡嗡振动,她接通了电话。

"挺久没开手机了。期中考试成绩已经出来了吧,怎么样?我这儿马上也就解放了。"于岢河的声音带着笑。

"到年级前十了。"任望珊嘴角上扬。

"望珊真厉害。"于岢河的眼睛里尽是骄傲。

"最近……大家都很想你,程鼎顾和萧宸每次见到我都要提上你两句。"

"嗐,他俩真是。望珊,我这边刚吃好饭,晚上还要上课,就先挂了啊。"于岢河看了眼书桌旁边堆着的物化卷子。

任望珊猜得到他在做什么,乖巧地点点头:"快去吧,我们都等你回来啊。"

"嗯。"于岢河放下手机等她挂断,看着屏幕由亮变暗。

"于岢河,过来看一下这题。"黎阳坐在另一张书桌前面叫他。

"来了。"于岢河把手机放在枕头下边,起身走了过去。

物化竞赛最终笔试。

考场上的人在半个月前已经离开了五分之一,于岢河坐在第一排,等着老师发卷。

整整16页的物理试卷,两个小时内完成,先做完先交卷,没有休息时间,直接拿化学卷子继续做,仍旧是两个小时。

若是没有这一个月的高强度训练,谁都接受不了这样连续的脑力风暴。这不仅仅是智商和体力的较量,更是耐力和心理的考验。特别是排名靠后的几个同学,看到于岢河第一个站起来换化学试卷的时候,心态其实是崩了的。

于岢河第一个出了考场,回酒店整理衣物和个人用品。学校订好的机票时间是明天一早十点整,他默默改了签。

十分钟后,黎阳也回来了。

"很快啊于岢河。"黎阳进门说。

"你也不赖啊。我马上去机场,你呢?怎么回去?家里近不近?"于岢河笑笑问。

"等会儿有人来接。"黎阳收拾好东西,把行李箱一盖,"一块儿走,送你去机场。"

于岢河提起箱子笑笑:"不用了,我叫了车。"

"真的顺路。"黎阳偏头说,"不用跟我客气。"

于岿河抬头看看他,低低地笑了声,取消了专车服务,把取消页面给黎阳看。

二人提着箱子下楼,黎阳家的奔驰车就停在路口,于岿河一看牌照笑着说:"车有来头啊。"

黎阳略微有些惊讶:"这也看得出来?"

在机场门口,于岿河下车前朝黎阳笑着说:"以后考Q大?"

"试试看。"

"行,那我也试试。"

二人挥手道别。

高二晚自习下课有一段时间了,于岿河还没来得及回家,直接让司机停在了一中门口,跟梁叔打了声招呼,直奔教学楼。

楼里的人走得差不多了,于岿河爬上四楼,二班的灯已经熄了。他叹了口气往回走,突然听到身后的声音。

"于岿河?!"

他一下子就听出了这是谁的声音,转身看到刚从二班教室门口出来的任望珊。

"我刚进去关了灯,出门就看到你了。不是明天才回来吗?"

走廊的灯都关了,只有楼下的路灯发着些光亮,映得她的轮廓隐约朦胧。对于岿河来说,一个月太久,突然再见到她,他都不知道该说什么了。

过了良久,他才开口说:"嗯。任望珊,我回来了。"

少年的声音因为舟车劳顿显得沙哑,楼下樟树叶子婆娑作响,与这低沉的声音相衬。

对面高三楼的白炽灯依旧明亮。

"我就说老于肯定不比成醉差吧!"程鼎顾边喝着碳酸饮料边跟萧宸说,"一模一样的省一等奖这不就来了嘛!"

下节就是延时课,二人此时在办公室外面唠嗑,办公室里面,于岿河正在王老师办公桌前听王老师讲着什么,嘴角不自觉地向上扬。

程鼎顾中午就瞥见王老师办公桌上放着的那张省一的奖状了,这会儿就带着萧宸在办公室门口堵着。

"吱呀——"

办公室的门从里面打开,于岢河一走出来就看见他俩:"干啥呢你俩?"

"老于你怎么没拿奖状啊?"程鼎顾看着他空空的两手。

"和去年成醉学长一样呗,也要挂一阵子荣誉墙直到毕业,你忘啦?"于岢河插着兜儿,无所谓地笑笑。

"也对。"

于岢河就是这样,得了省一等奖也没见他多得意,但这也绝对不是谦虚的表现,而是一种……觉得完全理所当然的傲气,也只有他有显出这种傲气的资本了。

今天下午上完延时课就可以直接放假回家,每周六任望珊都要留下来做值日。关灯临走的时候,她看见荣誉墙那边还围着许多人,便也走过去看。

荣誉墙上,上次她因《山河》获得的江苏省一等奖的奖状旁边赫然是一张色泽更新的奖状:江苏省高中生物理化学联合竞赛一等奖,高二(1)班,于岢河。

两张奖状,两个名字,合在一起便是——珊河。

第十二章

2019年10月31日，星期四。

红葡萄酒品鉴与欣赏课的任课老师看起来很亲和，名字叫作胡萄，倒是和这节课的课程挺相配的。

任望珊走进阶梯教室的时候，一眼就看见穿着白色宫廷风小衬衫的黎向晚。黎向晚披散着乌黑的发丝坐在第三排，她也就信步走过去。

这门公选课开课很晚，直到今天才上第一节课。任望珊穿得很低调，身着黑色棉质防晒衫和牛仔裤，扎着马尾辫，脚上随便踩了双纯白色板鞋。

可惜经过开学典礼之后，她在学校的知名度实在是比较高，后面几排依旧开始窃窃私语。

"大家好，我是你们这节课的讲师，我叫胡萄。"那位看起来很有亲和力的老师对着话筒说，"今天我们来学习第一章《绪论》，大家看一下PPT……"

"谁知道葡萄酒按照二氧化碳含量和加工工艺可以分成哪几个种类？"胡萄笑着问。

任望珊几乎是下意识地抬头，发现周围人都低着头的时候已经晚了。胡萄笑眯眯地点了她："那位黑衣服的女生可以回答吗？"

任望珊瞥见黎向晚正在拿手机疯狂打字查百度，碰了碰她的手臂示意不用。

她站起来，声音平静地说："平静，起泡，特种。"

黎向晚目瞪口呆。

胡萄很满意地笑着示意她坐下，并且问了她的名字和学号，在课堂问答成绩单上加了一横。然后她翻到下一页PPT，上面显现的赫然是问题的答案。

"其实学习任何一门课都是这样的，提前做好预习，再听老师讲就会清楚很多。我们看这三种分类……"

"望珊望珊，你竟然连公选课都预习了啊？"黎向晚在她耳边小声说。

任望珊不想骗向晚，轻声说："谁公选课还预习啊，没。"

"那你怎么知道？可别跟我说这还是常识啊。"

"很久以前，于峕河说过的啊。"任望珊淡定地说。

"噢……听课吧。"黎向晚心里有点愧疚，但看望珊的表情倒是云淡风轻的。

望珊，希望你是真的能释怀，不要一个人偷偷难过。

其实，任望珊毫不在意的眉眼里是隐忍的克制。接下来胡萄在讲些什么，虽然任望珊在平板上不停记录着，但其实一个字都没听进去，脑海里都是那一晚的场景。

"于峕河，你到底好了没啊——"任望珊懒洋洋地拖长音撒娇。

她盘腿坐在公寓外的露台上，带着雾气的月亮渐渐升高，偌大的北京，晚上雾霾渐渐起来，深蓝的天空没有长明的星星。

此时已近十一点，楼下马路上孩子们的欢笑早已经听不见了，空中只余一阵阵极其细微的窸窣声，好像是漫漫野草在生长。

于峕河的发尖还有些湿，他拿着两个酒杯走出来，望珊闻见他身上的味道越来越近，随即一件质地舒适的男士大衣就披在她肩上。

于峕河磁性的声音响在她耳边："宝贝，很晚了，当心着凉。"

"知道啦知道啦，你烦死啦。"任望珊偏过头，刚好蹭到他湿漉漉的鼻尖，"那个酒到底醒好没啊？怎么喝个酒还这么多步骤，用户体验感极差。"

"那可不是，极致的用户体验是需要代价的。"于峕河在她的鼻

293

尖上啄了一下后也盘腿坐下,把细长的高脚玻璃杯递给她。

往远处的高架桥上看,车流奔腾不息,霓虹闪烁不定。

任望珊稍微抿了一口,觉得酸得不行:"呸呸呸,什么呀?好酸。"

于岿河憋着笑:"醒得其实够久了,估计是因为从冰箱里拿出来的,它的TANNIN(单宁)特性更明显,所以比较涩。"

他说着一手拿过她的杯子倒了一半在自己的杯里:"这酒可好了,看来这位望珊小客户还是不太适合,可别浪费了。"

任望珊蒙蒙的:"什么……什么单宁特性?"

于岿河无奈地笑着扶额:"是一种化学酸性物质。其实你喝到的那种感觉不是酸,是涩,这也是红酒的特别之处。"

任望珊朝他挪近了一点儿:"哇——于老师您懂得很多嘛。"

"那当然了,我早就开始喝各种奇奇怪怪的酒了。"

"嗯。"

"给你喝的其实已经是半甜的糖度很高的平静葡萄酒了,按二氧化碳含量来分,它分为平静、起泡和特种,越往后越……对你来说就是越呛。"于岿河稍稍仰头饮了口酒。

"十一点了,要不要进屋睡了?不困吗宝贝?"于岿河喝了红酒之后的嗓音是沙哑的,怎么听怎么性感,还有几分漫不经心,"我今天下午还晒了被子呢,夸我。"

任望珊往他怀里一靠,小小的身体瞬间被薄荷味儿的荷尔蒙气息包围:"不困,也不夸。你头发还没干,我给你吹干再睡呗。"

"好的,谢谢宝贝。"于岿河宠溺地摸摸她的头,忍不住亲亲她柔软的带着柠檬香的头发。

"望珊?望珊?下课啦!你干啥呢?"黎向晚不停在任望珊眼前挥手。

任望珊好几秒后才回过神来,发现周围的座位都已经空了。

"嗯……刚刚走神了。"任望珊赶紧调整状态,拿起双肩包挎在背后,"向晚我们走吧,去吃海底捞,我想吃甜玉米啦。"

"好嘞,走着吧,我请你。"

已经十一月了,上海的天气却不太冷。今天任望珊和黎向晚约好了下午穿闺蜜装,此刻一长一短的草莓优格风连衣裙在花艺培训班里显得格外出众。

"素色欧根纱包内圈……粉金色细铁丝不能剪得太多……"黎向晚嘴里念念有词,怎么包都感觉手里的紫色郁金香不太好看。

"差不多是这样?"任望珊已经用复古旧报纸包好了外圈,用粉色粗花边丝带系了蝴蝶结,绽放得正盛的向日葵花瓣尖上还在滴水。

"望珊!你是想要气死我啊,刚来就这么会包。"黎向晚嘟起嘴。

"哪有呀,有样学样呗。"任望珊抬眸看向她,笑着说。

"下回你来我店里也一起帮忙啊!"黎向晚笑嘻嘻地说。

花艺老师走过来,看到任望珊包的向日葵:"包得很漂亮啊,之前没见过你。"她看到两人的衣服,微笑着说,"向晚的朋友吗?"

"嗯,谢谢老师。我叫望珊。"任望珊温软地笑笑。

花艺班上了两个多小时,两人从店里出来的时候已经是傍晚了。街上人潮汹涌,灯火渐渐明亮,光影纵横交错。向晚突然发现自己的手表落店里面了,要望珊在十字路口等她一下。

于岩河此时在半公里外的丁字路口等着红绿灯,手上的烟搁在窗口,燃了过半,清白色的雾霭飘散,和闹市模糊不清的气息揉在一起,钻进了左心房缝隙填补空缺。

滴滴——

"前面的车快点啊,开高配的揽胜就了不起啊?咋不走了?"后头的车不停地按着喇叭。

于岩河烦躁地关上车窗,在车内熄灭烟头,一脚油门踩了下去。他最烦遇到这种人,他现在已经很低调了,开个揽胜还要被人念叨,要是换他以前开的车,像后头这种人更是多得要死。

路过十字路口的时候,他瞥见了什么,瞬间踩下刹车,打着方向盘靠着对面路口缓缓停下——居然是任望珊。

她拎着个奶油白的涂鸦风提包,格子裙在风中荡漾,漂亮得不像话。她站在十字路口的红绿灯下面,好像是在等什么人。

两分钟后,于岩河看见黎向晚从一家店里走出来,二人挽着手过马路,于岩河慢慢地踩下油门。

295

下一条路口的街道声响嘈杂，音响店里在放歌。

过了很久终于我愿抬头看
你就在对岸走得好慢
任由我独自在假寐与现实之间两难
……

任望珊无意间朝左边路对面看去，刚好对上于峛河错愕的目光。她愣了两秒，又笑着回头和黎向晚聊天。

过了很久终于我愿抬头看
你就在对岸等我勇敢
你还是我的我的我的
你看
……

任望珊的眼睛水雾朦胧，她和黎向晚打趣风还挺大。

她……看见我了吗？于峛河皱了皱眉，没法儿确定，终是没再跟上去，回打方向盘绕了道，回了刚刚的十字路口街头。

于峛河在路边停好车，走进那家店。店里的老师和帮工正在收拾东西，任望珊包的向日葵摆在窗台上，煞是好看。

店里的花艺老师看见于峛河，礼貌地笑笑："不好意思先生，我们今天结课后就要关门了。"

"啊，您好，我是想来问一下，刚刚是不是有两个穿着格子连衣裙的女孩子来过？"

本来是不能随便透露客人信息的，但于峛河这张脸实在太有迷惑性，帮工小妹直接抢先说："是啊是啊，你说的是向晚和望珊吧？她们已经走了。"

于峛河："她们刚刚是来……"

"当然是来上课的。"帮工小妹笑笑，"开花店的女孩子很多都来老师这边上课，之前向晚一直是和戚乐一块儿来的，今天戚乐没来，倒是来了个很漂亮的女孩子，名字就叫望珊。"

"望珊很聪明，心思也巧，你看这束向日葵就是她包的。她第一次包呢，是不是特别厉害？老师还让她带走，只是她太客气了，最后没好意思要。"帮工小妹一下子说了这么多，真的是很喜欢任望珊了。

花艺老师不停朝她使眼色，她才反应过来自己好像透露太多了，毕竟还没问清楚对方是谁。

美色误人，美色误人。

花艺老师拿出基本的职业素养，诚恳地微笑着说："那么请问这位先生，您是来干什么的呢？"

于岿河看着她的眼睛："这束向日葵既然她不要……那我能带走吗？"

花艺老师有些为难，这好像不能乱给吧？可是她抬眸对上了于岿河的眼睛。

那双眼睛逆着屋外的光躺在阴影里，装着和刚才不一样的东西。说是恳求又太过，说是忧伤又不及。

花艺老师已经有些年纪了，瞬间读出了些什么，眼眸微微一动。

于岿河看花艺老师没再说话，微微欠身："不好意思，那我就先走了。"

"等等。"她叫住他，缓步走到窗台上抱起那一束向日葵，往他身边一送，"先生拿着吧，望珊不要，我们也没办法直接拿着卖的，不如送给喜欢这束花的人。"

"谢谢。"他笑了笑，转身出了店。

身后店内桌上的碎纸屑随风纷飞，帮工小妹忙蹲下来清扫，街道外面有几株棕榈树在翩翩起舞。

于岿河上了车，把向日葵小心地放在副驾驶上。再次路过前面那个十字路口的时候，望珊早已不在，只是音响店的歌曲又换了。

Goodbye, my almost lover

再见了，无缘的爱人

We walked along a crowded street

我们各自穿行在拥挤的街道

In the shade
我的眼睛在阴影里
I am trying not to think about you
我试着不再想你
My back is turned on you
我将转身离去
……

帮工小妹终于清扫完了碎纸片，起身活动脖子，扭头对花艺老师说："老师，刚刚那个人长得好帅啊，你是不是因为这个才把望珊的花直接送给他的啊？"

"当然不是了。"花艺老师淡淡地说，手上整理桌面的动作并未停下。她看着前方于岢河消失的方向说："我只是觉得，想要抱着满满一大捧别人包的向日葵的男孩儿，一定很温柔、很难吧。"

"啊……"帮工小妹有些不理解老师怎么会这么想。但是花艺老师好像不再想多说些什么，只是提醒她天快黑了，早些回去。

凌晨两点钟，于岢河坐在卧室的床上，抬起手，低下头点火。他慢慢地吐出一口烟，身侧烟雾缭绕，瞳孔深沉不见底色。

夜色清冷，浓云闭月，微弱的火光在黑暗里若隐若现，他的棱角也随着火星浮现。

"Goodbye, my almost lover."